중세 불교인물의 해외 전승

중세 불교인물의 해외 전승

김승호

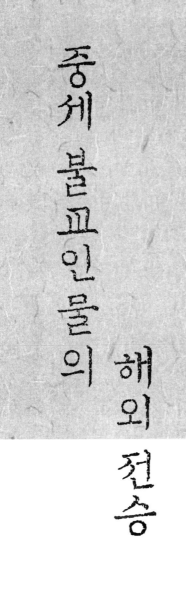

보고사

책머리에

본서는 삼국시대 불교인물의 이야기가 해외에서 어떻게 창작, 유통되었는지를 살피는 데 목적을 둔다. 이는 단순한 호기심 차원과 다른, 좀 더 긴절함을 내포한 문제인 바, 삼국시기의 서사적 실상을 전해줄 당대적 문헌이 빈곤하다는 점과 무관하지 않다.

고구려, 백제, 신라는 불교를 수용한 이후에도 중국 등과의 문화적 교류를 게을리 하지 않았다. 특히 삼국의 승려들이 대거 구법유학을 위해 중국에 들어가는 일이 빈번했는데 난만한 당의 불교문화가 이 땅에 이식되는 데는 그들의 힘이 절대적이었다. 어떤 이는 몇십 년간 타국에 체류했으며 심한 경우, 이역에서 생을 마감하는 이도 있었다. 그들의 구도적 열정과 오도 체험은 시대를 넘어 전할 표상이었다. 따라서 6세기에 출현한 고승전을 비롯, 중·일의 많은 불서들이 다투어 삼국 승려의 전승담을 등재했던 것이다.

해외의 불교 인물담을 살피는 데 있어 필자는 두 가지 측면을 고려했다. 하나는 해외 불교인물담의 전승경로와 후대적 변이상을 밝히고자 한 것이었고 다른 하나는 내용, 모티브 등 서사내적 특성을 살펴보는 것이었다. 전승의 유통에서 중국과 삼국 간에는 다양한 경로가 드러남에도 유독 일본 내 전승이 삼국으로 전파된 사례는 찾기 어려웠다. 이는 중국에서 발원한 불교 인물담이 당대는 물론 후대로 이어져 이 땅에서 또 다른 문헌, 구비전승을 탄생시킨 것과 대비되는 현상이었다. 해외 불교인물담은 채록자가 불자인 경우가 대부분을 차지하는 만큼 사해 평등주의적 시각을 견지하면서 대상인물의 덕성, 견성에 초점을 맞추는 것이 일반적이다. 하지만 일부 전승담에는 삼국 승려에 대해서 배척, 폄시의 시선을 노골적으로 드러내기도 한다. 여타 인물담과 달리 해외에 전하는 삼국승의 전승담에는 특유의 모티브가 집중되며 한·중·일 간에 선호하는 모티브가 별도로 존재한다는 사실도 밝혀진다.

해외 불서에 오른 중세 불교 인물담이 지닌 담론적 의의를 불교사의 영역에 가두어 놓지 말고 문학 영역으로까지 확대시키자는 것이 논의의 출발점이 되었다. 이제껏 외면당해왔지만 해외 불교 인물전승이『삼국유사』등 이 땅의 불서에 끼친 영향이 지대하다는 사실을 여러 지점에서 확인했으며 무엇보다 해외 불교인물 전승담이야말로 초기 서사문학사의 보완재가 될 수 있음을 깨닫는 자리가 되었다. 하지만 함량을 갖춘 논고가 되었는지 자신할 수가 없다. 남는 과제는 개별 논문을 통해서라도 보완하고자 한다. 끝으로 애써 교정을 도와준 김복영 조교, 무잡한 원고를 정갈하게 한 권으로 엮어준 보고사의 김흥국 사장님, 이순민 선생님에게 고마움을 전한다.

2015년 5월 초.

寒山 김승호 識

문제제기

본고는 삼국, 고려시대 불교인물 가운데 전승(傳承)의 범위를 해외로
까지 확장시켰던 인물들에 주목하고 그들의 대내외 전승담을 포괄적
으로 정리함으로써 불교인물의 해외 전승담이 차지하는 서사 문학사
적 의미, 초기 설화의 특징적 면모를 살피는 데 뜻을 둔다. 논의 방향
을 이리 정한 까닭은 무엇보다 국문학사의 초기 국면에 대해 우리가
아는 것이 매우 적거나 모호하다는 문제의식 때문이다. 초기 문학사를
해명하기 위해서는 그에 상응하는 문헌과 자료가 필수적인데도 불구
하고 그런 것이 뒷받침되지 못함으로써 초기 문학사는 상당부분 추론
과 예단에 의존할 수밖에 없었던 것이 현실이었다.

하지만 현재와 상거의 폭이 엄청나고 자료가 절대적으로 부족하다
는 한계론만 앞세워 초기 문학사적 제 국면을 더 이상 돌아보지 않으려
는 태도는 옳다고 보기 어렵다. 자료 탓으로 초기 서사문학사를 마냥
복원하기 힘든 영역으로 방치하는 것은 무책임한 태도이다. 쉬운 일일
수는 없겠으나 자료 발굴에 거듭 관심을 기울이는 것은 물론 현전하는
자료일지라도 다시금 검토한다면 초기 서사문학사의 윤곽이 뚜렷해지
지 않을까 하는 기대를 필자는 진작부터 가지고 있었다.

상고시대는 물론 삼국시대도 아직 기록문학은 미미한 수준이었다는

것이 일반적인 추측이다. 삼국시대 전반기를 지나 후반기에 접어들면서 점차 한문 식자층이 두터워지면서 기록문학 시대로 이행했다고 보는데, 전체적으로 삼국시대는 기록보다는 구비전승이 문학을 지배하던 시기로 규정해도 별 무리가 따르지 않는다.[1]

그렇다면 그동안 그다지 주목받지 못한 서사 문학사적 단서로 무엇이 있을까. 이런 물음을 앞에 두고 주목하게 된 것이 바로 해외 문헌에 오른 중세 불교 인물들의 전승담이다. 그것은 국내 자료에 보이지 않는 삼국시기 불교 인물들의 전설, 일화, 전기를 대거 포함하고 있는 문헌 전승담을 가리킨다. 해외의 자료들이기는 하지만 이들 전승담은 우리의 불교 역사 인물들에 대한 증언을 다수 포함하고 있는 데다 국내 자료에 비해 앞서 출현한 것들이 적지 않아 상대 이후 서사문학사를 복원하고 구비문학적 실상을 점검하는 데 매우 중요한 전거가 된다고 하더라도 결코 지나친 말이 아니다.

본고에서는 '삼국시대'라 하지 않고 '중세'란 용어를 쓸 생각이다. 이를 핵심어로 사용하고자 하는 데는 나름의 이유가 있다. 이 글에서 말하는 '중세'는 역사학 쪽의 구분에 따른다면 '고대(古代)'에 해당된다. 그런데 역사학 쪽에서 사용하는 용어로서 '고대(古代)'란 국문학적 통사를 마련하는 데는 그리 어울리지 않는다는 것이 문제이다. 이미 역사, 정치 등 외적 조건을 우선시하는 시대 구분을 국문학연구에 그대로 적용하는 것은 무리라는 견해가 제기되었으며 문자, 언어생활 등의 요소를 보다 중시해야 한다는 시각에서 삼국(三國), 남북국(南北國), 고려(高麗)시대를 포괄하여 중세로 설정한 전례가 있다.[2] 이에 따르면 삼국

---

1) 황패강 외, 『한국문학연구입문』, 지식산업사, 1982, 11~19면.
2) 조동일, 『한국문학통사』, 지식산업사, 1982, 93면.

시대 후반부와 고려시대가 동시대적 범주 안으로 들어오게 된다. 고대
와 중세의 구분에서 중요한 것이 국가의 체제와 그것을 가능케 한 문화
영역의 변별성이라 한다면 삼국이 각기 국가 체제를 갖추고 통치를
위해 한문을 수용하고 율령(律令)을 반포하며 불교를 공인한 것 등은
이른바 고대시기를 넘어선 다음 단계의 변화들로 주목되어야 마땅하
다. 특히 종교 신앙에 있어 큰 변화를 초래한 불교의 유입과 그 후의
문화적 자취가 반영된 시대를 찬찬히 조망할 필요가 있다.

  그동안 국문학계에서는 삼국에 불교의 전래가 갖는 역사적 의미와
문화적 충격에 대해서 진지한 검토가 이루어지지 못했다. 한문의 유입
으로 말미암아 구비문학만이 존재하던 원시, 상고시기가 끝나고 고대,
중세시기로 접어들었다는 점은 인정하면서도 고등종교인 불교의 전래
가 국문학사적으로 어떤 변화를 초래했는지에 대해서는 유의 깊게 살
펴보지 않았던 것이다. 불교의 전래는 종교적 차원의 변화와 충격을
넘어서 정치, 사회, 문화 등 제 영역에 걸쳐 변화를 몰고 온 사건으로
특히 불교가 문화 영역에 끼친 영향력을 간과해서는 곤란하다.

  이런 맥락에서 볼 때 초기 문학사를 거론하는 데 있어서도 불교와의
관련성은 반드시 점검이 필요한 것이다. 초기 문학사의 규명은 당대
증거자료의 확보에 달려 있다고 해도 과언이 아닌데 불교문헌만큼 그
에 기여할 만한 대상을 찾기가 쉽지 않다. 무엇보다 다른 문헌에 비해
원형 보존성이 높고 구비문학적 요소를 다채롭게 담지하고 있다는 점
을 주목해야 한다. 따라서 중세 불교문헌은 모호한 채로 남아있는 중세
문학적 실상을 입증해 줄 수 있는 대상이면서 동시에 중세 서사문학에
다가갈 수 있도록 해주는 통로로서의 의미마저 부여할 수 있다 하겠다.

  삼국시대의 설화를 포괄적으로 채록한 불교문헌으로 『삼국유사(三國

遺事)』가 현전하며 그를 통해 중세의 설화, 전승의 상황을 재구해 볼수 있음은 우리에게 적지 않은 행운이다. 근대기에 접어들면서부터 『삼국유사』를 배제한 채 중세시기 설화문학을 운위할 수 없다는 인식이 확고하게 자리 잡았으며 이는 아직까지도 크게 바뀌지 않았다. 이는 연구 성과가 잘 말해준다. 최남선(崔南善)이 『삼국유사』를 해제한 이후 『삼국유사』에 대한 연구와 논의는 단절된 적이 없다. 이른바 삼국유사학(三國遺事學)을 거론할 정도로 각 분야에서 연구 성과가 집적되었으며 문학 쪽만 해도 장덕순(張德順)[3], 황패강(黃浿江)[4], 김열규(金烈圭)[5], 김현룡(金鉉龍)[6], 박용식(朴龍植)[7], 조희웅(趙喜雄)[8], 조동일(趙東一)[9], 소재영(蘇在英)[10], 김영수(金榮洙)[11], 고운기(高雲基)[12], 정천구(丁天求)[13], 김승호(金承鎬)[14] 등 숱한 연구자들이 『삼국유사』를 살피고 검토하였다. 『삼국유사』에 대한 쏠림 현상은 이를 발판으로 고대, 중세문학의 특성과 위상을 밝힐 수 있다는 기대감과 무관하지 않았다.

삼국 문화사의 길잡이로서 『삼국유사』의 내용적 편폭을 본다면, 상

3) 장덕순, 『한국설화문학연구』, 서울대학교 출판부, 1978.
4) 황패강, 『신라불교설화연구』, 일지사, 1975.
5) 김열규, 「삼국유사와 신화」, 『삼국유사연구논선집』, 백산자료원, 1986.
6) 김현룡, 『한국고설화론』, 새문사, 1984.
7) 박용식, 『고소설의 원시종교사상연구』, 고려대학교 출판부, 1986.
8) 조희웅, 『한국설화의 유형적 연구』, 한국연구원, 1983.
9) 조동일, 『삼국시대 설화의 뜻풀이』, 집문당, 1990.
10) 소재영, 『한국설화문학연구』, 숭실대학교 출판부, 1984.
11) 김영수, 『삼국유사와 문화코드』, 일지사, 2009.
12) 고운기, 「일연의 시세계 인식과 시문학 연구」, 연세대학교 박사학위논문, 1994.
13) 정천구, 「삼국유사와 중세 불교전기 문학의 비교연구」, 서울대학교 박사학위논문, 2000.
14) 김승호, 『삼국유사 서사담론 연구』, 월인, 2013.

고(上古), 삼국(三國)시대의 문학 전반을 아우르는 텍스트라 하더라도 무리가 없을 정도이다. 특히 중세 설화자료가 이처럼 총집된 경우가 없는 만큼 『삼국유사』를 두고 중세 이전 설화 세계의 윤곽을 잡거나 재구할 수 있다는 기대감이 생긴 것은 당연한 일이었다. 그런데 상대 신화를 포함한 숱한 설화의 수용이 기실 제국의 탄생과 왕조의 흥망을 전하려는 데 본의를 두었다는 사실을 외면한 채 『삼국유사』에 문학 담론적 의의만을 부여하려 드는 것이 과연 바람직한 것인가 하는 비판적 시선이 생겨날 수밖에 없다. 문학연구자들이 큰 의의를 부여하고 매달렸던 『삼국유사』가 중세 구비적 실상을 있는 그대로 입증해 줄 수 있는 자료라 하기에는 문제가 많다는 것이다. 다시 말해 『삼국유사』가 중세시기의 역사본이라 하지만 실상 고려 말에 출현한 문헌임을 외면할 수 없다. 그에 수록된 설화의 배경이 고구려, 백제, 신라일지라도 그로부터 4~5백여 년이 지난 고려 말의 채록물이므로 원형담과는 상당한 차이를 드러낼 수밖에 없는 바, 『삼국유사』를 고려 후기의 설화집이라 말해도 어색하지 않은 이유가 여기에 있다.

하지만 현 시점에서 모호하기 짝이 없는 초기 문학사를 그나마 폭넓게 가늠하게 해주는 것으로 『삼국유사』 이외의 것을 떠올리기는 쉽지 않다. 역사서인데도 불구하고 문학연구가들이 이에 매달리는 것은 불가피한 면이 있는 것이다. 하지만 그것이 갖는 자료적 한계마저 덮어버려서는 안 된다. 이제 우리는 『삼국유사』가 지닌 자료적 희귀성이나 그 의미는 그것대로 인정하되 초기설화를 증거 해주는 또 다른 자료의 발굴은 물론이고 가능하면 총체적 시각에서 과거시기를 복원해 나가야만 한다. 필자가 이 자리에서 특별히 염두에 두고 있는 것이 이 땅의 불교 인물들의 자취를 전하고 있는 해외의 전승 자료들이다.

국내 전승 자료를 벗어나 해외 전승 자료에 관심을 지닌 연구자들이 없었던 것은 아니다. 가령 손진태(孫晉泰)[15]는 동(東)아시아, 나아가 세계 권역의 시각에서 국내 정착설화의 원형과 전파경로를 갈래짓고 그에 해당하는 각편들을 소개한 적이 있다. 그러나 전승에 따른 다양한 양상을 유보한 채 전승의 경로만을 점검하는 데에서 더 나아가지 못했다. 이외에 민영규(閔泳奎)[16], 김운학(金雲學)[17], 소재영(蘇在英)[18] 김태준(金泰俊)[19], 김현룡(金鉉龍)[20], 이두현(李杜鉉)[21], 김홍철(金洪哲)[22], 윤태현(尹泰鉉)[23], 김승호(金承鎬)[24] 등도 한국과 주변국에서 공통적으로 전하는 전승들을 상호 비교하는 방법으로 중세 불교인물의 전승적 범위와 동아시아적 전파양상을 살펴보고자 했다. 하지만 전체적으로 시론적 논의에서 그쳤다고 할 수 있겠다. 즉 연구 대상의 폭이 좁으며 중국 측 전승 위주로 연구가 쏠리고 있는 반면 일본 측 전승 연구는 소홀히 다루어져 있다는 한계를 드러냈던 것이다. 거기다 중(中)·일(日)로 진출한 승려가 기백 명을 헤아리는 데도 의상(義湘)이나 원효(元曉)

---

15) 손진태, 『한국민족설화의 연구』, 을유문화사, 1947.
16) 민영규, 「선묘와 의상대사」, 《사상계》 6월호, 1953.
17) 김운학, 「일본에 미친 의상선묘설화」, 『불교학보』 제13집, 동국대학교 불교문화연구소, 1976.
18) 소재영, 「일본신화의 韓來人」, 『한국설화문학연구』, 숭실대학교 출판부, 1984.
19) 김태준, 「원효전의 전승에 대하여」, 『어문논총』 7·8호, 전남대학교 어문연구회, 1985.
20) 김현룡, 『한중소설설화비교연구』, 일지사, 1976.
21) 이두현, 「선묘와 광청아기설화」, 『연암현평효박사화갑기념논총』, 한남어문학회, 1987.
22) 김홍철, 「한국사룡설화연구」, 성균관대학교 박사학위논문, 1990.
23) 윤태현, 「의상이야기의 전승양상」, 『우리역사인물전승』, 집문당, 1994.
24) 김승호, 「의상설화의 형성과 변이양상」, 『불교학보』 53집, 동국대학교 불교문화연구원, 2009.
   김승호, 「구법여행과 그 부대설화의 일고찰」, 『한국승전문학의 연구』, 1992, 273면.

등 일부 불승(佛僧)의 자료만 임의적으로 논의하는 것에 그치고 말아 통시적 관점을 통한 나려(羅麗)시기 불교인물 전승의 역사성, 미학적 특질, 전승경로 등을 밝히는 후속작업이 절실한 터였다.

중세에 이르면서 한반도의 불교 인물들은 나라 밖으로 활발하게 진출하기에 이른다. 불교사적으로 승려 등 삼국시기에 해외로 나간 불교 인물들은 점검이 어려울 정도로 많은데 짧게는 한두 해, 길게는 몇십 년을 머무는가 하면 경우에 따라서는 귀국하지 못한 채 이국에서 생을 마감한 이도 있었다. 하지만 국내에서는 잊혀진 것과 달리 이국에서는 그들의 행적이 수습되고 문헌에 기록되는 사례들이 적지 않았다. 설사 타자에 의해 기록된 것이지만 해외 기록물을 통해 당시 삼국 승려들의 구법에 대한 열정, 인간적 고뇌, 불교문화를 꽃피우기 위한 자기희생 등을 곧바로 마주하게 된다. 그것은 적어도 국내자료에서 기대할 수 없는 또 다른 전승문학적 증언이라고 해도 좋다.

불교 인물들은 단순히 외래 문물을 수용하고 전파시킨다는 실용적 차원의 해외진출과는 달랐다. 그것은 오로지 구법(求法)에 대한 열망에서 출발했다. 불교 인물들의 해외진출은 고등종교인 불교를 제대로 알고 그 가르침에 다가가고자 하는 개인적 열망에서 출발했으나 기실 문화교류사의 한 획을 긋는 국제적 사건이었다. 삼국(三國) 승려(僧侶)들의 해외진출은 승단(僧團) 내의 사건에 그치지 않았다. 호불자, 신자들도 그에 대해서 큰 관심을 보였는데 국외체험이 희귀했던 때였던 만큼 불교 인물들의 해외체험은 사람들의 관심을 끌며 전승적 대상으로 인기를 끌게 되었다.

해외체험이 불교 인물들만의 전유물이 아님에도 불구하고 유학승을 비롯한 불교인물 등이 집중적으로 문헌전승의 대상이 된 것은 무슨

연유일까. 타자인 삼국의 승(僧)이 해외에서 전승의 대상이 될 수 있었던 까닭은 불교 특유의 통섭적 시각이 작용한 것이라고 볼 수 있겠다. 민족이나 국가라는 경계를 넘어서 불교적 깨달음을 추구하는 존재라면 누구든 폭넓게 수용하려는 태도 때문에 타자이면서도 중·일(中·日)의 문헌에 행적이 폭넓게 기록되고, 전승될 수 있었다.

하지만 해외문헌소재 불교인물담을 순수한 의미의 구비 전승담으로 연결시키는 것은 문제가 있다. 대체로 이들 해외 전승담은 한문으로 작성된 것이어서 입말로 된 구비 전승물과 차이를 지닐 수밖에 없었다. 보통 구비문학의 담당층을 민중으로 보고 있지만 불교인물담은 불승들에 의해 채기, 수록되는 경우가 대부분이다. 그들은 문자에 밝은 데다 불교사상에 전문적인 식견을 갖추고 있다. 따라서 문헌소재 불교인물담을 대할 때는 구비성으로부터 문자성으로의 결과물이라는 사실을 감안할 필요가 있다.

진정한 의미의 구비문학이란 입말로 존재하는 것을 의미한다고 볼때 현재 시점에서 아득한 중세의 구비적 실상을 복원한다는 것은 불가능한 일임에 틀림이 없다. 그런데 부족하나마 불교인물담은 초기 구비문학의 윤곽을 잡아낼 수 있게 하는 단서로 삼을 수 있으며 과거 전승의 윤곽 정도는 헤아려 볼 수 있게 한다. 문자로 기록된 것일지언정 당대 구비전승의 윤곽과 함께 후대의 변이상을 추적할 수 있는 근거로써 그만한 자료도 없는 것이다. 그에 소재한 전승담은『삼국유사』이전의 채록을 다수 포함하는 데다 채록시기가 분명해 중세 불교 인물들의 자취와 인물담의 원형, 그리고 후대 인물전승과의 대비적 검토마저 가능케 해주는 것이다.

그런데 이들 자료를 살필 때 실은 설화로서 접근한 것이 아니라 전기(傳記)를 염두에 둔 경우가 많다는 점을 놓쳐서는 안 된다. 그것은 순수한 인물전설적 자료와 일정한 거리가 있다. 전승의 출현시점과 변이양상을 살피는 전거로써 통사적 논의를 가능하게 해준다는 점은 해외 전승 자료의 무시할 수 없는 장점이지만 현장성을 동반한 순수한 구비자료와는 다름을 감안하고 접근해야 한다. 이 작업은 어디까지나 중세 구비적 실상을 가늠하는 데에 우선적인 목적을 둘 것이다. 해외 불교인물 전승에 대한 검토가 곧 중세설화의 온전한 복원으로 이어질 것이라는 기대보다는 문자성을 통해 부분적으로 나마 중세 구비성을 복원시켜 보겠다[25]는 데 본고의 지향점이 놓일 것이다.

---

25) 옹이 "오늘날 세계에 남아있는 구술성의 문화, 혹은 구술성이 지배적인 그런 문화들 가운데 구술성이 지닌 그 거대하고 복합적이면서도 영원히 접근하기 어려운 힘을 문자성 (literacy)의 도움 없이 알아차릴 수 있는 문화는 거의 없다. … 문자성을 이용함으로써 전혀 문자를 알지 못했던 시대의 무수한 인간의 의식을 완전하지는 못하더라도 적어도 상당한 양까지 재구성할 수 있다."(월터 옹 지음, 이기우·임명진 옮김, 『구술문화와 문자문화』, 문예출판사, 1995, 28면.)라고 말한 대로 본고의 지향점은 문자성을 통해 구비성을 확인하는 데 있다. 중세 구비전승의 실상을 파악하고자 하는 명제를 전제로 출발했으나 실상 중세시기의 문학적 환경을 복원하기란 결코 쉬운 일이 수가 없다. 당대 실상을 살필 만한 구비자료가 드물다는 점은 연구의 가장 큰 문제점이 아닐 수 없다. 이미 사라진 설화와 현장을 그나마 되살리는 데는 문헌전승 이외의 것을 찾기 어렵다. 우회적인 수단이긴 하지만 과거의 전승을 살피고자 한다면 문헌자료에 의존하는 것 이외 달리 방법이 없다. 이 글은 文字性에 의한 口碑性의 복원이라는 명제를 유의하면서 진행될 것임을 밝혀둔다.

연구방향 및 방법

　중세 해외 전승 자료가 돋보이는 까닭은 채록의 시점이 분명히 밝혀지는 데다 국내 자료에서 담고 있지 않은 내용을 풍성하게 갈무리하고 있다는 데 있다. 이는『삼국유사』와 비교하면 그 존재적 의미가 쉽게 다가올 것이다. 중세 설화연구에서『삼국유사』는 피해갈 수 없는 자료임에 틀림없다. 하지만 그 소재 이야기들은 통시적으로 이해할 수 있는 표지를 직접 제공해주지 않는다.『삼국유사』소재 설화를 들어 삼국시기에 등장한 원형설화로 간주하는 일이 일반화되어 있으나 그런 시각에 흔쾌히 동의해주기는 어렵다. 무엇보다 그에 소개된 이야기들의 배경과 무관하게 고려 말에 채록, 집성된 자료라는 점 때문에 삼국시대의 설화라기보다는 오히려 고려 말의 설화에 귀속시켜야 옳다고 본다. 이 점을 명확히 하지 않은 채 그동안 연구들은『삼국유사』소재 이야기를 삼국시기 설화의 원형 혹은 그에 준하는 것으로 수용해 왔던 것이 사실이다.

　그렇다면 해외 불교인물 자료들은 어떤가. 몇 가지 예를 보자. 519년 찬술된『고승전(高僧傳)』에는 승랑(僧朗)·담시(曇始, 고구려)가, 645년 찬술된『속고승전(續高僧傳)』에는 실법사(實法師)·인법사(印法師)·파약(波若)·지황(智晃, 고구려), 혜현(慧顯, 백제), 자장(慈藏)·원광(圓光, 신라), 988년 찬술된『송고승전』에는 원표(元表, 고구려), 진표(眞表, 백제), 원측(圓測)·순경(順璟)·의상(義湘)·원효(元曉)·현광(玄光)·무상(無相)·지장(地藏)·무루(無漏, 신라)가 각각 올라있으며『삼국유사』를 비롯해 국내자료에서 거론되지 않는 인물도 다수 수록되었다. 입전(立傳) 승려들의 생존 시 혹은 사후 멀지 않은 시기에 정착된 이 기록들이 갖는 의의는 원형담에 가깝다는 점이며 후대 전승담과의 변이적 맥락을 살필 수 있는 전거가 될 수 있다는 점이다. 이는 앞서 해외 전승 자료를 재조명해야만 하는 분명한 이유가 된다.

　둘째, 이 논의를 통해 중세시기 불교인물 전승의 서사 미학적 특성과 의미를 새롭게 부각시켜볼 수 있을 것이다. 불교 인물 전승담이 여타 설화의 테두리에 넣기 어려운 까닭은 먼저 담당층과 관련이 깊다. 신화는 민족 공동체가 서사의 주체가 되며 전설, 민담은 민중들이 창작과 전승을 주도했다고 보지만 불교 인물전승담은 불교사상, 철학에 관심이 많은 이가 전승의 주체가 된다. 좁혀 말하면 재가수도자(在家修道者), 호불자(好佛者), 신자(信者) 등이 주로 전승을 담당하게 되는 것이다.

　민중들의 사고나 욕망과 거리를 둔 채 현실을 넘어서고자 하는 초탈의지, 진정한 자아 찾기에 대한 열망, 인간의 본질에 대한 천착 등은 불교전승을 지배하는 주제에 해당한다. 따라서 이런 점을 배제해버리고 불교인물 전승을 일반 설화에 귀속시키려든다면 불교 서사적 특성을 무시해버리는 결과로 이어질 것이다.[1] 유럽에서는 특정 종교의 핵

---

1) 유럽의 서사분류 가운데는 성자전설이나 종교전설을 별도로 설정하는 경우를 보는데 종교인물담이 갖는 특성을 인식한 결과가 아닌가 한다. 우리의 경우 관습적으로 수용하고 있는 신화, 전설, 민담 가운데 어느 것에도 불교 인물전승을 귀속시키기가 적절하지 않은 것으로 보인다.

심을 성자(聖者)들의 삶을 통해 상기시키거나 상징화시키는 데 초점을
맞추어 종교전설에 대해 별도의 장르 종을 설정하고 있거니와 불교인
물 전승 역시 일반적인 설화 영역에서 분리하여 특성을 밝히는 작업이
필요하다는 생각도 해보게 된다.

지금까지 불교인물 전승담은 별다른 의식 없이 불교설화의 하위 갈
래 정도로 치부되었으며 갈래 영역에 대해서는 이렇다 할 검토가 미치
지 못했다. 경전이나 부처의 가르침을 전제로 생의 본보기가 되는 불
승을 선별하고 그 자취를 추적하는 불교 인물전승담은 동아시아 권역
인 한·중·일(韓·中·日)을 관통하며 활발하게 창작, 전파되었음에도 설
화연구에서 방계의 대상으로 여겨진 감이 없지 않다. 불교의 전파 혹
은 종지(宗旨)의 깨우침이라는 목적을 바탕에 두고 있는 이 전승담은
형식, 모티브, 주제 등에 걸쳐 일반의 인물 전승담과는 변별된다고 보
고 민중이 담당층으로 나서는 구비전승만을 주목해왔을 따름이다. 하
지만 중세구비전승사의 전경을 마련한다는 측면에서라도 해외 전승물
에 대한 점검이 이루어져야 한다. 본고는 이제껏 외면한 이런 점을 들
춰내려 하거니와 이는 해외 전승불교 전승을 논의하는 중에 저절로
드러나게 될 것이다.

셋째, 중세시기 전승에 나타나는 동아시아적 특성을 드러내면서 토
착설화와의 상이점을 밝히는 데도 불교인물 전승은 크게 기여할 것으
로 본다. 인물전승의 집단이 누구인가에 따라 전승물 간의 편차가 두
드러지게 나타날 것은 뻔하다. 불교가 인도, 중국, 한국, 일본의 순으
로 그 신앙적 공간이 확장해 나감에 따라 불교인물담들도 전승의 영역
을 확장시켜 나갔다고 보아야 할 것이다. 불교인물의 전승은 저절로
이루어진 것이 아니라 불교라는 매개체가 있음으로써 가능했던 것이

다. 따라서 그 전승을 살필 때도 국내외 전승을 아우르며 전파의 경로
를 상세하게 추적해야 한다. 이는 원형담, 변이담을 변별하는 데도 유
용한 방법이 될 것이다.

마지막으로 해외 전승은 중세시기 불교문화 역사에 대한 증거를 보
여주면서 담당층의 의식세계, 곧 민족(民族)의식, 화이(華夷)의식, 대타
(對他)인식, 대자(對自)인식 등 담당층의 의식세계를 엿볼 수 있는 담론
으로서 의미를 지니고 있다고 할만하다.

이제까지 본 연구가 지향하는 연구 방향과 목적을 나열해 보았거니
와 초기 전승사에서 불교인물의 전승 자료는 방치할 자료가 아니었음
에도 불구하고 본격적인 연구가 미진했던 현실이야말로 연구를 시작
하게 된 첫째 동인이라고 말할 수 있을 것이다. 필자는 해외 전승을
논의의 대상으로 정하면서 자국(自國)전승만의 논의를 벗어나 동아시
아적 권역(圈域)에서 해외불교전승을 살핀다면 전승의 본질과 미학성
이 훨씬 명징하게 드러날 것이라는 기대감을 갖게 되었다.

다음으로 논의방법에 대해 밝힌다면 통시적(通時的) 시각과 함께 공
시적(共時的) 시각을 두루 적용하여 논의를 진행해 나가고자 한다. 구
비든 문헌이든 전승대상과 전승의 담당층이 어떤 관계를 유지하느냐
가 전승력을 결정짓는 큰 변수가 된다. 담당층이 전승과 친연성이 강
할수록 당연히 전승력은 강화될 것이며 내용적 변화는 최소화할 것이
다. 불교인물 전승에서 전승을 담당하는 인물들은 불교와 이해관계가
남다른 경우로 범위가 좁혀진다. 따라서 그들은 누구를 이야기할 것이
며 대상의 삶을 통해 무엇을 드러낼 것인가를 결정하는 데 망설이지
않는다. 그들은 불교의 철학과 이치를 체득시키는 것에 무엇보다 의미
를 두고 전승담을 활용한다. 대승적 사고로 대상의 국가·출생지에 연

연하지 않고 대상을 선별하고 그 자취를 대중 사이에 퍼뜨리는 데 앞장
서는 것도 이 영역의 담당층에게 찾아볼 수 있는 특징이다.

그러나 불교전승에서도 화자(話者)의 개별적 특성을 반영하고 있다
는 점을 잊지 말아야 한다. 불교의 가르침을 추종하지만 화자(話者) 역
시 국가·민족적 단위에 편입되어있는 개인이기도 한 것이다. 따라서
중국이든 일본이든 그곳에서 채록된 기록들은 삼국에서 건너간 불교
인물들을 타자로 인식하는 경우가 적지 않다. 이는 대체로 부정적 시
각, 비판적 형상화로 흘러갈 수밖에 없게 하는데 불교 전승담에서도
대상에 대한 자타(自他)의식이 의외로 강하게 표출된다.

공시적(共時的) 시각에서 말한다면, 같은 시간대에 동아시아 각국에
같은 전승담이 퍼지더라도 나라마다 전승인물에 대한 태도가 달라질
수 있다는 점인데 전승 대상이 타국인일 때 담당층은 아무래도 덜 호의
적인 반응을 보일 수 있으며 자국인인 경우에는 한층 호의적인 태도가
드러나는 것이다.

구비설화가 기억의 수월성을 위해 비교적 단순하고도 대조적인 구
조를 갖추고 있다면 불교인물 전승은 역사적 장르인 전기(傳記)를 의식
함으로써 서사적 구성성을 갖추는 것은 물론 불교적 인물의 전형을
전제로 한 일종의 형식을 갖추게 된다. 초월적 배경에다 이인적(異人的)
능력을 적극 주입함으로써 주인공은 범인(凡人)과 쉽게 구별이 된다.
그런데 주인공을 비범성을 상징화하는 데는 특정 모티브가 적극적으
로 개입되는 것을 볼 수가 있다. 다만 나라별로 선호하는 모티브가 다
른 것으로 여겨지는데 중국에서 선호하는 것과 일본에서 선호하는 모
티브가 별도로 확인된다.

이상 연구방법에 대한 대강의 윤곽을 밝혔다. 연구방향은 3가지 정

도로 대별할 수가 있을 듯하다. 이제까지 전승연구에서 거의 방치되다시피 한 중세불교 인물에 관한 이야기를 총체화하는 것, 통시적 관점에서 한·중·일 내 유통과 전파를 타진하여 그 경로와 함께 전승력을 구체화시키는 것, 그리고 공시적 시각에서 불교전승의 내적 구조·형식·모티브를 주목함으로써 시대 간, 지역 간 전승의 특성을 세분화시키는 것으로 요약된다. 아울러 중세 불교인물이 후대에 어떻게 변이되어 나갔는지가 밝혀질 터인데 이 땅에서 자생적으로 출현한 것으로 여겨지는 전승담 가운데에서도 의외로 해외로부터 이입된 이야기를 기저에 둔 것이 적지 않다는 점도 아울러 규명되리라 생각한다.

제 3 장

연구범위와 자료적 특성

이 장에서 집중적으로 살펴볼 것은 중세 중국과 일본에 소재하는 삼국 불교인물 전승담 및 그와 관련된 문헌들이다. 중국 쪽의 자료를 보면 이에 속하는 자료는 6세기부터 13세기에 걸쳐 광범위하게 나타난다. 중국 쪽에서 동방의 승려들은 동이족(東夷族)이라는 일반적 통념과 달리 타자에 대한 긍정적 시선으로 삼국 출신 불승들의 삶을 적극적으로 수습해 놓았다. 대표적으로『고승전(高僧傳)』,『속고승전(續高僧傳)』,『송고승전(宋高僧傳)』등 소위 삼조고승전(三朝高僧傳)을 들 수 있다. 물론 양나라부터 송나라에 이르기까지 중국 불교사의 주요 인물이 대부분을 차지하지만 그 안에는 19명에 이르는 삼국시대 승려들의 행적이 갈무리되어 있다.

양(梁)나라 혜교(慧皎)가 찬술한『고승전』은 중국 진출 승려가 흔치 않았던 시기에 출현한 탓에 승랑(僧朗), 담시(曇始) 2명의 고구려 승려만 입전되어 있다. 그러다 당(唐)나라 도선(道宣)의『속고승전』에 이르면 삼국의 승려들 가운데 특히 신라 승려들이 입전 대상으로 부각된다. 삼국 중 불교전래가 가장 늦었음에도 법흥왕 때의 불교의 공인과 더불어 입당(入唐)의 열기가 신라에서 크게 고조되었다는 점을 이로써 확인할 수 있다.

화이론적(華夷論的) 시각이 지배적인 중세시기에 삼국의 승(僧)이 중국불교 전기에 오를 수 있었던 것은 사해평등적 시각을 견지하고 있는 불교 교리의 영향이 무엇보다 컸던 것으로 보인다. 공고하게 자리 잡은 중화적 시각을 약화시키는 대신 불교 신앙적 테두리 안에서 접근하다보니 이른바 변방의 불승일지라도 주목의 대상이 될 수 있었던 것이다. 자아각성은 물론 대중을 구원하고 전교하는 등의 이타적인 보살행은 국가 간 경계와 분파적인 민족성마저 초탈하고 있어 입전(立傳)의 대상으로서 충분한 자격을 구비하고 있었던 것이다. 이제 논의대상으로 주목되는 불교인물을 중국문헌에서 정리해보면 다음과 같다.

	문헌명	삼국 승려
傳記類	『高僧傳』	고구려 : 승랑(僧朗), 담시(曇始)
	『續高僧傳』	고구려 : 실법사(實法師), 인법사(印法師), 파약(波若), 지황(智晃) 백제 : 혜현(慧顯) 신라 : 자장(慈藏), 원광(圓光)
	『大唐西域求法高僧傳』	고구려 : 현유(玄遊) 신라 : 아리야발마(阿離耶跋摩), 혜업(慧業), 현태(玄太), 현각(玄恪), 혜륜(慧輪)
	『宋高僧傳』	고구려 : 원표(元表) 백제 : 진표(眞表) 신라 : 원측(圓測), 순경(順璟), 의상(義湘), 원효(元曉), 현광(玄光), 무상(無相), 지장(地藏), 무루(無漏)
	『新修科分六學僧傳』	고구려 : 파약(波若), 영조(靈照) 백제 : 진표(眞表) 신라 : 자장(慈藏), 의상(義湘), 현광(玄光), 지장(地藏), 도육(道育), 원측(圓測), 원광(圓光), 원효(元曉), 무상(無相)
	『神僧傳』	백제 : 진표(眞表) 신라 : 현광(玄光), 김사(金師), 무상(無相), 지장(地藏), 무루(無漏)
	『高僧摘要』	백제 : 진표(眞表) 신라 : 원광(圓光), 자장(慈藏), 원효(元曉), 의상(義湘)

天台, 法華類	『佛祖統紀』	고구려 : 보운(寶雲) 신라 : 현광(玄光), 무루(無漏), 김선사(金禪師)
	『觀世音應現記』	백제 : 발정(發正)
	『弘贊法華傳』	백제 : 혜현(慧顯) 신라 : 사미(沙彌), 연광(緣光)
	『法華傳記』	백제 : 혜현(慧顯), 발정(發正) 신라 : 연광(緣光)
	『釋門自鏡錄』	신라 : 흥륜사승(興輪寺僧), 일선사(一禪師), 순경(順璟)
	『三寶感應要略錄』	신라 : 유(兪)
	『佛祖歷代通載』	신라 : 무루(無漏)
禪宗 史類	『祖堂集』	신라 : 영조(靈照), 현눌(玄訥), 도의(道義), 혜철(慧徹), 홍직(洪直), 현욱(玄昱), 범일(梵日), 무염(無染), 도윤(道允), 김대비(金大非), 순지(順之)
	『景德傳燈錄』	고구려 : 영광(令光), 혜거(慧炬), 영감(靈鑒) 신라 : 무상(無相), 가지(迦智), 대모(大茅), 순지(順支), 청원(淸院), 와룡(臥龍), 서암(瑞巖), 박암(泊巖), 대령(大嶺), 영조(靈照), 운주(雲住), 구산(龜山), 김대비(金大悲)
	『歷代法寶記』	고구려 : 지덕(智德) 신라 : 무상(無相)
	『指月錄』	신라 : 원효(元曉), 대모(大茅)
	『林間錄』	신라 : 원효(元曉)

서목(書目)과 그에 수록된 불승(佛僧)을 열거해놓았으나 현재의 설화 개념을 앞세워 중세시기의 전승을 파악하는 것은 여러 가지로 무리가 따른다. 기본적으로 중세 해외자료에 보이는 설화는 불교사서, 승전, 영험담, 기행문 등으로 서로 다른 기능 속에 섞여 들어간 것들로 순수한 의미의 설화적 담론으로 취급하기는 곤란하다.

찬술물 속에 삽입된 설화에서 발견되는 인물들은 하나같이 불교적 인간으로서 의미와 상징성을 내포한다. 중국 전승 안에 오른 인물들은 삼국 혹은 고려의 인물들로 구법(求法)을 목표로 중국에 들어온 경우가 대부분인데 그들을 기록한 문헌들은 전기(傳記), 천태(天台), 법화(法華) 선종사(禪宗史) 등으로 갈래를 지어볼 수가 있다.

문헌들의 출현 시기는 6세기 초부터 12세기 초까지로 6백여 년을 아우른다. 이는 양·당·송(梁·唐·宋)에 해당하는 시기이며 불교의 흥성기에 해당한다. 이 중에서도 특히 주목되는 것이 당(唐) 시기에 출현한 문헌들이다. 신라를 중심으로 초기 불교문화를 이식하기 위해 한반도에서는 많은 승려들이 당으로 진출하였으며 그곳에서의 유학일화와 활약상이 문헌에 오르게 되었다. 이는 후대에도 거듭해 주목할 기록들로 자리를 잡는다. 엄연히 기록물이지만 이들은 구비 전승적 요소가 강하다. 구비전승이 그 담당층을 민중으로 하며 원형에서 이탈한 정도가 심한 편인데 비해 문헌전승물이라 할 이들 자료는 개인의 일생을 엄격하게 추적하기보다는 당대 사중에서 떠돌던 이야기가 자의적 변형을 거치지 않고 채기된 것이 대부분이기 때문이다.

중국 내의 전승이라 할지라도 체재 기간의 행적 기록만으로 남은 것이 아니다. 일생담을 지향하는 승려의 전승담은 필연적으로 유학 전 삼국 내에서 일어났던 일화를 포함할 수밖에 없게 되는 것이다. 여기에 중국 체류 시 일어났던 이야기를 보충하여 전 생애를 복원시켜 나간다. 생(生)의 재구에 있어 불교적 인간으로서의 면모를 앞세워야 한다는 생각이 일생담의 구조를 결정했다. 허구적 요소가 상대적으로 농후한 것은 그 불교적 덕성의 발굴을 염두에 둔 탓이 크다. 한·중(韓·中) 불교 인물전승에 유사 모티브가 유독 많은 것은 불교적 덕성의 현시라는 동일한 목적성을 그 바탕에 두고 있기 때문이다. 중국문헌에 오른 삼국승의 이야기는 기본적으로 역사적 양식 속에서 갈무리 된 것이다. 따라서 전의 본령에 이바지하는 쪽으로 이야기가 선별되기 때문에 구비전승 차원의 민중담과는 애초부터 거리가 있다고 하겠다.

문화의 흐름으로 보아 한·중(韓·中) 간 교류나 유통역사에 비할 때 한·일(韓·日) 간 관계가 친밀하게 유지되어 왔다고 말하기는 어렵다. 하지만 초기 일본 불서(佛書)를 본다면 적어도 불교문화 교류의 역사는 퍽이나 깊다고 할 것이다. 다음은 삼국 승려의 전승담을 전하고 있는 일본의 대표적 문헌목록이다.

	문헌명	삼국 승려
傳記類	『三國佛法傳通緣起』	고구려 : 혜관(慧灌) 백제 : 관륵(觀勒), 혜관(慧觀) 신라 : 지봉(智鳳), 지란(智鸞), 지웅(智雄), 심상(審祥), 지평(智平)
	『元亨釋書』	고구려 : 혜관(慧灌), 혜자(慧慈), 혜편(慧便), 담징(曇徵), 법정(法定), 승륭(僧隆), 운총(雲聰) 백제 : 의각(義覺), 도령(道寧), 도장(道藏), 담혜(曇慧), 도심(道深), 혜총(慧聰), 관륵(觀勒), 도흔(道欣), 법명(法明), 담혜(曇慧), 일라(日羅) 신라 : 심상(審祥), 의림(義林), 관상(觀常), 운관(雲觀), 행심(行心), 지융(智隆), 전길(詮吉), 의법(義法), 명신(明神)
	『本朝高僧傳』	고구려 : 혜관(慧灌), 혜편(慧便), 혜자(慧慈), 도현(道顯) 백제 : 담혜(曇慧), 관륵(觀勒), 도장(道藏), 의각(義覺), 다상(多常), 혜미(慧彌), 혜총(慧聰), 일라(日羅), 풍국(豊國), 도령(道寧), 원세(圓勢), 방제(放濟) 신라 : 심상(審祥), 의림(義林), 지봉(智鳳), 명신(明神)
	『三論祖師傳集』	고구려 : 도랑(道朗), 혜관(慧灌)
	『三論祖師傳』	고구려 : 혜관(慧灌)
	『佛法傳來此第』	고구려 : 혜관(慧灌), 혜자(慧慈) 백제 : 일라(日羅), 관륵(觀勒), 법명(法明) 신라 : 지봉(智鳳)
	『僧網補任抄出』	고구려 : 혜관(慧灌) 백제 : 관륵(觀勒), 법명(法明) 신라 : 지봉(智鳳)
	『華嚴祖師繪傳』	신라 : 원효(元曉), 의상(義湘)

寺志類	『興福寺寺緣起』	백제 : 법명(法明)
	『善光寺緣起集註』	백제 : 일라(日羅)
史記類	『日本書紀』	고구려 : 혜편(慧便), 혜자(慧慈), 승륭(僧隆), 운총(雲聰), 담징(曇徵), 법정(法定), 득지(得志), 관상(觀常), 영관(靈觀), 복가(福嘉) 백제 : 담혜(曇慧), 일라(日羅), 혜총(慧聰), 관륵(觀勒), 도장(道藏), 상휘(常輝), 법장(法藏) 신라 : 행심(行心), 지융(智隆), 명총(明聰), 관지(觀智), 전길(詮吉)
	『扶桑略記』	고구려 : 혜자(慧慈), 도등(道登), 행선(行善) 백제 : 일라(日羅), 혜총(慧聰), 관륵(觀勒), 의각(義覺), 법명(法明), 도장(道藏) 신라 : 도행(道行), 의법(義法), 의기(義基), 총집(摠集), 자정(慈定), 정달(淨達), 관지(觀智)
	『帝王編年記』	고구려 : 혜자(慧慈) 백제 : 혜총(慧聰), 관륵(觀勒), 법명(法明) 신라 : 도행(道行)

『일본서기(日本書紀)』를 제외한 나머지 자료는 중국 자료에 비해 훨씬 후대에 등장했음에도 불구하고 『삼국유사』 등 국내 어떤 자료에서도 찾아볼 수 없는 인물들이 집중적으로 올라있어 사료로서의 의미가 적지 않다. 일본 문헌전승 자료에서 전승을 폭넓게 수용하고 있는 것은 역시 중국과 마찬가지로 승전류(僧傳類)이다. 『일본서기(日本書紀)』, 『부상약기(扶桑略記)』, 『제왕편년기(帝王編年記)』 등의 사서(史書)에도 불교 인물들이 다수 수록되어 있으며 고구려와 백제의 승려들에 대한 기록이 신라에 못지않게 풍성하다는 점도 일본 문헌의 특징적 면모로 꼽을 만하다.

삼국승이 일본 불서에 집중적으로 수록된 것은 일본 불교가 정착하기까지 삼국승이 직·간접적으로 간여했음을 시사해준다. 특히 백제의 영향력을 빼놓고 초기 일본불교를 거론할 수 없다. 국가적 차원의 교류와 달리 고구려와 신라에서는 개별적 차원의 지원과 교류가 있었는데 일본 내 전승양상을 보면 삼국승이 비교적 고루 전승되어왔음이 확인된다. 일본으로 진출한 승려들은 중국 측 자료에서는 거론되지 않았는데 『화엄조사회전(華嚴祖師繪傳)』에서 보듯 일본체험이 전무했음에도 원효(元曉)와 의상(義湘)은 문헌전승의 주인공으로 등재되었다. 이는 내용상 삼국보다 당(唐)에서 앞서 발원한 전승담이 일본으로 흘러들어간 사례여서 한층 흥미를 끈다. 이후부터는 상기(上記) 중·일(中·日)의 자료가 갖는 특성을 보다 구체적으로 드러내보기로 하겠다.

1. 중국의 전승자료

5세기부터 16세기까지 삼국(三國), 고려(高麗)시대의 불교인물로 중국 불교문헌에 오른 인물은 200여 명에 달하는 것으로 밝혀졌다.[1] 이는 수행원이나 재가제자 등을 제외하고 불승만을 헤아린 숫자이므로 실제 중국으로 진출한 불교인물은 이를 상회한다고 보아야 한다. 6세기 초 만해도 기록에 오른 인물은 승랑(僧朗)과 담시(曇始)뿐이었다. 삼국의 승려들이 본격적으로 진국에 진출하기 시작하는 때는 7세기 이후로 입당(入唐) 승(僧)들은 대체로 장안과 그 주변에 머무른 것으로 나타난다. 초기 구법승 가운데 한·중(韓·中)의 문헌에 3차례 이상 오른 인물은 아래와 같다.[2]

---

1) 김병곤, 「신라하대 구법승의 행적과 실상」, 『불교연구』 24집, 한국불교연구원, 2006, 113~143면 참조.
2) 김병곤, 상게서, 113~143면 참조.

· 원광(圓光) : 『속고승전(續高僧傳)』, 『해동고승전(海東高僧傳)』, 『삼국
유사(三國遺事)』.

· 혜륜(慧輪) : 『대당서역구법고승전(大唐西域求法高僧傳)』, 『해동고승전
(海東高僧傳)』, 『삼국유사(三國遺事)』.

· 구본(求本) : 『대당서역구법고승전(大唐西域求法高僧傳)』, 『해동고승전
(海東高僧傳)』, 『삼국유사(三國遺事)』.

· 승장(勝莊) : 『송고승전(宋高僧傳)』, 『대원록(大圓錄)』, 『정원록(貞元錄)』.

· 혜업(慧業) : 『대당서역구법고승전(大唐西域求法高僧傳)』, 『해동고승전
(海東高僧傳)』, 『삼국유사(三國遺事)』.

· 아리야발마(阿離耶跋摩) : 『대당서역구법고승전(大唐西域求法高僧傳)』,
『해동고승전(海東高僧傳)』, 『삼국유사(三國遺事)』.

· 자장(慈藏) : 『속고승전(續稿僧傳)』, 『삼국유사(三國遺事)』, 『삼국사기
(三國史記)』.

· 현각(玄恪) : 『대당서역구법고승전(大唐西域求法高僧傳)』, 『해동고승전
(海東高僧傳)』, 『삼국유사(三國遺事)』.

· 신방(神昉) : 『대자은사삼장법사전(大慈恩寺三藏法師傳)』, 『개원석교록
(開元釋敎錄)』, 『송고승전(宋高僧傳)』.

· 의상(義湘) : 『삼국유사(三國遺事)』, 『삼국사기(三國史記)』, 『송고승전
(宋高僧傳)』.

· 무상(無相) : 『봉암산지증대사비명(鳳巖山智證大師碑銘)』, 『송고승전(宋
高僧傳)』, 『신승전(神僧傳)』, 『신수과분육학승전(新修科分六學僧傳)』.

· 지장(地藏) : 『구화산화성사기(九華山化城寺記)』, 『전당문(全唐文)』, 『송
고승전(宋高僧傳)』.

· 도의(道義) : 『당문습유(唐文拾遺)』, 『조당집(祖堂集)』, 『봉암사지증대

사탑비(奉巖寺智證大師塔碑)」, 『쌍계사진감선사비(雙磎寺眞鑑先師碑)』.

· 혜철(慧徹) : 『경덕전등록(景德傳燈錄)』, 『당문습유(唐文拾遺)』, 『대안

사적인선사탑비(大安寺寂忍禪師塔碑)』.

· 현욱(玄昱) : 『조당집(祖堂集)』, 『경덕전등록(景德傳燈錄)』, 『영월흥령

사징효대사탑비(寧越興寧寺澄曉大師塔碑)』.

· 범일(梵日) : 『조당집(祖堂集)』, 『경덕전등록(景德傳燈錄)』, 『삼국유사

(三國遺事)』, 『삼국사기(三國史記)』.

· 순지(順之) : 『조당집(祖堂集)』, 『경덕전등록(景德傳燈錄)』, 『서운사료

오화상탑비(瑞雲寺了悟和尙塔碑)』.

· 행적(行寂) : 『낭공대사전당문(郞空大師全唐文)』, 『경덕전등록(景德傳燈

錄)』, 『태자사낭공대사탑비(太子師郞空大師塔碑)』. .

· 경유(慶猷) : 『당문습유(唐文拾遺)』, 『경덕전등록(景德傳燈錄)』, 『오룡

사법경대사탑비(五龍寺法鏡大師塔碑)』.

중국으로 구법유학을 떠난 삼국 출신 승려들이 그곳에서 어떻게 지
냈는지를 구체적으로 전하는 문헌은 찾기 어렵다. 당대 명성이 높았던
불교 인물들의 행적은 그나마 확인이 가능하다해도 수행인물, 보좌승
들의 자취는 묻혀버린 경우가 태반이다. 『삼국사기』, 『삼국유사』 등도
중국 측의 자료를 근거로 하여 전기(傳記), 불교사(佛敎史)를 기술할 수
있었거니와 다행히 고승의 반열에 든 인물에 대해서는 삼조고승전(三
朝高僧傳)을 비롯한 중국문헌을 통해서 한층 구체적인 정보를 얻을 수
가 있다.

혜교(慧皎)가 『고승전(高僧傳)』을 찬술한 519년 이전까지는 중국 자료
에서 삼국승의 자취는 찾아보기 어렵다. 삼국승이 중국 사료에 점차적

으로 등장하는 시기는 7세기 이후이다. 645년 찬술된 『속고승전(續高僧傳)』에는 실법사·인법사·파약·지황(實法師·印法師·波若·智晃, 고구려), 혜현(慧顯, 백제), 원광·자장(圓光·慈藏, 신라)의 전기가 들어 있다. 그러나 삼조고승전(三朝高僧傳) 가운데 해동의 승려를 가장 폭넓게 취합하고 있는 것은 찬녕(贊寧)의 『송고승전(宋高僧傳)』이었다. 신라불교의 흥성기에 등장한 진표(眞表, 백제), 원측·순경·의상·원효·현광·무상·지장·무루(圓測·順璟·義湘·元曉·玄光·無相·地藏·無漏, 신라) 등의 승려의 전기를 여기서 찾을 수 있다. 양·당·송(梁·唐·宋) 왕조를 거치면서 대표적 불승을 선별하고 그 생애를 밝히고 있는 삼조고승전(三朝高僧傳)은 이상적인 인물을 선별, 기록한다는 취지를 내세우고 광범위하게 불교인물을 점검하는 방식으로 불교사를 기획했다고 볼 수 있다.

그렇다면 삼조고승전(三朝高僧傳)은 유교적 열전과 어떤 면에서 차이가 있는가. 보통 유교열전은 합리주의, 실증주의적 시각을 전면에 내세운다. 하지만 승전류는 그와 달랐다. 현실주의적 시각 대신 신이적·초월적 시각을 통해 사유, 수행으로 점철되는 불교 인물들의 삶을 응시했다. 불교 인물들의 삶에 의미를 부여하고 그를 현창하기 위해서는 건조한 사실 단위의 서사만으로는 역부족이라는 점이 금방 드러났다. 불교적 인간으로서의 표상을 마련하는 데 사실담보다는 오히려 허구적이며 초현실적 이야기를 동원하는 것이 필요하다는 생각이 일찍부터 자리를 잡게 된 것이다. 전기(傳記) 찬술에 있어 엄격성이 요구되는 것은 당연하지만 불교적 인간의 형상화라는 보다 큰 명제는 그것만으로 실현되는 것이 아님을 자각하면서 문헌전승의 주체들은 구비전승을 적극적으로 수렴하게 되었다.

그런데 문헌전승이라 할지라도 자료들 간의 찬술의식이나 서술방식이 의외로 큰 차이를 보인다는 점을 외면해서는 안 될 것 같다. 찬자(撰者)의 성향과 입장에 따라 인물의 형상화, 전승의 수용태도 등에서 현격한 차이가 존재하기 때문이다. 혜교(慧皎)의 『고승전』과 도선(道宣)의 『속고승전』을 비교·검토해보자. 일반적으로 『속고승전』은 『고승전』을 좇아 동일한 찬술의식과 체재를 갖추어 지어낸 전기물로 평해왔다. 서(序)에서 밝히다시피, 이름만이 아닌 명실(名實)이 부합되는 위대한 승려나 눈에 보이지 않는 유현한 세계 같은 것이야말로 불교적 진리를 드러내는데 무엇보다 소중한 측면이라고 생각했던 인물이 혜교였다.[3] 이런 전제는 현상적으로 보아 사실과 허구라는 이분적 경계의 구분마저 지양하게 되며 자연스럽게 설화적 담론에 의지한 승전의 형태로 나타나게 된다.

하지만 『속고승전』에 오면 이런 서술경향에서 벗어나는 일이 흔하다. 찬자인 도선(道宣)에게 승전은 사실에 의존하여 객관적으로 기술되어야 하는 역사물로서의 책무를 먼저 절감해야 하는 담론으로 설정된다. 한 인물의 형상화에서 눈길을 사로잡기 위해서는 흥미로운 모티브나 이목을 집중시키는 이적 등을 집중적으로 소개할 필요가 있다. 하지만 전기에 초점을 둔다면 이야기가 달라진다. 도선(道宣)은 전기(傳記)가 구비 전승담을 수용할 수 있으나 맹목적으로 그에 매달려서는 곤란하다고 본 것 같다. 도선(道宣)이 택한 인물형상은 변증할 수 있는 범위에서 이루어졌다고 하겠는데 실증적 안목으로 사실과 허구를 구분하려는 태도를 시종일관 견지했다고 보면 될 것이다.

사실 전(傳)은 생존했던 인물을 복원시키는 데 목적을 두고 있으므로

---

3) 慧皎, 『高僧傳』第14卷, 序錄.
　　"至若能仁之爲訓也 考業果幽微 則循復三世 言至理高妙 則貫絕百靈"

허구적 속성이 강한 구비전승을 재화(再話)의 수단으로 끌어들이는 것에
대해 경계심을 늦추지 않았다. 하지만 불가에서는 객관적으로 혹은 현실
적으로 이야기한다는 것의 의미가 무엇인지 보다 근본적인 물음을 던지
며 전승담론의 의미를 되새기려 들었다. 현상적 시각에 갇혀있는 인간의
한계를 문제 삼으며 가해/불가해(可解/不可解)로 구별하는 것에 익숙한
인간의 편협성을 경계하였다. 그 같은 인식을 바탕에 두고 불교인물
전승담을 갈무리해 놓은 첫 사례로서 출현한 것이 『고승전(高僧傳)』이다.
『고승전』에서 시작된 불승의 전기화 작업은 당·송(唐·宋)시대를 거치면
서 더욱 정연하게 기틀이 마련된다. 혜교(慧皎)가 초기 중국불교사를 대
표하는 승려 5백여 명의 입전한 선례를 보임으로써『속고승전』, 『송고
승전』이 연이어 출현할 수 있었으나 전기화 방식, 전승 수용의 시각에서
는 차이를 보였다. 『속고승전』, 『송고승전』은 혜교의 찬술에 대체로
동의하면서도 나름의 전기적 방향을 견지하며 내용, 주제에서 찬자 특유
의 특성을 반영시키고자 하였다.

　『송고승전』이 간행된 때는 988년이다. 따라서 8~9세기에 중국으로
진출한 삼국의 불승들이 다수 입전될 수가 있었는데 구비 전승담을
입전(立傳)의 중요한 전거로 삼고 있음이 눈에 띈다. 인물의 전 생애를
목표로 하는 서사물이라고는 하지만『송고승전』에서는 주로 중국체류
기간 동안의 궤적이 중점적으로 그려진다. 물론 예외도 없지는 않다.
입당체험이 없는 혜현(慧顯)이나 원효(元曉)까지 입전의 대상으로 지목
했으며 또한, 국내전승에서는 확인되지 않는 신이담을 상세히 전하고
있기도 하다. 물론 이는 삼국으로부터 유입된 전승이 있었기에 가능했
던 일이었다.

　승전류가 허구적 서사를 수용하고 있다는 점은 전기의 본령과는 어

굿날 뿐더러 불교사를 곡해시킨다는 비판에 직면할 수도 있다. 하지만 불가에서의 전기란 사실과 허구의 분법적 시각을 애초부터 초월한 입장에서의 서사라고 보는 것이 옳을 것이다. 만약 사실담 위주의 기술만 앞세운 것이라면 승려의 전기(傳記)를 전승 연구의 대상으로 삼을 수는 없을 것이다.

이제 중국자료를 대상으로 가장 빈도가 높고 오랫동안 그 전승력을 잃지 않았던 의상(義湘)과 원효(元曉)의 예를 통해 중국에 퍼진 삼국승의 전승적 특성을 헤아려 보자. 『신수과분육학승전(新修科分六學僧傳)』은 『송고승전』이 찬술된 직후에 등장한 자료임에도 과감하게 『송고승전』의 기사4)를 축약시키고 있어 이를 통해 후대 전승의 향방이 가늠된다.

---

4) 贊寧, 『宋高僧傳』卷第4, 義湘傳.
"釋義湘 俗姓朴繼林府人也 生且英奇 長而出離 逍遙入道性分天然 年臨弱冠聞唐土教宗鼎盛 與元曉法師同志西游 行至本國海門唐州界 計求巨艦 將越滄波 倏於中塗遭其苦雨 遂依道旁土龕間隱身. 所以避飄濕焉 迨乎明旦相視 乃古墳骸骨旁也 天猶矇霖地且泥塗 尺寸難前逗留不進 又寄埵甓之中 之未央俄有鬼物爲怪 曉公嘆曰 前之寓宿謂土龕而且安此夜留宵托鬼鄉而多祟 則知心生故種種法生 心滅故龕墳二 又三界唯心萬法唯識心外無法胡用別求 我不入唐 卻攜囊返國 湘乃只影孤征誓死無退 以總章二年附商船達登州岸 分衛到一信士家 見湘容色挺拔留聯門下旣久 有少女麗服靚妝 名曰善妙 巧媚海之 湘之心石不可轉也 女調不見答 頓發道心 於前矢大願言 生生世歸命和尚 習學大乘成就大事 弟子必爲檀越供給資緣 湘乃徑趨長安終南山智儼三藏所 綜習華嚴經 時康藏國師爲同學也 所謂知微知章有倫有要 德瓶云滿 藏海嬉游 乃議回程傳法開誘 復至文登舊檀越家 謝其數稔供施 便慕商船逡巡解纜 其女善妙 預爲湘辨集法服并諸什器可盈篋笥運臨海岸湘船已遠 其女咒之曰 我本實心供養法師 願是衣篋跳入前船 言訖投篋于駭浪有頃疾風吹之若鴻毛耳 遙望徑跳入船矣 其女復誓之 我願是身化爲大龍 扶翼舳艫到國傳法 於是攘袂投身于海 知願力難屈至誠感神 果然伸形 天矯或躍 蜿蜒其舟底 寧達于彼岸 湘入國之後遍歷山川 於駒驪百濟風馬牛相及地 曰此中地靈山秀眞轉法輪之所 無何權宗異部聚徒可半千衆矣 湘黙作是念 大華嚴教非福善之地不可興 時善妙龍恆隨作護潛知此念 乃現大神變於虛空中 化成巨石 縱廣一里蓋于伽藍之頂 作將墮不墮之狀 僧驚駭罔知收趣 四面奔散 湘遂入寺中敷闡斯經 冬陽夏陰 不召自至者多矣 國王欽重以田莊奴僕施之 湘言於王曰 我法平等高下共均貴賤同揆 涅經八不淨財 何莊田之有 何奴僕之爲 貧道以法界爲家 以盂耕待稔 身慧命藉此而生矣 湘講樹開花談叢結果 登堂睹奧者 則

『송고승전』은 『신수과분육학승전』에 비해 의상의 생(生)을 조망해
주고자 하는 의도가 상대적으로 강한 편이다. 그러기에 유학 전, 유학
중, 유학 후의 자취로 서사단위를 삼분하여 인과적으로 초점화시키고
있으며 이를 통해 훗날 그가 신라 화엄학의 조종(祖宗)이 될 수 있었음
을 증명해 보인다. 그러나 『신수과분육학승전』에서는 의상의 상(像)을
단순하게 처리할 뿐 아니라 대중의 흥미에 편승할만한 화소중심으로
삶을 펼쳐놓음으로써 의상의 전체적 면모를 기대하기가 쉽지 않게 되
었다.

『신수과분육학승전』이 이전 자료를 과감하게 축약한 형태의 전승적
수용이라면 아예 원형담의 한 모티브만 집어내 이를 확대, 변이한 사
례도 나타나게 된다. 『임간록(林間錄)』에 들어있는 원효의 오도담이 그
렇다. 원래 이 이야기의 출발지점은 『송고승전』이었다. 다른 부분은
제거하고 의상과 원효가 도반으로 입당길에 올랐다가 우중 고분에서
겪은 신이체험만 발췌하여 각편으로 유통되다가 『임간록』에 실린 것
이다.5) 988년에 찬술된 『송고승전』보다 119년 후에 찬술된 것이지만
의상과 더불어 구법에 오른 것이 아니라 원효 단독으로 출발한 것으로

智通表訓梵體道身等數人 皆啄巨飛出迦留留羅鳥焉 湘貴如說行 講宣之外精勤修練 莊嚴
刹海靡憚暄涼 又常行義淨洗穢法 不用巾 立期乾燥而止 持三法衣瓶鉢之 曾無他物 凡弟
子請益不敢造次 伺其怡寂而後啓發 湘乃隨疑解滯必無滓核 自是已來云游不定稱可我心
卓錫而居 學侶蜂屯 成執筆書紳懷鉛札葉 抄如結集錄似載言 如是義門隨弟子爲目 如云
道身章是也 或以處爲名如云錐穴問答等 數章疏皆明華嚴性海毗盧遮那無邊契經義例也
湘終于本國 塔亦存焉 號海東華嚴初祖也"

5) 覺範惠洪, 『林間錄』卷上.
  唐僧元曉者 海東人 初航海而至 將訪道名山 獨行荒陂 夜宿塚間 渴甚引手掬水 于穴中
得泉甘涼 黎明時之髑髏也 大惡之盡欲嘔去 忽猛省嘆曰 心生則種種法生 心滅則髑髏不
二如來大師曰 三界唯心豈欺我哉 遂不復求師 即日還 海東 疏華嚴經大弘圓頓之敎 予讀
其傳至此追念 晉樂廣酒盃蛇影之事 作偈曰夜塚髑髏元是水 客盃弓影竟非蛇

되어 있으며 해오(解悟)체험을 촉발시킨 고분도 한국이 아니라 중국권
역으로 설정해 놓고 있다. 이른바 해골물로 갈증을 달랬다는 일화로서
『임간록』에서부터 전승의 변화가 생긴다.

　『송고승전』이나『신수과분육학승전』에서는 원효가 무덤에서 기숙
한 후 아침에 해골이 뒹구는 것을 본 후 두려움에 사로잡힌 것으로
되어있다. 하지만『임간록』에서는 취중에 갈증을 못 이겨 마신 물이
해골에 괴어있던 물임을 알고는 구역질을 한 것으로 내용이 바뀐다.
찬자인 각범혜홍(覺範惠洪)은 불법의 종지를 깨우치고 수행을 책려하기
위해 당시 선가의 전승들을 수습했다고 보는데 앞의 전승보다 한층
극적이고 충격적인 이야기로 전승을 변이시킨 셈이다.『임간록』소재
원효의 대오각성담은 중국에서 흘러들어와 우리나라 구비전승과 야사
에 널리 오른 특이한 사례가 되었다.

　삼국승의 전승담 중에는 전적으로 중국에서만 유통된 예도 나타난
다. 지장(地藏, 695~794)의 전승이 그렇다. 지장은 신라의 왕자로 태어
났음에도 국내에는 그의 전승담이 전무하다. 그러나『송고승전』을 비
롯해 중국의 제 문헌에는 비교적 상세한 일대기가 전한다.

　그는 신라 왕자로, 김씨왕의 근친으로 태어나 출가한 뒤 당 지덕(至
德) 연간에 중국 구화산(九華山)에 들어와 수행에 전념한다. 그의 수행
력이 어떠했는지는 독사가 물었음에도 요동도 없이 기도를 계속한 데
서 잘 읽을 수 있다. 어느 때는 간난고초를 덜어주기 위한 듯 미인이
나타나 약을 주며 샘물의 위치를 일러주기도 했다. 하지만 그는 석굴
에서 쌀을 대신해 백토로 끼니를 이어갈 정도로 궁핍했다. 하지만 참
수행자로서 명성이 퍼지면서 불자들이 몰려들었고 심지어 신라에서도
그를 찾는 사람들이 생겼다. 아울러 어진 관리와 독실한 신자들이 재

물을 희사하면서 절이 세워지고 점차 보살의 신격으로 경배의 대상이
되었다. 99세로 열반에 들자 그의 시신을 함에 모셔두었는데 3년이
지나도록 안색이 산 사람과 같았으며 손발이 부드러운데다 뼈마디에
서는 금쇠 흔드는 소리가 났다. 이를 본 사람들은 그가 진정 보살이었
음을 더욱 더 확신하게 되었다. 그리고 그가 대중을 교화하던 자리에
는 부도탑을 세워 그 공덕을 기렸다.[6]

　김지장(金地藏)이 중국 내 전승이 활발하게 이루어질 수 있었던 까닭
은 일반적인 구법승과는 달리 평생을 중국에 체류하며 불법이 전혀
미치지 못하는 오지로 들어가 일생을 성지(聖地)개척과 교화(敎化)로 일
관했기 때문이었다. 지장(地藏)의 일생을 살필 수 있는 중국 측의 자료로
는『구화산화성사기(九華山化城寺記)』,『송고승전(宋高僧傳)』,『신승전(神
僧傳)』,『김교각급기구화산영적기(金喬覺及其九華山靈蹟記)』,『중국지장
보살의궤집(中國地藏菩薩儀軌集)』등 다수가 있는데 시대가 흐르면서 그

---

6) 贊寧,『宋高僧傳』卷第20, 感通篇, 唐池州九華山化城寺地藏傳.
　"釋地藏 姓金氏 新羅國王之支屬也 慈心而貌惡 穎悟天然 七尺成軀 頂聳奇骨 特高才
力可敵十夫 嘗自誨曰 六籍寰中三淸術內 唯第一義與方寸合 于時落髮涉海捨舟而徒 振
錫觀方 邂逅至池陽 覩九子山焉 心甚樂之 乃逕造其峯得谷中之地 面陽而寬平 其土黑壤
其泉滑甘 巖棲澗汲趣爾度日 藏嘗爲毒螫端坐無念 俄有美婦人作禮饋藥云 小兒無知願出
泉以補過 言訖不見 視坐左右間濬然 時謂爲九子山神爲湧泉資用也 其山天寶中李白遊
此 號爲九華焉 俗傳山神婦女也 其峯多冒雲霧罕曾露頂歟 藏素願持四大部經 遂下山至
南陵 有信士爲繕寫 得以歸山 至德年初有諸葛節 率村父自麓登高 深極無人 雲日鮮明
居唯藏孤 然閉目石室 其房有折足鼎 鼎中白土和少米烹而食之 郡老驚歎曰 和尚如斯苦
行 我曹山下列居之咎耳 相與同構禪宇 不累載而成大伽藍 建中張公嚴典是邦 仰藏之
高風 因移舊額 奏置寺焉 本國聞之率以渡海相尋 其徒且多無以資歲 藏乃發石得土 其色
靑白不磏如麵 而供衆食 其衆請法以資神 不以食而養命 南方號爲枯槁衆 莫不宗仰 龍潭
之側有白墡硎 取之無盡 以貞元十九年夏 忽召衆告別 罔知攸往 但聞山鳴石隕扣鐘嘶嗄
如趺而滅 春秋九十九 其屍坐於函中 洎三稔開將入塔 顏貌如生 擧舁之動骨節 若撼金鎖
焉 乃立小浮圖于南臺 是藏宴坐之地也 時徵士右拾遺費冠卿序事存焉 大中中僧應物亦
紀其德哉"

를 보다 성스럽고 신비한 존재로 증언해 가고 있음을 알 수가 있다.

"貞元 11년 그는 결가부좌한 채로 示寂하였다. 시적한 후 그는 영이하
였는데 이것은 불경에 기재된 지장보살의 端相과 꼭 같았으므로 地藏菩薩
이 세상에 내려온 것이다. 조정에서는 化城이란 사액을 하사하였다. 따라
서 구화산은 地藏菩薩道場으로 이름을 날렸다. 지금은 지장보살을 김지
장이라고 부른다."7)

김교각(金喬覺)이 당에서 활동할 때 신라 사람들이 그의 명성을 듣고
구화산을 찾았던 것으로 미루어 그에 대한 전승이 신라 사람들 사이에
서 퍼져 있었을 것으로 추정된다. 그것은 정확히 말해 중국 전승이 신라
에서 재화된 것에 해당된다. 그렇지만 중국에서 활동하다 그곳에서 숨
을 거둔 인물이기에 신라 내에서 강한 전승력을 유지하기는 어려웠을
것이다. 시간이 지나면서 김교각은 국내에서 점차 잊히고 기록으로도
제대로 갈무리되지 못하게 된 것이다. 여하튼 김교각은 신라인으로서
중국 내 전승이 다채롭고도 풍성하게 남아있는 특이한 사례에 속한다.

2. 일본의 전승자료

삼국이 일본에 불교를 전하는 데 결정적으로 기여를 했음은 널리
알려진 사실이다. 삼국과 일본이 다 같이 중국을 불교 선진국으로 여기
며 뒤처진 불교문화를 적극적으로 수입하기 위해 노력한 것은 사실이나

---

7) 김양·김보민, 『지장보살김교각법사』, 연변대학 출판부, 1988, 16면.

일본은 앞서 불교문화를 정착시킨 데다 근접성을 갖춘 삼국을 또 다른 불교선진국으로 인정하고 교류에 적극성을 보였다. 일본의 불교문화 진흥에 있어 핵심인물들은 삼국에서 건너간 승려들이었다. 삼국 중에서도 백제는 국가적 차원에서 일본의 불교흥성에 지원과 협조를 아끼지 않았다. 신라나 고구려는 주로 사적 차원에서 일본에 도움을 주었다고 할 수 있는 데 일본 문헌에서 거론하고 있는 삼국의 승려는 대략 70여 명에 이른다. 이들의 일본 내 행적을 전하는 문헌으로는 가장 앞서 등장하는 『일본서기(日本書紀)』(720)를 비롯하여 『삼국불법전통연기(三國佛法傳通緣起)』(1311), 『원형석서(元亨釋書)』(1322), 『본조고승전(本朝高僧傳)』(1702), 『삼론조사전집(三論祖師傳集)』, 『삼론조사전(三論祖師傳)』, 『불법전래차제(佛法傳來此第)』, 『승망보임초출(僧網補任抄出)』, 『화엄조사회전(華嚴祖師繪傳)』(1173~1232), 『흥복사사연기(興福寺寺緣起)』, 『선광사연기집주(善光寺緣起集註)』(1785), 『부상약기(扶桑略記)』, 『제왕편년기(帝王編年記)』 등이 있다.

서사지향성이라는 측면에서 성격이 일치하는 문헌들이라고 하기는 어렵다. 모두가 설화를 염두에 둔 문헌이라고도 할 수 없으며 과연 불교인물 전승 자료로서 적합성을 갖추고 있는가라는 의문을 불러일으키기도 한다. 하지만 겉으로 역사, 전기물을 표방하는 것과는 달리 적지 않게 설화를 수용하고 있는 자료라는 점에서 전승문학적 대상으로 인정할 만한 것이다. 다시 말해 이들 자료는 역사와 허구를 별도로 구분해서 기록하기보다 양 요소를 포괄하는 방식으로 역사와 전기물을 찬술해 나갔다고 보는 것이 실상에 가깝다.

가령 『일본서기』가 서사의 목표를 역사에 두고 있다고 해서 과장, 윤색적 요소가 탈색된 기록물로 보아서는 곤란하다. 중세 일본 역사를 증언하는 사서지만 설화로 인정되는 서사도 적지 않게 들어 있는 것이다. 이 같은 점은 전기물(傳記物)이나 사지(寺志) 등도 예외가 아니다. 한 인물의 생애를 있는 그대로 전하는 것이야말로 전기의 본령이지만 그 안에는 감각적 생을 보여주기 위한 의도에서 허구나 윤색의 요소를 반영하기 마련이다. 사지(寺志)는 특정 사찰의 역사를 일목요연하게 개괄한다는 취지에도 불구하고 초월적 세계마저 적극적으로 개입시킴으로써 신이적(神異的) 세계관에 기초한 서사의 특징을 간직하게 된다. 일본의 문헌자료가 전기류(傳記類), 사지류(寺志類), 사기류(史記類)로 분류된다 하더라도 전승이나 설화의 영역에서 다루어질 부분이 적지 않으며 또 다른 전승연구의 대상으로 주목할 필요가 있다. 특히 국내의 기록으로는 삼국시대 불교 인물들의 일본 내 행적, 그리고 전승의 양상을 확인해 볼 수 없는 만큼 일본 내 전기(傳記), 사지(寺志), 사기(寺記)를 포괄적으로 살펴볼 필요가 있겠다.

일본문헌들이 삼국의 불교 인물들을 상당수 수록하고 있다고는 하나 전 생애를 일목요연하게 보여주는 전기적(傳記的) 서사로 볼만한 것은 흔치 않다. 이는 왕조별로 자국의 승려는 물론 외국 승(僧)까지 전기화(傳記化)해 나간 중국의 경우와 대비되는 점이다.

그렇지만 중세시기를 지나며 일본에서도 불교역사가 쌓이면서 승려의 생을 총집한 자료가 등장하기 시작한다. 한 예로『본조고승전(本朝高僧傳)』은 원록(元祿) 15년 임오(壬午, 1702)에 일본 농주 성덕사문 사만(濃州 盛德沙門 師蠻)이 찬술한 것으로 30여 명의 삼국 승려가 입전되어 있다. 중국 문헌에 못지않게 많은 삼국의 승들을 망라하고 있는 것을 알 수 있는데 다만 18세기에 찬술된 것이어서 사료로서의 신빙성을 충분히 갖추고 있다고 보기는 어렵다.『일본서기』를 제외한 자료들을 보면 이

점이 분명해지는데 『삼국불법전통연기(三國佛法傳通緣起)』(1311), 『원형석서(元亨釋書)』(1322), 『본조고승전(本朝高僧傳)』(1702), 『화엄조사회전(華嚴祖師繪傳)』(1173~1232), 『선광사연기집주(善光寺緣起集註)』(1785) 등은 한결같이 14세기 이후에 등장한 것들로 삼국시기 한·일(韓·日) 간 불교사를 재구하기에는 내용적으로 미흡한 면이 많다. 그러나 전승적 측면에서 볼 때는 여전히 의미를 부여할 수 있는 자료들이라고 해야 할 듯하다. 무엇보다 일본소재 문헌을 제외하고는 일본 내 삼국 불교 인물들의 전승담을 확인해 볼 대상이 없다는 점 때문이다. 중국으로 진출한 삼국의 승려들에 대한 기록은 한·중(韓·中) 문헌에 빈번히 언급되는 데 비해 삼국 불교인물에 대한 전승담은 일본 불서(佛書)에서만 찾아볼 수 있는 것이다. 일본 문헌에 오른 대표적인 삼국 불승의 도왜담(渡倭談)을 거론하면서 일본전승의 성격과 검토해보기로 한다.

　일본에서 채록된 삼국인물의 전승은 대체로 일본 체류시에 벌어진 일에 주목하고 있다. 그런데 흔치는 않으나 고구려에서 일어난 일본승의 신비체험을 기록하고 있는 경우도 눈에 띈다. 이야기의 주체는 일본승일지라도 고구려 설화의 범주에서 살펴보아도 무리가 없다. 그 내용을 살피면 다음과 같다.

　구법을 위해 고구려에 들어와 있던 왜승 행선(倭僧 行善)이 길을 가다가 큰 물을 만나 오도 가도 못하는 처지에 빠졌다. 물이 당장이라도 밀어닥쳐 휩쓸려 내려갈 급박함에 어쩔 줄 모르던 행선은 끊긴 다리 위에서 관음보살에게 간절하게 기도를 올릴 수밖에 없었다. 그러자 한 노인이 배를 저어 와 그를 태우더니 건너편 언덕에 내려주고는 금세 사라져 버렸다.[8] 여기서 노옹(老翁)은 위기에 처한 중생을 구원해주기 위해 응현한 관음보살(觀音菩薩)을 말하는 것으로[9] 당시 고구려 사회에 관음신앙이 얼마나 널리 퍼져 있었는지를 엿보는 데 유효하다.

일본 불교문헌에 수록된 승려들의 전승은 인물에 따라 언급의 빈도나 서술량이 일정하지가 않다. 불교적 전형에 속하는 승려 중에도 특히 자주 거론되는 혜자(慧慈), 관륵(觀勒), 혜총(慧聰), 심상(審祥), 혜관(慧灌) 등은 4~5군데의 문헌에 동시에 등장한다. 이들의 이야기가 다른 인물들에 비해 서사성이 월등이 높다거나 서사량이 많다고 말할 수는 없어도 거듭해서 여러 자료에 등재되어 있어 시대적 수용과 변이상을 살피기에 적절하다.

일본 내 자료 중에서는 삼국의 승려들을 맨 먼저 기록하고 있는 것이 『일본서기』이다. 알다시피 이는 역사서에 속하지만 인물담으로서의 성격도 아울러 지니고 있는 문헌이라 할 수 있다. 특히 어떤 자료보다 이른 시기 삼국승들의 일본 내 활약상을 비교적 상세히 전해주고 있어 주목된다. 일반 역사기술을 중심에 놓은 사서인데다 단편적 기록 위주로 되어 있다는 점이 한계로 지적되지만 우리 문헌에 보이지 않는 고구려·백제 승려들에 대한 기록을 다수 포함하고 있어 간과할 수 없는 자료가 되는 것이다.

11세기에 출현한 『부상약기(扶桑略記)』는 고사(故事)와 승려의 행적

---

8) 『元亨釋書』(『日本佛教全書』 第147册).

　 "釋行善 入高麗求法 養老二年來歸 善在高麗行逢洚水橋絕無舟 立斷橋上潛念觀音 須臾老翁棹舟而來載善行 行著岸之後老翁俄隱 舟又不見"

9) 불보살이 應現을 통해 대중을 감화, 구원하는 모티브는 불교설화에서 가장 빈번하게 나타나는 것인데 어떤 모습으로 출현하느냐는 중요하지 않다. 여인, 거지, 동자 등 다양한 모양으로 현응하지만 기능적 측면에서 대중의 感化, 救援, 治病 등 이타적 보살행을 보여준다는 점에서는 한결같다. 한 예로 효행이 지극했던 신효거사가 정지 수행처를 찾지 못하고 있을 때 홀연히 나타난 노파는 신효의 어려움을 알고 있었던 듯 곧바로 명당터를 점지해주게 된다. 뒤에 안 일이지만 노파는 관음보살의 응현이었다. (『三國遺事』 卷第4, 塔像, 溟洲五臺山寶叱徒太子傳記)

(行蹟)을 폭넓게 전하는 기록물로 서사성이 비교적 풍성한 편이다. 그런 점에서 우리의 『삼국유사』와 유사한 서사적 지향성을 드러낸다고 할 수 있다. 현존하는 『부상약기』 16권을 보면 삼국과 관련된 기사가 38군데에 이르며 주로 삼국 도왜승(渡倭僧)과 관련된 일화들이 망라되어 있다.

『원형석서』는 1322년 사련(師鍊)이 찬술한 고승들의 전기로 초기 한일(韓日) 불교역사와 문화까지 두루 살필 수 있는 기회를 제공해준다. 사련(師鍊)은 1299년 송(宋)의 일녕일산(一寧一山)이 고래 일본의 고승의 행적을 물었으나 이에 제대로 답변할 수 없었던 일을 겪고 나서 삼조고승전(三朝高僧傳)을 참고로 찬술했다고 밝혔다. 그렇다고 해서 『원형석서』를 단순히 전기나 불교사의 방계자료로만 국한시킬 필요는 없다. 불교 수용 시기부터 후대에 이르기까지 일본 내에서 활약한 불교 인물들의 자취를 밝히는 데 목적을 두고 있기는 하지만[10] 엄정하게 객관적 시각을 유지하며 기술한 사실담과는 차이가 있기 때문이다. 중국 『고승전』들이 그렇듯 사실과 허구담이 섞여있어 종교적 담론으로서의 특성을 구비하고 있다는 점은 이 자료에 또 다른 의미를 부여해준다. 특히 전승연구의 대상으로도 손색이 없다고 하겠는데 『일본서기』와 달리 서사성이 풍부하며 삼국 관련 각편들도 많아 전승연구에서 **빼놓을** 수 없는 것이다.

『원형석서』에는 단편적 기록을 지양하고 대상인물에 대한 일화를 중

---

10) 『元亨釋書』의 체재를 보면 傳, 贊, 論, 表, 志 5부분으로 구분되며 1–19권 속에 달마, 안진, 무공 등 400여 명의 고승행적을 갈무리해 놓고 있다. 삼국의 승려 혹은 그에 부언된 인물들과 관련된 서술항목이 67군데에 이르고 있어 어떤 자료보다 삼국관련 불교기사가 풍성한 편이다.

심으로 생을 재구하고 있다. 삼국 승려들에게도 이 점은 예외가 아니어서 심상(審祥), 명신(明神), 의각(義覺), 도녕(道寧), 혜자(慧慈), 일라(日羅), 도등(道登), 도장(道藏), 복가(福嘉) 등의 일본 내 행적이 소개되고 있다.

『원형석서』에 들어있는 전승을 원형담으로 이해할 수는 없다. 14세기에 작성된 자료인데다 문헌, 구비를 통해 상당 기간 동안 전승되어 온 이야기를 채록한 것이기 때문이다. 이른 시기에 등장한 이야기일수록 역사, 사실에 가까울 수 있다는 것은 널리 통하는 상식이다. 그런 점에서 『일본서기』, 『부상약기』보다 후에 등장한 『원형석서』의 기록이 앞의 문헌들보다 허구성이 높을 것이라는 추론이 자연스럽다. 『원형석서』에 나타난 삼국의 승려상(僧侶像)은 몇 가지로 형상화 방식을 가름해 볼 수가 있을 듯하다. 우선 존경과 경외의 대상으로 그리는 경우가 있다. 일본 스스로 백제에 비해 200년 늦게 불교를 수입했다고 밝혔다시피 불교문화의 후진국이었음을 실토하는 한편 불교 선진국이었다 할 삼국의 승려들을 견성과 근기를 갖추고 교학으로 무장한 창도자로 그리는 경우가 이에 속한다. 불교적으로 불모지나 다름없던 일본이 불교국가가 될 수 있었던 까닭으로 삼국승(三國僧)들의 활약을 빠뜨릴 수 없다. 고구려, 백제, 신라는 국가 간 교린관계 혹은 개인적 교류를 통해 일본 불교를 정착시키는 데 크게 이바지 했던 것이다.

가령 고구려승 혜관은 당에서 삼론종(三論宗)을 배워 일본에 처음으로 이식했을 뿐만 아니라 그곳에서 삼론종의 시조가 된다.[11] 백제승 혜륵(慧勒)은 승정에 임명되었으며[12] 신라승 심상(審祥)은 일본에서 최초로 설법한 승려가 되었다. 이외 왕족, 귀족, 대중 등 지위와 국적을

---

11) 凝然, 『三國佛法傳通緣起』.
12) 『扶桑略記』, 推古天皇條.

넘어 불제자로 삼아 불법에 대한 갈증을 해소시켰으니 흠모, 숭앙의 대상으로 부상하는 것은 자연스러운 일이었다. 그 영이한 행적은 방광, 교화, 구원, 치료 등의 화소를 동반한 이야기의 주인공으로 등장하여 대중들에게 고승으로서의 존재적 의미를 되새기게 만든다.

삼국승들의 이적행위 가운데 우선 지목할 것이 강우(降雨)의 능력이다. 도녕(道寧)[13], 도장(道藏)[14] 그리고 고구려 승(僧)[15] 등은 가뭄 속에서 고통을 겪는 왜인들을 보다 못해 신통력으로 비를 내리게 하는데 불교적 영웅으로 대변되는 삼국승의 능력이 다양하게 제시된다. 병고에 시달리는 이를 구원하는 것도 고승 이야기의 또 다른 예가 될 터인데 법명(法明)은 『유마경(維摩經)』을 강설하여 사람들을 치유한 대표적인 승려[16]로 꼽을 만하다.

왜국이 불교국가로 급속히 이행할 수 있었던 것은 성덕태자(聖德太子)를 비롯한 상층부 인물들의 호불적 성향이 무엇보다 주도적 역할을 했다고 보아야 할 것이다. 성덕태자와 삼국승의 인연담은 승사에 자주 등장한다. 성덕태자는 고구려 출신 혜자(慧慈)를 경모한 나머지 백제승 혜총(慧聰)과 함께 사승(師僧)으로 삼기도 하였다. 그런데 『일본서기』에 실린 이 간략한 기록이 『원형석서』에 오면 아래와 같이 태자가 우위에 서 있음을 강조하는 이야기로 탈바꿈한다.

---

13) 師鍊, 『元亨釋書』.
14) 『日本書紀』卷第29.
15) 『扶桑略記』皇極天皇條.
16) 『扶桑略記』齊明天皇條.

"推古 3년 여름 5월 고구려승 慧慈가 왔다. 지혜가 많아서 그가 태자의 스승이 되었다. 태자가 말하길 '『법화경』에 어떤 글자 하나가 빠졌는데 공은 아는가.' 했다. 혜자가 말하길 '우리나라 경에도 이 글자가 없습니다.' 했다. 태자가 말하길 '내가 전에 가지고 있던 경은 글자가 있었다.' 혜자가 '경전은 어디에 있습니까.' 묻자 태자가 웃으면서 '수나라 형산사에 있다.'고 했다. … 가을 9월 태자가 궁전에 들어가니 문을 닫고 7일 동안 나오지 않았다. 공중에서 크게 놀랐는데 혜자가 말하길 '태자가 삼매경에 들어갔다.' 8일째 되는 날 책상 위에 경전 한권이 있었다. 태자가 혜자에게 말하길 '이것이 내가 전생에서 가지고 있던 경전이다. 한 부를 더 만들었다. 누이가 가지고 온 것은 태자의 경전이었다. 내가 선청에 들어가 가지고 온 것이다.' 이에 없어진 글자를 혜자에게 보여주니 그가 기이하게 여겼다."[17]

대체로 이야기는 후대로 갈수록 허구적 요소가 강화되는 경향을 보인다. 애초에는 사실적 요소가 어느 정도 바탕에 깔려 있었을지 모르나 거듭된 전승 속에서 역사적 사실 대신 후대인들의 사고와 의식을 투영하는 이야기로 이행하게 되는 것이다.

혜자(慧慈)는 고구려승으로 추고(推古) 3년(595년, 고구려 영양왕 6년) 일본에 건너가 성덕태자(聖德太子)의 스승이 되었고 같은 시기에 건너간 백제승 혜총(慧聰)과 같이 불법(佛法)을 널리 알리는 데 진력하였다. 법흥사(法興寺)에 머무는 등 그는 거의 20여 년 동안 일본에 체재하며

---

17) 『元亨釋書』 卷第15, 放應8, 聖德太子傳.

　"推古三年夏五月 高麗沙門慧慈來 號爲博物 勅慈爲太子師 太子於日 法華某句闕一字 公知之乎 慈日 我本國經亦無此字 太子日 昔吾所持經有此字 慈日 經在何處 太子微笑日 隋國衡山寺 … 秋九月太子入夢殿 閉戶不出一七日 宮中大怪 慧慈日 太子入三昧矣 八日之晨三几上有一經卷 太子告慈日 是我先身所持之本耳 一部複一卷也 妹子取來之者我弟子之經也 吾定中取來也 乃以落字之所示慈 慈大奇之 …"

그곳의 불교를 진작시키는 데 힘을 기울였던 것이다.

하지만 위의 일화를 초점으로 한다면 혜자의 행적은 성덕태자에 가려진 느낌이 강하다. 일본 내 그의 전승이 주로 갖가지 흥미소를 포함한 신이담 위주로 되어있다 해도 그를 주동인물로 설정한 것이 아님을 알 수 있다. 얼핏 보기는 혜자가 주인공인 듯하지만 초점은 성덕태자에 맞춰져 있음이 드러난다.

혜자는『법화경(法華經)』가운데 한 글자가 빠진 곳을 알지 못하고 있었다. 그런데 성덕태자는 전생에서 그 경을 가지고 있었음을 밝힌 뒤 8일간 삼매경에 들어가 복제본을 만들어서 혜자에게 낙자처(落字處)를 직접 확인시킨다. 혜자가 성덕태자의 스승이기는 하지만 도리어 영험력은 태자에 미치지 못한다는 것을 보여주는 일화가 아닐 수 없다. 그런데 낙자(落字)를 빌미로 영험력의 정도를 판단해보는 이야기는 아주 이른 시기부터 일본뿐만 아니라 중국 불가 이야기에서도 흔히 찾아볼 수 있었던 것이다.『홍찬법화전(弘贊法華傳)』卷6에는 어느 무명승의 영험담이 다음과 같이 소개하고 있다.

① 무명승이 秦郡 東寺에서 사미에게『법화경』을 가르쳤다.
② 사미는 藥草喩品 중의 靉靆 두 글자를 거듭 잊어버려 스승에게 꾸지람을 당했다.
③ 스승의 꿈에 나타난 사미가 전생에 원래 두자가 없던 경을 배운 탓이라 했다.
④ 스승이 몽중 사실을 확인하려고 사미의 전생 집을 찾아보니 사미가 읽었던『법화경』약초유품 가운데 그 두 글자만 빠져 있었다.
⑤ 며느리가 죽은 날이 곧 사미가 태어난 날임을 알게 되었으며 전생『법화경』을 독송했던 며느리는 현재의 사미로 밝혀진다.[18]

위에서 보는 것처럼『홍찬법화전』은 공력을 다해 사미(沙彌)가 경을 외웠음에도 두 글자만은 끝내 외우지 못하는 이유를 전생으로 거슬러 올라가 밝혀놓고 있다. 이 같은 전생 송독의 영험에 기초하여 혜자/태자(慧慈/太子) 겨루기 이야기로 변형되었다고 하겠는데『홍찬법화전』이 글자가 결락(缺落)한 까닭을 전생과 연결된 기연으로 돌리며 독송의 영험을 강조하는 데 비해『부상약기』,『원형석서』에서는 태자 중심으로 내용이 바뀌는 것은 물론 전생에 이미 돈독한 불자였음을 강조함으로써 태자 우위의 결과를 이끌어내고 있다.

성덕태자(聖德太子)가 일본 불교의 중흥조로 알려지게 된 데는 혜자, 혜총 등 삼국승의 가르침과 무관하지 않다. 그럼에도 후대에 등장하는 전승담일수록 태자 중심의 기사로 기울어지는 경향이 농후하다. 혜자뿐만이 아니라 도일한 삼국승이 태자의 위업을 높이는 구실로 전락하는 서사적 처리는 다른 곳에서도 빈번하게 발견된다. 다음은 일라(日羅)의 경우를 보기로 한다. 그를 언급한 기사는『일본서기(日本書紀)』,『원형석서(元亨釋書)』,『본조고승전(本朝高僧傳)』,『불법전래차제(佛法傳來此第)』,『보광사연기집주(普光寺緣起集注)』,『부상약기(扶桑略記)』 등에서 찾아볼 수 있을 정도로 어떤 도왜승(渡倭僧)보다도 전승적 편폭이 넓은 편이다.

---

18) 慧詳,『弘贊法華傳』(『新修大藏經』卷51, 卷第6, 28면.)
　"釋某 失其名 住秦郡東寺 有一沙彌 誦法華甚通利 唯到藥草喻品 靉靆二字 隨教隨忘 如是至千 師苦責汝 誦一部經 熟利如此 豈不能作意憶此二字耶 師 夜即夢見一僧 謂之曰 汝不應責此沙彌 沙彌前生在寺側東村 受優婆夷身 本誦法華一部 但其家法華 當時藥草喻品 白魚食去靉靆二字 于時經本無此二字 其今生新受 習未成耳 其姓名某 經亦見在 脫不信者 可往驗之 師明旦就彼村 訪問此家 言畢 問主人云 有可供養處不 答曰 有之 問曰 有若爲經盡 答云 有法華經一部 師索取看 藥草喻品 果缺二字 訪云 是大兒亡婦 生存受持之經 計亡 已得一十七年 果與此沙彌 年時胎月相應也 自後頻移歲稔 始得精熟 不知所終"

일라(日羅)는 일찍이 왜에서 초청했음에도 위덕왕이 그 인물됨을 아까워한 나머지 출국을 허락하지 않았던 인물이었다. 후에 왜에서 다시 일라의 도왜(渡倭)를 주선하기 위해 길비우도(吉備羽島)를 백제에 파견함으로써 일라는 593년 은솔(恩率), 복미(復彌), 여노(餘怒), 가노지(歌奴知) 등과 함께 왜에 들어간다. 불학에 대한 높은 식견을 지닌 데다 이적까지 드러내면서 그는 사람들 사이에서 숭앙의 대상으로 떠오른다. 하지만 성덕태자와의 조우담은 도리어 태자의 초월적 능력을 현시하는 쪽에 초점이 맞추어져 있는 것을 보게 된다. 먼저 『부상약기』의 전승을 소개한다.

① 백제 출신 일라가 일본에 왔는데 몸에서 빛이 나는 것이 화염을 보는 듯했다.
② 성덕태자가 일라와 만나 정담을 나누다가 합장하면서 구세관세음보살이시며 동방 여러 나라에 불법을 전하는 분이라 하였다.
③ 일라가 크게 빛을 내자 불이 활활 타오르는 것 같았다.
④ 태자의 미간에서도 해와 같이 강렬한 빛이 쏟아지다가 한순간에 그쳤다.
⑤ 태자는 일라가 전생에 중국에 있을 때 자신을 제자로 삼았는데 항상 태양에 절을 올렸던 까닭에 몸에서 방광하게 되었으며 죽은 후에는 천상에 태어날 것이라 했다.[19]

---

19) 전체적으로 의미가 매끄럽게 통하지 않는다. 단락 5부분은 『扶桑略記』의 줄거리로는 의미가 통하지 않는다. 이 부분을 보다 상세히 전하고 있는 聖德太子傳曆(傳藤原兼輔 著) 소재 대목을 보면 다음과 같다.
　"十二年(十二歲) 癸卯 秋七月 百濟賢者 葦北達率 日羅 隨我朝使 吉備海部 羽嶋來朝 此人勇而有計 身有光明 如火焰 天皇詔 遣阿倍臣—目 物部—贄子大連 大伴 糟手子連等 問國政於日羅 太子聞日羅有異相者 奏天皇曰 兒望 隨使臣等 往難波館 視彼為人 天皇不許 太子密諮皇子 御微服 從諸童子 入館而見 日羅在床 望四觀者 指太子曰 那童子也

다음으로는 『부상약기』 이후 등장한 『원형석서』에서 같은 이야기를 찾아본다.

> ① 敏達 12년 백제승인 일라가 왜국에 갔는데 몸에서 빛이 나는 등 신이한 행적이 헤아릴 수 없었다.
> ② 태자가 미복한 채 아이 몇을 데리고 일라의 숙소로 찾아왔다.
> ③ 일라가 태자를 가리키며 신이라 말하자 태자가 옷을 바꿔 입고 나갔다.
> ④ 일라가 절을 하고 무릎을 꿇고는 태자는 관음보살로서 동방의 여러 나라에 불법을 전할 것이라고 했다.
> ⑤ 태자가 조용히 감사를 표하자 일라의 몸에서 빛이 뿜어져 나왔다.
> ⑥ 태자가 역시 미간으로부터 빛을 뿜더니 전생에 진나라에 있을 때 자신은 일라의 제자였으며 항시 해에 기도를 올린 탓에 빛을 발하게 되었다고 했다.[20]

백제 안에서 이미 명성이 높았던 일라는 일본으로 건너가서도 곧 대중들의 이목을 집중시켰던 것이다. 방광 이적은 고승으로서 일라의

是神人矣 於時 太子服麤布衣 坋面戴繩 與馬飼兒 連肩而居 日羅遣人指引 太子驚去 日羅遙拜 脫履而走 諸大夫等其之 出門而見 即知太子 太子隱坐 易衣而出 日羅迎 兩段再拜 大夫亦驚 謝罪再拜 修儀而入 太子辭讓 直入日羅之房 日羅跪地, 而合掌白曰 敬禮救世觀世音 傳燈東方粟散王云云 人不得聞 太子修容, 打磬而謝 日羅大放身光 如火熾 太子眉間放光 如日輝 須臾即止焉 太子謂日羅曰 子之命盡 可惜被害 聖人猶亦不免 吾亦如何 清談終夕 人不得解 明日 太子還宮 十二月 晦夕 新羅人殺日羅. 更蘇生日 此是我驅使奴等所為, 非新羅也. 言畢而死. 太子乍聞 語左右日 日羅聖人也 兒昔在漢 彼爲弟子 常拜日天, 故放光明 冤仇不離 斷命而賽 捨生之後 必生上天"

20) 師鍊, 『元亨釋書』 卷15 方應8.

"初敏達十二年 百濟日羅來 身放光神異不測 太子微服從諸童子入館見之 羅指太子日 是神人也 太子走去易衣而出 羅再拜跪地日 敬禮救世觀世音 傳燈東方粟散國 太子從容而謝之 羅放光 太子亦眉間出光謂左右日 我在陳彼爲弟子 尙禮日天故有光耀 … 七年(推古)夏四月 百濟王子阿佐說偈禮太子 語在資治表 …"

법력이 어느 경지에 가 있는지를 현시하고 확증시키는 것이 아닐 수
없다. 그러나 일라에 초점을 맞추는 이야기라기보다도 어느 점에서는
성덕태자를 미화하는 쪽으로 선회가 이루어졌음을 놓치지 말아야 할
것이다. 미화의 방식은 대단히 은밀하게 진행되었다 하겠다. 두 전승
에서 줄거리는 크게 다를 바 없으나 나중에 등장한 『원형석서』가 현장
감을 한층 치밀하게 전해주는 것으로 나타난다. 『부상약기』에서 태자
의 영험성을 드러내고자 하는 태도는 『원형석서』에 이르러 한층 현장
성을 동반한 기술로 보완이 된다. 즉 일라가 간직하고 있던 신비감을
그대로 수용하기보다 어떻게 일라가 방광의 능력을 갖추게 되었는지
를 추적하는 설명이 따라 붙는다. 일라의 현생적 능력은 불교적 시간
관념에 따라 전생으로까지 거슬러 올라가는 방식으로 해명되는데 일
라와 태자는 전생에서 사제지간이었다가 이생에서 다시 그 인연이 이
어진 관계로 설명되고 있다. 전생에서 제자였던 태자는 일라가 태양에
늘 예를 올린 덕에 방광의 능력을 갖게 되었다고 했다. 태자 역시 미간
에서 빛을 발하는 능력을 현시함으로써 일라와 태자를 동일한 위상으
로 혹은 태자를 비교 우위에 두는 이야기로 탈바꿈하게 된다.

　영험담은 불교적 인간의 층위를 드러내는 갖가지 이적담을 적극적
으로 수용하게 되며 이는 일본전승에서도 예외가 아니다. 삼국승들은
독경에 의한 이적현시를 통해 드러나지 않았던 진면목을 드러내곤 했
다. 의각(義覺)은 백제승으로 『원형석서』에는 그의 방광(放光) 이적에
대해 아래와 같이 기록하고 있다.

　　"그는 일본이 백제 침략 후 철수할 때 왜병을 따라 일본에 들어갔던
　　승려였다. 7척 장신에다 불법에 두루 해박한 그는 難波의 백제사에 머물

며 교화와 강설에 전념하였다. 같은 절에 있던 慧義가 어느 날 저녁 義覺이 머무는 처소를 지나다가 방으로부터 대낮같은 빛이 비추는 것을 보고 깜짝 놀라고 말았다. 궁금증을 누를 수 없었던 그가 다가가 문틈으로 엿보니 반야심경을 송독하고 있는 의각의 입에서 나오는 빛이었다. 다음날 慧義가 대중들에게 전날 밤 체험을 말하자 모두들 놀라며 감탄했다. 의각은 대중들에게 내가 눈을 뜨고 반야심경을 백번 송독한 후에 눈을 뜨면 방의 벽이 뻥 뚫린 듯 뜰 밖을 내다볼 수 있다고 했다. 그가 일어나 방문을 만져보니 모두 다 잠겨 있었다. 돌아와 앉아 경을 외우니 전과 같이 모든 것을 내다볼 수 있었다. 믿을 수 없는 일이 일어난 것은 오로지 반야심경의 불가사의한 힘 때문이다. 이 일은 제명 천황 때 벌어진 일이다."[21]

이야기의 결말은 반야심경 송독이 지닌 위력을 강조하는 듯하나 기실 백제승 의각이 장애 없이 본질을 꿰뚫어 볼 줄 아는 안목의 소유자였음을 밝히는 데 있다고 해야겠다. 의각의 반야심경 독송이 갖는 위력일 뿐만 아니라 독송공덕이 얼마나 소중한 일인지를 증험하는 데 본의가 놓여있다. 독송의 영험력을 전하는 이야기는 이외에도 여러 가지가 있다. 백제 비구니 법명(法明)의 예를 살피기로 한다.

"齊明 天皇 2년 丙辰년 내신 중신 鎌子가 연이어 병에 걸려 천황이 이를 걱정하였다. 이때에 백제승 법명이 말하길 '유마힐경에는 병을 묻고 교법을 전하고 있는데 시험 삼아 병자를 위해 그것을 송독하겠습니다.' 천황

---

21) 『扶桑略記』 卷第9 感進 4之1.
　　"釋義覺 百済國人也 本朝征彼國時 反軍士來 身長七尺 博究佛乘 居難波百済寺 一夕誦摩訶般若心經 同寺慧義夜半見覺室光曜赫如 義怪自窓隙窺之 覺誦經光從口出 明朝義告衆 衆大驚歎 覺語徒曰 我閉目誦經百許遍 開目視室四壁空洞庭外皆見 起而觸之實戶盡關 歸座誦經通洞如先 是般若不思議之力也 此事齊明帝之時也"

이 크게 기뻐하였고 법명이 이르러 이 경을 송독하였는데 마지막 구절을
마치지기도 전에 이에 응하는 소리가 들리면서 병이 나았다. 겸자가 감복
하여 다시 경을 돌려 읽도록 했다."[22]

고승들이 범인들이 도달하기 어려운 신술(神術)을 보이는 것 같으나
궁극적으로 그 행위가 지향하는 바는 보살도의 실현이라고 할 수 있
다. 생로병사에서 헤어날 길 없는 대중을 대하면서 그들은 긍휼함을
참지 못하고 어떻게든 도와줄 방법을 찾아 나서게 되는 것이다. 법명
(法明)은 상층 관료들이 연이어 질병으로 고통을 당하자 황제에게『유
마경』송독의 영험력을 알리게 되는데[23] 그것이 병자를 치유해주기
위한 자발적 행동임을 유의할 필요가 있다. 그 송경(誦經) 효험은 아주
즉각적으로 나타나 송독을 끝마치기도 전에 중신(中臣)은 병의 고통에
서 벗어날 수 있었다. 이 치유의 영험은 경전 송독의 영험성을 대중들
에게 각인시키는 확실한 사건이 아닐 수 없다. 승려의 본업이 자기 깨
달음에 있음은 물을 것이 없겠으나 생로병사에서 헤어나지 못하는 대
중을 구원하는 것도 승려가 해야 할 일이 아닐 수 없다. 법명이 세속
간 병고에 시달리는 인물을 구원한 것은 그가 그만큼 출중한 도력을
예비하고 있었음을 증명해주는 사례이다.

---

22) 『扶桑略記』齊明天皇 條.
　　"二年丙辰 同年 內臣中臣鎌子連寢疾 天皇憂之 於是百濟禪尼法明奏云 維摩詰經 因問
　　疾發教法 試爲病者誦之 天皇大悅 法明始到 誦此經時 偈句未終 中臣之疾 應聲迺痊 鎌
　　子感伏 更令轉讀"
23) 일본 내 유마경 신앙을 전해주는 기사는 다른 곳에서도 보인다. 『扶桑略記』第6 元明
　　天皇條 慶雲 4년 기록에는 "담해공이 구판사에 있을 때 신라학승 觀智에게 청하여 유마
　　힐 兩本經을 강설케 했다.(淡海公在廐坂寺 請新羅遊學僧觀智 講維摩詰兩本經)"라는 대
　　목이 보인다.

일본 불서를 정독해 나가다 보면 『원형석서』를 비롯하여 후대에 등장하는 전승물일수록 일본이 불교문화의 수혜국이라는 시각보다는 한국과 대등하게 불교 역량을 펼쳐나가는 불교국가로서의 긍지를 앞세우고 있음을 간파하게 된다. 물론 이는 주변국, 외국승과 일본의 불교인물을 대응시키는 구조의 이야기에서 흔한 것이다. 이제 도소화상(道昭和尙)의 이적담을 보기로 하자.

> "白雉 4년 癸丑 伴年에 원흥사의 道昭화상이 사신과 함께 당나라에 들어가 현장법사를 뵙고 배움을 청했다. … 화상이 당나라에 있을 때 홀연히 5백 마리의 호랑이가 화상에게 무릎 꿇고 예의를 갖췄다. 도소는 호랑이의 마음을 헤아릴 수 있었으니 마침내 그들의 청에 따라 신라의 계일 산속에서 『법화경』을 강하였으며 호랑이 무리가 이 자리에 참석해 경청하였다. 그때 호랑이 무리에 한 사람이 끼어있었는데 그가 일본말로 화상에게 물었다. 화상이 매우 놀라 살펴보니 어떤 비구니였다. 일본의 행자승이라 밝힌 그는 도소화상이 그의 자리로 다가가 인사하려 하니 갑자기 사라져 간 곳을 알 수가 없었다."[24]

일본의 입당구법승들이 본국으로 돌아올 때는 신라방(新羅坊)이나 신라(新羅)를 경유해서 돌아가는 것이 일반적인 여정이었다.[25] 물론

---

24) 『扶桑略記』 孝德天皇條.
　 "白雉四年 癸丑 伴年 元興寺道昭和尙隨使入唐 遇玄奘三藏 請益受業 … 和尙在大唐時 忽有五百群虎 來致延屈之禮 道昭解虎情 竟受請赴新羅國屆一山中 講法花經 群虎攢耳 聽之 虎衆之中 時有一人 以倭語發問 道昭愕然顧視 有一優婆塞 問稱爲誰 對言 日本行者役優婆塞也 下座求之 忽失所在矣 (具如奈良京藥師寺僧勝景戒靈異記)"
25) "중국에서의 공부를 마치고 일본으로 귀국하는 학문승은 한 사람의 예외도 없이 신라배를 타고 신라를 경유했다. … 이들은 신라를 경유한 중국파견 일본 사절처럼 발달된 신라의 문물을 접하였음에 틀림없을 것이다." (최재석, 『고대한일불교관계사』, 일지사, 1998, 111면) 그러나 道昭의 전승은 그런 역사적 사실과는 엉뚱하게 전개되는 것을 알

많은 승려들이 도왜하여 불교의 흥성에 기여했다는 것은 숨길 수 없는 사실이다. 하지만 일본 불교설화들은 이런 역사적 실상과는 대조적인 내용을 포함하는 일이 많다. 신라승 대신 일본승의 신묘한 능력을 강조하는 것도 그런 맥락에서 이해되는데 일본승이 호랑이를 감화시키는 것은 물론 불보살의 현응이란 이적행위를 나열하는 것으로 보아 화자가 정작 드러내고 싶었던 것은 일본승의 높은 도력이었음이 밝혀진다. 주변을 감탄케 하는 도소(道昭)의 신통력은 그것으로 그치는 게 아니었다. 문무천황(文武天皇) 5년 신축년(辛丑年), 일본에서는 구법유학생으로 도소 대덕(道昭 大德)을 파견했는데 500현성(賢聖)의 요청으로 신라 산사에 머물면서 『법화경』을 강독하였으며 그때마다 신선들도 매일같이 모여들었다고 한다.[26] 구법유학을 통해 도소는 이제 배우는 입장을 벗어나 타자에게 불학을 전수하는 위치로 바꾸어진 사정을 반영하고 있는 전승담이다. 그런데 여기서 배경을 신라 산사로 설정하고 있다는 점에서 어떤 측면에서는 신라에 대한 일본승의 우월함을 드러내기 위한 이중의 목적성이 감지되기도 한다.

대략 앞에서 본 것을 정리하자면 삼국승에 대한 일본 내 반응은 3가지로 대별된다고 할 것 같다. 우선 의문의 여지가 없이 도일승(渡日僧)에게 존경과 외경심을 보이는 경우, 두 번째는 삼국승들을 일본 불교인물과 대응시키면서 일본 불교 인물들의 능력이나 수준이 보다 우위에 서

수 있다. 신라에 대한 일본 승들의 의존적인 측면은 전혀 거론하지 않는 대신 신라 영역에 들어가 호랑이들을 감응시켰으며 불보살마저 현응케 했음을 예로 들어 道昭의 감화력을 미화하는 데 치중하고 있다.

26) 『扶桑略記』文武天皇條.
　　"5年 辛丑 … 日本國求法遣唐副學生道昭大德得五百賢聖請 住新羅山寺 講法華經 時神仙每日集會"

있음을 부각시키려 드는 경우가 있다. 그리고 굳이 불교적 테두리를
의식하지 않고 흥미만을 앞세워 도일승(渡日僧) 및 삼국 관련 이야기를
구승의 대상으로 삼는 경우가 있다고 본다. 앞의 두 가지 사례는 간략하
게나마 살펴본 터이므로 이제 세 번째 예를 살펴보기로 한다.

『일본서기』에는 고구려로 구법유학을 온 일본승 안작 득지(鞍作得志)
의 신비체험이 다음과 같이 소개되어 있다.

> "같이 공부하는 按作 得志는 호랑이와 친구로 지내며 신기한 술수를 배
> 워 갖가지 이적을 선보일 줄 알았다. 헐벗은 산을 푸른 산으로 바꾸거나
> 황토를 물이 가득 찬 곳으로 바꾸어 놓는 등 재주가 비상했다. 득지는 호
> 랑이로부터 침도 얻게 되었는데 호랑이가 그 일을 다른 사람들에게 발설
> 하지 말라 간곡히 당부했다. 득지가 침을 놓으면 낫지 않는 병이란 없었
> 다. 득지가 기둥 사이에 침을 감추어놓고 사용한 얼마 후 호랑이가 기둥
> 을 부러뜨리고 도로 침을 가져가 버리고 말았다. 고구려에서는 득지가 일
> 본으로 돌아가려 한다는 낌새를 알아채고는 그를 죽였다."[27]

삼국으로 구법유학 왔던 일본승의 영험적 체험을 전하는 경우가 흔
치 않다는 점에서 퍽 특이한 예라고 할 것이다. 이외 불교 인물들의
이야기가 통상 불교적 주제를 지향하던 것과 달리 흥미소를 간직한
탓에 전승력을 유지할 수 있었다고 본다. 불교전승이란 대체로 불교의
이치나 경전적 이해를 바탕에 깔고 창작되거나 전파되는 것이 일반적
인데 득지의 전승담은 그와는 별 상관이 없다.

---

27) 『日本書紀』 皇極天皇條.
　　"同學按作得志 以虎爲友 學取奇術 或使枯山變爲靑山 或使黃地變以白水 種種奇術 不
　　可殫究 又虎授其針曰 愼矣愼矣勿令人知 以此治之病無不愈 果如所言 治無不差 得志恒
　　以其針隱置柱中 於後虎折其柱 取針走去 高麗國 知得志欲歸之意 與毒殺之"

득지(得志)보다는 도리어 호랑이가 주체적인 존재로 설정된 것은 호랑이를 호불적 존재로 수용했던 당대 설화의 특성을 반영해주는 것이겠다. 호랑이는 여기서 인간 못지않게 대상의 진면목을 앞서 알아채고 있는 신비한 존재이다. 그에 비해 득지는 호랑이에게서 부조를 받는 위치에 서 있다. 득지를 못 미더워 했던 호랑이는 신물(信物)인 침을 건네주면서 사실을 발설하지 말 것을 당부하지만 득지는 약속을 지키지 못함으로써 인간의 결함을 드러내고 만다. 득지는 이른바 금기를 위반한 것이다. 호랑이가 다시 침을 회수해간 까닭은 득지가 비밀 준수를 위반한 것에서 찾을 수 있다. 물론 이후 득지는 그동안 보여주었던 신통력을 상실하고 말았을 것이며 불교적 인간으로서 숙성된 위치에 오를 수 없었던 것으로 보인다.

삼국시대를 배경으로 한 설화를 보면 유학(遊學)은 불완전했던 존재에서 성숙한 존재로 탈바꿈하는 결정적인 시간대로 형상화되는 것이 일반적이다.[28] 그런 점에서 여전히 근기를 충분히 키우지 못하고 호랑이로부터 불신 받는 득지의 고구려 체험담은 호종(好終)으로 처리하는 여타 불교인물 전승과 비교할 때 상당히 이질적이라 하겠다.

---

28) 김승호, 「구법여행과 그 부대설화의 일고찰」, 『한국문학연구』 14집, 동국대학교 한국문학연구소, 1992, 249면.

전승의 경로와 유통양상

전승은 특정지역에 머무르기도 하지만 여러 지역으로 분산되어나가는 것이 보다 일반적이다. 전승의 대상이 해외체험이 있는 승려라면 그 전승담은 국내외로 폭넓게 번져나갈 가능성이 더욱 높아질 것이다. 승려 가운데는 해외로 진출하기 전 이미 국내에서 전승의 대상으로 입에 오르내린 경우가 많았는데 해외에서도 그들에 대한 별도의 이야기가 발생해 전파되고 혹은 문헌에 기록되었다가 불교 인물들의 귀국과 함께 전승이 국내로 유입되는 상황을 유추해 볼 수가 있겠다. 전승 공간과 승려들의 행적을 대응시켜 본다면 삼국시대 해외진출 승려의 전승은 몇 가지의 경로를 통해 전파, 재창조, 변이된 것을 알 수 있다. 한·중·일(韓·中·日)의 지정학적(地政學的) 위치 및 승려들의 해외진출 분포를 고려한다면 중국 내 전파, 중국에서 삼국으로의 전파, 삼국에서 중국으로의 전파, 일본 내 전파, 삼국에서 일본으로의 전파 등 적어도 5가지의 유통경로가 도출된다.

1. 중국 내 전파

중국 내 전파란 불교인물담의 전파에 있어 중국 내에서만 이루어지고 삼국이나 일본으로 전파되지 않은 경우를 말한다. 당연히 중국 쪽 문헌에서만 확인할 수 있다. 가령 지장(地藏), 현광(玄光), 무상(無相), 무루(無漏) 등에 부언된 전승의 전부 혹은 일부분은 『삼국유사』 등의 국내 문헌에 전혀 오르지 않고, 오로지 중국에서만 확인되는데 지장(地藏)처럼 이 땅에서는 그 존재가 거론된 적이 없으나 중국에서는 다양한 통로로 전승이 활발하게 전개된 인물도 있다.

삼국 승려들의 중국 내 전승의 발화 시기는 유학 기간 중으로 집중된다. 구법유학승들은 짧다 해도 1·2년, 보통은 5년 이상씩 중국에 체류했는데 이역에서 온 만큼 내국인들보다도 전승의 대상으로서 훨씬 눈길을 끌게 마련이었다. 이미 국내에서도 명성이 높았던 담시(曇始), 원광(圓光), 자장(慈藏), 의상(義湘), 진표(眞表), 범일(梵日), 혜현(慧顯) 같은 승려는 입중(入中) 이후 또 다른 전승의 주인공으로 떠올랐음을 알 수 있다. 이는 삼조고승전(三朝高僧傳)을 비롯하여 숱한 중국의 문헌들이 삼국 승려들의 행적과 활약상을 파악하게 해주는바, 서사범위는 대체로 중국 내 활약상에 기울어져 있다. 이 중 일부가 국내로 유입되어 『수이전(殊異傳)』, 『해동고승전(海東高僧傳)』, 『삼국유사(三國遺事)』 등의 찬술에 전거로 활용되거나 직접 인용되곤 하였다.

『고승전(高僧傳)』에 오른 담시(曇始)의 기사는 훨씬 뒤에 등장하는 『해동고승전』과 거의 같은 것으로 보아 『고승전』의 것을 고스란히 이기한 것임이 밝혀진다. 곧 인정기술적인 서두를 빼고는 행적이 몇 가지의 단편적 예화로 구성되어 있으며 서사공간도 수(隋)나라에 체류할 때로 국한되고 있다. 신승적(神僧的) 면모와 신통력을 보여준다고 했으나 이단의 눈에 거슬려 죽임을 당할 찰나에 백족(白足)의 소유자임이 드러나 방면 되었다든가 도(燾)가 군법에 따라 여러 번 머리를 베었으나 오직

붉은 줄 자국만 남았으며 호랑이들도 그를 함부로 대하지 못했다는
전승[1]은 중국에서 발원한 것으로 『고승전』에 근거하여 이 땅의 문헌전
승으로 지속된 것이다. 결국 『해동고승전』을 비롯해서 많은 문헌 속에
오른 고승들의 중국 내 활약상은 중국문헌의 유입으로 말미암아 이
땅에서 재화될 수 있었다.

찬녕(贊寧)이 송(宋) 태종(太宗)의 명으로 988년 완성한 『송고승전』은
흥미진진한 전승 자료를 폭넓게 갈무리하는 데다 삼국 승려를 다수
입전하고 있어 주목되는 바가 크다. 가장 눈길을 사로잡는 이야기는
아무래도 의상(義湘)과 선묘(善妙)에 얽힌 비련담[2]일 듯하다. 이야기는

---

1) 慧皎, 『高僧傳』 卷第10, 神異.
　"肅大怒 自以所佩劍斫之 體無餘異 唯劍所著處有痕如布線焉 時北園養虎子檻 肅令以
　始餧之 虎皆潛伏 終不敢近"

2) 贊寧, 『宋高僧傳』 卷第4, 義解, 唐新羅國義湘傳.
　"釋義湘 俗姓朴 雞林府人也 生且英奇 長而出離 逍遙入道 性分天然 年臨弱冠 聞唐土
　教宗鼎盛 與元曉法師 同志西遊 行至本國海門唐州界計求巨艦将越滄波倏於中途遭其
　苦雨遂依道旁土龕間隱身所以避飄濕焉迨乎明旦相視乃古墳骸骨旁也天猶霡霂地且泥
　塗尺寸難前逗留不進又寄埏甓之中夜之未央俄有鬼物為怪曉公嘆曰前之寓宿謂土龕而
　且安此夜留宵託鬼鄉而多崇則知心生故種種法生心滅故龕墳不二又三界唯心萬法唯識
　心外無法胡用別求我不入唐却擁囊返國湘乃隻影孤征誓死無退以總章二年附商船達登
　州岸分衛到一信士家見湘容色挺拔留連門下既久有少女麗服靚粧名曰善妙巧媚誨之湘
　之心石不可轉也女調不見答頓發道心於前矢大願言生生世世歸命和尚智學大乘成就大
　事弟子必為檀越供給資緣湘乃徑趨長安終南山智儼三藏所綜習華嚴經時康藏國師為同
　學也所謂知微知章有伶有要德瓶云滿藏海嬉遊乃議廻程傳法開誘復至文登舊檀越家謝
　其數稔供施便慕商船遂巡解纜其女善妙預為湘辦集法服并諸什器可盈篋笥運臨海岸湘
　船已遠其女咒之日我本實心供養法師願是衣篋跳入前船言訖投篋於駭浪有頃疾風吹之
　若鴻毛耳遙望徑跳入船矣其女復誓之我願是身化為大龍扶翼舳艫到國傳法於是攘袂投
　身於海将知願力難屈至誠感神果然伸形夭矯或躍蜿蜒其舟底寧達於彼岸湘入國之後徧
　歷山川於駒麗百濟風馬牛不相及地日此中地靈山秀真轉法輪之所無何權宗異部聚徒可
　半千衆矣湘默作是念大華嚴教非福善之地不可興焉時善妙龍恒隨作護潛知此念乃現大
　神變於虛空中化成巨石縱廣一里蓋於伽藍之頂作将墮不墮之狀羣僧驚駭罔知攸趣四面
　奔散湘遂入寺中敷闡斯經冬陽夏陰不召自至者多矣國王欽重以田莊奴僕施之湘言於王

유학기간 중 의상과 선묘 간의 이루어질 수 없는 사랑, 의상의 수호룡(守護龍)으로 바뀌는 선묘(善妙)의 변신에 초점을 맞추고 있어 고승의 면모를 그려내려는 우리의 승전 전개와 아주 딴판이다. 알다시피 의상은 원효와 650년 당 유학을 결행했다가 실패한 후 661년 2차 시도 끝에 산동성 등주(登州) 포구에 들어서는 것으로 유학생활을 시작한다. 그러나 그곳 처녀 선묘가 한눈에 반하여 그를 유혹하는 일이 벌어진다. 의상이 냉담한 반응을 보였음에도 그녀는 장안에 들어간 의상을 위해 기물을 장만하면서 그가 돌아올 날만을 고대한다.

등주(登州) 혹은 명주(明州)는 중국 유학을 결행한 신라 승려들이 오가며 들렀던 장소이다.[3] 따라서 그런 곳을 배경으로 삼고 있는 의상과 선묘 이야기를 무조건 허구담으로 치부해버릴 것은 아니라고 본다. 부분적인 사실에다 허구가 상당 부분 덧보태져 당나라 안에 널리 퍼졌던 전승담으로 추측해보는 것이 어렵지 않다. 그런데 『송고승전』은 이 전승에 대해 지나칠 정도로 의미를 부여하고 있으며 어떤 면에서는 선묘를 전승의 주인공으로 삼고 있다는 생각마저 든다. 선묘는 의상에게 속내를 털어놓지 못한 채 헤어진 것을 한스럽게 여긴 나머지 그동안 마련한 기물을 바다에 투척하고 자신도 바다에 몸을 던진다. 이후에도

日我法平等高下共均貴賤同揆涅槃經八不淨財何莊田之有何奴僕之為貧道以法界為家以盂耕待稔法身慧命藉此而生矣湘講樹開花談叢結果登堂覩奧者則智通表訓梵體道身等數人皆啄巨穀飛出迦留羅鳥焉湘貴如說行講宣之外精勤修練莊嚴利害憚暄涼又常行義淨洗穢法不用巾帨立期乾燥而止持三法衣瓶鉢之餘曾無他物凡弟子請益不敢造次伺其怡寂而後啟發湘乃隨疑解滯必無渾核自是已来雲遊不定稱可我心卓錫而居學侶蜂屯或執筆書紳懷鉛札葉抄如結集錄似載言如是義門隨弟子為目如云道身章是也或以處為名如云錐穴問答等數章疏皆明華嚴性海毗盧遮那無違契經義例也湘終於本國塔亦存焉號海東華嚴初祖也"

3) 권덕영, 「遣唐使의 왕복행로」, 『고대한중외교사』, 일조각, 1997, 220면.

여전히 이야기는 선묘 중심으로 펼쳐진다. 즉 후에 수호룡이 된 선묘는 서해 바닷길을 도모하는가 하면 귀국 이후에도 의상 곁에 붙어 수호룡으로서의 책무를 한시도 잊지 않는다. 신라에 들어온 후 선묘의 활약상을 단적으로 보여주는 것이 부석사(浮石寺) 창건담이다. 여기서 선묘는 전부터 자리 잡고 절이 들어서는 것을 강력하게 저지하던 이단의 무리들을 축출하고 끝내 그 터를 차지하는 데 성공하는 것으로 그려졌다.

시공간적으로 보아 선묘전승은 산동성(山東省) 등주(登州)지역에서 발원한 것으로 보이며 지역민 사이에 유전하다가 의상이 창주로 나선 부석사(浮石寺) 창건담과 자연스럽게 결합된 것이라고 본다.4) 애초부터 그런 것은 아니었겠으나 찬녕이『송고승전』을 찬술할 즈음에는 한·중(韓·中)을 서사공간으로 삼는 한편 완결된 형태의 이야기가 다시 중국으로 퍼졌을 개연성이 높다. 그런데『삼국유사』에도 이 전승은 발견되지 않고 있으며『송고승전』에 앞서 이를 수록한 국내문헌은 없는 것으로 보아 의상·선묘 이야기의 국내 전승은 미미했다고 볼 수 있겠다. 물론 일부 사중들은 이를 알고 있었음이 틀림없는데 부석사 경내에 있는 선묘각이 이를 방증해준다. 그런데『삼국유사』에 이 전승담이 오르지 않은 데는 다른 까닭이 숨어있다고 생각한다. 즉 설사 일연이 의상·선묘 이야기를 알고 있었다 해도 이를 적기하기는 어려운 처지였을 것이다.

알다시피『삼국유사』에 오른 승려들의 이야기는 대체로 신성한 자취 위주로 엮어져 있다. 불교적 인간이자 고승으로서의 면모를 드러내기 위해서는 그에 걸맞는 서사적 표본들을 대입시킬 필요가 있는 것이다. 이국 처녀인 선묘와의 인연담은 고일한 덕성과 초절한 인품의 표상을

---

4) 부석사와 선묘의 인연이 고려 이래 사대부들의 시문에서 산견되는 것으로 보아 義湘와 善妙 전승은 이른 시기 국내에 들어와 전파되었다 보는 것이 옳을 것이다.

지어내는 데 그다지 기여한다고 보지 않았던 것이고 따라서 이를 일화로서 수렴하지 않았다고 보는 것이다.[5]

중국 내에서 문헌으로나마 전승이 단절되지 않고 활발히 이어진 인물로는 무상(無相)도 있다. 『송고승전(宋高僧傳)』(988), 『역대법보기(歷代法寶記)』(766~779), 『신승전(神僧傳)』(1417), 『신수과분육학승전(新修科分六學僧傳)』, 『경덕전등록(景德傳燈錄)』(1004) 등은 앞서 나온 내용을 그대로 수용하고 있는 사례들이다. 하지만 문헌전승만 남아서인지 파생담의 출현이나 창조적 재화로의 변이상이 확인되지 않는다. 아울러 현광(玄光)도 『송고승전』에서 시작하여 『신수과분육학승전』, 『신승전』, 『불조통기(佛祖統記)』 등으로 그 전승이 승계되었으며 이외에도 삼국 승려인 연광(緣光), 지장(地藏)의 자취가 중국 내 널리 전파되었다.

중국 내 전파의 사례를 보았으나 반드시 유학승만이 전승의 대상으로 한정된 것은 아니었다. 대표적인 인물이 원효이다. 『송고승전』에는 국내에 전하지 않는 일화 중심으로 원효전이 수록되어 있거니와 무덤에서 잠자다가 해골물을 마시고 대오각성했다는 또 다른 전승[6]이 중국에서 앞서 전파되었다가 후에 국내로 유입된 사실도 확인되는 것이다.

2. 중국에서 삼국으로의 전파

일찍부터 중국의 불사(佛史), 승사서(僧史書)에 수록된 삼국 승려이야

---

5) 『三國遺事』를 보면 다른 승려들과 다르게 의상에게만은 호의적 시선을 거두지 않고 있다. 元曉, 慈藏 등 대외적 명승을 간직한 승려조차 여지없이 공박의 대상이 되는 데 비해 의상만은 전형적인 '고승'으로서의 긍정적인 像을 벗어나지 않는다.

6) 瞿汝稷, 『指月錄』.

기는 삼국 사람들에게 주목의 대상으로 떠올랐을 것이니 자국의 고승
이 타국에서 명성을 떨쳤다는 행적은 자긍심을 심어주기에 부족함이
없었다. 이 땅에 유입된 전승은 구비, 문헌으로 전해지다가 세월이 지
나면서 문헌에 오른 경우도 있을 터이고 그렇지 못한 채 인멸해버린
것도 있었을 것이다. 현재 우리가 접할 수 있는 전승은 바로 전자에
속하는 것이다. 대표적인 예를 보기로 하자.

원광(圓光)은 중국체류 중의 전승이 국내로 유입되어 이 땅에서 거듭
이야기된 승려이다. 그의 전기적 행적은『수이전』,『삼국사기』,『해동
고승전』,『삼국유사』,『신승전』등 여러 곳에 실려 있으나 중국 내 그의
행적을 정리해놓은『속고승전』의 기록을 반복하는 선에서 크게 벗어나
지 않는다. 다음은『속고승전』에 전하는 신이한 예화 중 하나이다.

> "그 때에 수나라 황제가 천하를 거느리게 되자 그 위세가 남방에 떨쳐지니
> 진나라의 달력은 그 수를 다하게 되고 수나라 군대가 楊都로 들어오게 되었
> 다. 이에 원광은 마침내 亂兵들에게 붙잡혀 곧 참혹한 죽임을 당하게 되었
> 다. 그런데 한 大主將이 있어 寺塔이 불에 타는 것을 바라보고 달려가 이
> 불을 끄려 하였는데 불의 형상은 조금도 없고 오직 원광이 탑 앞에 있었으
> 며, 그 곳에서 포박당하여 곧 살해당할 처지에 있는 것만 보였으니 이미
> 그 기이함이 유별나다고 생각하여 곧 포박을 풀고 그를 놓아주었다."7)

국내문헌들이 위 기사를 별다른 검증 없이 그대로 이기한 까닭을
헤아리기는 어렵지 않다. 무엇보다 유학승의 행적을 국내에서는 알 수

---

7) 道宣,『續高僧傳』卷第13 義解, 新羅國皇隆寺釋圓光傳.
  "會隋后御宇 威加南國 歷窮其數 軍入揚都 遂被亂兵 將加刑戮 有大主將望見寺塔火燒
  走赴救之 了無火狀 但見光在塔前 被縛將殺 旣怪其異 卽解而放之"

가 없었기 때문이다. 적어도 원광(圓光)의 전기적 단위에서 유학 체험 위주로 수습된 중국의 문헌전승은 이 땅에서 일차적으로 수용할 수밖에 없는 텍스트로 여겨졌던 것을 알 수 있다.

3. 삼국에서 중국으로의 전파

흥법(興法)의 기운이 동아시아 권역을 가득 메우는 상황에 맞추어 삼국 고승담도 내외에 폭넓게 전파될 수 있게 되었다. 중국에서 전승적 대상으로써 호기심을 보인 삼국의 승려는 아무래도 그곳에 체류하던 유학승들이었다. 삼국 내에서도 얼마든지 고일한 덕성을 보이고 대인적 면모를 천양한 승려가 있으나 몇 인물을 제외하고는 중국 문헌에 오를 수 없었고 전승의 대상으로 부각되기가 어려웠다.

그런데 중국 유학 체험이 없음에도 중국으로 인물담이 역전파된 사례로써 원효(元曉), 혜현(慧顯) 등의 이야기가 중국 쪽 문헌에 오른 점은 주목할 만하다. 『송고승전』의 찬자 찬녕(贊寧)은 특히 원효(元曉)의 승속불이(僧俗不二)의 거침없는 행동을 주목했다. 아울러 학승으로서의 면모도 놓치지 않았다. 원효가 용궁에서 권한대로 『금강삼매경소』를 찬술하여 왕비의 뇌질을 치유시키게 되었다는 사건[8]은 누구와도 비견될 수 없는 그의 불학적 깊이를 상징해주고 있다. 찬녕은 원효를 신승적(神僧的) 인물로 형상화하기보다 불서(佛書) 찬술가로서의 면모를 형상화함으로써 동아시아 불교 문화권에서의 그 위상을 다시 생각해 보도록 한다. 아울러 『송고승전』에 擲板救衆 噀水撲焚 數處現形[9] 등의

---

8) 贊寧, 『宋高僧傳』 卷第4 義解, 唐新羅國黃龍寺元曉傳.

이적담이 올라있는 것을 보면 10세기 전에 원효의 전승이 중국으로 흘러갔음이 확인된다.

혜현(慧顯) 역시 원효(元曉)와 같이 중국 유학 체험이 없으면서도 당에 그 명성을 드높였다. 그의 전승은『속고승전』,『신수과분육학승전』,『홍찬법화전』,『법화전기』등 4가지 문헌에 빠지지 않고 등재되어 있는데『삼국유사』의 혜현(慧顯) 기사10)도『속고승전』과 거의 일치하고 있어 중국에서 문헌으로 정착되었다가 거꾸로 한반도에 다시 유입된 전승임을 알 수 있다.

4. 일본 내 전파

삼국 승려 중에서도 백제승들은 일본에 불교문화를 적극적으로 전파했던 것으로 밝혀진다. 삼국 고승들의 일본 내 행적을 확인시켜주는 자료로는 대표적으로『삼국불법전통연기(三國佛法傳通緣起)』,『원형석서(元亨釋書)』,『본조고승전(本朝高僧傳)』을 들 수 있다. 이들 문헌 중에는 고구려, 백제, 신라 출신 승려 70여 명이 확인되며 간략하나마 각각의 전승담을 통해 일본 내에서의 그들의 명성과 자취를 확인해볼 수가 있다. 물론 승전적 체재를 염두에 둔 것이 아니고 일화 중심으로 간략하게 서술한 것이어서 전체적 생(生)을 살피는 데는 한계가 없지 않다.

삼국 승려 중 혜관(慧觀), 혜자(慧慈), 도장(道藏), 일라(日羅), 명신(明

---

9) 贊寧,『宋高僧傳』卷第4 義解, 唐新羅國黃龍寺元曉傳.
　　"初曉示跡無恒化人不定 或擲盤而救衆 或噀水而撲焚 或數處現形 或六方告滅 亦杯渡 誌公之倫歟"
10) 一然, 상게서 卷5, 惠現求靜.

神), 심상(審祥) 등은 거듭해서 일본의 여러 문헌에 올랐다. 그들의 행적
은 대체로 일본 내에서의 자취에 속하며 신이한 사건을 동반하는 경우
가 많다. 그러나 이들은 일본 불교사에서 혁혁한 자취를 남기고 높은
명성을 쌓았음에도 국내에서는 그들의 활약상에 대해 아는 바가 없었
다. 국내로 일본 내 전승이 차단된 것에 대해서는 두 가지 정도에서
그 원인을 진단할 수 있겠다. 우선『일본서기』를 제외하고는 주로 11세
기 이후에 찬술된 문헌이라는 점과 상대적으로 일본 문헌을 신뢰하지
않는 이 땅의 문화적 풍토와도 무관치 않았던 것으로 유추가 가능하다.

5. 삼국에서 일본으로의 전파

일본승의 삼국 내 행적이 일본으로 전파된 사례는 찾아보기 쉽지
않다. 다만 일본승으로서 고구려에 유학했던 행선(行善)의 전승을 확인
할 수 있어 주목된다. 이야기는 행선(行善)이 고구려에 구법유학을 왔
을 때를 배경으로 한다. 홍수로 다리가 끊기는 바람에 휩쓸려 갈 위기
에 처한 행선(行善)이 절체절명의 순간, 속으로 관음보살에게 기도를
올렸더니 갑자기 한 노인이 배를 저어와 그를 태워 건너편 언덕에 내려
주고는 금세 사라졌다는 신비체험[11]이 전해지고 있다. 삼국을 배경으
로 하는 전승은 앞머리에 약술하는 데 비해 일본을 배경으로 전개된
이야기는 기이한 행적, 신통력, 지인지감(知人之鑑), 방광(放光)의 모티

---

11)『元亨釋書』(『日本佛教全書』第 147册).
　　"釋行善 入高麗求法 養老二年來歸 善在高麗行逢洚水橋絕無舟 立斷橋上潛念觀音 須
　　臾老翁棹舟而來載善行 行著岸之後老翁俄隱 舟又不見"

브를 포함해 구체적으로 서술되고 있어 주목된다.

일본 문헌 소재 삼국 전승 가운데는 중국에서 직접 유입된 것도 발견된다. 가령 의상(義湘), 원효(元曉)의 전승을 전하는 고산사(高山寺) 연기[12]가 그런 경우이다. 이는 『송고승전』의 의상전(義湘傳)을 수용한 다음, 이를 그들의 처지에 맞게 나름으로 변이시켜 사찰 연기로 편입시킨 예라 하겠다.

---

12) 『高山寺緣起』(『日本佛敎全書』 第119冊)

제 5 장

전승주체와 자타인식

1. 전승주체

삼국 출신 승려들의 행적이 중국, 일본 등지로 전해질 수 있었던 것은 이야기의 송신을 담당하는 중개자가 존재했기 때문이다. 그런데 최초 발화자가 누구이며, 이야기를 매개·전송해준 인물이 누구인지 발화자와 전파자를 구체적으로 보여주는 자료는 흔치가 않다. 그렇지만 불교인물담이 전승되는 데 있어 유학승, 혹은 기타 출국자들이 그 축을 형성한다는 점만은 어렵지 않게 유추해볼 수 있다. 왜냐하면 국내 전승담과 달리 해외 전승담은 일단 해외 체험이 있는 사람만이 전승자적 역할을 감당할 수 있다고 보기 때문이다. 대체로 고대·중세시기 해외 진출자들을 보면 유학승 이외에도 상인, 사신 등을 먼저 떠올리게 되는바, 해외 공간에서의 견문을 다른 곳으로 이식하는 중에 이들은 다양한 이야기를 여러 지역으로 전파시키는 매개적 기능을 했던 것으로 나타난다.

그런데 전승담 가운데 승려들의 해외 행적을 전해주는 이야기의 송신자와 수신자는 대체로 승려들일 수밖에 없는 것으로 보인다. 몇 자료가 이와 같은 사실을 분명하게 확인시켜주고 있다. 『석문자경록(釋門自

鏡錄)』의 신라국선사할육수시주사(新羅國禪師割肉酬施主事), 그리고『홍
찬법화전』의 연광전(緣光傳)은 어느 자료보다 한·중 불교설화의 전승적
정황을 상세히 증언해주고 있다. 우선『석문자경록』의 신라국선사할육
수시주사의 해당 부분을 살펴보자.

"隋나라 말기 신라에 한 선사가 있었는데 그 이름은 잊혀졌다. 그는 훌
륭한 행동으로 널리 이름이 알려졌다. 어떤 단월가가 도타운 믿음으로 선
사의 집을 채색하고 아름답게 꾸며주고 조석으로 몸과 마음을 다해 공양
을 올렸다. 선사가 연로하여 죽게 되자 법규에 따라 묻었다. 며칠이 지나
지 않아 檀越家의 집 뜰 고목나무에 버섯이 생겼다. 집안사람들이 고기로
여겨 먹었는데 맛이 고기와 같았다. 어른 아이 할 것 없이 날마다 이를
잘라 먹었다. 버섯이 나무에 두루 생겨 먹을 게 없어지지 않았다. 세월이
흘러 이웃 사람들이 모두 죽었다. 그 뒤 서쪽의 마을 사람이 담을 몰래
넘어 들어와 버섯을 베자 갑자기 나무가 사람 목소리로 '누가 내 살을 베
느냐. 나는 너에게 잘못한 게 없다.'고 했다. 그 사람이 놀라 '그대는 누군
가.' 물었다. 나무가 답하길 '나는 과거 某 禪師이다. 내가 도행을 어기고
주인의 공양만을 마음에 두었다가 업을 없애지 못해 이런 벌을 받는다.
그대는 나를 위해 물건을 거두어 주인에게 돌려 달라. 그러면 나는 해탈
할 수 있을 것이다.' 했다. 이웃사람은 그제야 알아채고는 기이한 탄성을
지르며 주인에게 알렸다. 주인은 이를 듣더니 울부짖으며 기절했다가 나
무를 마주 보고 참회하였다. 그리고 허물을 용서해주며 그가 풀려나도록
하겠다고 맹세했다. 이웃사람이 백석의 쌀을 거두어 주인에게 주었다. 이
때부터 뜰 안에 다시는 버섯이 생기지 않았다. 新羅 승려 達義는 나이가
팔십으로 곧고도 정성스럽게 수도하며 이 산에 의탁해 지냈다. 나는 그
덕을 공경하여 가끔 옷과 약을 주었다. 달의는 나를 마주하고 슬피 울면
서 이 사연을 말해주었다."[1]

신라 선사가 애초부터 사치와 탐심이 남달랐던 것은 아닐 터이나 주변에서 그에게 숭앙심을 갖고 대해주자 점점 수도자로서의 본분을 잃어갔던 것으로 여겨진다. 주인은 돈이 많고 선사에 대한 경외심이 깊었으므로 물심양면으로 그를 도울 수 있었다. 그러자 선사는 더 물욕에 빠져들게 되고 숨어있던 사치심과 과욕이 발동하여 아예 자신의 처지를 망각하는 상황이 되었다. 그러다 갑자기 죽음이 찾아왔고 전생에 지은 악업(惡業)에 대한 혹독한 대가가 내려진 것이다. 다만 그 형벌이 기괴하기 짝이 없다. 선사의 몸뚱이 일부가 잘려나가 사람들의 먹을 것으로 변해버리는 것이었다. 고목에 피어나는 버섯은 예사 버섯이 아니라 선사의 살이었다. 죽고 나서 혹독한 고통에 시달리면서 선사는 비로소 전생의 악업을 돌아보게 되고 뼈아프게 참회하면서 그제서야 이후 생에는 진정한 수행자로서 다시 태어나길 발원하게 된다.

이 이야기는 『석문자경록』 소재 여타 일화와 달리 신록(新錄)이라 표기하는 것으로 출처를 대신하고 있다. 이는 다른 문헌에서 이기한 것이 아닌, 찬술자 자신이 새롭게 수집한 영험담이라는 뜻인데 회신(懷信)은 이야기의 말미에 채록 경위를 간략하게 밝혀놓았다. 이를 보면 회신에게 이 충격적인 이야기를 전해준 이는 신라의 승려 달의(達義)이

---

1) 懷信, 『釋門自鏡錄』卷上 解慢不動錄 7. 新羅國禪師割肉酬施主事 新錄.
  "隋末新羅國有一禪師 失其名 景行精著多在 一檀越家 偏受供養 往來不絕 可向十年 檀越信力堅深家途豐渥 朝夕四事身心俱盡 禪師年老致終依法埋殯 不盈數日其家園中 枯木忽生軟菌 家人採以爲臛 味同於肉 大小歡慶日日取之 遍木隨生給用無盡 歲月稍久 親隣咸悉 後西隣一人踰垣夜竊以刀割取 忽聞木作人聲云 誰割我肉 我不負君 其人驚問 汝是誰耶 答曰 我是往某禪師 緣我道行輕微受主人重心供養業 不能消 來此償債 君能爲 我乞物 還主人吾即得解脫 隣人先憶識之 故怪歎嗚呼 即告主人 主人聞此崩號殞絕對木 懺悔 謝您誓相免放 隣人爲乞一百碩米 來與主人 於是園中不復生也 有新羅僧達義 年將 八十 貞誠懇到託迹此山 余敬其德時給衣藥 義對余悲泣具述此由云"

다. 그는 당시 나이 팔십에도 불구하고 도를 구하고자 하는 의지가 대
단했던 것으로 보인다. 그와 같은 절에서 생활하던 회신은 노승의 인
간됨에 감동받아 약과 옷을 전해주면서 수행에 편의를 제공했으며 그
를 통해 신라의 불교 영험담을 채기하는 기회를 얻게 된 것이다.

그런데 회신은『홍찬법화전(弘贊法華傳)』卷第三 講解 第三, 唐 新羅
國 釋緣光에서 신라의 또 다른 영험담을 소개하고 있어 그 전승통로에
대한 궁금증을 불러일으킨다. 먼저 내용을 보자

　　"승려 연광(緣光)은 신라 사람으로 선조는 삼한의 후예이다.『양원직도
　(梁員職圖)』에 말하길 신라국, 위지에는 사로, 송서에는 신라로서 대동이
　의 진한국이라 했다. 연광은 집안 대대로 이름난 족속으로 부처님을 지성
　으로 믿어 일찍이 좋은 인연을 만나 스님이 되었다. 온 정신을 다해 수양하
　였으며 식견이 다른 이들을 앞질렀으니 눈에 본 것은 반드시 기억했으며
　마음을 둔 것은 반드시 깨달았다. 다만 외진 곳에 살고 있어 불법이 완전하
　지 않다고 여겨 수나라 인수 연간(601~604)에 오나라로 가서 정달 지자와
　만나『묘법연화경』을 널리 펴고 우선 조석으로 이를 가슴에 새겨 실천과
　공부를 은밀히 하니 수년 안에 도를 맑고도 크게 깨우쳤다. 지자가 즉시
　『묘법연화경』을 강설하게 하니 훌륭한 제자들이 감복하지 않음이 없었다.
　뒤에는 천태별원묘관을 증수하였는데 갑자기 몇 명이 나타나 천제가 강의
　를 청하니 연광은 허락해달라고 했다. 이때에 연광이 갑자기 기절했는데
　10일이 지나서야 안색이 예전과 같아지고 본래의 정신을 되찾게 되었다.
　이미 깨우침을 이루게 되어 장차 고국에 가기 위해 수십 명과 함께 큰
　배를 타고 바다 한가운데에 이르렀을 때 배가 가는 것을 멈추었는데 말을
　탄 사람이 파도를 헤치고 오는 게 보였다. 그가 뱃머리에 이르러 말하길
　'해신이 대사를 잠시 궁중으로 청하여 강설을 듣고자 합니다.'라고 했다.
　연광이 말하길 '이 몸은 이물을 이롭게 하기로 서원했으나 배와 남은 사람
　들이 있어 어떻게 해야 할지 모르겠다.'고 했다. 그러자 사신이 말하기를

'사람들은 같이 가면 되고 배도 또한 걱정하지 말라.'했다. 이에 여러 사람과 같이 내려가 몇 발짝을 가니 평탄한 네거리가 나타나고 향기로운 꽃들이 길에 널려 있었다. 해신이 백관들을 거느리고 궁중으로 맞아들였는데 구슬벽이 찬란하여 마음과 눈을 사로잡았다. 이후『법화경』을 두루 강설하니 진귀한 보물을 많이 내리고 환송하여 배에 오르도록 하였다. 연광이 고국에 도착해서는 늘『묘법연화경』을 널리 알리고 법문을 크게 열었으니 실로 공덕이 있었다. 이에 더하여 어린아이들까지도 경을 지니고 날마다 한 번씩 읽게 함으로써 큰 은혜를 얻게 되었으니 그 일에는 흐트러짐이 없었다. 나이가 팔십에 이르러 머물던 곳에서 숨졌으며 장례를 끝난 후에도 혀만은 남았다. 나라 안 사람들이 이를 보고 드문 일이라며 감탄했다. 연광에게는 두 누이가 있었는데 일찍이 청신녀가 되기로 마음먹고 이를 거두어 공양하였으니 혀가 절로『법화경』을 송독하는 것을 듣기도 했다. 누이는『법화경』을 알지 못하고 있었는데 물어보면 모든 것을 말해주었다.

신라스님인 연의(連義)는 나이가 80 정도인데 낡은 옷에 한 끼의 밥만 먹고 지내면서 누구보다 수행을 치열하게 하였는데 같이 지내게 되어 그로써 이 이야기를 전해 들었고 그리하여 내가 기록한 것이다.[2]

---

2) 『弘贊法華傳』卷第三 講解 第三. 唐新羅國釋緣光.
"釋緣光 新羅人也 其先 三韓之後也 按梁員職圖云 其新羅國 魏曰斯盧 宋曰新羅 本東夷 辰韓之國矣 光世家名族 宿敦清信 早遇良緣 幻歸緇服 精修念慧 識量過人 經目必記 遊心必悟 但以生居邊壤 正教未融 以隋 仁壽年間 來至吳 會正達智者 敷弘妙典 先伏膺朝夕 行解雙密 數年之中 欻然大悟 智者即令就講妙法華經 俊郎之徒 莫不神伏 後於天台別院 增修妙觀 忽見數人 云天帝請講 光黙而許之 於是 奄然氣絕 經于旬日 顏色如常 還歸本識 既而器業成就 將歸舊國 與數十人 同乘大船 至海中 船忽不行 見一人乘馬凌波來 至船首云 海神請師暫到宮中講說 光曰 貧道此身 誓當利物 船及餘伴 未委如何 彼云 人並同行 船亦勿慮 於是 舉衆同下 行數步 但見通衢平直 香花遍道 海神將百侍從 迎入宮中 珠璧焜煌 映奪心目 因爲講法花經一遍 大施珍寶 還送上船 光達至本鄉 每弘茲典 法門大啓 實有功焉 加以自少誦持 日餘一遍 迄於報盡 此業無虧 年垂八十 終於所住 闍維既畢 體舌獨存 一國見聞 咸歎希有 光有妹二人 早懷清信 收之供養 數聞體舌自誦法花 妹有不識法花字處 問之皆道 有新羅僧連義 年方八十 弊衣一食 精苦超倫 與余同止 因說此事 錄之云爾"

『홍찬법화전』 소재 연광전은 일대기를 염두에 둔 전기라 할 수 있다. 그 때문에 가문, 출가, 유학, 귀국 후의 활동상을 순차적으로 나열하고 있다. 그러나 각 시기에 따라 서사적 균형감이 유지되는 것은 아니다. 영험적 일화에 더 비중을 두고 있음이 쉽게 드러난다. 연광이 귀국 중 수부(水府)의 초청을 받고 그 곳에 들어가 강설했으며 사후에도 혀만은 보존되어 절로 『법화경』을 송독했다는 영험담이 이 불교 전승의 핵심을 이룬다. 전자는 연광의 미물까지 불법을 전하고자 하는 남다른 전교심 및 법력의 정도를 우회적으로 보여주며 후자는 그가 누구보다 법화신앙 을 주도한 승려였다는 사실을 강조하고 있다고 해야겠다.

연광이 구체적으로 어떤 인물이었는지에 대해서는 불교사적 검토가 더 필요할 터인데 초기 신라 불교사에서 큰 역할을 한 것은 분명해 보인다. 그러므로 신라 내 명성과 관련되어 7세기 초에 위와 같은 전승 이 신라 전역에 널리 퍼져 있었던 것을 짐작하기 어렵지 않다. 이 이야 기는 『삼국유사』 등의 국내자료에는 찾을 수 없고 혜상(慧詳)이 찬술한 『홍찬법화전』에서만 확인된다. 혜상은 기 연구에서 회신과 동일 인물 임이 확인되었는데 연광전의 말미에 화자를 연의(連義)로 적기하고 있 으나 이 역시 신라국선사할육수시주사(新羅國禪師割肉酬施主事) 이야기 를 전해준 달의(達義)와 동일인물로 보는 게 타당한 것으로 여겨진다.

우선 달의(達義)와 연의(連義)가 자체가 유사하다는 점을 주목해볼 필 요가 있다. 사실 달(達)과 연(連)은 유사한 자체로 혼동하기 쉬운데 설 사 두 가지 이름이 등장하지만 한 인물일 수밖에 없다는 점은 다른 기록으로 해명이 된다. 즉 『석문자경록』의 "有新羅僧達義 年將八十 貞 誠懇到託迹此山 余敬其德時給衣藥 義對余悲泣具述此由云"과 『홍찬 법화전』의 "有新羅僧 連義 方八十 敝衣 一食 精苦超倫 與余同止 因說

此事 錄之云爾"를 비교해보면 회신이 말하는 인물은 동일인임이 분명해진다. 두 기록에 의하면 회신에게 기이한 이야기를 전해준 화자는 신라에서 온 유학승으로 80세 정도이며 청빈한 수행자로 구도에 전념하고 있다. 수행자의 수범을 보이는 노승에 대한 회신의 관심은 매우 각별했던 것을 알 수 있다. 같은 곳에 머무르다 보니 자연스럽게 회신(懷信)은 노승으로부터 신라 내 불교설화를 전해들을 수 있었던 것이다. 동아시아 불교인물의 설화를 폭넓게 채록하는 입장에서 회신에게 신라 노승은 소중한 화자였다고 하겠다.

노승에 대한 정보는 아쉽게도 상기 두 군데가 전부이며 이름조차도 달의(達義)와 연의(連義)로 달리 표기되었다. 동일인물이라면 어떤 이름이 옳을까. 회신이 60세 즈음(698~704)에 『석문자경록』을, 그리고 62세(706)에 이르러 『홍찬법화전』을 찬술했으므로 앞서 찬술한 『석문자경록』을 따라 신라 노승의 법명은 달의로 보아야 할 것이다. 구술 당시 그는 팔십 세에 이르렀다고 한 것을 보면 젊은 시절에 구법을 목적으로 당(唐)에 들어온 것으로 보인다. 불가에서 경계로 삼아야 할 일을 채록하고 있는 회신(懷信)에게 신라 선사의 이야기는 아주 적절한 채록거리로 여겨졌을 것이다. 하지만 이국승에게 신라승의 해만(解慢)한 삶을 전해주면서 달의(達義)는 비감한 심정을 감추지 못했다. 달의가 전해주는 이야기는 흥미와 함께 충격을 담고 있으나 정작 이를 전해주는 달의는 인간의 욕망을 다스리지 못하고 비참한 내세를 맞이하고만 선사의 삶에 한없는 동정심을 표하고 있다. 결코 들려주고 싶지 않으나 불자로서 이전의 사례를 통해 신불자의 계율과 행업의 과보를 전해주려 마지못해 입을 연 것이었다.

『석문자경록』, 그리고 『홍찬법화전』을 통해 우리는 8세기 초 신라 전승담의 일면을 살펴볼 수 있었다. 중국 문헌에는 올라있는 반면에 국내 문헌에서 찾아볼 수 없다는 것은 이들 이야기가 어느 시점에 이르러 국내전승을 상실한 것을 말해 준다. 하지만 국내에서는 말할 것도 없고 나라 밖으로까지 불교인물의 전승담을 전파시키는데 누구보다 큰 역할을 수행한 계층이 불승들이었다는 사실이 이로써 확인된다.

이어 삼국승의 해외일화 등이 국내로 전파되는 데 기여한 전승의 주체들을 검토해보기로 한다. 자장(慈藏)은 신라의 불교문화를 성숙시키겠다는 결심으로 중국 유학에 올랐던 인물이다. 유학 전에 이미 다양한 신비체험과 영험력으로 사람들의 이목을 집중시켰던 그는 당에 체류하는 동안에도 여러 가지로 그의 비범성을 드러낸다. 『삼국유사』에 따르면 청량산에 들어가 소상 앞에서 기도한 끝에 자장은 다음과 같이 영험한 일을 거듭 체험하게 된다.

"자장은 스스로 변방에서 태어난 것을 한탄하여 서쪽에서 불교의 교화를 배우기를 바랐다. 仁平 3년 丙申 곧 貞觀 10년에 칙명을 받아 <u>문하의 僧實</u> 등 10여 명과 함께 서쪽으로 당에 들어가 <u>淸凉山</u>을 찾아갔다. 산에 만수대성의 소상이 있는데 그 나라에 서로 전하여 말하기를 '제석천이 석공을 이끌고 와서 조각한 것이다.'라고 한다. 자장이 소상의 앞에서 기도하며 명감을 하고는, 소상이 정수리를 쓰다듬고 梵偈를 주는 꿈을 꾸었다. 깨어나도 뜻을 알지 못했다. 아침이 되자 이상한 중이 와서 풀이해 주고 이미 황룡사 탑편에 나왔다. 또 말하기를 '비록 萬敎를 배우더라도 아직 이를 뛰어넘는 것이 없다.'라고 하였다. 또한 가사와 사리 등을 주고 사라졌다. 자장은 처음에 그것을 숨겼기 때문에 『속고승전』에는 수록되지 않았다. 자장은 자신이 성인의 기별을 꿈꾼 것을 알고 이에 北臺를 내려가 太和池로 갔다.

장안에 들어가니 태종이 칙사를 보내 위로하였고 승광 별원에 안치하고 총애하여 사여하는 것이 자못 후하였다. 자장은 그 번잡함을 싫어하여 표를 올리고 終南山 雲際寺의 동쪽 벼랑에 들어가 바위 사이에 집을 짓고 3년을 머물렀다. 人神이 계를 받고 신령의 응함이 매양 많았는데 말이 번거로워 싣지 않는다. 이미 다시 장안으로 가니 또한 칙명으로 위로하고 비단 200필을 주어 의복과 비용으로 쓰게 하였다."[3]

인용문의 끝에 밝히고 있는 것처럼 당(唐)에서 일어난 자장의 영험체험은 한두 가지가 아니었던 모양이다. 그것을 다 기록하기가 번거로워 일연은 핵심적 사항만 기록한다고 했다. 그렇다면 자장을 에워싸고 있는 다양한 전승담을 국내로 전파한 사람은 누구인지 궁금해진다. 자장정률(慈藏定律)조에 따르면 자장은 홀로 대당(對唐) 구법행(求法行)에 오르지 않았다. 그는 제자, 수행원과 더불어 장안에 들어갔으며 위에 밑줄 친 것과 같이 문인 승실(僧實)을 비롯해 10여 명의 보좌진이 그를 따른 것으로 나타난다. 자장의 중국 내 행적을 속속들이 지켜본 이들을 자장 전승의 발원처로 볼 여지가 크다. 승려, 제자로 구성된 이들 수행원들이 자장에 대한 존경심으로 뭉쳐있었다고 본다면 그들은 자장 전승을 지어내고 퍼뜨리는 데 나름의 자부심을 지니고 있었던 최측근들이었던 셈이다. 그들은 입당(入唐) 후 그곳 사람들에게 신라에 퍼진 자장의 전승을 전해주는가 하면 귀국 후에는 당나라에서 목격했던

---

3) 一然, 『三國遺事』 卷第四 義解第五, 慈藏定律.
　　"藏自嘆邊生 西希大化 以仁平三年丙申歲 即貞觀十年也 受勅 與門人僧實等十餘輩 西入唐 謁淸涼山 山有曼殊大聖塑相 彼國相傳云 帝釋天将工來彫也 藏於像前禱祈冥感 夢像摩頂受梵偈 覺而未解 及旦有異僧来釋云 已出皇龍塔篇 又曰 雖學萬教 未有過此 又以袈裟舍利等付之而滅 藏公初匿之 故 唐僧傳不載 藏知已蒙聖覎 乃下北臺 抵太和池 入京師 太宗勅使慰撫 安置勝光別院 寵賜頻厚 藏嫌其繁擁 啓表入終南雲際寺之東崿 架嵓爲室 居三年 人神受戒 靈應日錯 辭煩不載 既而再入京 又蒙勅慰 賜絹二百疋 用資衣費"

자장의 행적을 신라 사람들에게 전파시켰을 것이다. 그리고 일부 제자들에 의해 문헌에 기록되어 『자장전』, 『고기』, 『삼국유사』 등의 근거자료로 채택되었던 것으로 여겨진다.

특히 자장과 더불어 중국 유학길에 올랐던 제자, 문도들은 귀국한 이후에 중국에서의 자장 행적을 전했을 터이고 이는 불교적 인간으로서 자장의 인격과 법기를 공고히 하는 내용적 조건을 구비한 것이었다고 보겠다. 자장정률(慈藏定律)조에 따라 중국 내 자장 전승을 국내로 이식한 최초의 인물을 좁혀본다면 승실(僧實)을 비롯한 자장(慈藏)의 문하생들로 보는 것이 여러 가지로 무리가 없다. 특히 자장 전승의 핵심적 인물로 더불어 떠올릴 수 있는 인물이 원안(圓安)이다. 그는 자장보다 당에 앞서 들어갔다가 자장과 함께 귀국하여 내내 자장을 보필하며 율부(律部)를 널리 펴는 데 전념했던 인물이다. 그는 자장의 전승담을 지어내고 퍼뜨리기에 누구보다 적합한 위치에 있었던 인물이었다 할 수 있다.

해외 불교 인물의 전승담을 살피면 대체로 사중(寺衆) 안에서 이야기가 발화(發話)되는 것으로 나타난다. 전승대상과 가까이 있던 제자, 신자, 그리고 그와 이해관계가 각별했던 사람들이 전승담을 지어내고 전파시키는 데 누구보다 적극적이었던 것으로 드러난다. 일단 발화(發話)된 다음의 전승 경로까지는 어느 정도 맥락이 정리된다. 즉, 사중과 민중으로 수용 층위가 갈려지고 이후 각 층위 안에서 다시 다양한 각편으로 분화되는 것은 물론, 민중층도 불교인물담의 전승자로 나서면서 사중들의 이야기와 또 다른 탈불교적 이야기로 파생되어 나갔던 것이다.

2. 자타인식(自他認識)의 투영

확연히 드러나지는 않으나 전승담에는 전승 주체의 욕망, 기질, 자의식 같은 것이 투영되기 마련이다. 대체로 자아와 타자를 경계 지어 보려는 태도가 무의식중에 표출된다고 말할 수 있다. 우리는 이 이분법적 시각 위에서 한국과 중국(韓國/中國), 한국과 일본(韓國/日本), 혹은 승자와 패자(勝者/敗者), 스승과 제자(師僧/弟子) 등의 관계망이 불교 전승담에 투영되고 있다는 사실을 발견하게 된다. 불교인물 전승담에 따라서는 민족·국가적 경계가 드러나기도 하며 개인적 대결상이 펼쳐지기도 한다. 이런 이분법적 대응상은 전승집단의 시각과 입장을 반영한 것이겠는데 줄거리와 주제를 변화시키는 핵심적 요인이라 할 수 있다.

전승자들은 결코 자신의 위치를 완전히 망각한 채로 이야기를 펼쳐 갈 수가 없다. 그들은 스스로의 존재적 의미와 정체성을 확인하면서 이야기를 펼쳐나갈 수밖에 없다. 이를 민족의식, 혹은 자타인식이란 말로 바꾸어 사용해도 무방할 것이다.

『송고승전』 소재 의상전(義湘傳)은 의상의 중국 내 체험을 서사의 핵심으로 삼고 있다. 다시 말해 '고분기숙(古墳寄宿)-선묘(善妙)와의 만남과 헤어짐-부석사(浮石寺) 창건-대중교화와 제자양성' 등으로 단락이 지어진다. 실제 입당(入唐)시 일어난 단편적 일화가 일생담의 대부분을 차지하고 있어 전기 작가로서의 생을 재단하는 균형 감각을 의심할 정도이다. 왜 유학체험을 전(傳)을 대체하는 이야기로 끌어들인 것일까. 중국인인 찬자가 가장 자신 있게 말할 수 있는, 또는 가장 쉽게 접할 수 있는 사건과 상황을 찾다보니 그런 결과로 이어졌다고 추론할 수도 있다. 하지만 그것이 직접적인 원인은 아니라고 본다. 신라와의 교류가 활발했고 삼국의 고승에 대한 정보를 쉽게 접할 수 있었던 정황에 비춰 본다면 다른 이유를 찾는 것이 합당할 터이다. 아마 자국의 우월감과 함께 독자의 흥미를 유발하는데 유학 중의 일화만큼 효과적인 소재가 없다는 판단이 작용하지 않았을까 싶다.

어찌되었던 『송고승전』에 나타난 의상의 모습은 『삼국유사』의 그것 과는 큰 거리감을 보여주고 있다. 이국 처녀와 의상의 결연담을 일연 이 몰랐을 리는 없다. 설사 고려 내에서는 이들의 비련담이 사라졌다 해도 『송고승전』을 『삼국유사』의 찬술 자료로 활용하고 있었던 것으 로 확인되는 만큼 마음만 먹었으면 이를 이기할 수 있었을 텐데 일연은 함구하는 쪽을 택했다. 의상에게 있어 대당(對唐)유학이 갖는 의미를 직시하고 여타 의상의 당내 행적을 폭넓게 수습한 것으로 볼 때 선묘와 의 인연담을 소거한 것은 다분히 의도적이다.

『삼국유사』는 의상이 어떻게 당(唐)에 갔는지부터 소상히 전한다. 곧 "영취 초년에 마침 당나라 사신으로 본국에 돌아가는 사람이 있었 으므로 그 배를 타고 들어갔다. 처음에 양주에 머물렀는데 주장 유지 인(州將 劉至仁)이 의상을 청하여 관아에 머물게 하고 접대를 융숭히 했 다. 조금 뒤에 종남산(終南山) 지상사로 찾아가서 지엄을 뵈었다."고 기 록하고 있다. 같은 여정인데도 『송고승전』에서는 전혀 다른 내용이 들 어있다. 즉 등주(登州)에 도착한 후 의상이 그곳 신사의 집에 유숙하게 되었는데 주인의 딸 선묘가 연정을 품었다가 반석 같은 의상의 구법의 지를 확인하고는 그를 보위하는 단월로 남기를 서원한다. 그 뒤 유학 을 마치고 의상이 귀국길에 오르자 선묘가 제 호법룡(護法龍)으로 변신 한 뒤 의상을 그림자처럼 호위하게 되었다. 의상의 마음을 읽고 있던 선묘는 거대한 부석(浮石)으로 변신하여 권종이부(權宗異部)를 추방함으로써 부석사를 창건하는 데 결정적인 도움을 주기도 했다. 『송고승전』에서는 간단한 진술을 거두고 현장감을 살리는 상세한 묘사와 설명으로 그 과정을 낭만적으로 처리하고 있다. 그런 까닭에 강한 전승력을 지닐 수 있었는데 이는 불가에서 발원한 이른 시기의 전기(傳奇)문학으로 보아도 부족함이 없다.

한데 뒤늦게 나온 자료인데도 『삼국유사』는 이를 외면한 채 의상이 종남산에 도달하기 전 지엄(智儼)이 꾸었다는 이몽(異夢)을 상세하게 밝혀놓고 있다.4) 지엄과 의상은 사제지간임에도 불구하고 꿈을 통해 의상이 사승 지엄을 앞지르는 명민한 존재인 동시에 신라 승단의 걸출한 동량임을 천명하고 있음을 알 수 있다. 이와 함께 유학 시 동문수학한 현수(賢首)대사와 나눈 인연 또한 각별했음이 현전하는 편지5)에서 잘 드러나고 있다.

『송고승전』을 비롯하여 후대의 승전류들이 선묘(善妙)와의 인연을 중심 화제로 수용하여 결과적으로 아직 법기(法器)를 제대로 갖추지 못했

---

4) 一然, 상게서 卷第4 義解, 義湘傳敎條.

"儼前夕夢一大樹生海東 枝葉溥布 來蔭神州 上有鳳巢 登視之 有一摩尼寶珠 光明屬遠 覺而驚異 洒掃而待 湘乃至 殊禮迎際 從容謂曰 吾昨者之夢 子來投我之兆 許爲入室 雜花妙旨 剖柝(析)幽微 儼喜逢郢質 克發新致 可謂鉤深索隱 藍茜沮本色"

5) 一然, 상게서 卷第4 義解, 義湘傳敎條.

"西京崇福寺僧法藏 致書 於 海東新羅華嚴法師侍者 一從分別 二十餘年 傾望之誠 豈離心首 加以 煙雲萬里 海陸千重 恨此一身 不復再面 抱懷戀戀 夫何可言 故 由 夙世同因 今生同業 得於此報 俱沐大經 特蒙先師 授茲奧典 仰承上人 歸鄉之後 開演華嚴 重重帝網 新新佛國 利益弘廣 喜躍增深 宣揚法界 無盡緣起 是知 如來滅後 光輝佛日 再轉法輪 令法久住者 其唯法師矣 藏 進趣無成 周旋寡況 仰念茲典 愧荷先師 隨分受持 不能捨離 希憑此業 用結來因 但以 和向章疎 義豊文簡 致令後人 多難趣入 是以錄和向微言妙旨 勒成義記 近因勝詮法師抄寫還鄉 傳之彼土 請上人詳檢 藏否 幸示箴誨 伏願 當當來世 捨身受身 相與同於盧舍那 聽受如此 無盡妙法 修行如此無量普賢願行 儻餘惡業 一朝顚墜 伏希上人 不遺宿昔 在諸趣中 示以正道 人信之次 時訪存沒 不具"

음을 형상화하는 쪽으로 흘렀다면 신라 내 전승들은 중국 승들에 견주어 조금도 뒤질 것이 없는 비범한 면모를 발견하는 데 비중을 두었다고 할 수 있다. 의상의 입당(入唐) 사건을 두고 신라에서 자란 거대한 나무가 중국 천지를 뒤덮는 꿈도 그만큼 상징성이 강하다.6)

"지엄은 지난밤에 꿈을 꾸었다. 큰 나무 한 그루가 조선에서 나와 가지와 잎이 넓게 우거져 중국에까지 와서 덮었다. 그 나무 위에 봉황새의 보금자리가 있었으므로 올라가보니 한 개의 마니보주가 있었는데 빛이 멀리 비치는 것이었다. 꿈을 깬 후 놀랍기도 하고 이상해서 깨끗이 청소하고 기다렸더니 의상이 왔다. 지엄은 특별한 예로 조용히 말했다. '내가 어젯밤 꿈을 꾼 것은 그대가 나에게 올 징조였구나.' 그리하여 제자 됨을 허락하니 의상은 화엄경의 미묘한 뜻을 의미한 부분까지 분석했다. 지엄은 학문을 서로 질의할 만한 사람을 반가이 맞아 새로운 이치를 발명해 내었으니 남초와 천초가 그 본색을 잃은 것과 같다 하겠다."7)

위 설화는 의상이 스승으로 지목했던 지엄(智儼, 602~668)의 입장에서 의상의 됨됨이를 상징적으로 드러낸다. 이야기의 주지는 지엄이 현몽을 통해 의상을 만나기도 전에 벌써 그가 얼마나 비범한 인물인지를 확신하게 되었다는 데 있다. 이 때문에 지엄은 의상의 제자로서 부각

---

6) 一然, 상게서 卷第4 義解, 義湘傳敎條.
　"儼前夕夢一大樹生海東 枝葉溥布 來蔭神州 上有鳳巢 登視之 有一摩尼寶珠 光明屬遠 覺而驚異 洒掃而待 湘乃至 殊禮迎際 從容謂曰 吾昨者之夢 子來投我之兆 許爲入室 雜花妙旨 剖柝(析)幽微 儼喜逢郢質 克發新致 可謂鉤深索隱 藍茜沮本色"
7) 一然, 상게서 卷第4 義解, 義湘傳敎條.
　"儼前夕夢 一大樹生海東 枝葉溥布 來蔭神州 上有鳳巢 登視之有一摩尼寶珠 光明屬 遠覺 而驚異洒掃 而待湘 乃至殊禮迎 際從容謂曰 吾昨者之夢 子來投我之兆 許爲入室 雜花妙旨剖柝幽微 儼喜逢郢質克發新致 可謂鉤深索隱藍茜沮本色"

되기보다 고일하고 비상한 의상의 면모를 드러내기 위해 투입된 비교 대상으로서의 역할에 더 가깝다. 지엄의 승사적(僧史的) 위치를 엿보면 이는 더 분명해진다. 지엄은 서안의 서안 종남산을 중심으로 활동한 고승으로 두순(杜順, 557~640)의 법통을 이어 화엄종을 실질적으로 확립했을 뿐더러 법장, 징관 그리고 의상 등 훗날 화엄승으로 자리매김하는 승려들에게 가르침을 전한 인물이었다. 그러한 역사적 사실에도 불구하고 의상전교(義湘傳敎)조는 스승이 아닌 제자 의상만이 돌출되는 현상이 빚어지는 것이다.[8]

　의상에게 당(唐)으로의 유학은 빠뜨릴 수 없는 전기적 단위였다. 『삼국유사』가 아니라도 구법유학과 관련된 설화는 한·중(韓·中)의 구별 없이 다양한 각편으로 파생되어 나간다.[9] 하지만 『삼국유사』에서 전하는 의상은 아직 총지가 부족해서 타자에 다가가 배움을 갈구하는 입장 같은 것을 전혀 찾아보기 어렵다. 전승 내용이 이같이 주조될 수 있었던 것은 전승의 주체가 의상 주변 인물이었음을·말해주는 것이 될 것이다. 즉 이 전승의 담당층은 의상의 유학길에 동행했던 제자, 혹은 동행인으로 예상해볼 수 있다. 물론 일연도 이 설화의 창자 혹은 운반자로 지목하는데 어려움이 없겠는데 설화를 소개한 후 첨언해 놓은 말을 주목할 필요가 있다. "… 심오하고 은미한 이치를 찾아내어 남초와 천초가 그 본색을 잃은 것과 같다."[10] 이 언급은 설화에 대한

---

8)　의상의 법계를 도식화한 고익진에 따르면 화엄의 법통은 두순-지엄-의상-표훈 등 10제자-신림-법융 등 5인으로 후속된다고 한다. (고익진, 『한국고대불교사상사』, 동국대학교 출판부, 1985, 320면)

9)　의상이 원효와 더불어 유학을 결행했다가 원효가 무덤 안에서 잠결에 해골물을 마신 후 깨달은 바 있어 신라로 되돌아가고 의상만이 홀로 유학길을 올랐다는 이야기는 『宋高僧傳』 원효조에 오른 이래 중국문헌과 우리 전승에서 가장 폭넓게 발견되는 이야기이다.

일연의 평가이자 일연이 의상을 어떻게 바라보았는지를 되새기게 된다. 다시 말해 아직 불교문화가 융성했다고 보기 어려운 신라에서 나고 자란 사람으로 배움의 갈급함 때문에 결행한 구법의 길이었음에도 스승 지엄보다 제자인 의상의 존재 의미가 더욱 빛났음을 어떻게든 드러내고자 했던 것이다.

이런 점에서 위 설화는 대국인 당에 대한 의존적 시각은커녕 의상을 통해 신라인의 주체성과 정체성을 밝히려는 의도에 큰 무게가 실려 있었다 하겠다. 일연은 의상을 단지 신라 내 화엄종을 영도하는 수장으로서 의미로 국한시키지 않았다. 『삼국유사』의 여러 곳에서 산견되는 의상의 기록을 종합해 볼 때 그에게 의상은 당에 맞서 신라의 존재감을 당당하게 드러내는 주체적 인물로 부각되고 있다. 의상전교조는 입국과 더불어 벌써 당승(唐僧)을 압도하는 것으로 형상화함으로써 신라불교가 수동적 위치에 서 있는 것만은 아니라는 점까지 밝히려 들었다.

설화란 현실을 비틀거나 부정하는 쪽으로 전개되는 일이 흔하거니와 전후소장사리(前後所將舍利)조 역시 신라승 의상(義湘)이 중국승 도선(道宣)에 비해 천상과의 소통력이 한층 월등했음을 과시하는 데 초점을 두고 있었다. 본래의 원형담에서부터 의상 중심적으로 그려졌는지, 중간에 일연(一然)의 탈중화적 의식이 가세하여 그 같은 내용을 갖추게 되었는지 가릴 수는 없으나 의상 전승에서 반외세 지향적 의도가 전승의 바탕을 이루고 있음은 분명히 드러난다.

다음으로 한국과 일본을 중심으로 자타인식이 어떻게 투영되고 있

---

10) 一然, 상게서 卷第4, 義湘傳敎.
　　"吾昨者之夢 子來投我之兆 許爲入室 雜花妙旨 剖析幽微 儼喜逢質. 克發新致 可謂鉤深索隱 藍茁本色"

는지를 살펴보도록 하겠다. 『원형석서』를 비롯하여 후대에 등장하는 일본의 전승물일수록 불교문화를 뒤늦게 수용했다는 역사적 사실보다는 한국과 대등하게 불교 역량을 펼쳐나갔던 선험적 불교국가임을 강조하는 쪽으로 이야기가 전개된다. 이는 일본승이 삼국승들을 넘어서서 나름대로 이적을 현시하는 것으로 밝혀진다. 도소화상(道昭和尙)의 이적담은 그 중의 하나이다.

> "白雉 4년 癸丑 건년에 원흥사의 道昭화상이 사신과 함께 당나라에 들어가 현장법사를 뵙고 배움을 청했다. … 화상이 당나라에 있을 때 홀연히 5백 마리의 호랑이가 화상에게 무릎 꿇고 예의를 갖췄다. 도소는 호랑이의 마음을 헤아릴 수 있었으니 마침내 그들의 청에 따라 新羅의 계일 산속에서 『법화경』을 강하였으며 호랑이 무리가 이 자리에 참석해 경청하였다. 그때 호랑이 무리에 한 사람이 끼어있었는데 그가 일본말로 화상에게 물었다. 화상이 매우 놀라 살펴보니 어떤 비구니였다. 일본의 행자승이라 밝힌 그는 도소화상이 그의 자리로 다가가 인사하려 하니 갑자기 사라져 간 곳을 알 수가 없었다."[11]

신라 안에서 일어난 일본 승려 도소의 신통력을 과시한 이야기라 할 수 있다. 당나라에 있을 때는 오백 마리의 호랑이들이 도소에게 무릎을 꿇고 예의를 갖추었다면 신라에서는 도소가 『법화경』을 강설하자 호랑이들이 참석하여 이를 경청하는 일이 벌어졌다는 것인데 일본 승(僧)이 중국과 한국의 승(僧)들보다 우위에 서 있음을 상징적으로 드러내는 전승이 아닐 수 없다. 내용이 이처럼 전개된 까닭은 이 전승담의 주체가 일본의 사중(寺衆)들이라는 점과 무관하지 않다. 여기서 한·중

---

11) 『扶桑略記』 孝德天皇條.

(韓·中) 승(僧)들은 일본의 전승자들에게 타자로 인식되어 일본승보다 무력한 존재로 형상화되고 있는 것이다.

자타(自他)인식은 고승 각각의 형상화를 통해서도 구현된다. 원효와 의상은 누구보다 전승자들의 자타(自他)인식이 잘 반영되고 있는 인물들이라 생각된다. 지엄(智儼)과 의상(義湘) 이야기가 중국을 배경으로 한 고승경쟁담이라 한다면 낙산이대성(洛山二大聖) 관음정취(觀音正趣)조는 국내를 배경으로 한 고승경쟁담에 해당된다. 전승담이므로 굳이 의상의 친구 혹은 도반으로서 원효를 내세울 필요는 없을 터이나 설화 전승집단 안에서는 일찍부터 의상-원효를 중심으로 한 서사적 유형에 익숙해져 있었던 것으로 보인다. 두 인물이 동시대에 활약했으며 우열을 가리기 힘들 정도로 각각 위대한 자취를 남겼던 만큼 원효-의상 대결담이 어떤 이야기보다 높은 관심 속에 전개되어 나갔던 것이라 하겠다.

의상설화는 문자를 매개로 『삼국유사』에 정착되었다가 다시 전승된 사례에 속한다. 설화에서 전승매개의 차이는 여러 특징을 불러오는데 문헌에서 구비로 전승매개가 바뀌는 순간 내용에도 변화가 따른다. 식자층과 문맹층은 각기 다른 욕망과 이념, 세계관을 지니게 마련인데 그것은 곧 내용적 차이를 야기한다.

『삼국유사』 전후소장사리조가 사중(寺衆) 간에 수수되던 설화였다면 경산(慶山)전설은 특정 지역의 민중들이 전파시킨 지역설화에 속한다. 경산전설은 근원설화로서 『송고승전』의 규기전, 『삼국유사』의 전후소장사리조보다 늦게 전파된 이야기이므로 역사 증언으로서의 기능이 약화되거나 탈락 되어버리고 말았다. 다시 말해 의상이 당나라 유학 중 도선을 방문한 사건배경이나 도선(道宣)과의 만남이 단초가 되어 부처님의 치아를 얻을 수 있었다는 불아구득(佛牙求得) 연기(緣起)가 이 땅에 전해지지 않은 것은 후대 민중들에게 이 전승이 더 이상 절실하게 여겨지지 못했음을 의미한다. 대신 서사의 주동인물이 의상에서 그 고장 위인인 원효로 대체되는 현상이 나타난다. 의상은 이 땅의 고승이므로 여전히 등장하지만 당승(唐僧)인 도선(道宣)은 아예 사라지는 현상이 일어난다. 의상의 중국 체류시 자취, 그리고 당의 승려들이 사라지는 대신에 민담에 곧잘 수용되는 겨루기 화소 중심으로 이야기가 변이되는데 이는 원효/의상(元曉/義湘)의 도력 겨루기란 구도의 또 다른 전승으로 이어진다.

사실 두 사람 중 누가 더 능력이 앞서는가 하는 관심은 낙산이대성 관음정취조에 어느 정도 잠재되어 있다고 할 수 있다.[12] 하지만 이 이야기는 근원을 팔법계품에 나오는 대로 선재동자(善財童子)가 남해(南海) 보달낙가산(補恒洛迦山)으로 관음보살(觀音菩薩)을 찾아가는 줄거리를 바탕에 둔 파생설화[13]로서 원효암 설화와는 계통이 다르다.

낙산이대성 관음정취조신(洛山二大聖 觀音正趣調信)조에도 전후소장

---

12) 가령 『三國遺事』 卷第4 塔像, 洛山二大聖 觀音正趣 條는 眞容친견의 목표를 앞에 두고 누가 먼저 그것을 체험하느냐가 관건이 된다. 의상과 원효가 대결의 주인공으로 설정되었다는 점에서 두 인물의 生熟과 법력을 가려보자는 전승자들의 심리를 읽게 된다. 앞서 소개되고 있는 의상의 경우, 7일간 재계한 후 용천과 천중 팔부 시종의 인도로 굴속에 들어가는가 하면 다시 7일을 재계함으로써 관음보살을 친견하는 영광을 누리게 된다. 뿐만 아니라 보살이 자신이 머물던 터를 점지해줌으로써 寺地點定의 어려움을 겪지 않고 낙산사를 창건하기에 이른다. 眞容을 친견하겠다는 원으로 가득 차 있기는 원효도 마찬가지였다. 그리하여 그는 낙산의 굴이 보살의 주처임을 확신한 채 그곳을 향해 내달렸다. 하지만 애써온 보람도 없이 그는 진용친견의 원을 이루지 못하고 만다. 사실 그는 이미 관음보살과 조우했으면서도 이를 전혀 알아채지 못한 것이다. 다시 말해 그는 벼를 베며 월경대를 빠는 여인이 성녀이자 관음인 줄을 전혀 알아채지 못하다가 뒤늦게 청조의 암시로 그 두 여인이 다름 아닌 관음이었음을 깨닫게 된다.

13) 한국불교연구원, 『낙산사』, 일지사, 1978, 17면.

사리조와 같이 의상중심의 인물 그리기란 특징이 어김없이 적용되고 있다고 해야겠다. 다시 말해 의상이 관음을 친견하는 과정에도 용중(龍衆), 천중(天衆)의 가호가 있었음을 밝히고 있는데 입당 시 도선(道宣)과 조우하는 자리에서 도선을 보호하는 천사(天使)의 접근을 방해하던 신병들의 기능과 그대로 일치한다. 아울러 의상이 앞서 관음을 친견한 것으로 밝혀 원효보다 그 우위에서 있음을 전하고 있어 이 역시 전후소장사리조와 일맥상통하는 구조, 전개양상을 보인다고 하겠다. 이는 의상과 관계가 밀접했던 집단이 전승에 깊이 간여했음을 유추해 볼 수 있게 한다. 적어도 전승과 관련지어 그들은 원효를 의상과 대척적인 위치에 있는 타자로 인식하고 있음을 알 수가 있다.

동아시아를 권역으로 삼고 있는 불교인물 전승에는 은연중 한·중·일(韓·中·日) 각국의 민족의식이 투영되고 있음을 보게 된다. 각자(覺者)를 지향하고 사해동포적(四海同胞的) 관념이 비교적 남다르다고 여겨지는 것이 불교 내 전승집단의 특징이라고 하지만 자아와 타자를 가르는 이분법적 시각이 곳곳에 나타나고 있음도 쉽게 볼 수 있다. 중국 전승에 비친 삼국의 승려는 불학의 결핍을 견디다 못해 고국을 벗어난 존재들이며 중국은 그들의 갈증을 채워주는 선진국으로 형상화된다. 타자에 시혜를 베푸는 자의 오만함 등도 중국 전승담에서 어렵지 않게 포착할 수 있는 것이다.

그에 반해 국내 불교인물의 전승담은 이와 극적인 대조를 이룬다. 설사 삼국승이 타국에서 유학중이라 하더라도 이미 청출어람적 숙성함을 과시하는 인물로 등장한다. 경우에 따라서는 사제(師弟)의 역할이 역전되는 상황으로 줄거리가 전개되기도 하는 것이다. 자타인식은 국가적 대결양상으로 전개될 뿐만 아니라 지역, 개인이란 경계를 두고도

발생하는 데 서사 전승의 주체가 누군가에 따라서 내용, 주제에 변화
가 따르게 마련이다. 불교 인물전승담은 서사주체의 의도를 반영하는
쪽으로 이야기가 구조화되며 그 과정에서 자아와 타자의 경계가 드러
나는 것을 확인할 수가 있다.

제 6 장

핵심모티브의 수용과 변이양상

1. 방광(放光)

　고승의 면모는 드러난 현시적 행위가 아니라 내면세계에서 찾는 게 옳을 것이다. 하지만 불교인물의 전승담에서는 가시적 측면을 통해 보이지 않는 주인공의 내면과 비범성을 비추어주는 것처럼 보인다. 전승담에서 주인공들은 방광, 교화, 구원, 치료 등의 이적을 드러내는 데 거칠 것이 없다. 이는 고승과 범인을 구분하는 극명한 경계가 될 뿐만 아니라 대중들에게 불교신앙의 경이로움과 감동을 경험할 수 있게 하는 요소가 된다. 먼저 방광 이적담에 대해 살펴보기로 한다.

　방광(放光)이적에 관한 한 일라(日羅)는 대표적인 고승으로 여겨진다. 그러나 이 경우 온전히 일라에 대한 예외적 자질과 경외감을 드러내는 데 초점이 맞추어지는 것은 아니다. 이는 일라의 전승적 배경이 일본이었다는 점과 무관하지 않은데 일라(日羅)를 숭앙하는 신이담인듯싶지만 영이담이 진행되면서 어느 단계에서는 성덕태자(聖德太子)를 미화하는 쪽으로 선회되는 특징을 보인다.

　성덕태자에 대한 미화는 대단히 은밀하게 진행되고 있는데『부상약기』와『원형석서』간의 내용적 차이는 크지 않다. 다만 나중에 등장한

『원형석서』가 한층 치밀하게 그려지며 현장감도 생생하게 부각된다.
『부상약기』에서 태자의 영험성을 드러내고자하는 태도는 『원형석서』
에 이르러 한층 현장성을 동반한 기술로 보완이 된다. 즉 일라가 간직
하고 있던 신비감을 그대로 수용하기보다 어떻게 일라가 방광의 능력
을 갖추게 되었는지를 추적하는 설명이 따라 붙는다. 전생담의 제시는
그 확실한 증거이다. 일라와 태자는 전생에서 사제지간이었다가 이생
에서 다시 그 인연이 이어진 관계로 설정된다. 전생에서 제자였던 태
자는 일라가 해에 늘 예를 올린 덕에 방광의 능력을 갖게 되었다고
했는데 태자 역시 미간에서 빛을 발하는 능력을 현시함으로써 일라(日
羅)와 태자(太子)를 동일한 위상으로 혹은 태자를 비교 우위에 두는 이
야기로 탈바꿈하게 된다.

　일본 내 삼국승들이 진면목을 드러내는 계기 가운데는 독경도 포함
된다. 의각(義覺)은 백제 승(僧)으로 『부상약기』에는 그의 신이담이 다
음과 같이 소개되고 있다.

　　"스님 의각은 일본이 백제를 침략했을 때 철수하는 왜병을 따라 일본에
　들어갔던 승려였다. 7척 장신에다 불법에 두루 해박한 그는 난파(難波)의
　백제사에 머물며 교화와 강설에 전념하였다. 같은 절에 있던 혜의(慧義)
　가 어느 날 저녁 의각(義覺)이 머무는 처소를 지나다가 방으로부터 대낮
　같은 빛이 비추는 것을 보고 깜짝 놀라고 말았다. 궁금증을 누를 수 없었
　던 그가 다가가 문틈으로 엿보니 반야심경을 송독하고 있는 의각의 입에
　서 나오는 빛이었다. 다음날 혜의(慧義)가 대중들에게 전날 밤 체험을 말
　하자 모두들 놀라며 감탄했다. 의각은 대중들에게 내가 눈을 감고 『반야
　심경』을 백번 송독한 후에 눈을 뜨면 방의 벽이 뻥 뚫린 듯 뜰 밖을 내다
　볼 수 있다고 했다. 그가 일어나 방문을 만져보니 모두 다 잠겨있었다.
　돌아와 앉아 경을 외우니 전과 같이 모든 것을 내다볼 수 있었다. 믿을

수 없는 일이 일어난 것은 오로지 반야심경의 불가사의한 힘 때문이다. 이 일은 제명 천황 때 벌어진 일이다."[1)]

이야기의 결말은 『반야심경』 송독이 지닌 위력을 강조하는 데 있으나 그에 못지않게 장애 없이 본질을 꿰뚫어 볼 줄 아는 안목의 소유자가 의각이라는 점을 강조하고 있다. 방광이적은 여기서 『반야심경』의 위력일 뿐만 아니라 의각의 인물됨이 범인을 넘어서고 있음을 확신시키는 경이로운 현장을 연출하고 있다.

2. 불영(佛影)

불영(佛影)설화의 유형을 총체화하는 것이 바람직할 터이나 편의상 이 글에서는 한국과 중국에 전하는 문헌, 구전형식의 불영(佛影)설화로 한정하여 논의를 이어갈 생각이다. 이같이 범위를 좁히는 것은 제 불영(佛影)설화를 총집하기 어렵다는 실질적 어려움과 함께 불경 혹은 중국 문헌설화들이 우리에게 보다 큰 영향을 끼쳤을 것이란 판단 때문이다.[2)] 아래 제시한 각편을 통해 인도에서 발원한 불영(佛影)설화가 한·중(韓·中)에 어떤 영향을 끼쳤는지 어느 정도는 가름할 수 있다고 본다. 불영설화의 원형담에 속한다고 보는 『관불삼매경』 소재 이야기를 비롯하여

---

1) 『扶桑略記』卷第9 感進 4之1.
　"釋義覺 百濟國人也 本朝征彼國時 反軍士來 身長七尺 博究佛乘 居難波百濟寺 一夕 誦摩訶般若心經 同寺慧義夜半 見覺室光曜赫如 義怪自窓隙窺之 覺誦經光從口出 明朝 義告衆 衆大驚歎 覺語徒曰 我閉目誦經百許遍 開目視室四壁空洞庭外皆見 起而觸之實 戶盡關 歸座誦經通洞如先 是般若不思議之力也 此事齊明帝之時也"
2) 김운학, 『불교문학의 이론』, 일지사, 1981, 34면.

최근 국내에서 채록된 사례까지 제시해본다.

① 佛影 이야기(『觀佛三昧經』六誓品, 문헌, 석존재세기, 인도).

② 佛影 이야기(『高僧法顯傳』(法顯찬), 문헌, 5세기, 東晉).

③ 佛影 이야기(『『高僧傳』』, 慧遠傳(慧皎찬), 문헌, 6세기, 東晉).

④ 佛影 이야기(『大唐西域記』(玄奘찬), 문헌, 7세기, 唐).

⑤ 만어산 이야기(『『三國遺事』』, 魚山佛影(一然찬), 문헌, 13세기, 고려).

⑥ 만어산 이야기(「萬魚寺棟樑寶林奏」(寶林찬), 문헌, 13세기, 고려).

⑦ 佛影寺 이야기(「天竺山佛影寺記」(柳伯儒찬), 문헌, 14세기, 고려).

⑧ 만어사 돌의 유래(『한국구비문학대계』 8-7, 103면, 구비, 최근, 밀양군).

⑨ 만어사 미륵불의 유래(상동, 8-7, 129~131면, 구비, 최근, 밀양군).

⑩ 만어산 너덜겅의 유래(상동, 8-8, 37~39면, 구비, 최근, 밀양군).

⑪ 만어사의 유래 (상동, 8-8, 182~184면, 구비, 최근, 밀양군).

⑫ 만어산 바위와 만리장성(상동, 8-8, 550~551면, 구비, 최근, 밀양군).

⑬ 만어사 이야기『명산고찰을 찾아서』(하(박설산. 이고운저) 162면, 구비, 최근, 밀양군).

일정한 정도의 서사성을 유지하고 있는 예만을 선별한 것으로 ①이 인도에서 발생한 근원설화, ②, ③, ④는 중국의 문헌설화, ⑤~⑬은 한국의 문헌 혹은 구비설화에 속한다. 석존의 재세시 인도의 설화를 바탕에 두고 출현한 ①이 인도 권역에 머물지 않고 광범한 영역을 가로

질러 한·중(韓·中)에까지 전파될 수 있었던 것은 불경에 올라있는 설화라는 점이 결정적인 요인이었다고 본다. 구체적으로는 5세기 초 진행된 『관불삼매경』의 한역화 사업이 있었기에 이른바 이 설화의 동아시아적 전승이 가능해진 것이다. 이 경(經)을 한역한 이는 인도의 승려 불태발타라(佛馱跋陀羅, 359~429)였다. 그는 인도 카필라 성의 석가족 자손으로 중국불교를 지도해달라는 중국 승려 지엄의 청을 좇아 중국에 들어간 후 앞서 장안에 와 있던 구마라집과 교학을 논하는가 하면 당시 여산(廬山)에 머물고 있던 혜원(慧遠)과 교유하며 초기 중국불교사에 지대한 공을 남겼다.[3] 중국에 불교문화를 유입시킨 공은 다양하지만 그의 명성을 높인 결정적 계기는 『화엄경』 60권, 『관불삼매경』 등의 한역화 작업이었다.

『관불삼매경』은 10卷 12品으로 구성되어 있으며 불영(佛影)설화가 들어있는 부분은 第6 관사위의품(觀四威儀品)이다. 전반부의 품(品)들이 부왕(父王)의 요청에 따라 부처의 32상(相)을 부왕(父王)과 후세의 중생을 위해 설해 주는 것과 달리 이 품(品)부터는 부처가 아난(阿難)에게 이야기를 전하는 방식을 취하며 전개된다. 6품(品)까지는 32상(相)을 관하는 방법을 제시함으로써 결국 중생이 부처의 색신(色身)을 관(觀)하면 그 마음이 결국 부처와 다를 바 없게 된다는 점을 밝힌다.[4]

한데 단 한 번의 관불(觀佛)만으로 영원토록 불성을 지닌 존재로 남을 수 있는지는 누구도 장담할 수 없다. 이런 상황을 전제로 하여 설계된 이야기가 바로 불영담(佛影談)이라고 보면 될 것 같다. 즉 석존은 악행의 대리인으로 용과 나찰녀를 등장시켜 행패를 일삼던 그들이 어

---

3) 慧皎, 『高僧傳』 卷2 佛馱跋陀羅傳.
4) 장휘옥, 「觀佛三昧經」, 『불교 경전의 이해』, 불교신문사 편, 1997, 215~217면.

떻게 교화되어 가는지 그 변화과정을 상세히 보여주고 있다. 악인으로서 독룡과 나찰녀는 야건가라국 아나사산 남쪽의 굴을 중심으로 온갖 만행을 저지르게 된다. 무엇보다 4년 동안 우박이 내리면서 기근 및 질병으로 백성들의 고통이 고조에 달하게 되었다. 이들과 대적할 힘이 없었던 왕은 결국 세존에게 도움을 청하게 되고 애민정신이 남달랐던 세존은 곧바로 아나사산 석굴에 당도한다. 별다른 신통력을 발휘한 것도 아닌데 독룡과 나찰녀는 순식간에 석존 앞에 무릎을 꿇고 제자가 되기를 간청한다.

이후에도 그들이 또 발동할지 모르는 악심을 걱정하자 세존은 석굴 안에서 정좌한 채 1500년을 머물러 주겠다고 약조를 해준다. 가까이 가면 안보이고 멀리서 보면 더 뚜렷하게 보이는 불영(佛影)으로 말미암아 독룡과 나찰녀는 더 이상 악심이 발동하는 유혹에 시달릴 필요가 없어졌다.5) 『관불삼매경』 소재 근원설화는 이보다 훨씬 복잡한 줄거리를 담고 있으나 이 정도의 내용만 숙지하는 것으로도 후대 설화와의 관련성을 점검하는 데는 큰 지장이 없다.

---

5) 一然,『三國遺事』卷四, 魚山佛影.

"可函觀佛三昧經第七卷云 佛到耶乾訶羅國古仙山 薝蔔花林毒龍之側 靑蓮花泉北 羅刹穴中 阿那斯山南 爾時彼穴有五羅刹 化作女龍 與毒龍通 龍復降雹 羅刹亂行 飢饉疾疫 已歷四年 王驚懼 禱祀神祇 於事無益 時有梵志 聰明多智 白言大王 伽毗羅國淨飯王子 今者 成道 號釋迦文 王聞是語 心大歡喜 向佛作禮曰 云何今日佛日已興 不到此國 爾時如來 勅, 勅諸比丘 得六神通者 隨從佛後 受那乾訶羅王弗婆浮提請 爾時世尊, 頂放光明 化作 一萬諸大化佛 往至彼國 爾時龍王及羅刹女 五體投地, 池 求佛受戒 佛卽爲說三歸五戒 龍王聞已 長跪合掌 勸請世尊常住此間 佛若不在 我有惡心 無由得成阿耨菩提 時梵天王 復來禮佛 請婆伽婆爲未來世諸衆生 故莫獨偏爲此一小龍 百千梵王皆作是請 時龍王出 七寶臺 奉上如來 佛告龍王 不須此臺 汝今但以羅刹石窟 持以施我 龍歡喜云云 爾時如來 安慰龍王 我受汝請 坐汝窟中 經千五百歲 佛湧身入石 猶如明鏡 人見面像 諸龍皆現 佛在 石內 映現於外 爾時諸龍合掌歡喜 不出其地 常見佛日 爾時世尊結伽趺坐在石壁內 衆生 見時 遠望卽現 近則不現 諸天供養佛影 影亦說法 又云佛蹴嵓石之上 卽便成金玉之聲"

불영담(佛影談)의 해외 전승은『관불삼매경』의 전파와 더불어 활발하게 이루어졌다고 볼 수 있다. 그런데『관불삼매경』이 전파된 즈음에 구전설화도 중국 내에 퍼졌던 것으로 보인다. 가령 법현(法顯)보다 오히려 앞서 활동했던 동진(東晉)의 혜원(慧遠, 335~417)은 아래와 같이 인도의 도사(道士)에게서 불영 이야기를 접한 것으로 확인된다.

> "慧遠이 듣기를 천축에 부처님의 영상이 있는데 이는 부처가 옛날 독룡을 교화하실 때 남긴 상이며 북천축 월지국 나갈라성의 남쪽 옛 신선의 석실에 있으며 지나는 길은 유사국에서 서쪽 1만 5천8백 50리에 있다하여 그는 기쁜 감회가 가슴에 교차하여 뜻을 세워 우러러 그 형상을 늘 한번 보고자 하였다. 때마침 서역의 도사가 그 광상을 말해주어 慧遠은 마침내 산을 등지고 물이 임한 곳에 감실을 짓고 묘산이라는 화공을 시켜 담담한 채색으로 그림을 그리게 하였는데 빛깔이 허공을 쌓은 듯하고 바라보면 연기나 안개와도 같았으며 빛나는 형상이 밝고 아름다워 숨어있는 듯하면서도 뚜렷이 나타나 있었다."[6]

이를 보면 4세기경에 나갈라국의 불영(佛影) 이야기가 이미 중국 내 불자 사이에서 널리 퍼져 있었음이 드러난다. 혜원(慧遠)은 특히 서역에서 온 도사가 들려주는 불영담에 감동한 나머지 증언대로 배산임수한 장소를 골라 석실을 만드는 한편 화공을 불러 석굴을 만들고 부처형상까지 마련해놓기까지 한다. 그는 단순히 설화 운반자의 역할을 벗어나 불영(佛影) 발원지를 고스란히 여산에 되살려 놓는가 하면 불영(佛

---

6) 慧皎,『高僧傳』, 慧遠傳.
　"遠聞天竺有佛影 是佛昔化毒龍 所留之影 在北天竺月氏國那竭呵城南古仙人石室中 經道取流沙西一萬五千八百五十里 每欣感交懷 志欲瞻覲 會有西域道士敍其光相 遠乃 背山臨水 營築龕室 妙算畫工 淡彩圖寫 色疑積空 望似烟霧 暉相炳曖 若隱而顯"

影)을 기리는 명(銘)을 남겼던[7] 적극적인 설화 수신자라 할 것이다. 전승적 맥락에 비추어 혜원(慧遠)의 경우는 특이한 사례가 아닐 수 없다. 최초의 불영 전파자를 서역의 도사로 본다면 혜원(慧遠)은 그 설화를 또 다른 인물에게 전파하는 제2의 운반자인 셈이다. 당대 선가에서 이미 높은 명성을 지녔던 만큼 그가 여산에 또 다른 불영처(佛影處)를 축조한 사건은 당대는 물론 후인들에게 불영설화에 대한 영험성과 신비감을 높이는 데 기여했다.

혜원(慧遠)과 비슷한 시기에 활약한 법현(法顯)은 서역을 순례하던 중 직접 불영(佛影)현상을 경험하고는 그 감동을 기록으로 남긴 최초의 중국 승려이다. 그는 동진(東晋) 융안(隆安) 3년(399) 기해(己亥)에 혜경(慧景), 도정(道整), 혜응(慧應), 혜외(慧嵬) 등과 더불어 천축여행을 떠났다. 인도 승이 속속 중국으로 들어오고 한역화 사업이 활발하게 진행되던 시기이 기는 하지만 대장경 입수에 대한 열망을 억누르지 못하다가 60세의 노령에 구법의 길에 오르게 된다.[8] 『고승법현전』의 기록에 따른다면 그는 인도에 들어가기 전까지는 불영(佛影) 이야기를 듣지 못한 것 같고 나갈 국에 이르러서 비로소 불영(佛影)에 얽힌 설화를 전해들은 것으로 여겨진

---

7) 慧皎, 상게서, 慧遠傳.
　"廓矣大像 理玄無名 體神入化 落影離形 迴暉層巖 凝映虛亭 在陰不昧 處闇逾明 婉步
　蟬蛻 朝宗百靈 應不同方 跡絕杳冥(其一) 茫茫荒宇 靡勸靡奬 淡虛寫容 拂空傳像 相具體
　微 沖姿自朗 白毫吐曜 昏夜中爽 感徹乃應 扣誠發響 留音停岫 津悟冥賞 撫之有會 功弗
　由曩(其二) 旋踵忘敬 罔慮罔識 三光掩暉 萬像一色 庭宇幽藹 歸途莫測 悟之以靖 開之以
　力 慧風雖遲 維塵攸息 匪聖玄覽 孰扇其極(其三) 希音遠流 乃眷東顧 欣風慕道 仰規玄度
　妙盡毫端 運微輕素 託綵虛凝 殆映霄霧 跡以像眞 理深其趣 奇興開衿 祥風引路 清氣迴
　軒 昏交未曙 彷彿神容 依稀欽遇(其四) 銘之圖之 曷營曷求 神之聽之 鑒爾所修 庶茲塵軌
　映彼玄流 漱情靈沼 飮和至柔 照虛應簡 智落 乃周深懷冥託 宵想神遊 畢命一對 長謝百
　憂(其五)"
8) 慧皎, 상게서, 釋法顯傳.

다. 핵심적인 대목을 잠깐 보기로 한다.

> "나갈성 남쪽으로 반 유연 되는 곳에 한 석실이 있었는데 부처님께서는 산을 뚫어서 이곳에 당신의 그림자를 넣어두었다. 10여 보를 물러나 바라보면 부처의 참 모습을 보는 것 같고 금색의 상호는 빛나면서 뚜렷했다. 여러 나라 왕들이 화가를 보내 이를 그리게 했으나 능히 이룰 수가 없었다. 그 나라 사람들은 서로 전하기를 천불은 모두 이곳에 그림자를 남겼다고 했다. 부처님 그림자가 있는 서쪽으로 4백보 정도 되는 곳에 부처가 살아 계실 때 머리를 깎으시고 손톱을 자르시고 제자들과 함께 높이 7, 8장의 탑을 세워 후세에 탑의 모범이 되도록 하셨던 곳이 있는데 그 탑은 현재에도 있다."[9]

법현(法顯)이 이 설화를 언제 들었는지는 알 수 없다. 문면으로 보아서는 천축에 들어온 뒤 현장을 답사했다가 불영(佛影)의 유래를 접했던 것으로 보인다. 불영(佛影)설화가 쟁투담으로 비쳐지기도 하지만 보통 이야기의 전개와는 다르다. 주동인물이라 할 부처가 천상천하를 빈틈없이 주재하고 있으므로 그와 감히 대적할 인물을 설정하기란 불가능하다. 그런 만큼 부처의 힘에 의지하고자 하는 무리가 쉴 새 없이 다가온다. 야건가라국을 배경으로 하는 이 이야기를 잠깐 상기해 보자.

부처에게서 멀리 떨어져 있던 나갈국 안에 뜻밖의 위기가 닥친다. 평온함이 지속되던 차에 아나사산 남쪽의 굴에 살고 있던 5나찰이 독룡과 어울려 다니면 우박을 내리는 등 4년에 걸쳐 갖은 횡포를 부려

---

9) 法顯, 『高僧法顯傳』.
  "那竭城南半由延有石室博山 西南向佛留影 此中去十餘步觀之如佛眞形 金色相好光明炳著 轉近轉微彷彿如有 諸方國王遣工畫師摹寫莫能及 彼國人傳云 千佛盡當於此留影 影西四百步許 佛在時剃髮剪爪 佛自與諸弟子共造塔 高七八丈以爲將來塔法 今猶在"

백성들이 기근과 질병에서 헤어날 수 없게 된 것이다. 왕은 신명(神明)에게 기도하고 제사지냈으나 아무 효험이 없자 결국 바라문의 제안에 따라 부처의 강림을 청원했고 이것이 받아들여진다. 부처가 등장하자 독룡과 나찰녀의 횡포는 순식간에 가라앉고 만다.

아무리 악독한 존재라도 부처 앞에서 이토록 무력해지는 것은 무슨 까닭인가. 부처의 위의는 세상의 모든 존재를 개조, 변화시키고도 남음이 있음을 단적으로 상징하는 것이라고 보면 될 것이다. 열반 후에도 독룡과 나찰녀를 제도하기 위해 남겨둔 징표로서 불영(佛影)은 부처의 실제 모습과 같았으며 상호는 황금빛으로 빛났다. 뿐만 아니라 멀리서 보면 뚜렷해지고 가까이 다가갈수록 희미하게 변해갔다는 것이 그곳 사람들의 공통된 증언이었다. 이런 신이성 때문에 여러 나라의 왕들은 화가들을 파견하면서까지 그 모습을 모사하려 안간힘을 다했던 것이다. 법현(法顯)은 일찍 천축에 들어간 중국 기행승(紀行僧)답게 객관적 시각을 통해 석실 근처에 위치한 탑과 절의 현재적 광경을 고스란히 포착해놓는 것을 잊지 않았다. 그러나 한편으로는 『관불삼매경』 소재한 불영(佛影)설화에 대한 검증도 빠뜨리지 않았다. 다시 말해 그는 불영(佛影)설화의 현장에 임하여 과거 이야기가 결코 허황된 것이 아님을 생생히 전하고 있는바, 이는 불영담에 대한 회의감을 잠재우고 신성성을 유지시키려는 의도로 파악할 만하다.

서역 나갈라국이 불영(佛影)설화의 현장이라는 점은 법현(法顯) 시대를 지나서도 여러 사람들의 이목을 집중시켰던 모양이다. 법현(法顯)의 천축여행이 이루어진 200년 후에, 이번에는 현장(玄奘)이 천축으로 진출하여 불영담(佛影談)을 소개하는 한편 당시의 설화까지 부연해 주었다. 그가 전하는 불영(佛影)설화 관련 기사를 잠시 보도록 하자.

"동쪽 깎아지는 절 석벽에 큰 굴이 있는데 구파라왕이 머물던 곳이다. 문을 지나면 좁은 굴이 있으며 컴컴하다. 낭떠러지 돌벽으로 물이 떨어져 계곡을 지나면서 흐른다. 옛날에는 부처의 그림자가 빛났으며 그 얼굴이 온전히 갖추어져 있었으나 근래 사람들은 두루 바라볼 수가 없다. 설사 볼 수 있다 하더라고 비슷한 정도에 그칠 뿐이다. 지성으로 청을 올려 감흥을 얻은 자라 하더라도 잠깐 동안밖에 볼 수 있을 뿐 오래도록 바라보기는 불가능했다. 옛날 부처가 세상에 머물 때 한 용이 소를 치는 목동으로써 왕에게 우유를 바쳤다. 그러다 실수를 저질러 꾸지람을 듣게 되자 마음속으로 노여움과 원한을 품고는 돈으로 꽃을 사서 공양하면서 수기하기를 '원하건대 악룡이 되어 나라를 망하게 하고 왕을 해치고자 합니다.'라고 말한 후 돌 벽으로 나아가 몸을 던져 죽었다. 그 뒤에 그는 이 굴에 머무는 큰 용이 되었는데 갑자기 굴 밖으로 나아가 본래 다짐했던 원을 이루고자 하더니 마침내 그 마음을 불러일으킨 것이다. 부처가 이 나라 백성들이 용에게 해를 당할까 걱정하여 신통력으로 이곳에 이르렀다. 그러자 용은 부처를 보고는 금세 나쁜 마음이 사라졌으며 불살계를 받고 정법을 수호하기를 바랐다. 이어서 부처에게 항상 그 석굴에 머물러 있기를 간청하였다. 여러 성인과 제자들이 나의 공을 받도록 해 주십사 하였다. 부처가 말하길 '나는 장차 열반에 들 것이니 너를 위하여 그림자를 남기겠다. 다섯 나한을 보내 항상 너의 공양을 받도록 하겠다. 정법이 사라진다 해도 그 일은 변하지 않을 것이다. 네가 만약 나쁜 마음과 노여움이 있더라 하더라도 내 모습을 본다면 자비롭고 착하게 될 것이니 더 이상 독한 마음은 생기지 않을 것이다. 이 현겁 중에 마땅히 부처가 올 것이니 또한 너를 불쌍히 여겨 그림자를 남긴다.' 했다."10)

---

10) 玄奘, 『大唐西域記』 卷第2, 濫波國, 那揭羅曷國 健馱邏國.
"伽藍西南深澗隙絕 瀑布飛流縣崖壁立 東崖石壁有大洞穴 瞿波羅龍之所居也 門徑狹 小窟穴冥闇 崖石津滴磧徑餘流 昔有佛影煥若眞容 相好具足儼然如在 近代已來人不遍 睹 縱有所見彷彿而已 至誠祈請有冥感者 乃暫明視尙不能久 昔如來在世之時 此龍爲牧 牛之士供王乳酪 進奉失宜旣獲譴責 心懷恚恨 卽以金錢買華供養受記窣堵波 願爲惡龍

현장(玄奘)은 나게라갈국에서 취재한 설화를 비교적 상세히 기록해 놓고 있다. 그가 인도를 여행한 때가 629~645년 사이였으므로 위 기록은 당시 인도에 떠돌던 불영(佛影)설화를 채록한 것이 될 듯하다.『관불삼매경』육서품(六誓品)과 비교할 때 큰 변화는 찾기 어렵고 소소한 내용변이가 발견될 뿐이며 전체적인 구도는 일맥상통한다.

법현(法顯)의『고승법현전(高僧法顯傳)』이『관불삼매경』의 내용을 간략하게 전해주는 것과 마찬가지로『대당서역기(大唐西域記)』에서도 결과담 위주의 세존과 용녀, 나찰녀의 선악 대결을 전하고 있다. 순례기를 지향하는 기록이므로『관불삼매경』처럼 석존(釋尊), 아난(阿難), 목건련(目犍連), 금시조(金翅鳥) 등등, 등장인물의 편폭을 확대하는 것은 물론 광범한 공간을 배경으로 부처에 순응해 제자로 복속되기를 거부하거나 부질없이 대항하는 과정[11]까지 상세히 기대하기가 어렵다. 하지만 근원설화대로 부처와 그 제자들에 맞서던 악의 무리가 참회 끝에 부처에게 귀의하여 제자가 되었다는 줄거리는 분명히 환기시켜준다.[12] 불영(佛影) 이야기의 핵심은 바로 이후의 사건과 관련된다. 독룡과 나찰녀는 불성을 유지할 수 없다는 불안감에 휩싸이게 되다가 언제

破國害王 卽趣石壁投身而死 遂居此窟爲大龍王 便欲出穴成本惡願 適起此心· 如來已鑒愍此國人爲龍所害 運神通力自中印度至 龍見如來毒心遂止 受不殺戒 願護正法 因請如來常居此窟 諸聖弟子恒受我供 如來告曰 吾將寂滅爲汝留影 遣五羅漢常受汝供 正法隱沒其事無替 汝若毒心·奮怒 當觀吾留影以慈善故毒心當止 此賢劫中當來世尊 亦悲愍汝皆留影像影窟門外有二方石 其一石上有如來足蹈之跡 輪相微現光明時燭 影窟左右多諸石室皆是如來諸聖弟子入定之處 影窟西北隅有窣堵波 是如來經行之處 其側窣堵波有如來髮爪 鄰此不遠有窣堵波 是如來顯暢眞宗說蘊界處之所也 影窟西有大盤石 如來嘗於其上灌浣袈裟 文影微現"

11)『佛說觀佛三昧經』卷第7, 觀四威儀品 第6之餘(『大正新修大藏經』제15권 경집부2)

12) 이기영,『종교사화』, 한국불교연구원, 1978, 87면.

발동할지 모르는 악심의 충동을 제어할 방법을 부처에게 묻게 되는바, 석존이 그들의 청에 흔쾌히 응해 내려준 선물이 바로 불영(佛影)현상이 었던 것이다. 부처가 석굴 속으로 들어가 결가부좌한 채로 1500년을 머물겠다고 한 만큼 용과 나찰은 불영(佛影)을 응시하는 것으로 악심의 발동을 억제할 수 있게 되었다.

석가시대에서 천여 년 흐른 뒤에 출현한『대당서역기』는 현장(玄奘) 당대의 설화장소를 가능한 한 사실적으로 전해주는 보고문에 속한다. 이 보고에서 일차적으로 눈에 띄는 것은『고승법현전』에 비해 불영(佛影)설화에 대한 믿음이 약화되고 있다는 점이다. 현장(玄奘)은 부처가 한순간에 신통력을 발휘하여 용과 나찰을 교화시켰을 뿐만 아니라 부처의 영상을 세상 곳곳에 남겼다하지만 당시 나게라갈국에서 더 이상 불영(佛影)을 목도하기란 쉽지 않다고 밝힌다. 지성으로 발원하고 영감을 얻는 이도 있지만 전반적으로 부처의 모습을 보기가 어려워졌다는 것은 앞서의 증언자 법현(法顯)의 말과 상치된다. 이처럼『대당서역기』는 동진시대가 아닌 당나라 시대 불영(佛影)설화의 실상을 밝혀주는 의미가 있다. 동진시대까지만 해도 설화에 대한 믿음에 흔들림이 없었으나 시간이 지나면서 점차 설화에 대해 회의감을 갖는 분위기로 돌아섰음을 보여준다.

그런데『대당서역기』소재 설화가『관불삼매경』설화를 요약한 것에 불과함에도 서사적 논리를 보완한 것은 눈에 띄는 변화이다. 즉 근원설화라 할 육서품(六誓品)에서는 용과 나찰녀가 원래부터 나쁜 마음을 가지고 있는 무리로 전제된 반면『대당서역기』에서는 누구나 궁금하게 여기는 용의 행패원인에 대한 실마리를 제공한다. 용은 원래 목동을 시켜 왕에게 우유를 바친 적이 있었다. 그런데 우유를 진상하다

가 사소한 잘못을 저질러 질책을 당하고부터 노여움과 원한에 사로잡
히게 된다. 급기야 그는 꽃을 사서 공양하며 악룡으로 태어나기를 발
원한 후 석벽에 몸을 던져 목숨을 끊는데 악연은 모질게 이어져 독룡으
로 다시 환생한 터였다.

『관불삼매경』은 서사논리상 상당히 핵심적 내용이라 할 이 부분을
생략한 채 독룡이 만행을 부리는 대목부터 곧장 이야기를 시작하고
있다. 『대당서역기』는 바로 이 같은 인과성의 결핍을 주목하고 그 보
완에 나선 것이다. 현장(玄奘)은 부처의 영상에 머물고 있는 석굴뿐만
아니라 그 밖에도 석가의 흔적을 세심하게 묘사하는 것도 잊지 않았
다. 불영(佛影) 설화가 압축되어 대강만 드러나 있는 대신 설화 현장을
객관적으로 묘사하고 있어 단순하게 설화의 채록에 그쳤다고 말할 수
없다. 오히려 현장(玄奘)은 설화현장의 여러 가지 사항을 함께 기록해
야 한다는 사명감을 지니고 있었던 것 같다.

현장(玄奘)은 불영(佛影)전설의 발화 현장을 찾아 나선 또 다른 승려
였다. 하지만 천축 견문을 동경하던 끝에 어렵게 불영의 현장에 다가
갔으나 전에 들었던 신비감을 온전히 되새기기는 힘든 상황으로 바뀌
어 있었다. 그는 과거와 달리 부처의 영상을 보기 어려울 뿐더러 설사
잠시 형상을 본다 하더라도 희미하게 비칠 뿐이며 요행 감흥을 얻는
자라 하더라도 극히 짧은 동안만 관불이 가능하다며 아쉬운 소회를
감추지 않았다. 법현(法顯)과 현장(玄奘)이 설화의 실제 장소를 직접 찾
아 나선 경우라면 혜원(慧遠)은 불영(佛影)설화를 구전으로 전해 듣고
감동한 나머지 자신이 거처하는 주위에 석굴을 개축하는 등 설화현장
을 재현하는 결단을 내린다. 혜원(慧遠)은 불영 이야기의 운반에 만족
하지 않고 석존시의 설화가 시대를 넘어 진실성을 담보하는 이야기임

을 현실적 공간에서 입증한 사례이다.

불태발타라(佛馱跋駝羅)가 『관불삼매경』의 한역을 완료하는 5세기 초를 기점으로 불영(佛影)설화의 전승이 폭넓게 이루어질 수 있는 바탕이 마련되었다 말해도 좋겠다. 식자층은 문헌자료, 민중층은 구비자료를 통해 불영(佛影) 이야기를 파급시켰을 터인데 특히 불경해독력이 있는 사중들이 이 설화의 전파자임을 자임했으리라 여겨진다. 문헌전승의 경우에서 근원설화의 형태를 비교적 온전히 유지했다면 구비전승의 경우에는 내용적 변화가 잇따르면서 다양한 파생담, 변이담을 생산해나갔다고 보아야 할 것 같다.

그러나 중국의 경우 불영담(佛影談)이 생각만큼 풍성하게 구비전승된 것 같지는 않다. 물론 자료수합의 어려움과 한계를 감안해야겠으나 근원설화의 재화(再話)를 전제로 한 자료가 대부분을 차지한다는 사실에 주목해야 할 것이다. 문헌설화 자료에서 근원설화의 재화를 확인하기란 어려운 일이 아니다. 가령 명(明)의 곽자장(郭子章)이 찬술한 「아육왕사지(阿育王寺志)」에는 '불영'이란 제목 하에 근원설화를 그대로 축약해 놓고 있다.[13] 이 같은 결과는 설화의 증언자로서 동진(東晉), 당(唐)나라 시기 고승들이 차례로 등장한 것과 무관하지 않다고 본다. 그

---

13) 郭子章(明), 「阿育王寺志」 上, 卷2 (『中國佛寺志叢刊』, Vol.89).
"如觀佛三昧境云 佛初留影 石室在耶乾阿羅國 毒龍池側 阿那斯山巖南 有五羅刹女 與毒龍通 恒降雨雹 百姓饑疫已歷四年 時王禱祀 呪龍羅刹女 氣盛呪術不行 王長跪合掌 讚佛通慧應知 我心願屈 慈悲光臨此國 爾時如來往至彼國 龍興雷電 鱗甲烟焰 五羅刹女眼如掣電 時金剛神手把大杵 杵頭火然 如旋火輪燒惡龍身 龍王驚怖 走入佛影 如甘露灑 見諸金剛極大惶怖 爲佛作禮 五羅刹女亦禮如來 龍王於其池中 出寶臺奉佛 佛言 不須汝臺 但以羅刹石窟施我 諸天各脫寶衣拂窟 佛攝神足 獨入石室 今此石上變爲七寶 時龍爲四大弟子 及阿難造石窟 爾時世尊從石窟 出 時龍聞佛還國 啼哭雨淚云 何捨我 我不見佛 當作惡事 墮墮惡道 佛安慰龍 我受汝請 當坐汝窟中 經千五百歲 佛坐窟中 作十八變踊身入石 猶如明鏡在於石內映現於外 遠望則見 近望不見 諸天百千供養 佛影亦說法迄 今猶現"

들은 불영처(佛影處)를 직접 답사했을 뿐더러 불영(佛影)현상이라는 것이 누구도 부정하지 못할 실제 사건임을 현장에 임하여 분명히 밝혀 놓았다. 천축경험이 없는 중국 사람들로서는 현장에서 채록한 이들의 증언을 함부로 부정하거나 훼손할 수 없었다. 그 때문에 불영설화는 비교적 원형담을 유지했던 게 아닌가 여겨진다.

앞서 본 것처럼 중국에서는 시대를 넘어 불영(佛影)설화에 대한 관심을 늦추지 않았다. 설화수용의 시차는 있을 지라도 한국에서도 이 설화에 대해서는 큰 관심을 보인 것으로 나타난다. 다만 중국과 같이 불영(佛影)설화 현장을 답사한다거나 설화처(說話處)를 그대로 재현한 승려는 나타나지 않았다. 불영(佛影) 이야기의 한국 내 전파시점은 필경 『관불삼매경』의 수입과 무관치 않을 터인데 이외에 『고승법현전』, 『대당서역기』 등에 소개된 불영(佛影)설화는 나려(羅麗)시대 불영(佛影)설화의 전승을 촉매한 자료들로 이해된다. 일연은 어산불영 조(魚山佛影 條)를 통해 이 땅에서 이야기된 불영(佛影)설화의 통시적 면모를 넓게 조망해 준 인물이다. 그는 만어산 설화는 물론이고 중국 승전 내 기록까지 폭넓게 총집해 놓음으로써 불영(佛影)설화의 동아시아적 전승력과 함께 구비적 양상을 살필 수 있는 기회를 제공해주고 있다.

물론 나열된 자료들의 출처가 인도, 중국, 한국으로 나누어지기는 해도 근원을 따진다면 이야기의 줄기가 인도의 『관불삼매경』 내 불영담에서 출발한다는 점에서는 예외가 없다. 무작위로 나열한 듯 비치지만 이런 계통성을 의식해 불영의 각편을 나열시켜 놓은 것이 아닌가 하는 생각이 든다. 그에 수합된 이야기들은 인도를 거쳐 중국으로, 그리고 다시 중국에서 한국으로의 전승공간과 함께 석존 재세시(在世時)에서부터 고려 말에 이르는 전승 시간 속에서 어떤 불영담이 출현했는지 서사의 편폭을 일별하게끔 도와준다. 『삼국유사』에서 근원설화와 기타설화를 병립시킨 것은 불국으로 알려진 천축 못지않게 이 땅에도 아득한 시기부터 불연의 역사가 열리고 있었음을 전하겠다는 의도와 무관하지 않은 일이다.14) 그러나 『관불삼매경』, 『법현고승전』, 『고승전』, 『대당서역기』 등 경전 및 승전(僧傳) 소재 불영(佛影) 관련 기사를 병치시킴으로써 설화 사이에 혼착 현상이 나타나는 것을 보게 된다. 사실 어산불영조(魚山佛影 條)는 만어산의 명칭 연기를 밝히는 것이 주임무인데도 천축 나갈라국 석굴을 배경으로 독룡과 나찰녀의 악행, 그리고 그들이 불영(佛影)에 의해 마음의 정화가 이루어지는 과정에 초점이 맞춰져 있어 만어산 너덜경의 기원을 선명하게 드러냈다고 말하기는 어렵다.

한국 내 불영(佛影)설화의 계통성을 밝히기 위해서도 대략적이나마 인·한·중(印·韓·中) 세 나라에서 발생한 불영(佛影) 자료를 출현시기별로 정리해보는 것이 필요하다. 현전하는 자료를 기준으로 한다면 한국에서는 어산불영(魚山佛影) 내 이야기를 그 기점으로 삼을 수 있는데 일연과 동시대 활동한 보림(寶林)스님이 상부에 올린 「만어사동량보림주(萬魚寺棟樑寶林奏)」가 먼저 주목의 대상이 된다. 보림(寶林)은 만어산(萬魚山)과 천축(天竺)의 불영(佛影) 사이에는 세 가지 공통점이 있음을 지적했다. 나갈라국의 고선산 담복 화림에 독룡의 연못이 있는 것처럼 양주의 경계에 위치한 곳에 옥지가 있으며 그곳에 독룡이 살고 있다는 점, 주위를 에워싼 구름 속에서 음악소리가 난다는 점, 만어산의 서쪽에 있는 반석은 과거 부처가 가사를 빨던 곳이라는 점 등이 그것이다.15)

---

14) 김승호, 『한국사찰연기설화의 연구』, 동국대학교 출판부, 2005, 329면.

15) 一然, 상게서, 魚山佛影.
　"棟梁寶林狀奏 所稱山中奇異之迹 與北天竺訶羅國 佛影事符同者有三 一 山之側近地

일연도 직접 만어산을 찾아 그곳에서 기이한 음악소리를 들을 수 있었으며 불영(佛影)을 목도했다는 증언16)을 통해 보림의 증언에 신빙성을 보태주었는데 보림이 설화의 전송자이며 일연은 이를 추종하는 적극적 수신자라 할 것이다. 일연이 다른 자료로 소개하는 고기(古記) 또한 보림의 주(奏)와 내용이 대동소이한 자료로서 고려시대 이미 만어산과 불영(佛影)은 연관이 깊은 이야기로 대중사이에 퍼졌던 것이다. 그 시기는 분명하지 않으나 어산불영(魚山佛影)을 포함한 나려 시대 불영(佛影)설화는『관불삼매경』이 수입된 뒤 지어지기 시작하여 후대로 갈수록 다양한 파생담으로 곁가지를 쳐 나갔을 터이다. 이야기의 시공간과 등장인물의 변화에도 불구하고 만어산 설화17)의 줄거리는 아래와 같이『관불삼매경』의 것과 크게 다를 바 없다.

梁州界玉池 亦毒龍所蟄是也 二 有時自江邊雲氣始出 來到山頂 雲中有音樂之聲是也 三 影之西北有盤石 常貯水不絶 云是佛浣濯架裟之地是也 已上皆寶林之說"

　세 가지 증언은 한결같이『관불삼매경』에 들어있는 불영설화의 내용과 일치한다. 다만 두 번째 항의 "때때로 강가에서 운기가 일어나 산꼭대기까지 이르는데 그 구름 속에서 음악소리가 난다."는 지적은 색다른 것이다. 이는 만어산에 산재하는 돌의 소리가 유난히 맑은 것과 연관되는 이야기로 실제 조선 초에는 만어산의 돌을 채취해 편경 재료로 삼으려 했던 일도 있었다. 아무튼 이 대목은 불영 이야기가 이 땅의 지역설화로 변개, 정착되었음을 말해준다.

16) 一然, 상게서, 魚山佛影.
　"今親來瞻禮 亦乃彰彰可敬信者有二 洞中之石 凡三分之二 皆有金玉之聲是一也 遠瞻卽現 近瞻不見 或見覓(不見)等是一也"

17) 一然, 상게서, 魚山佛影.
　"古記云 萬魚寺山者 古之慈成山也 又阿耶斯山[當作摩耶斯 此云魚也.] 傍有呵囉國 昔天卵下于海邊 作人御國 卽首露王 當此時 境內有玉池 池有毒龍焉 萬魚山有五羅刹女往來交通 故時降電雨 歷四年 五穀不成 王呪禁不能 稽首請佛說法 然後羅刹女受五戒而無後害 故東海魚龍 遂化爲滿洞之石 各有鍾磬之聲[已上古記]"

1. 가라국(가야)의 옥지에 독룡이 살고 있었다.
2. 만어산에 살고 있던 다섯 나찰녀가 독룡과 더불어 장마를 내려 오곡
   이 여물지 못했다.
3. 수로왕이 주술로 이들을 다스리려 했으나 실패했다.
4. 수로왕의 청원으로 부처가 와서 나찰녀가 참회했고 오계를 받았다.
5. 그 후로 재해가 없었으며 물고기와 용이 돌로 변했다.

천축의 나갈국에 있는 고선산(古仙山)이 아니라 양주(梁州)의 만어산
(萬魚山)으로, 나갈국왕이 가야국의 수로왕으로 내용의 변화가 일어나
고 있으나 전체 구조의 변화로 보기는 어렵다. 오히려 시대와 배경의
차이에도 불구하고 『관불삼매경』의 내용을 축약한 정도에서 크게 변
한 것이 없다. 근원설화와 확실한 차이를 보이는 부분은 오직 5번째
단락이라고 해야겠다. 나갈라국에서는 부처가 용과 나찰녀의 청으로
석굴에 들어가 결가부좌한 채로 머물며 불심을 불러일으킨 것으로 이
야기가 마무리되지만 만어산 설화에서는 불영(佛影)과 관련된 부분이
빠지는 대신 '5'와 같이 골짜기에 가득 찬 바위가 어떻게 생겼는지가
서사의 주된 관심이 되고 있다. 종국에는 만어산의 돌무더기가 생긴
연유를 전하는 데 목적이 두어졌음을 확인시키는 대목이다.
불영(佛影)이 깃든 석굴보다는 골짜기 경사면에 쌓인 돌, 즉 너덜겅
으로 유명한 곳이 만어산이었다. 이곳의 돌은 조선이전부터 동해의 용
과 물고기가 변해서 만들어진 것이라는 설이 있었으며 석경(石磬)재료
로 추천될 정도로 일찍부터 좋은 소리를 내는 것으로 알려졌다.[18] 『신

---

18) 『新增東國輿地勝覽』 第26卷, 慶尙道 密陽都護府.
   "萬魚山磬石 : 山中有一洞 洞中巖石大小 皆有鐘磬之聲 世傳 東海魚龍化爲石 我世宗
   朝 採之 作磬不中律 遂廢(만어산 경석 : 산중에 한 동굴이 있는데, 동굴 안에 있는 크고

증동국여지승람(新增東國輿地勝覽)』밀양도호부(密陽都護府) 만어산조(萬魚山條)의 설명은 조선시대에 들어와 너덜겅 이야기가 민중설화의 영역에 들어와 있음을 보여준다. 하지만 고려시대까지만 해도 어산불영조(魚山佛影 條)에서 보듯 너덜겅 이야기는 불영(佛影) 이야기에 종속되는 수준에 그쳤다. 이른바 천축국의 불영(佛影)과 만어산을 대응시키는 수법을 좇아 이야기를 설정한 것인데 만어산을 불연 숙성의 터로 규정하는 데만 골몰한 것이다. 만어산이 급경사의 돌벽 낭떠러지를 끼고 있으며 크고 작은 돌로 이루어진 산이었던 만큼『관불삼매경』소재 불영담(佛影談)과 대응시키는 데는 별 어려움이 없었다고 본다. 만어산 이야기를 촉발시킨 설화 담당층은 승려들일 가능성이 높다하겠으며 그들의 입을 통해 점차 사하촌으로 퍼져나갔다고 할 것이다. 그런데 불영(佛影)설화를 끌어들임으로써 천축과의 인연을 밝히고자하는 의도가 실현되었는지 그에 대해서는 확신이 서지 않는다. 앞 서사부위와 마지막 서사부위 간에 내용적 유기성이 약해 본래 만어산 너덜겅의 유래를 풀어주는 데는 한계가 있음을 지적하지 않을 수 없는 것이다.

『관불삼매경』에서 사사의 초점으로 삼고 있는 것은 독룡, 나찰녀의 악행이나 부처와의 대결이 아니다. 본래의 취지는 악한 세력에 대한 부처의 교화, 다시 말해 언제까지나 석굴 안에 스스로의 형상을 머물게 함으로써 그를 보는 모든 중생, 미물, 악당 등이 멸죄, 참회의 길에 들어설 수 있다는 데 있다. 여러 겁에 걸친 흑업악장(黑業惡障)이 있다고 하더라도 십악(十惡)의 모든 번뇌의 장애를 제거하여 능히 현세에서

작은 바윗돌이 모두 종과 경쇠 소리가 난다. 세상에서 전하기를, '동해의 물고기와 용이 돌로 화했다.' 한다. 세종 때에 채굴하여 경쇠를 만들었으나 음률에 맞지 않아 드디어 폐지하였다.)"

부처의 모습을 보게 하는 것이야말로 불영(佛影) 이야기의 지향점이다. 만어산설화도 처음에는 불영(佛影)의 이적을 밝히는 것이 목적이었다고 생각되지만 동행의 물고기나 용이 결국에는 돌로 변해 만어산 골짜기에 가득 차게 되었다는 것으로 이야기가 종결되었다. 불영담(佛影談)에서 너덜겅 유래담으로 핵심내용이 바뀌어 버린 것이다.

어산불영(魚山佛影)은 불영(佛影)설화와 만어산설화가 혼착된 이야기, 혹은 두 설화 간의 경계선이 선명한 이야기로 서사적 인과성이 약화되어 있다. 고려 후기에 이르러 이 유형의 설화는 만어산(萬魚山) 계열과 불영사(佛影寺) 계열로 구분되면서 이전 설화들에서 나타나던 서사적 착종현상이 점차 해소되는 단계로 이행하게 되지 않았나 생각된다. 우선 불영(佛影)설화의 고려시대 변이의 한 사례로 꼽을 만한 것이 천축산 불영사기(天竺山佛影寺記)[19]이다. 한림학사 류백유(柳伯儒)가 홍무(洪武) 3년 경술(庚戌年, 1370)에 남긴 이 이야기를 단락 지으면 아래와 같다.

1. 의상대사가 채은봉 북쪽을 보더니 서역의 천축산이 옮겨진 것이라며 감탄했다.
2. 의상대사가 佛影이 비치는 것을 이상하게 여겼는데 바로 밑에 독룡의 문이 있었다.
3. 용이 사찰 건립 터를 내놓지 않자 의상대사가 신통력을 일으켜 용을 쫓았다.

19) 柳伯儒, 「天竺山影寺記」.
"新羅古碑云 唐永徽二年 義湘法師 自東京沿海入丹霞洞 登海雲峰 歎日 西域天竺山形髣髴而於海表也 又見磵上生五佛影 益奇之 尋流而下 登金塔峰 則下有毒龍湫也 法師爲龍說法 請施之 欲建刹龍尙不順 法師强以神力呪之 於是 龍忽發憤 穿山裂石而去 法師卽填湫而建刹焉 霞方特建淸蓮殿三間及無影塔 一坐 以裨補之 額日天竺山佛影寺"

4. 용이 산에 구멍을 내고 돌을 깨뜨린 채 물러났다.

5. 의상대사가 연못을 메운 후 절을 짓고는 천축산 佛影寺라 하였다.

이는『삼국유사』의 어산불영(魚山佛影)보다 약 1세기 이후에 채록된 것으로 고려 말 불영(佛影)설화의 변이양상 및 그 파생정도를 살펴보는 데 긴요한 자료이다. 독룡이 등장하고 선악대결의 구도를 유지하고 있어『관불삼매경』설화를 근간으로 하는 이야기로 비정하는 데 문제가 없다. 근원설화와 비교하여 두드러진 차이라면 의상대사가 부처의 기능을 대신한다는 점인데 의상대사를 창주로 하여 사찰이 처음 어떻게 자리 잡았는지를 밝히는 사찰연기설화에 해당한다. 기존의 불영담(佛影談)과 비교해 부처와 악룡이 대결을 벌이는 대목이 소거된 것은 무엇보다 눈에 띄는 변별점이다. 절의 이름을 불영(佛影)으로 정한 까닭은 단순하다. 곧 사찰명(寺刹名)은 의상대사가 바위 위에서 다섯 부처의 형상을 발견한 것에서 유래했다. 원래 불영(佛影)의 근원설화는 불영(佛影)의 연원에 이야기의 초점을 맞추지만 여기서는 전후 사건, 상황을 거두절미한 채 간단한 결과담으로 명칭연기 및 창사내력의 몫을 대신하고 있다. 설화의 채록자가 유학자였기 때문에 그런 정도의 요약으로 그쳤는지도 모른다.

어쨌든 이 기록은 불영담(佛影談)의 재화(再話)란 틀을 벗어나 이미 고려에서 나름의 불영(佛影)의 이야기가 전파되고 있었음을 알리는 유력한 증거가 된다. 석존의 한량없는 자애심, 그리고 관불, 염불만으로 불성을 유지할 수 있다는 근원설화에 맴돌지 않고 불영(佛影) 모티브를 핵심으로 삼는 사찰의 연기담으로 기능이 확장되고 있음은 주목할 일이다. 이는 불경 내 불영담(佛影談)이 고려의 토착설화로 어떻게 변이

되어가는 지를 살필 수 있는 단서가 아닐 수 없다. 한편 만어산 설화는 이야기의 초점이 불영(佛影)이나 사찰 건립의 기원(起源)에 고정되어 있지 않다. 단적으로 말해 비불교설화의 속성이 강하며 그만큼 인도설화의 색채가 약화된 것으로 나타난다. 중국에서 문헌에 기록하는 것으로 설화의 원형을 보전하는 데 유념했다면 우리의 경우는 사중(寺衆)은 물론 유학자, 민중까지 설화 담당층으로 나서 다양한 통로로 불영(佛影)이야기를 전파시켜 나갔다 하겠다.

중국의 경우, 인도 나갈라국의 설화현장까지 찾아서 그곳의 설화를 채록하고 직접 체험자로서 근원설화에 신빙성을 부여하는 승려들이 출현했다. 현장체험을 지닌 승려들의 증언이 잇따르면서 불영(佛影)설화에 대한 믿음이 한층 공고하게 다져질 수 있었으며 사부대중에게 관불, 염불의 신앙을 불러일으키는 데도 크게 이바지했다. 이처럼 근원설화를 훼손하지 않는 범위에서 전승시켜 왔던 것이 중국의 특징에 해당한다. 반면에 경전을 통해 뒤늦게 불영(佛影)설화를 접하게 된 이 땅에서는 중국과 같이 불영(佛影) 이야기를 재화하는 정도로 만족하지 않았다. 즉 인도, 중국으로부터의 설화적 감염력이 희미한 대신 지역설화, 민중설화로의 다양한 파생담을 양산시켜 나갔다. 고려시대 불영(佛影)설화에 속하는 『삼국유사』 어산불영 조(魚山佛影 條)도 후대 파생담의 하나임에 틀림없다. 원래 이 이야기는 고기(古記)에 실려 있던 것인데 만어산 돌더미 유래를 밝히는 쪽으로 이행하는 과정에서 불영담(佛影談)은 위축되고 너덜겅의 유래를 전하는 데 더 큰 의미가 실리는 쪽으로 전개되었다.

이후에 출현하는 이야기들도 더욱 더 너덜겅에 초점이 맞추어져 있으며 너덜겅의 유래의 논리를 보완하는 방향으로 이야기가 진행되는

것이 대부분이다. 처음에 등장하는 너덜겅 이야기에는 여전히 불영(佛
影)설화의 흔적이 남아 있다가 점차 불영담(佛影談)이 탈락되어 버리고
너덜겅 이야기로 초점화되는 단계를 맞게 되는데 불교설화에서 담당
층을 기준으로 민중설화로 그 성격이 달라진다고 해도 무방할 것 같
다. '만어산 전설'20), '만어산 돌무덤'21)은 아직 불교설화의 흔적을 남
기고 있는 너덜겅의 유래담이다. '만어산 전설'에서는 부처가 독룡을
제자로 받아들였다는 말이 사방으로 퍼진 후 역시 부처의 제자가 되기
를 바라던 동해용왕이 숱한 물고기를 거느리고 만어산에 찾아 들었다
가 제자가 된 뒤 돌로 변해 지금의 너덜겅이 계곡을 이루었다 전한다.
 '만어산 돌무덤'도 내용적 차이는 그리 크지 않다. 즉 동해용왕과
물고기가 신승(神僧)의 조언에 따라 새 터전을 찾아 나섰다가 멈춰선
곳이 바로 현재의 너덜겅 터이다. 애초 용왕의 아들이 신승을 찾아가
그 무리가 장차 살만한 터를 물었던 것이 발단이다. 신승은 가다가 멈추
게 되는 곳이 무척산(만어산)으로 생각하고 그곳을 인연의 터로 점지해
주게 된다. 신승의 말대로 행로 중 무리가 휴식한 곳이 바로 무척산이었
는데 무리가 모두 돌로 변하게 되었으니 용왕의 아들은 큰 미륵돌로,
그 밖의 어군(魚群)들은 크고 작은 돌로 변해 골짝을 메우게 되었다.
 두 이야기에서는 부처에 대한 용왕과 물고기들의 남다른 믿음이 드
러나 있다. 만어산 전설에서 용왕이 부처의 제자가 되고자 동해를 떠
나 숱한 미물과 함께 만어산 골짝에 들어오는 결단은 눈여겨 볼만하
다. 부처의 가피를 홀로 누릴 것이 아니라 불교의 범애관(汎愛觀)에 따
라 세상 모든 중생이 함께 복을 누려야 한다는 점을 환기시키고 있는

---

20) 밀양문화원, 『밀양지』, 1987, 351면.
21) 이고산·박설산, 『명산고찰 따라』 하, 운주사, 1982, 162면.

것이다. 그러나 이 두 설화는 아직 어산불영(魚山佛影)의 굴레에서 벗어나지 못하고 있을뿐더러 왜 용왕, 용왕 아들, 물고기들이 돌로 변했는지 그에 대한 논리적 설명이 불충분하다는 한계를 드러낸다. 이는 불영(佛影) 이야기와 만어산 너덜겅 이야기 사이의 습합에서 발생하는 현상으로 이해할 수 있겠다. 이처럼 온전하게 해명이 되지 못한 너덜겅의 형성 원인은 불영담과 다른 계열의 이야기, 즉 너덜겅의 설명 설화가 출현한 다음에야 온전한 해명을 기대할 수 있게 된다. 대표적 사례가 '만어산 너덜겅의 유래'[22]이다. 이 각편은 '만어산 전설' 등과 달리 불영(佛影)에 대한 이야기에서 벗어나 너덜겅만을 제재로 삼고 있다. 줄거리를 보면 다음과 같다.

1. 만어사가 있는 만어산은 경치가 아름다웠는데 특히 너덜겅이란 좋은 돌이 있는 곳으로 유명하다.
2. 진시황이 만리장성을 쌓기 위해 천하의 돌을 모두 중국으로 옮기도록 했다.
3. 마고할미가 우리나라 여러 곳의 돌을 물고기로 만든 다음 이들을 이끌고 중국으로 가는 중이었다.
4. 마고할미 일행이 만어산에 이르렀을 때 만리장성이 모두 완성되었다는 전갈이 왔다.
5. 중국에 갈 필요가 없게 된 마고할미가 물고기들을 전과 같이 돌로 되돌려 놓았다.
6. 만어산의 돌이 모두 북쪽으로 머리를 두고 있는 것은 중국으로 가던 길이었기 때문이다.

---

22) 밀양문화원, 상게서, 351~352면.

이는 부처의 교화와 더불어 너덜겅 유래를 전하는 습합적 이야기에서 벗어나 온전히 만어산만을 초점화한 것이다. 부처나 사찰과의 관련성을 거론하지 않고 있는 탓에 더 이상 불교설화로 보기 어려울 정도인데 왜 너덜겅이 생겼는지를 밝히는 것으로 내용이 한정된다. 무엇보다 너덜겅의 형성에 피지배층의 삶을 관련시키는 전개는 이야기의 담당주체가 누구였는지 충분히 시사해준다. 이야기에 따른다면 민중의 고난은 절대 권력자 진시황이 만리장성을 쌓기 위한 야욕에서 비롯된다. 갖가지 노역 때문에 영일한 날이 없었던 민중들은 위정층을 곱게 볼리가 없었을 터인데 그런 점에서 위 이야기의 담당층은 민중으로 보아 마땅하다. 만어사를 배경으로 한 이야기이긴 하나 사중(寺衆) 간에 전승되던 이야기와는 성격이 다른 것으로 보아야 한다.

불영(佛影) 이야기에서 부처가 구원의 주체로 나서는 데 비해 여기서는 마고할미가 등장하는데 이는 불교설화와 민중설화 간의 차이점을 엿보게 한다. 마고할미가 민중 편에 서 있는 조력자임은 인민들이 중국까지 돌을 날라야 하는 고초를 한순간에 덜어주는 것에서 곧바로 밝혀지거니와 그것은 부처 못지않게 그녀가 기지와 신통력을 지니고 있었기에 가능한 일이었다. 이와 같이 '만어산 너덜겅의 유래'는 어산불영(魚山佛影)과는 다른 유형의 설화이다. 만어산에 불영(佛影)이 머물고 있다는 사람들의 호기심에 편승하여 일종의 성소적(聖所的) 의미를 부여한 것과는 큰 차이가 있다. 민중의 고초를 덜어주고자 하는 자비심으로 보면 부처와 그 기능이 흡사하다 해도 불영(佛影)설화의 잔재라기보다는 마고할미를 주역으로 내세우는 신선설화의 색채마저 감지되는 편이다. 그것은 불영(佛影)설화에서 민중설화로의 급격한 선회에 해당되는 것으로 이해해도 좋다.

불영(佛影) 이야기의 발원처가 인도이기는 하나 동아시아 권역까지 전승영역으로 아우르게 되었음이 드러난다. 그런데 수용양상에 있어 한국과 중국 사이에는 적지 않은 차이가 있음을 확인하였다. 중국은 근원설화를 묵수하는 정도에서 이야기를 요약 정리하여 문헌에 올리는 식의 수용에 그쳤다면 한국에서는 근원설화에 크게 구애받지 않고 다양한 파생담을 만드는 것조차 주저하지 않을 정도로 서사변개에 적극성을 보였다. 천축에 대한 동경의식은 같지만 양국 간 이처럼 설화 수용의 방식이 달랐던 것은 천축 왕래승(往來僧)의 출현유무, 설화시기의 차이 등에서 나온 것이라 상정해 볼 수 있다.

중국에서는 일찍부터 천축 동경의식을 간직하다가 험로를 마다하고 인도로 떠난 승려들이 출현하였다. 벌써 인도의 승려들이 중국으로 들어와 역경 사업과 전교활동을 펼치고 있음에도 경전의 수습과 불교유적의 답사를 위해 험하기 이를 데 없는 천축 여행길에 오르는 승려조차 등장한 것이다. 경전의 수습뿐만 아니라 불적에 대한 답사 또한 그들의 중요한 임무가 되었는데 법현(法顯)의 『고승법현전』, 현장(玄奘)의 『대당서역기』는 불적(佛跡)의 당대적 모습과 당시 주변의 전언까지 포괄하고 있어 근원설화의 변모 양상을 살피는 데 도움을 준다.

하지만 중국 승려들이 전하는 당시 불영(佛影)설화는 훼손이나 변형이 의외로 적은 것으로 나타난다. 근원설화가 거의 그대로 유지됨으로써 서사구조와 내용에 걸쳐 『관불삼매경』 내 이야기의 테두리를 벗어나지 않는 것이다. 설화가 전승되는 동안 근원 이야기가 그대로 유지될 수는 없겠지만 중국 구법 승려들이 남긴 기록은 어쨌든 『관불삼매경』의 내용에 머물러 있는 편이다. 특히 법현(法顯)이나 현장(玄奘)은 근원 설화 속의 내용이 상상이나 허구로 포장된 이야기가 아니라 실제 현실에서 확인이 가능한 신뢰할 수 있는 이야기라는 점을 강조하는 데 초점을 두고 있다. 법현(法顯)과 현장(玄奘)이 각각 5세기, 8세기에 채록한 것인데도 그들이 전하는 불영설화는 석존재세시의 설화, 곧 『관불삼매경』내 불영담과 대차가 없다.

그렇다면 왜 이 중국 고승들의 불영담이 근원설화와 별 차이가 없는 것일까. 이 같은 의문은 『고승법현전』, 『대당서역기』의 법현(法顯)과 현장(玄奘)이 모두 승려 신분이었다는 점을 감안한다면 어느 정도 풀릴 것 같다. 그들은 일반 대중보다는 앞서서 불경을 대했을 것인데 신분이 승려인 만큼 경전설화에 대해 전폭적인 믿음과 경외심을 보내는 것이 자연스럽다. 그들에게 불영담(佛影談)은 일회적 호기심과 흥미 촉발차원의 대상에 그쳐서는 안 된다. 흥미와 호기심의 서사에 가려 잘 드러나지 않는 석존의 가르침을 끄집어내 사중(寺衆)은 물론 대중들에게까지 이를 전파한다면 가장 이상적인 일이 될 것이다. 불영(佛影)설화가 중국에서 원형담 위주로 전승된 것은 이와 같은 구법고승들의 설화 수호적, 매개적 역할이 있었기 때문이 아닌가 생각된다. 몇몇 고승이 직접 설화의 현장을 찾고 견문한 결과를 문헌에 남긴 것이 결과적으로는 설화에 대한 의구심이나 비판적 시각을 잠재우는 데 큰 효력을 발휘했다고 하겠다. 그런 점에서 초기 중국 승려들은 불영(佛影) 이야기의 수호자이자 방어자라 불러도 마땅하다 하겠다.

그에 비해 불영(佛影)설화에 대한 이 땅의 반응과 수용양상은 중국과는 판이했다. 이에 대해서는 몇 가지 추론이 가능할 것이다. 우선 중국과 달리 우리는 구전설화를 전해들을 기회가 없었으며 단지 문헌설화로서 『관불삼매경』의 불영(佛影) 이야기를 전해 듣는 것 이외에는 설화 수용의 통로가 없었음을 상기해야 한다. 인도의 승려가 이 땅에 도래

하여 설화를 말해준 적도 없으며 법현(法顯), 현장(玄奘)과 같이 천축으로 진출하여 현장을 답사하고 주변의 이야기를 채록한 승려도 나타나지 않았다. 따라서 우리는 근원 설화인『관불삼매경』의 내용을 읽는데 그치고 이후로 그 변형담을 생산해내는 데 별다른 저항감이 없었다.

『삼국유사』의 찬자 일연조차도 객관적 입장을 고수하고 있는 채록자로 비치지만 변이과정을 거친 일종의 토착설화를 민중층은 별다른 거부감 없이 받아들였던 것으로 보인다. 따라서 고기(古記)를 중국설화와 대등하게 병립 소개시켰던 것이다.『삼국유사』에서 소개하고 있는 고기는 불영(佛影)설화가 인도설화로서의 색깔을 거두고 한국설화로서 상당 부분 토착되었다는 것을 입증해준다. 무엇보다 어산불영(魚山佛影)이 근원설화의 취지를 벗어나 만어산 너덜경의 유래를 전하고 있기 때문이다. 불영담(佛影談)과 만어산 설화는 유사성이 쉽게 발견되지 않는다. 불영담(佛影談)에서 용과 나찰의 횡포에 전전긍긍하던 왕이 가야(伽倻)의 수로왕(首露王)으로 바뀐 것은 그렇다 해도 동해에서 먼 길을 찾아온 용왕은 독룡이나 나찰녀와는 전혀 성격이 다르다. 그는 독룡과 나찰녀가 만행을 부리던 만어산이 부처의 감화로 낙토로 변하자 자신은 물론 물고기까지 석존의 제자가 되겠다며 멀리서 이곳을 찾게 되고 마침내 골짝의 돌로 변한 것으로 되어있다.

우리의 경우, 인도설화인 불영담(佛影談)의 골격은 받아들이지만 이 땅의 역사, 배경, 인물로 대체함으로써 불영(佛影)의 또 다른 역사가 연출되었음을 공고히 하는 데 효과를 얻었다고 할 수 있다. 하지만 불영담 뒷부분에서 너덜경을 초점으로 삼으면서 전체적 유기성이 약화되는 현상이 발생했다. 특히 만어산에 불영(佛影)의 자취를 의도적으로 부언시키고자 하는 바람에 과거 이야기와 후대 이야기 간에 괴리감이 커지게 되었다. 사실 만어산에는 불영(佛影)의 흔적보다는 오히려 골짝을 메우는 너덜경으로 유명했다. 그렇기에 이를 증거하는 이야기야말로 강한 흡입력으로 사람들을 사로잡을 적절한 서사가 될 수 있었다. 『고기(古記)』가 불영(佛影) 이야기로 시작하여 너덜경 이야기로 변질된 것은 그런 사정을 말해준다.

예컨대 보림(寶林)의 주(奏, 12세기)와 『삼국유사』에 인용된 『고기』(13세기)는 근원설화가 강조하는 관불의 신이성을 드러내고 있으나 후대에 채록된 구비설화는 불교와 무관한 이야기로 변질되어 나간 것을 확인할 수가 있다. 그것은 앞선 시기 설화가 불영(佛影)과 만어산 너덜경의 합성담에 머물러 있었던 것과 대조적이다. 하지만 후대 전승담은 만어산 이야기만을 채택하고 있으며 현장감이 떨어지는 불영(佛影)에 대한 언급을 자제하는 분위기로 돌아선다. '만어산 전설', '만어산 너덜강의 유래'가 그러한 경우에 속한다. 이들 설화는 불교적 색깔이 탈색되어 나아간 사례로서 설화 내용적 층위가 달라져 결국 지역설화로 이행해갔음을 보여주고 있는 것이다.

불경의 전래는 단순히 불교사상, 교리의 전파만을 의미하는 것이 아니다. 불경 안에 숱한 설화가 갈무리되어 있다는 점에서 그것은 인도설화가 여타 지역으로 파급되는 실마리로 작용했다고 여겨도 무방하다.[23) 『관불삼매경』은 어느 불경보다 이 같은 불경설화의 동아시아적 전파, 수용양상을 살펴보기에 적절한 자료가 된다. 『삼국유사』의 어산불영 조(魚山佛影 條)도 『관불삼매경』 소재 설화를 근간으로 하여 만어산의 바위들에 대한 유래담으로 서사의 방향이 바뀐 경우에 속하

---

23) 하인리히 침머 외·이숙종 옮김, 『인도의 신화와 예술』, 대원사, 1995, 41면.

는 것이다. 우리보다 앞서 불영(佛影)설화를 접했던 중국에서는 천축의 여행길에 불영처(佛影處)를 확인하는 것이 전통으로 굳어지다시피 했다. 즉 동진(東晉)의 법현(法顯)과 당(唐)의 현장(玄奘)이 그런 승려들로 전래의 설화를 확인하는 한편 또 다른 이야기를 덧보태 기행문에 올린 것이다. 또한 동진(東晉)의 혜원(慧遠)은 인도의 불영처(佛影處)와 똑같은 석굴을 조성하여 불영(佛影)설화가 가진 영험성을 중국 땅에 증거해 보이려 애썼다.

그런데 중국과 달리 한국은『관불삼매경』의 불영담을 재화(再話)하는 것에 만족하지 않고 변형을 가하여 다양한 파생담을 생산해 냈다고 할 수 있다. 고려 말에 이르면서 불영 모티브는 다양한 전승담을 촉발시키는 것으로 나타나거니와 근래 채록된 불영담은 불교적 색채마저 퇴색되어 전혀 다른 성격의 이야기로 탈바꿈하는 경우까지 나타나고 있다. 불영 모티브는 불타의 교설을 전하고자 하는 데 목적을 두고 수용되었으나 그 기능이 일관되게 유지되지는 않았다. 불영 모티브는 중국, 한국 등 여타 국가로 전승 영역을 넓히면서 새로운 설화를 창출하는 기폭제 역할까지 수행했다고 할 수 있다.

3. 진화구중(鎭火救衆)

고승담 가운데는 견성이나 도력이 출중한 인물이 먼 곳에 불이 난 것을 앞서 포착하고 순식간에 초능력을 발휘하여 다수를 구했다는 내용을 포함하는 경우가 흔하다. 진화구중(鎭火救衆) 모티브란 이같이 화재를 진압하고 다수의 목숨을 구하는 모티브를 일컫는다. 이 모티브는

신라 고승 원효의 전승담에서 처음 보인다. 이후 동아시아 전역으로
그 명성이 퍼짐에 따라 중국 문헌전승에서도 원효의 진화구중적 이적
담이 올랐던 것을 알 수 있다.

고승담에서 진화(鎭火) 모티브가 선호된 이유는 대중 구원적 삶을 투
사하는 데 매우 잘 어울린다는 점 때문일 것이다. 그런데 고승들의 자
비심과 이타심을 뒷받침 해주는 진화구중 모티브가 언제부터 이야기
에 삽입되었으며 어떤 고승의 전승담에 삽입되었는지에 대해서는 밝
혀진 것이 없다. 원효 전승에 진화구중 모티브가 들어있었음을 확인시
켜준 자료는 문헌자료가 아니다. 즉, 8세기 출현한 「서당화상비(誓幢和
尙碑)」(765~780)에서 처음으로 진화구중 모티브가 발견된다. 원효의
사후 시간이 흐르면서 그를 에워싼 다양한 이적담이 따라붙었던 것으
로 보이거니와 진화구중담도 그 중의 하나였던 것으로 여겨진다. 이제
원효의 진화구중 서술부분만 발췌하면 아래와 같다.

> "(결락) 어느 날 열심히 경을 강설하고 있다가 갑자기 물이 가득 담긴
> 병을 찾아 서쪽을 향해 뿜으면서 말하되 내가 당나라의 聖善寺가 불에
> 타고 있음을 보고 (결락) 물을 뿜어 진화하였는데 이때 사용한 물웅덩이
> 가 바로 고선사 원효화상의 방 앞 자그마한 못이 바로 그것이다."[24]

화재가 발생해 급박한 상황인데도 정작 현장에 있는 사중들은 상황
을 전혀 눈치 채지 못하고 있을 때 이를 앞서 감지한 원효가 강설하다
가 물을 뿜어 화재를 진압했다는 증언이다. 범인은 엄두를 낼 수 없는
능력이다. 특히, 화재 현장이 국내가 아니라 외국으로 설정된 점을 주

---

24) 이지관 역주, 「慶州高仙寺誓幢和尙塔碑文」, 『역대고승비문』 신라편, 가산문고, 1993,
    51면.

목하지 않을 수 없다. 화재가 중국의 성선사(聖善寺)에서 발생했다고
하니 원효는 천리 투시의 능력을 갖추고 있었던 것이 된다.

그런데 왜 화재 현장을 이 땅이 아니라 이역으로 설정했는지가 의문
으로 남는다. 구원의 대상이 신라 사중(寺衆)이 아닌 당나라 사중으로
설정된 것은 그의 명성의 정도가 이미 신라를 넘어 중국에까지 파급되
었음을 말해준다. 한때 구법의 의지를 다지고 당 유학을 결행하기도
했으나 원효는 스스로 교리를 천착하고 저술에 힘써 내외에 그 이름을
떨쳤다. 당(唐)에서조차 그에게만은 호의적 평을 내리며 경외시했던
것이 사실이라고 보면, 그 사중들을 신통력으로 살렸다는 설화적 전개
는 신라권역을 넘어 중국까지 명성을 드날린 그 자취를 함축하는 것이
아닐 수 없다. 어쨌거나 금석기록으로 말미암아 원효의 진화구중담이
8세기에 널리 전승되고 있었으며 그때 벌써 광포설화로 자리 잡았음이
분명히 드러난다.

진화의 이적으로 원효의 신통력을 알리던 것이 8세기의 전승적 흐
름이라면 10세기 정도에 이르면 그밖에도 여러 신이(神異) 행적이 추가
되었음을 『송고승전』(988)을 통해서 엿볼 수 있다. 여기서는 진화 이적
이외에도 쟁반을 던져 대중을 구했으며, 여러 곳에 동시에 모습을 드
러냈으며, 여섯 방향에 죽음을 고하는 기이한 행동을 했다는 등 시대
가 흐르면서 원효의 이적담이 다양하게 분화된다.[25]

여러 이적 모티브 중에서도 원효전승에 폭넓게 수용된 것은 척반구
중(擲盤救衆) 이야기이다. 이는 진화담과 같이 순간적으로 기지와 신술

---

25) 贊寧, 『宋高僧傳』 卷4, 唐新羅國黃龍寺元曉傳.
  "初曉示跡無恒 化人不定 或擲盤而救衆 或噀水而撲焚 或數處現形 或六方告滅 亦盃渡
  誌公之倫歟"

을 발휘하여 대중들의 목숨을 구해낸다는 데 주지가 놓여있다. 중국의 사찰이 붕괴 조짐을 보이자 쟁반을 던져 대중을 탈출시켰다는 척판구 중담은 원효설화 중 가장 먼저 출현한 진화구중담과 동일한 구조에 속한다. 시대를 달리하지만 위기에 처한 대중을 구원하는 원효의 기능[26]은 동일하다. 8세기 널리 퍼져있던 진화구중담이 10세기에 이르면 같은 기능의 척판구중담으로 각편이 분화되며 이외에 다른 신이담을 파생시키는 촉매구실을 했다 하겠다.

『삼국유사』(1284)에서는 원효가 송사에 휘말리자 몸을 바꾸어 1백 그루의 소나무로 탈바꿈했다는 수처현형(數處現形)의 둔갑술만 거론하고 있다.[27] 그러나 이 모티브는 이후 크게 주목을 받은 것 같지 않다. 후대까지 선호된 것은 아무래도 진화구중, 척반구중 모티브로 여겨진다. 「견암사사적(見巖寺事蹟)」에서 관련부분을 보면 원효가 경주 단석산 척반대에서 입정 중에 중국 법운사(法雲寺)가 붕괴 직전의 위급한 상황에 처한 것을 알게 된다. 그곳의 한 중이 죄를 저질렀고 이를 벌하기 위한 것이었다. 수륙재 준비에 분주한 이들을 절에서 끌어내지 않으면 안 된다고 본 원효가 홀연 쟁반에 '원효구중'이라 쓰고 허공을 향해 던졌다. 이리하여 중국승들은 무사할 수 있었으며 대사의 은공을 새기기 위해 많은 승들이 척반대를 찾게 된다.[28]

구중(救衆)이란 어느 승려든 생에서 외면할 수 없는 과제라면 구중

---

26) 카트린 뢰게알더 저·이문기 옮김, 『민담, 그 이론과 해석』, 유로, 2009, 352면.

27) 一然, 『三國遺事』卷4, 元曉不羈.
 "又嘗因訟 分軀於白松 故 皆謂位階初地矣"

28) 「牛頭山見巖寺事蹟」, 『朝鮮寺刹史料』上, 조선총독부, 1911, 603면.
 "時在於鷄林府斷石山擲盤臺 入定觀想矣 中原大都法雲寺所居徒將行水陸 以一僧犯罪之故 以至衆人被陷死之境矣 大師乃題名一盤 擲而救之 則中原人千餘輩前因尋來"

모티브가 딱히 원효에게만 적용되리라 보지는 않는다. 조선 후기의 채록 가운데 진화의 주체가 나옹(懶翁)으로 탈바꿈한 경우를 보기로 한다.

> "懶翁和尙이 묘적암에 들어가 了然和尙에게 머리를 깎은 후 항상 옆에서 시중을 들었다. 어느 날 멀리 해인사에 불이 난 것을 보고 물을 뿌려 그것을 껐는데 그 못은 아직도 온전히 그대로 남아있다."[29]

원효의 진화구중담(鎭火救衆談)과 같은 유형이다. 다른 점이 있다면 나옹(懶翁)이 구원한 대상은 중국 스님들이 아니라 해인사 스님들로 바뀌어졌다는 점 정도이다. 신통력을 비교한다면 나옹은 원효에 미치지 못한다는 뜻이 되겠는데 명성의 정도에 따라 이처럼 소소한 내용적 변이는 얼마든지 가능하다. 불교적 덕성으로 충만한 자만이 고승의 반열에 들어간다고 보면 구중 모티브는 시대를 넘어 어떤 고승에게도 대입될 수 있다 하겠는데 구중이란 기능이 중요할 뿐 누가 주체가 되며 어떤 소품이 동원되느냐 따위는 부차적인 문제일 뿐이다.[30]

진화구중 모티브는 8세기 원효의 전승에서 시작된 것임을 밝혔다. 이 모티브가 원효전승에 삽입된 것은 누구보다 원효의 행적을 상징하는 모티브로 제격이었기 때문이었다. 다시 말해 누구보다 순발력을 갖춘 혜안의 소유자임을 부각시키기에 더 없이 적절했다고 보는 것이다. 그러다 시대가 바뀌면서 진화구중과 유사한 모티브로 대체되는 일도 생겼다. 한 예로 척반구중(擲盤救衆) 모티브가 그런 것이다. 이것도 역

---

29) 「大乘寺沿革」, 상게서, 448면.
　　"懶翁和尙入山於妙寂 祝髮于了然禪師 常侍左右 一日望見海印寺法堂入于火中 以水灑熄之 井今尙完存"
30) 블라디미르 프로프 저·유영대 역, 『민담형태론』, 새문사, 1987, 25면.

시 그의 과인한 예지력과 초능력을 드러내는 데 유효했다고 볼 수 있을 뿐만 아니라 진화구중과 더불어 구원자로서 원효의 비범성을 알리는 데 부족함이 없는 모티브였다. 여하튼 진화구중과 척판구중담은 초월적 능력을 발휘해 대중을 구원한 고승의 비범성을 밝히는 데 있어 아주 효과적인 모티브였다고 해야겠다.

4. 용궁강설(龍宮講說)

전기소설(傳奇小說)에서 빈번하게 등장하는 용궁체험이 불교인물의 전승에서도 서사 기능상 중요한 모티브가 되고 있는 것을 볼 수 있다. 지상이 아닌 수부(水府)를 서사의 배경으로 삼고 있는 탓에 초현실성을 동반하는 전기문학에서 용궁은 매우 선호하는 공간으로 자리 잡는다. 전기소설의 주인공은 이른바 재자가인(才子佳人)으로 등장한다. 이들은 보통사람들의 체험적 범위를 넘어 이계를 범상하게 왕래하게 되는데 특히, 남자 주인공은 뛰어난 문재를 지니고 있음에도 불우낙척함에서 헤어나지 못하다가 뜻밖에 용궁으로부터 초대를 받는 것으로 이야기가 시작된다.

용궁에 들어가서는 따뜻한 환대 속에 문재(文才)를 과시하거나 격에 맞는 현인(賢人), 신격(神格)들과 더불어 시회(詩會), 고담준론(高談峻論)을 나누면서 세상에서 응어리졌던 울분을 발산하는 시간을 갖는다.[31] 불교전승담에도 용궁이 사사의 배경으로 채택되고 그곳을 오가는 사람들의 이야기를 전한다. 하지만 용궁체험의 주체가 승들로 바뀌며 용

---

31) 신해진, 『조선중기 몽유록의 연구』, 박이정, 1998, 284~285면.

궁에 머무는 동안 온전히 불법을 강설하는 것으로 일정이 잡혀있다는
데에서 차이를 보인다. 이는 일반적인 전기, 전기소설의 주인공의 모
습과 극명하게 차이를 보인다. 수부세계에서 고승을 초청한 까닭은 분
명하다. 다시 말해 아직 불교신앙이 두텁지 못한 곳에서 하루빨리 불
교의 기운이 가득 차 있는 공간으로 탈바꿈시키고 싶다는 수부인들의
의지가 작동한 것이다.

　그들은 마침 유학을 마치고 불교적 인간으로서의 고일한 경지에 올
라선 귀국승의 존재를 앞서 알아채고 시간에 맞추어 정중하게 그를
초청하기에 이른 것이다. 귀국승은 이를 마다할 수 없었는데 사해를
두루 불법이 충만한 세계로 변화시키는 것이야말로 그들이 지닌 궁극
적인 목표였기 때문이다.

　이렇게 본다면 용궁에 든 고승들에게서 우리는 몇 가지 공통점을
찾을 수 있다. 중국에서의 유학을 마치고 고국으로 돌아가던 중 용궁
으로 인도되어 왔다는 것, 그리고 그들의 임무는 용궁 내 미물들에게
불법을 전하는 것으로 적극적이었다는 것, 떠날 때는 용궁으로부터 강
설에 대한 대가로 금은보화 등을 풍족하게 받는다는 것 등이다. 이제
출현 시기 순으로 용궁체험 모티브를 포함하는 이야기를 살펴보기로
한다. 이 유형에 속하는 첫 사례는 혜상(慧詳)의 『홍찬법화전』(702) 소
재 연광(緣光)의 귀국담이다.

　　"장차 신라로 돌아가기 위해 수십 명의 사람과 더불어 큰 배에 타고
　　바다 가운데에 이르렀을 때 배가 갑자기 멈춰 나아가지 않았다. 이때 말을
　　탄 사람이 파도를 헤치고 다가와 뱃전에 이르더니 '해신이 스님께서 잠시
　　궁궐에 이르러 강설해 줄 것을 청합니다.'라고 했다. 이에 현광은 '보잘
　　것 없는 몸이나 맹세코 여러 생물을 이롭게 하리라.' 했다. 배와 나머지

사람들을 어떻게 할지 몰랐는데 그 사람은 '다른 사람들도 같이 동행하고 배 역시 걱정하지 마시오.' 하였다. 이에 여러 사람과 더불어 바다 밑으로 들어갔다. 몇 걸음 가지 않아 특별히 번잡한 길이 평평하고 곧게 나 있었는데 향기 있는 꽃들이 길가에 우거져 있었다. 해신이 부하 100명과 같이 환영하여 궁중에 들게 했다. 갖가지 휘황한 보석들이 마음과 눈을 빼앗는 듯 했다. 이윽고 스님이 『법화경』을 한번 두루 강설하자 많은 보석을 선물로 주었다. 돌아와 배에 올라 연광은 본국에 도착할 수 있었다."[32]

유학을 끝내고 본국으로 귀환하는 시기에 맞춰 고승을 영접하러 온 쪽은 용궁의 무리들이다. 중국을 기점으로 신라로 귀환하던 중이므로 배경이 되는 바다는 서해로 설정되는데 연광(緣光)에 이어 중국 승전에 오른 그 다음 인물은 현광(玄光)이라고 할 수 있겠다. 연광의 용궁체험과 비교해보기 위해서 우선 『송고승전』(988)에서 해당 대목을 소개한다.

"본국(신라 577년 전후)의 배에 몸을 싣고 해안을 떠나는데 채운이 눈을 어지럽게 하고 아악이 하늘을 진동하였다. 진홍색 무지갯빛이 전하여 부르는 것 같은 곳에 이르니 하늘에서 말하길 '천제께서 해동의 현광선사를 부르신다.' 하였다. 현광이 손을 모아 사양하니 갑자기 푸른 옷을 입은 동자가 앞을 인도하여 잠깐 만에 수궁에 들어섰다. 그곳은 인간이 사는 세계가 아니었다. 의장대가 설치돼있고 비늘 없는 것이 없으며 잡다한 귀신이 끼어 있었다. 어떤 이가 '금일 천제께서 용궁에 내려와 대사를 청하여 친히 법문을 증험하게 하여 우리 수부 인간들은 대사의 이익을 얻습니

---

32) 慧詳 詳, 『弘贊法華傳』卷第3, 釋緣光傳.
"將歸舊國 與數十人同乘大舶 至海中 船忽不行 見一人乘馬凌波來 至船首云 海神請師 暫到宮中講說 光日 貧道此身 誓當利物 船及餘伴 未委如何 彼云 人並同行 船亦勿慮 於是 舉衆同下 行數步 但見通衢平直 香花遍道 海神 將百侍從 迎入宮中 珠璧焜煌 映奪 心目 因爲講法花經一遍 大施珍寶 還送上船 光達至本鄉"

다.' 하였다. 이윽고 보전에 오르고 또 고대를 걸으면서 약경을 묻고 답하
길 7일간 한 후에 왕이 친히 송별하였다. (그들이 타고 왔던) 배는 바다에
뜬 채 그 자리에 있었다. 현광이 다시 배에 오르자 선인들은 반나절 밖에
지나지 않았다고 했다."[33]

현광(玄光)이 구법유학을 마치고 서해를 통해 귀국하던 중 해상에서
기이한 체험을 했음을 전해주는 기사이다. 현광은 웅진 출신인데다 귀
국 후 웅주(熊州) 옹산(翁山)에 자리를 잡고 법화(法化)를 펼친 백제인으
로 알려져 있다.[34] 그의 귀국 시기는 대체로 남조 진의 연간으로 혜사
(慧思, 514~517)의 문호에 있었던 것으로 보아 스승인 혜사가 시멸한
전후가 아니었던가 싶다. 연광(緣光)은 현광(玄光) 다음으로 중국에 들
어간 시기가 빠른 인물이다. 그는 신라의 귀족 자제로 태어난 수(隋)의
인수(仁壽, 601~604) 연간에 입중(入中)하여 천태 지의(天台智顗) 문하에
들어간다. 그 역시 입수(入隋) 연대를 정확히 알 수 없는데 당시 상황으
로 미루어 597년 이전에 구법유학을 결행했던 것으로 여겨진다. 출신
국가가 다르고 활동시기의 차이가 있음에도 불구하고 귀국 시 두 고승
의 체험이 이토록 똑같다는 점은 무엇을 의미하는가. 그것은 중세 유
학승의 인물전승이 특정 모티브를 중심으로 유형담을 이루고 있었음
을 말해준다. 중국 전승에 올라있던 용궁체험의 모티브는 『삼국유사』
에서도 쉽게 발견된다. 다음은 명랑신인 조(明朗神印 條)에 보이는 명랑

---

33) 贊寧, 『宋高僧傳』卷第18, 感通 第六之一, 陳新羅國玄光傳.
  "舟艦附載離岸 時則綵雲亂目雅樂沸空 絳節霓旌傳呼而至 空中聲云 天帝召海東 玄光
  禪師 光拱手避讓 唯見青衣 前導 少選入宮城 且非人間官府 羽衛之設也 無非鱗介 參雜
  鬼神 或曰 今日天帝降龍王宮請師說親證法門 吾曹水 府蒙師利益 既登寶殿次陟高臺 如
  間而談略經七日 然後王躬送別 其船泛洋不進 光復登船 船人謂經半日而已"
34) 김영태, 『삼국시대 불교신앙 연구』, 불광출판사, 1990, 173면.

(明朗)과 보양이목 조(寶壤梨木 條)에 보이는 보양의 귀국담이다.

> "金光寺本記를 살펴보면 다음과 같다. 법사는 신라에서 태어나 당에 들어가 道學을 배웠다. 장차 돌아오려 하는데 곧 海龍의 청으로 인해 용궁에 들어가 비법을 전수받고 황금 1000냥(혹은 1000근이라고도 한다.)을 받아 몰래 땅 밑으로 가서 자기 집의 우물 바닥으로 솟아나왔다. 이에 집을 절로 만들어서 용왕이 보시한 황금으로 탑과 불상을 꾸몄더니 광채가 특별하였고 인하여 金光이라 이름하였다."[35]

> "祖師 知識(윗 글에는 寶壤이라 하였다.)이 중국에서 법을 전해 받고 돌아오는데 서해 중간에 이르니 용이 맞이하여 용궁에 들어서 경전을 염송하게 하고 금라가사 1령을 베풀어주고 겸하여 아들 璃目을 시봉하여 쫓아가게 하면서 부탁하여 말하였다. '지금 삼국이 혼란하여 아직 불법에 귀의한 군주가 없었다. 만약 내 아들과 함께 본국에 돌아가서 작갑에 절을 세우고 거하면, 도적을 피할 수 있고 수년이 지나지 않아 또한 물리칠 수 있고, 반드시 불법을 지키는 어진 군주가 나와 삼국을 평정할 것이다.' 라고 하였다. 말을 마치고 서로 이별하고 돌아와서…"[36]

연광(緣光), 현광(玄光), 명랑(明朗)이 6세기 말에서 7세기 초 사이에 중국에 들어갔던 고승들인데 비해 보양(寶壤)은 그 활동시기가 상대적으로 늦었다. 보양이목 조(寶壤梨木 條)에서 일연은 구체적으로 보양의

---

35) 一然, 『三國遺事』 卷第5, 神呪 第6, 明朗神印.
　　"按金光寺夲記云 師挺生新羅 入唐學道 將還 因海龍之請 入龍宮傳秘法 施黃金千兩 (一云千斤) 潛行地下 湧出夲宅井底 乃捨爲寺 以龍王所施黃金餝塔像 光曜殊特 因名金光焉(僧傳作金羽寺誤)"

36) 一然, 상게서 卷第4, 義解 第5, 寶壤梨木.
　　"祖師知識 (上文云 寶壤) 大國傳法来還 次西海中 龍邀入宮中念経 施金羅袈裟一領 兼施一子璃目 爲侍奉而追之 囑曰 于時三國擾動 未有歸依佛法之君主 若與吾子歸夲國 鵲岬創寺而居 可以避賊 抑亦不數年內 必有護法賢君出 定三國矣 言訖 相別而来還"

생년과 활약상을 밝히고 있지 않았으나, 보양의 귀국 시기는 후삼국이 각축을 벌이다가 점차 왕건의 승리 쪽으로 기울어지는 시점에 해당되는 것을 알 수 있다. 보양은 삼한을 통일하기 위해 발분하는 왕건을 위해 신통력을 발휘했다고 했으니 나말여초(羅末麗初) 불교계에서 비중 있는 인사였을 것이다. 당의 유학이야말로 그의 명성을 높이는 데 적지 않은 영향을 미쳤을 터이므로 10세기 당으로부터의 귀국상황을 배경으로 생겨난 전승이라 할 수 있다.

위 고승들에 부연된 설화의 전파시기를 구체적으로 검증해 내기는 힘들 수 있겠지만 이들 용궁체험담이 6세기부터 시작하여 고려 초까지 널리 전승, 전파된 것으로 판정하더라도 무리는 없어 보인다. 그럼 이들 유형담에 내재한 동질성을 구체적으로 점검해보기로 하자.

첫째, 네 명의 고승은 아직 불교 신앙적 조건이 미흡한 한반도를 벗어나 불학의 선진국이라 할 중국으로 진출하여 그곳의 선진한 불교문화를 이 땅에 뿌리내리게 한 인물들이다.

둘째, 이야기의 배경이 한결같이 서해상으로 설정되어 있다는 점이다. 이는 이들이 육로가 아닌 바다를 이용해 중국에 진출했음을 말해주며 용궁이라는 이계체험담을 가능하게 하는 서사적 조건이 되었다.

셋째, 그들이 용궁에 들어가게 된 계기는 자발적인 행위가 아니라 수부세계의 간곡한 청원에 의해 이루어졌다는 점이다. 용궁은 아직 불법이 전해지지 않은 공간임에 틀림없다. 수부의 인간들에게 귀국하는 유학승은 누구보다 앞서 초청해야 할 인물로 떠올랐으며, 유학승들은 이물들의 청에 어떤 망설임도 보이지 않고 적극적으로 그들에게 강설을 베풀었다.

넷째, 수부의 인간들은 설법을 수지한 후에 강설의 대가를 잊지 않는다. 금은보화를 지성껏 챙겨주며 남은 여로도 장애를 겪지 않고 갈 수 있도록 도움을 아끼지 않는다.

4가지 전승담을 들어 모든 유학승의 귀국이야기가 유형성을 갖춘 것으로 규범화시켜 보려는 태도는 적절하지 않을 것이다. 그럼에도 용궁체험이 유학승 이야기에 빈번히 부연되는 까닭에 대해서는 궁리가 필요할 것 같다. 용궁체험 모티브가 우연히 각 전승에 끼어든 것으로 볼 수는 없겠다. 그러므로 유학이라는 행적이 삶에 끼친 의미와 연결시켜 볼 일이다. 해외로의 구법여행은 불승의 삶에서 고행의 시기에 해당되기는 하지만 이전의 자신에서 탈각하여 또 다른 인간으로 태어날 수 있게 하는 재탄생의 계기로 작동한다. 세속간의 평범한 인간이 출가를 단행하면서 점차 고일한 덕성을 쌓아가는 과정을 거치고 마침내 각자의 위치에 오르는 과정 속에서 유학승의 귀국 이야기를 돌아볼 여지가 있는 것이다.

이는 언뜻 신화 속에서 영웅의 탄생담을 떠올리게 한다. 신화의 영웅들은 범인과 다른 비범한 혈통을 이어받았음에도 특이하게 태어났다는 것 때문에 출향(出鄕)이나 고난(苦難)의 시기를 맞게 되지만 결국에는 남들이 이르지 못하는 길에 도달하는 호종의 주인공으로 탈바꿈한다. 그 주위에는 그에게 신성함을 부여하는 다수의 사람들이 존재하는가 하면 쉽사리 승리를 허락하지 않는 악당이 그를 에워싸기도 한다. 하지만 그는 혈통과 비범한 능력, 천상의 도움 등을 입어 끝내 적을 물리치고 최후의 승자로 올라선다. 그는 인간으로서 풀기 어려운 문제를 해결하는가 하면 위기에서 사람들을 구원하고 갈등을 조정하는 위치에 선다. 그런데 고승 전승에서는 도무지 이 같은 영웅적 활약상을 기대할 수 없다. 고승은 내면세계를 정복한 사람이지 결코 물리력으로 세상을 지배하는 존재가 아니기 때문이다. 그의 모습은 전투적 영웅과는 다르다.

그렇지만 승려들의 인물전승에서는 각자의 위치에 오른 고승을 뒷받침하는 화소나 단락이 곧장 개재된다. 신화적 영웅담과 비교하여 무엇보다 주목되는 것이 있다면 사람들이 아닌, 이물들에 의해 고승의 성자적 위상이 세상에 드러난다는 점이다. 위에 제시한 4명 고승도 그런 체험의 소유자들이라는 점에서 공통점을 지니고 있다 해도 좋은데 용궁체험이 바로 그에 해당되는 셈이다. 승려가 귀국길에 수부의 청을 접하고 용궁에 들어간 것은 단순한 일이 아니다. 그것은 호기심 차원의 초청하고는 다른 것이다. 이는 아직 불법에 관하여 결핍된 것이 많은 용궁에 부처의 가르침을 전파해달라는 발원의지를 바탕에 두고 있는 각자의 초청이라 할 수 있다.[37]

용궁에서 초청의 대상으로 택한 승려는 서사내적으로 나름의 공통점을 지닌다고 볼 수 있다. 다시 말해 그들은 이제 평범한 인간의 테두리를 넘어 완성된 인간으로서 초월적 능력으로 무지한 중생을 구제할 수 있다는 믿음을 심어주는 단계에 올라서 있다. 그들이 그런 위치에

---

37) 용궁에서의 불법의 세계에 대한 동경의식이 얼마나 강렬한 지를 보여주는 설화는 한 둘이 아니다. 가령 『宋高僧傳』의 원효전에는 신라왕비가 질병에 시달리자 명의를 수소문하던 끝에 무당의 말에 따라 당나라 의원을 찾아가기 위해 배를 탔는데 해중에서 노인을 만나게 되고 그의 인도로 용궁에 들어가 뜻하지 않게 왕비를 치료할 비방을 얻은 것으로 되어있다. 이때 신라 왕비는 해중 용왕 靑帝의 셋째 딸이라는 점과 함께 "내 궁중에는 전부터 『금강삼매경』이 있는데 二覺이 원만히 통해야 보살행을 볼 수 있을 것이다. 이제 부인의 병으로 인하여 더 큰 인연을 높이고자 하여 이 경을 부치니 너의 나라에 나아가 널리 반포하도록 하라."는 충고를 전한다.(贊寧, 『宋高僧傳』卷第4, 新羅國皇龍寺元曉傳) 이를 보면 용궁이 불교가 결핍된 공간으로만 형상화되는 것은 아님이 드러난다. 오히려 수부세계가 바깥세계보다 불법에 관한 한 높은 수준에 올라서 있음을 보여주면서 바깥세계(신라)의 불흥까지도 염원하고 있어 적어도 호법의지만은 충만해 있는 공간이라 할 수 있다.

오르는 데 가장 큰 계기가 된 것이 바로 유학체험이다. 용궁에서 굳이 유학승을 강설의 대상으로 지목하고 있는 것도 유학이 원래부터 지니고 있었던 근기를 충분히 숙성시켜 고일한 경지에 올라서게 했다고 확신한 것과 무관하지 않다. 그러한 믿음은 귀국승의 강설과 함께 용궁도 불법이 충만한 공간으로 바뀔 것이라는 기대치를 높여준다. 불교전승에서 용궁강설 모티브가 핵심 서사단위로 수용된 것은 공간·시간을 넘어 세계 내 무상한 존재들이 궁극적으로 의존할 것은 불법 이외 다른 것이 없다는 인식과 무관하지 않다.

5. 신중보호(神衆保護)

불교의 정법(正法)을 수호하는 신을 일컬어 신중(神衆)이라 부른다. 부처를 호위하는 것이 이들의 당연한 직분이라고 보지만 경우에 따라서 신중은 고승을 호위하는 임무를 맡기도 한다. 승려로서 신중의 보호를 받았다는 것은 이미 상당한 경지에 올라섰음을 반증하는 것이 아닐 수 없다. 의상은 누구보다 신중(神衆)의 가호가 빈번히 포착된 인물로 전해온다. 이제 신중보호 모티브를 중심으로 그의 전승담을 좀 상세히 짚어보기로 한다.

의상은 신라불교사에 깊은 족적을 남긴 인물답게 매우 다양한 이야기를 남긴 고승이다.[38] 이 가운데 의상전교(義湘傳教)는 어느 것보다

---

[38] 의상의 전기에 해당하는 문헌으로는 『三國遺事』 卷4, 義湘傳教, 『宋高僧傳』 卷4, 義湘傳을 먼저 꼽을 수 있다. 이외에 『三國遺事』 卷3의 前後所將舍利條, 卷3의 洛山二大聖 觀音正趣調信條, 卷4의 勝詮髑髏條, 卷5의 眞定師孝善雙美條, 『海東高僧傳』 卷1의 2

계기적 흐름에 따라 전 생애를 정연하게 엮어나간다. 그에 드러난 생의 마디는 구법유학의 전후 사정, 호국 행적, 사찰 건립, 제자 양성 등으로 덩어리를 이룬다. 그런데 의외라면 중국 체류 중에 일어난 일화를 상대적으로 자세히 다루고 있다는 점이다. 의상은 661년 도당(渡唐)하여 671년 돌아왔으므로 11년에 걸친 유학생활을 한 셈인데 이국 체류기였던 만큼 흥미를 끌만한 행적이 그만큼 풍성했음을 말해준다. 전후소장사리 조(前後所將舍利 條) 이야기를 소개하면 아래와 같다.

ⓐ"전하는 이야기가 있다. 옛날에 義湘法師가 당나라에 들어가서 종남산 지장사 지엄존자가 있는 곳에 이르니 그 이웃에 道宣律師가 있었다. 늘 하늘의 공양을 받고 제를 올릴 때마다 하늘의 주방에서 음식을 보내왔다. 어느 날 도선율사가 의상법사를 제에 청했다. 의상이 와서 자리에 앉은 지 꽤 오래되었는데 하늘의 공양은 때가 지나도 이르지 않았다. 의상이 빈 바릿대로 돌아가니 천사는 그제야 내려왔다. 율사가 물었다. '오늘은 어째서 늦었소?' 천사는 답했다. '온 골짜기에 神兵이 가로막고 있으므로 들어오지 못했습니다.' 그제야 율사는 의상법사에게 신의 호의가 있음을 알고 그의 도력이 자기보다 낫다고 생각하여 그 공구를 그대로 남겨두었다가 이튿날 또 지엄과 의상 두 대사를 제에 청하여 그 사유를 자세히 말했던 것이다."[39]

安含傳, 義天, 『圓宗文類』卷22, 海東華嚴初祖 忌晨願文條 등은 의상과 관련된 단편적 문헌전승이라 할만하다. 구비전승으로는 『口碑文學大系』2-4의 「의상대사와 원효대사의 사찰창건과 득도」, 2-5의 「의상대를 지은 의상조사」, 7-5의 「선석사의 전설」, 7-9의 「개목사를 지은 의상조사와 맹사성」, 7-9의 「천등산과 의상도사」, 7-9의 「봉서사의 유래」, 7-10의 「의상조사가 지은 부석사」, 7-10의 「선묘룡의 도움으로 지은 부석사」 등을 거론할 수 있다.

39) 一然, 상게서 卷3 塔像, 前後所將舍利.
　　"相傳云 昔義湘法師入唐 到終南山至相寺智儼尊者處 隣有宣律師 常受天供 每齋時 天廚送食 一日律師 請湘公齋 湘至坐定旣久 天供過時不 湘乃空鉢而歸 天使乃至 律師問

이를 소개하면서 일연(一然)은 단지 전해오는 이야기(相傳)라고만 밝히고 있다. 이는 출처 제시를 구체적으로 밝히던 평소의 태도와 차이를 보인다. 즉 다양하게 설화 각편을 모을지언정 역사가로서의 객관성을 확보한다는 의도에서 인용처를 구체화시키던 관행이 여기서는 지켜지지 않고 있는 것이다. 문면대로 상전을 채록한 것으로 인정한다면 신라 시기부터 전해오던 이야기로 받아들일 수밖에 없다. 하지만 의문은 남는다. 무엇보다 『삼국유사』 이전에 찬술된 『송고승전』에 같은 서사구조의 이야기가 발견되기 때문이다. 해당 부분을 보면 아래와 같다.

　　ⓑ"窺基가 본사로 돌아오매 항상 전에 번역을 함께 한 사람들과 내왕하였으며 여러 차례 道宣律師를 찾아뵙기도 했다. 도선율사에게는 천상의 왕사들로서 곁에 돌봐주는 이가 있어 어떤 때에는 은밀하게 잡다한 일까지 거들어 주었다. 한데 그날따라 규기가 돌아간 다음에야 하늘에서 천사가 내려왔으므로 도선율사가 그토록 늦어진 것을 기이하게 생각했다. 이에 왕사가 말하기를 '마침 大乘菩薩(窺基)이 이곳에 계시고 선신으로서 그를 호위하는 이들이 많은 터여서 우리의 신통력으로는 제지당할 수밖에 없었던 것입니다.'라고 하였다."[40]

위에 제시한 ⓑ는 『송고승전』에 수록된 경조대자은사(京兆大慈恩寺) 규기전(窺基傳)의 한 대목으로 ⓐ에서 보았던 신병보호 모티브가 여기서도 발견된다. 뿐만 아니라 서사 구조도 고스란히 일치하고 있다. 때

　　今日何故遲 天使日 滿洞有神兵遮擁 不能得入 於是律師知湘公有神衛 乃服其道勝 仍留其供具 翌日又邀儼湘二師齋 具陳其由"

40) 贊寧, 『宋高僧傳』 卷第4, 義解 第二之一 窺基傳.
　　"(窺基)及歸本寺 恒與飜譯 舊人往還 屢謁宣律師 宣每有諸天王使者執事 或冥告雜務 爾日基去方來 宣怪其遲暮 對日 適者大乘菩薩在此 善神翼從者多 我曹神通爲他所制故爾"

문에 앞서 등장한『송고승전』설화가『삼국유사』설화의 형성에 직접적인 영향을 끼쳤다 하겠는데 전승범위로 보면 ⓐ는 국내 전승물이며 ⓑ는 중국 내 전승물에 속한다. ⓐ는 권능과 권화가 남달랐던 탓에 하늘의 신병들이 곁에 붙어있다시피 의상을 호위했음을 증거해주는 내용이지만 ⓑ에서 보듯 규기설화를 고스란히 끌어들여 인물만 바꾼 셈이다. 규기(窺基, 632~682)는 경조 장안 사람으로 17세에 출가하여 현장의 제자가 되었으며 광복사에 머물다가 뒤에 대자은사에 머물며 의상을 도와 변역에 참가하였다.『성유식논술기』,『대승법원의림장』등 많은 저술을 남겼으며 이로써 당대에 이미 큰 이름을 얻었던 인물이다. 주로 대자은사에 머물며 저술에 전념한 탓에 자은법사(慈恩法師)라는 칭호를 얻기도 했다.

반면에 도선(道宣)은 규기(窺基)보다 나이가 앞서는 데다 종남산(終南山)에 머물며 율종(律宗)을 창시한 인물이었다. 거기다『속고승전』,『광홍명집』,『대당내전록』,『사분율행사초』등을 찬술하여 내외 간 그 명성이 자자했다. 따라서 스승을 알현한다는 측면에서 규기도 도선에 대한 존경의 마음이 매우 강했다 할 수 있는데 규기가 종남산으로 직접 도선을 찾아 나섰던 행적으로 보아 이를 추측해볼 수 있다.

도선전(道宣傳)에는 도선(道宣)이 규기(窺基)와 조우했던 일화는 나타나지 않으나 규기전에는 입전 대상인 규기의 도력을 높여야 한다는 의식이 비등하여 규기가 영험력에서 도선과 대등하거나 오히려 앞섰다는 점을 강조하는 식으로 전개된다. 활동시기로 보아 도선과 규기가 상호 교류했을 가능성이 높으므로 이 같은 정황을 배경으로 규기 중심의 이야기로 엮어졌다고 보아도 어색하지가 않다. 규기전승은 이미 당나라 사중 사이에 널리 퍼져 있었을 것이며 이를 간략하게 기록한 것이

바로 『송고승전』 소재 규기전으로 판단된다. 신중보호 모티브를 삽입시키고 있는 규기전승은 이후에도 계속 전해왔음을 『청량산지』[41] 고승의행조(高僧懿行條) 규기법사전을 통해 확인할 수 있다. 전체 줄거리는 다를 것이 없으나 이곳에 실린 규기전은 『송고승전』의 것보다 내용이 한층 구체적으로 바뀌게 된다.

> "南山律師는 엄격하게 계품을 지켰으니 자그만 행동도 극도로 조심했으므로 규기의 사치스러운 모습을 보자 그를 박대하게 되었다. 율사는 항상 천신이 점심을 가져왔다. 규기가 율사를 찾았는데 정오가 지나도 하늘에서 점심이 내려오지 않다가 규기가 돌아간 뒤에야 천사가 도착하였다. 율사가 늦게 도착한 것을 꾸짖자 천사가 말하길, '이곳에 대승보살이 머무르는 동안 그를 엄히 보호하고 있는 신장들이 있어 감히 들어올 수가 없었습니다.' 율사가 이 말을 듣고는 크게 놀라면서 잘못을 뉘우쳤다."[42]

현전하는 자료에 의할 때, 규기전승이 의상전승에 영향을 끼쳤다고 보기는 어렵다. 일연이 『삼국유사』를 찬술할 때 『송고승전』을 참고했다는 기록은 없으나 시간적으로 『송고승전』을 참고 자료로 채택했을 가능성은 얼마든지 유추해볼 수 있다. 따라서 의상과 마찬가지로 도선

---

41) 鎭澄, 『淸凉山志』, 1596.

42) 『淸凉山志』 卷3, 『中國佛寺史志彙刊』 29, 明文書局印行(臺灣), 1980, 101면.
　　"南山律師 嚴持戒品 兢兢細行 見基侈態 故薄之 律師常有天神送饌 基訪律師 坐時過午 天饌不至 基去天乃至 律師責以後時 天曰 適大乘菩薩在 翊衛甚嚴 故無敢入 律師聞之 大駭悔過"
　　내용상 이 자료는 『宋高僧傳』을 근거로 삼아 지어졌음이 쉽게 밝혀지고 있어 宋代 이후 규기의 전승을 헤아려 보기 좋은 경우가 된다. 하지만 『淸凉山志』는 明 萬曆 丙申(1596)에 간행되었으므로 13세기 채록된 전후소장사리조 의상설화와는 관련성이 없다. 앞서 본대로 『삼국유사』 전후소장사리조의 의상설화는 『宋高僧傳』 규기전에서 파생한 것으로 볼 수 있다.

과 조우했으며 사제지간의 관계에 있었다는 점에서 앞서 퍼진 규기-도선의 전승을 받아들여 의상-도선의 이야기로 변개시킨 것으로 보이는 것이다. 물론 변이의 주체가 일연이었다고는 말할 수는 없다.『삼국유사』에서 밝히고 있듯 일연은 단지 전해오는 이야기를 그대로 문헌에 올린 채록자일 뿐일 수도 있기 때문이다.

하지만 이 경우도 신라 내에 자생적으로 생겨난 이야기로 보기보다는 중국 내 전승이 변이된 것으로 보는 것이 무난할 것이다. 무엇보다 전후소장사리조 소재 전승은 의상이 중국에 머물던 때를 시간적 배경으로 삼고 있다. 배경이 중국인만큼 중국 체험이 있는 의상의 수행인, 혹은 제 3자에 의해 신라 내에 퍼졌다고 보는 것이 무리 없는 추론이다. 신라에 퍼진 의상의 중국 내 이야기는 해동 고승의 위업과 영험성을 한층 고취하는 쪽으로 그려지는 것이 당연했다. 신라 화엄의 종조인데다 사중의 존경심이 높았던 인물이므로 신중보호는 무엇보다 의상에게 썩 어울리는 모티브였다고 보는 것이다. 구법의 목적지를 종남산으로 잡고 있었던 의상은 실제로 도선과 교류할 기회가 충분했을 것이다.

『삼국유사』소재의 이야기는 어느 정도 핍진성을 바탕에 둔 설화의 성격을 지니고 있다. 필경 이 같은 전승의 의도된 변주는 의상의 유학기간을 바탕에 둔 이야기이기에 별 회의 없이 강한 전승력을 띠고 퍼질 수 있었다고 본다. 신라에서는 중국 내 체류 중에 일어난 사건과 상황에 대해 아는 이가 별로 없었다는 점도 이와 같은 영이설화가 퍼질 수 있었던 요인이었다.[43] 6세기 등장한 혜교(慧皎)의『고승전』에 벌써 천

---

43) 도통한 승려를 호위하거나 從者를 천상에서 내려 보내 아낌없이 편의를 제공하는 광경은 중국 승려전승에서 흔히 볼 수 있다. 당대 고승인 道宣의 경우 다음과 같은 일화가

동(天童), 천사(天使), 신중(神衆) 등이 고승의 집사로 등장하는 이야기가 상당히 많은 것을 알 수가 있다. 고승의 신령한 감응력을 뚜렷하게 확인시켜주는 모티브는 전승력을 유지해주면서 이후 비슷한 유형의 고승 이야기에 핵심 모티브로 끼어들었다고 보는 것이 자연스러울 것이다.

『송고승전』의 천동이나 신중이 나타나 도선이나 규기를 보호해준다는 전개도 이전 유형담의 송대적(宋代的) 수용으로 이해할 수 있는 것이

전한다.

　"정관 중에 일찍이 심부의 은실산에 숨어있을 때 사람들은 천동이 좌우에서 시중을 드는 것을 보았다. 서명사에서 한밤중에 발을 잘못 디뎌 계단에서 넘어졌는데 잡을 것이 있어 몸을 지탱할 수 있었으며 다친 데가 없었다. 한참을 바라보니 그 소년이었다. 도선이 이윽고 묻기를 '그대는 누구 길래 이 밤중에 여기 있는가.' 했다. 소년이 말하길 '나는 사람이 아니고 비사문천왕의 아들인 나타로, 불법을 수호하는 까닭에 화상을 보호한 지 오래되었습니다.'라고 했다.(貞觀中 曾隱沁部 雲室山 人睹天童給侍左右 於西明寺夜行道 足跌前階 有物扶持 履空無害 熟顧視之 及少年也 宣遽問 何人中夜在此 少年日 某非常人 卽毘沙門天王之邪吒也 護法之故 擁護和尙 時之久矣)"(『宋高僧傳』, 卷第14, 道宣傳)

　후한 영평 10년(67)으로부터 양나라 천강 18년(519)에 이르는 동안 고승의 자취를 기록한 혜교의 『高僧傳』에도 天人保護 모티브는 여러 군데에서 보게 된다. "그 후 섬주 백산의 영취사로 들어갔는데 그가 아직 그곳에 이르지 아니한 날 밤에 승서라는 스님의 꿈에 신인이 나타났는데 붉은 깃발과 흰 갑옷을 입은 신장이 산에 가득히 나왔다. 이에 승서가 까닭을 물었더니 '법사가 곧 이곳에 들어오기 때문에 나와서 받들어 맞이하는 것이다.'라고 대답했다.(後入剡白山靈鷲寺 未至之夜 沙門僧緖夢見神人 朱旗素甲 滿山而出 緖問其故 答日 法師當入 故出奉迎 明旦待人 果是柔至)"(『高僧傳』 第8卷 義解 釋僧柔)"

　"석홍명은 부지런히 정진하며 육시예창을 그치지 않자 아침마다 물병이 절로 가득해졌는데 이는 실로 하늘의 동자들이 그를 위하여 심부름한 것이다.(誦法華 習禪定 精勤禮懺 六時不報 每旦則水瓶自滿 實諸天童子以爲給使也)"(『高僧傳』 卷12, 釋弘明)

　아울러 위의 문헌에 비해 후대의 등장한 자료이지만 청량산지의 직녕전에서도 천상 신병들이 출현하여 주인공을 가호하는 장면이 산견된다. "당나라 스님인 澄靈이 무후 장안에서 처음에 대황청 남쪽 기슭에 암자를 짓고 선정에 들었는데 구슬 소리가 들려 암자 밖으로 나아가 보니 홀연히 신병들이 구름 밖으로 보였는데 그 모양이 제각각이었으며 위의가 엄숙하고 정숙하였다. 조금 있다 구름 속에 묻혀 보이지 않았고 단지 이상한 향기가 나는데 골짝을 가득 채웠다.(唐釋澄靈於武后長安初 卓庵大黃尖南麓 禪寂中 聞珠佩聲 出庵 忽見神兵現於雲表 部類各異 威肅儼然 俄而雲沒不現 但聞異香 充滿林谷)"(『中國佛寺志叢刊』 Vol.9, 『淸凉山志』 卷7 神兵現空.)

다. 그런데 중국 고승담에 널리 발견되는 천중보호설화 가운데서도 전후소장사리조의 이야기와 직접적 연관성을 맺고 있는 것은 규기의 전승담이라고 보아야 한다. 이야기의 얼개를 고스란히 유지한 채 규기 대신 의상으로 그 인물만을 대체해놓고 있기 때문이다. 결국 문식 있는 사중 가운데 누군가가 의상과 동시대에 활약한 규기의 전승을 수용하여 이를 의상의 전승담으로 탈바꿈시켜 놓았으며 이것이 강한 전승력을 지니고 일연의 시대까지 이야기 되어 왔다고 추측해볼 수가 있겠다.

중국과 국내로 전승지역을 양분한다면 우선 중국 내 구비전승, 문헌정착으로의 과정이 있으며 신라 내 구비전승 문헌정착(『삼국유사』), 구비전승으로 국내 전승과정이라는 또 하나의 흐름이 나타났다고 본다. 앞서 확인한 대로 문헌에서 문헌으로 전승되는 과정에 『삼국유사』가 그 이전에 출현한 『송고승전』의 이야기를 수용하되 의상 중심의 내용으로 변개시켰을 가능성도 배제할 수가 없는 것이다. 그렇다면 『삼국유사』에 정착된 이후 등장한 설화들은 어떤 특성을 드러내게 되었을까. 『삼국유사』 곳곳에서 산견되듯, 내용적 편차에도 불구하고 이후 설화에도 의상과 천상의 결연은 필수적 삽화로 삽입되는 것을 보게 된다.

의상이 창건했다는 범어사(梵魚寺)의 연기는 의상설화에서 필수 삽화로 동원되던 신병보호가 그대로 유지되는 것에서 나아가 한층 중요 사건으로 수용되고 있음을 보여준다.

동해안에 왜구 10만여 명이 나타나 신라 공격의 신호를 기다리는 위기에서 신라왕에게 현몽이 따른다. 어떤 신인이 나타나 의상을 청하여 금정산(金井山) 아래 금정암에서 칠일칠야(七日七夜) 화엄신중을 급히 독송하는 것만이 위기를 벗어나는 길이라고 일러준 것이다. 왕은 시킨 대로 의상에게 이 일을 맡긴다. 그러자 병기로 무장한 제불 천왕

신중들이 출현하여 신력을 일으켜 정박해 있던 왜선을 파선시키고 왜구들을 수장시킨다. 한 사람의 인명훼손도 없이 왜구들을 물리치게 된 왕은 승리를 자축하는 한편 의상의 청에 따라 금정산 아래에 범어사를 창건하기에 이른다.[44]

전후소장사리조에서 신병의 기능이 의상의 일거수일투족을 엄호하는 것에 한정되었다면 범어사(梵魚寺) 연기설화에서는 위기에 처한 신라를 구해내는 방위군으로서 그 역할이 한층 막중해진다. 하지만 신병의 출현은 의상이란 매개가 없으면 불가능한 일임을 이야기 서두에 분명히 밝혀놓고 있다. 의상이 주야장천 구국기도를 바쳤기 때문에 천상으로부터 도움을 이끌어 낼 수 있었다. 범어사 연기설화는 18세기 동계(東溪)가 기록한 것임에도 불구하고 삼국시대 이래 의상설화에서 빠짐없이 삽입되던 신중보호 모티브를 보다 확대시켜 적용시킨 사례로 뽑아도 좋을 듯하다. 이렇듯 신라 이래 우리시대에 이르기까지 의상전승의 역사적 맥락을 어느 정도 정리해 볼 수가 있는 것이다.

그런데 신병보호담 등 천상과의 소통을 핵심모티브로 삼는 의상설화들의 사례는 더 거론할 수 있겠으나 전후소장사리조 설화와 서사구조가 일치하는 것은 오로지 '의상과 원효스님의 기싸움'뿐이다. 그렇다 해도 이 설화가 갖는 의미는 상당하다. 즉 이를 바탕으로 의상설화의 후대적 변이상을 추적해 볼 수 있는 것은 물론 설화 담당층, 전승범위에 따라 설화내용이 얼마나 변이되는 지를 예증하는 데 긴요한 대상이 되기 때문이다.

---

44) 東溪, 『梵魚寺創建事蹟』.

먼저 '의상과 원효스님의 기싸움'[45]의 단락을 살펴보기로 한다.

1. 점심때만 되면 하늘의 선녀들이 의상스님에게 점심공양 거리를 가지고 내려왔다.
2. 원효스님은 공양주에게도 청하지 않고 손수 점심을 지어 먹었다.
3. 의상 스님이 원효스님의 기를 꺾기위해 일부러 점심때 원효스님을 초대하여 하늘에서 내린 공양을 같이 먹기로 약조했다.
4. 원효스님이 초대되어 왔으나 점심때가 지나서도 하늘의 선녀가 나타나지 않아 원효스님은 점심을 거른 채 돌아갔다.
5. 화가 난 의상스님이 뒤늦게 나타난 선녀에게 까닭을 묻자 암자 주위에 원효를 호위하는 신장들이 에워싸고 있어 들어갈 수 없었다고 했다.
6. 의상스님은 원효스님을 시험하려던 어리석음을 뉘우쳤다.

원효와 의상이 신라를 대표하는 승려라는 사실은 인물전승의 분포면에서도 쉽게 드러나는데 삼국시대의 승려로서 『구비문학대계』에 채록된 고승담의 주인공은 원효와 의상에게 집중되어있다. 그것도 두 승려가 동반하여 등장하는 경우가 흔하며 형제지간으로 처리하는 경우까지 나타난다.[46] 약간의 나이차가 있기는 하지만 동시대에 활약한 데다

---

45) 이동근·김종국, 「경산지방설화의 전승양」, 『경산지방의 설화문학연구』, 중문출판사, 2005, 120~122면.
46) 한용운 찬, 「洪川縣東孔雀山水墮寺事蹟」, 『乾鳳寺及乾鳳寺末寺史蹟』, 건봉사, 1928, 189면.
   "마침내 두 아들을 낳았으니 형은 원효이며 아우는 의상으로 모두 어릴 때부터 빼어났으니 生以知之하여 육적에 능통했다. 노파는 간절한 마음으로 두 아들을 성장시키려 했는데 서리 맞은 소나무요, 물에 비친 달로 맑은 빛을 비유하는 것도 충분하지 않았다. (遂生二子 兄曰元曉 弟曰義湘 皆少挺生知 能通六籍 老婆切意 圓成二利 霜松水月 未足比其清華 仙露明珠 詎能方其朗潤)"

함께 구법유학을 시도했을 만큼 각별한 사이를 유지했다는 점에서 충분히 예상되는 내용 전개라 할 것이다. 한데 이와 대조적으로 우열 가리기 등 대중의 호기심을 투영시키는 구조를 취하는 일도 적지 않은 것이 사실이다. 위에 제시한 원효암 설화는 일종의 도력 겨루기 이야기로서 두 사람이 고승인 만큼 누가 신통력이 앞서는가를 가리는 것에 관심을 두고 있다. 원효가 끼어들긴 했으나 이 설화가『삼국유사』전후소장사리조 의상설화에서 유래했다는 점만은 숨길 수 없다고 본다. 전후소장사리 의상설화가 중국에서 앞서 나온 신중보호 모티브를 수용하여 형성된 후 문헌에 정착된 예라면 그것이 구비전승을 통해 변이되어 나타난 것이 바로 '의상과 원효스님의 기싸움'이다.

원효가 태어난 곳이 경산이라는 점은 원래 설화의 내용적 변이를 불러온 직접적인 요인으로 보아 틀림이 없다. 원효가 가장 뛰어났던 고승임을 밝히는 일이야말로 지역민들에게는 하나의 사명처럼 여겨졌을 터인데『삼국유사』에서 도선(道宣)과의 대응을 통해 의상의 천상적 감응력을 이끌어냈듯이 경산지역에서는 의상과 대비시켜 결국 원효가 한 수 위임을 밝히려 들었다.

원효암 설화는 의상의 영험력과 도력을 현시하는 데 초점을 맞추고 있는『삼국유사』설화를 수용하되 경산지역의 역사인물인 원효를 주인공으로 한 이야기로 탈바꿈시켰다고 생각된다. 이는 역사적 진실과는 구별되는 설화담론이 지닌 서사적 특성인 것이다.

지역민들은 누구에 비기더라도 그곳 출신인 원효를 뛰어넘을 수 있는 승려는 없다는 생각으로 가득 차 있었다. 지역민들에게는 원효가 탄생한 곳이라는 자긍심을 원효-의상의 겨루기 방식으로 보여주되 의상에게 상투적으로 따라붙던 신병보호일화를 원효에게 부연함으로써 그가 천상과의 소통에 한발 앞서 있음을 밝히고자 하였다. 고승 간의 겨루기 화소를 공통적으로 개입시키고 있으나 전후소장사리조가 의상을 통해 신라승의 자긍심을 고취한 경우라면 경산설화는 원효를 통해 경신지역민의 자긍심을 드높이는 내용으로 변이된 것을 알 수 있다.

이제까지 통시적 맥락을 중시하면서 몇 가지 의상관련 설화를 중심으로 그 면모를 살폈다. 이후는 각편 단위로 논의된 사항을 한 데 모아 의상설화의 형성과 전승변이에 나타난 의미를 되새겨 보기로 한다. 의상은 구법유학을 결행한 이력을 지닌 신라의 명승답게 중국 찬녕의 『송고승전』, 신라 최치원의 『부석존자전(浮石尊者傳)』, 『삼국유사』의 의상전교 등에 입전된 바 있는데 이들은 역사적 사실로 인정되는 부분 못지않게 설화적 이야기들로 상당 부분이 채워져 있다. 그런데 의상의 생애 가운데 중국에 체류했던 시기의 행적을 전하는 『송고승전』과 『삼국유사』의 기록은 서사적 초점이 상호 다르다. 통상적으로 본다면 『송고승전』이 훨씬 앞서 찬술된 것이므로 『송고승전』을 통해 의상의 중국 내 행적을 보완하는 것이 정상일 터이나 『삼국유사』는 이를 외면한 채 『송고승전』 규기 설화 중의 신중보호담, 도선설화 중의 불아구득담을 변이시켜 전후소장사리조에 수록한 것으로 여겨진다.

의상의 신중보호담이 『삼국유사』에 정착된 이후에도 이의 전승이 지속되었음은 분명하다. 경산지역에서 채록된 원효암 설화는 그 서사적 승계를 확인시켜주는 소중한 사례로 지목된다. 다만 이 경우는 서사의 초점이 원효에 맞춰져 있다는 점이 다르다. 의상보다 원효가 한층 높은 감응력을 지녔다는 내용으로 선회했음에도 그 발원지점이 전후소장사리조 의상설화임을 부정하기 어려울 정도로 두 설화는 동일한 서사구조, 모티브를 갖추고 있는 것이다.

결국 중국인물 전승이 변개되어 의상의 신중보호 설화로 바뀌는 문헌전승이 확인되며, 『삼국유사』에 정착된 문헌설화가 다시 일정지역을 중심으로 하는 구비설화로 전파되었다고 정리해볼 수가 있겠다. 중국에서 발원한 신중보호담이 고려 『삼국유사』에 정착되고 다시 근래 구비전승채록에서 확인되는 등 길고 긴 전승의 궤적이 드러난다. 즉 ①『송고승전』 규기전(988) → ②『삼국유사』 전후소장사리조(1280) → ③ 원효암 설화(2003)로 전승사적 궤적이 나타나게 된다. ①, ②, ③을 한자리에 놓고 비교·검토할 수 있는 근거는 모두 신중보호 모티브를 삽입하고 있는 고승이야기라는 점에 있다. 설화의 찬술 및 채록시기를 기준으로 삼을 때 의상이야기는 ①→②→③으로 진행되었다고 하겠는데 ①은 의상이 이야기에 등장하지 않아 의상설화에 귀속될 수 없다. 하지만 ①이 없었다면 ②이야기가 생겨날 수 없었다고 보는 것이 옳다. ①은 당나라 고승인 규기가 그 스승격인 도선 못지않게 영험한 감응력을 지녔던 인물임을 전하는 데 목적을 두고, 천상의 신병들이 늘 규기를 보위하는 바람에 명성을 자랑하던 도선도 일순간 낭패를 겪는 내용을 담고 있다. 도선을 중심으로 내외에서 많은 제자들이 그에게서 가르침을 얻고자 알현했던 것이 현실이므로 이 같은 일화는 도선과 다른 제자 간의 이야기로도 변이가 가능할 터인데 『삼국유사』에서는 도선-의상(道宣-義湘)의 이야기로 인물의 구성이 달라진다. 하지만 주인공이 규기에서 의상으로 바뀌었을 뿐 서사구조는 고스란히 일치하는 것으로 보아 처음 이 설화를 퍼뜨린 이는 『송고승전』의 규기전을 근원설화로 택했다고 보아 무방할 것이다.

결국 중국 문헌설화를 근거로 하여 의상의 설화가 탄생한 셈이다. 우선 국내 전승과 관련지어서는 의상의 제자 혹은 구법유학 시 그를 수행한 일군이 신라 땅에 이 같은 설화를 전한 것으로 유추가 가능하다. 하지만 중국의 설화의 담당층이 도선을 추월하는 식으로 외국승려의 위상을 높이는 내용으로 전개시켰다고 보기는 힘들다. 따라서『삼국유사』에 전하는 의상의 신중보호담은 국내에서 지어지고 전파된 설화로 보는 것이 이치에 맞을 것이다.

그렇다면 이 설화는 언제 생긴 것일까. 일연이 전해오던 이야기를 채록한 것이라 했으니 의상이 활약하던 시대까지 거슬러 올라갈 수도 있겠으나 현전하는 문헌들을 가지고 판단할 때『송고승전』이 우리나라에 전래된 이후에 생겼을 확률이 높다. 이렇게 판단할 수 있는 까닭은 무엇보다 전후소장사리조의 의상설화가『송고승전』규기전의 내용과 다를 바 없다는 점 때문인데 보기에 따라서는 일연(一然)을 설화개조의 장본인으로 지목할 수도 있다. 다시 말해 일연이 의상의 신중보호담을 소개하면서 상전(相傳)의 것이라고 밝히기는 했으나 이는 상투적으로 전제에 불과할 뿐 일연 자신이 규기의 신중보호설화를 끌어와 의상설화로 둔갑시켰을 가능성을 배제하기 힘든 것이다.

6. 불아구득(佛牙求得)

불교서사에서만 삽입될 수 있는 모티브 중에 불아구득(佛牙求得)이 있다. 불아구득담(佛牙求得談)이란 부처님의 어금니를 얻게 되기까지의 자초지종을 전하는 이야기로 테두리를 지을 수 있겠다. 『삼국유사』 전후소장사리조 소재 의상설화는 신중보호(神衆保護), 불아구득(佛牙求得) 두 모티브를 동시에 삽입시켜 엮은 것으로 볼 수 있다. 여기서 살펴보

고자 하는 불아구득 이야기는 전후소장사리조에서 중심 이야기로 전
제해놓고 있는 것으로 보인다. 우선 이에 해당되는 대목을 발췌해 보
도록 하겠다.

> "義湘法師는 道宣律師에게 조용히 말했다. '율사는 이미 천제의 존경을
> 받고 계십니다. 듣자하니 제석불에는 부처님의 마흔 다섯 개의 이 가운데
> 어금니 한 개가 있다고 하니 우리들을 위하여 천제에게 청해서 그것을
> 인간에 내려보내어 복 받게 하는 것이 어떻겠습니까?' 했다. 그 후에 율사
> 는 천사와 함께 그 뜻을 상제에게 전했더니 상제는 이레를 기하여 의상에
> 보내주었다. 의상은 예를 마친 뒤에 이것을 받들어 대궐에 모셨다."[47]

전후소장사리조는 제목이 암시하듯 부처님의 어금니가 애초에 어떤
연유로 중국에서 전래했으며 이 땅에 들어온 뒤 어떤 과정을 통하여
고려까지 전해왔는지를 밝히는 불아(佛牙) 연혁담에 해당된다. 이에 따
르면 불아는 애초 천상에 소장되어 있던 것이다. 그것이 고려의 보물
로 지정될 수 있었던 것은 전적으로 의상의 노력 때문이었다. 결정적
으로 의상은 하늘과의 소통력이 있는 도선과 상호 교류할 수 있었던
신라의 유일한 중개인이었다. 도선율사가 의상의 청을 받아들여 천사
와 함께 상제에게 청원하여 마침내 의상에게 있게 되고 그것이 신라
내로 전해질 수 있었던 것이다. 하지만 이 같은 내용 역시 앞서 나온
도선 전승의 신라적 변이로 보는 것이 옳을 듯싶다. 『삼국유사』보다
앞서 기록된 도선전(道宣傳)의 내용과 비교해보면 전승의 변개양상을

---

47) 一然, 『三國遺事』 卷3, 塔像 前後所藏舍利.
　　 "湘公從容謂宣曰 師旣被天帝所敬 嘗聞帝釋宮有佛四十齒之一牙 爲我等輩 請下人間
　　 爲福如何 律師後與天使 傳其意於上帝 帝限七日送與 湘公致敬訖 邀安大內"

짚어볼 수가 있다. 『송고승전』 도선전에서 불아 관련 삽입 대목을 발췌하면 아래와 같다.

1. 도선이 말하기를 '저는 수행자로서 태자를 번잡스럽게 할 일이 없으나 태자는 위신이 자재한 분으로 서역에 불사를 지을만한 것이 있다고 하니 그것을 가져왔으면 합니다.' 태자가 말하길 '내가 불아를 보물처럼 가지고 있은 지 비록 오래되었으나 대사께서 별 생각이 없으신 것 같아서 바치지 못했습니다.' 했다. 그리고는 곧 도선에게 건네주었으며 도선은 보증하여 공양한 사실을 기록했다.[48]
2. 그 천인이 전해준 佛牙는 은밀히 文綱에게 간수하도록 시켰으니 숭성사 동탑에 보존토록 했다.
3. 대종 대력 2년(767) 이 절에 세항의 칙령을 내리기를 '그 절의 대덕인 도선율사에게 전해주어 부처의 불아와 육사리를 얻게 되었으니 마땅히 右銀臺門에 나아가 짐은 참관의 예를 하고자 한다.'고 말했다.[49]

중국문헌에는 불아와 관련하여 의상이 전혀 언급되어 있지 않다. 위의 기록에 따르자면 원래 불아를 보관하고 있던 인물은 천상의 태자로 밝혀진다. 태자는 도선의 일거수일투족을 챙겨주는 것을 본분으로 삼고 있었으나 도선이 불아를 원한다는 사실만은 전혀 모르고 있었다. 그러다 뒤늦게 도선이 불보로써 불사공덕하기를 원하는 것을 보고는 진중하게 간직하고 있던 불아를 곧바로 건네준 것이다. 이후 불아는

---

48) 贊寧, 『宋高僧傳』 卷第14, 道宣傳.
　　"宣曰 貧道修行 無事煩太子 太子威神自在 西域有可作佛事者 願爲致之 太子曰 某有佛牙寶掌雖久 頭目猶捨 敢不奉獻 俄授于宣 宣保錄供養焉"
49) 贊寧, 상게서, 道宣傳.
　　"至代宗大曆2年(767) 勅此寺三綱 如聞彼寺有大德道宣律師 傳授得釋迦佛牙及肉舍利宜卽詣右銀臺門進來 朕要觀禮"

도선의 제자들 사이에 인계되다가 숭성사 동탑에 안치된 것을 알 수
있다. 결론적으로 불아(佛牙)를 지상에 봉안할 수 있었던 것은 태자와
도선의 공이 지대한데 특히 도선의 발원이야말로 불아가 지상에 봉안
될 수 있었던 결정적 계기가 된다. 도선 이후의 시대에도 불아는 불가
를 넘어 황제까지도 숭배하는 대상으로 자리 잡았던 것이 중국 내 사정
이었다.

중국 내 전승이나 신라 전승이나 불아구득 이야기에 공통적으로 등
장하는 인물이 도선이다. 중국 쪽에서는 천인의 호위나 시종을 받았
음은 물론 상제의 태자가 자발적으로 불아를 그에게 전한 것으로 처리
하여 그가 얼마나 천상과 소통이 자재한 인물인지를 상징적으로 드러
낸다.

그런데 『삼국유사』에 따르면 도선을 만난 자리에서 의상은 제석궁
에 있는 부처님의 마흔 개의 치아 가운데 어금니 한 개가 있으니 천제
에게 부탁하여 그것을 내려 보내 달라고 요구했으며 도선이 이에 협조
한 것으로 되어있다. 말하자면 의상의 행동에 더 비중을 두고 있다.
의상은 불아가 천상에 수장되어있다는 정보를 미리 알고 있었으며 이
후 천제와 허물없이 교류하는 도선에게 접근하여 불아를 지상에 내려
주도록 청한 것이다. 『삼국유사』에서 분명히 주지시키고자 하는 것은
불아를 구득하기까지 중국에 들어간 이래 의상이 매우 치밀하게 계획
을 세웠으며 주도면밀하게 상황을 파악하여 결국에는 이 땅에 불아를
구득하는 데 성공했다는 점이다. 이런 화자의 의중이 전제되어 있었던
만큼 도선이 아무리 당을 대표하는 고승이라할지라도 의상의 청원에
따라 행동하는 수동적인 기능으로 나타날 수밖에 없었다.

중국에서 도선-태자(道宣-太子) 중심으로 전파되던 이야기가 이 땅

에 들어와서는 도선-의상(道宣-義湘) 중심으로 변이된다. 의상이 불아 구득의 중심적 역할을 부여하는 이야기로 탈바꿈하면서 중국체류 중 조우할 수 있었던 도선(道宣)은 남기고 태자는 인물기능을 대신하는 것으로 바뀌었다. 『삼국유사』에서는 의상이 불아를 구득하게 된 까닭을 전적으로 의상의 헌신과 자발성에서 찾는다. 대신에 『송고승전』은 천상에서 제공한 불아를 그대로 인계할 정도로 천상에서도 도선에 대한 경외심이 깊었음을 강조하는 데 서사의 비중을 높이고 있다. 각 전승집단은 역사적 사실과 상관없이 자의적으로 이야기를 변개시키기도 하지만 서사구조만은 이전의 것을 크게 훼손하지 않는 범위 내에서 그대로 수용한다는 점을 확인해볼 수 있는 사례이다.

제 7 장

중국 문헌전승의 국내 수용과 변이

1. 『해동고승전(海東高僧傳)』 소재 불승의 전승

『해동고승전(海東高僧傳)』은 고려 중기 선사 각훈(覺訓)이 삼국이후 역대 고승의 일대기를 수록한 승전이다. 신라 김대문(金大問)의 『고승전』이 있었다고 하나 그 후에 등장한 고승들의 총집[1]을 염두에 둔 사전적(事典的) 승전을 지향했던 것으로 보이지만 초기 불교사를 나타낼 인물들의 전기적 자료는 충분히 구비되지 못했던 것으로 보인다. 국내 자료 이외 인용서목 중에 해외자료가 다수 들어있음이 이를 입증해준다. 예컨대 담시(曇始)와 원광(圓光)의 생은 혜교의 『고승전』과 도선의 『속고승전』을 바탕으로 이루어졌음을 주목할 필요가 있다. 또 인도까지 진출한 신라승의 행적은 『대당구법고승전(大唐求法高僧傳)』에 의거하여 찬집을 나선 것을 알 수 있다.

중국 승전들이 삼국 유학승의 생애를 적지 않게 수용하고 있으나

---

1) 현전하는 『海東高僧傳』은 卷1, 卷2만 남아있다. 卷1에는 順道, 亡名, 義淵, 曇始, 摩羅難陀, 阿道, 黑胡子, 元表, 玄彰, 法雲. 卷2에는 覺德, 明觀, 智明, 曇育, 圓光, 圓安, 安含, 胡僧2人, 阿離耶跋摩, 慧業, 慧輪, 玄恪, 玄照, 亡名2人, 玄遊, 僧哲, 玄大梵 등 총 32명의 행록이 전한다.

역시 그쪽에서도 전 생애를 구성하는 데 어려운 점이 없었던 것은 아니다. 단지 중국체류 기간만을 내세워 입전할 수 없는 노릇이기 때문이다. 결국 중국에까지 전파된 삼국 내 인물전승에 주목하지 않을 수가 없었다.

1) 담시(曇始)

먼저 담시(曇始)의 경우를 보자. 담시는 고구려에 불교를 알린 인물로 규정할 수 있다. 『해동고승전』卷第1 담시전은 혜교의 『고승전』 소재 담시전을 그대로 인용한 것이라 해도 과언이 아니다. 굳이 차이가 있다면 담시가 고구려에 불법을 들려준 시기를 다음과 같이 강조하고 있다는 점이다. "(이때는) 신라 내물왕(奈勿王) 41년, 백제는 아신왕(阿莘王) 5년에 해당하고 진(秦)나라 부견(符堅)이 경상(經像)을 보내온 뒤 25년이 된다. 그 뒤 4년이 지난 뒤 법현(法顯)이 서쪽으로 천축에 들어갔고 또 2년이 지나 나십생(羅什生)이 왔고 현고법사(玄高法師)가 탄생하였다."[2] 찬자인 각훈(覺訓)은 여기서 삼국 가운데 고구려에 불교가 최초로 전파되었음을 주변국의 정황과 결부시켜 보다 명백히 밝혀주고 있다.

하지만 이 같은 주석적(註釋的) 서술을 제외한다면 대체로 혜교의 『고승전』을 그대로 이기한 것이나 마찬가지다. 『고승전』 중 담시전은 일반적인 승전의 찬술 방식과는 차이가 많다. 편년철사식(編年掇事式)의 전개에 연연하기보다 일화 중심의 구성을 보이는 것이다. 탄생 부분은

---

2) 覺訓, 『海東高僧傳』 卷1, 曇始傳.
　"梁僧傳以此爲高句麗開法之始時當開土王五年新羅奈勿王四十一年百濟阿莘王五年而秦 符堅送經像後二十五年也是後四年法顯西入天竺又二年羅什生來玄高法師生焉"

소거된 채이며 관중(關中) 출신이면서 요동(遼東)에서 펼친 전법활동, 그리고 백족(白足)이라는 명칭에 대한 사연을 간략하게 전한 다음 인연이 없는 왕호와 그 숙부의 기이한 체험을 불쑥 소개하고 있는데 이 부분은 민간전승을 적극적으로 받아들였다고 하겠다.

잠깐 내용을 보면, 죽은 지 3년이 지난 뒤 왕호의 숙부가 갑자기 나타나 그를 데리고 지옥 구경을 시켜준다. 그러면서 백족(白足)의 소유자를 찾아 봉사(奉事)하라고 언질을 하게 된다. 왕호가 백족(白足)의 인물을 수소문한 끝에 담시를 찾게 되고 이후 그의 열렬한 추종자로 변신한다. 이와 같이 맥락과 동떨어진 삽화를 삽입시킨 까닭은 사람들이 지각하지 못하고 있으나 이계에서 먼저 담시의 영험력을 증거해주고 있음을 강조하기 위해서이다. 담시는 무자비한 법난(法難)의 시대를 살았다. 혁련발발(赫連勃勃)을 선봉으로 하는 흉노의 침략으로 나라가 위기에 처하고 특히 불자들을 살육하는 상황에서 그에게도 위기가 닥친다. 몸을 감추었다가 발각되어 사형의 순간을 맞이하나 적들은 도무지 그를 죽일 수가 없었다. 칼로 담시의 목을 베자 단지 붉은 자국만 목에 남을 뿐 담시는 아무렇지도 않았으며, 호랑이 울에 던져졌으나 오히려 호랑이들이 담시를 기피하는 일이 발생했다. 결국 법난을 주도했던 척발도와 최호는 병에 걸려 죽게 된다.[3]

---

3) 慧皎, 『高僧傳』 卷第10, 曇始傳.
　"釋曇始關中人 自他出家以後多有異迹 晉孝武大元之末 齎經律數十部往遼東宣化 顯授三乘 立以歸戒 盖高句驪聞道之始也 義熙初復還 關中開導三輔 始足白於面 雖跣涉泥水未 嘗沾涅 天下咸稱白足和上 時長安人王胡 其叔死數年忽見形還 將胡遍遊地獄 示諸果報 胡辭還 叔謂 胡曰 旣已知因果但當奉事白足阿練 胡遍訪衆僧 唯見始足白於面 因而事之 晉末朔方凶奴赫連勃勃 破擭關中 斬戮无數 時始亦遇害 而刀不能傷 勃勃嗟之 普赦沙門 悉皆不煞 始於是潛遁山澤修頭陁之行 後拓跋燾復剋長安檀威關洛 時有博陵崔皓 少習左道猜嫉釋敎 旣位居僞輔燾行伐信 乃與天師寇氏說燾以佛敎无益有傷民利 勸令廢"

전체적인 내용으로 보아 담시는 위기에 처한 불법을 수호하고 방어하는 기능으로 형상화되어있으며 파사현정(破邪顯正)을 실현하는 주인공이라고 해도 좋을 듯하다. 상기 내용은『고승전』의 담시전에 들어있는 것이지만『해동고승전』의 내용과 거의 일치한다. 각훈(覺訓)이 별가감 없이『고승전』을『해동고승전』에 이월시킨 결과이다.『해동고승전』의 찬자 각훈이 지향한 바는 불교 초전의 역사를 가능한 상세히 밝히고자 하는 것이었을 터인데, 12세기 공간에서『고승전』의 담시전에 앞서는, 혹은 그것을 보완하는 전승담이 더 이상 존재하지 않음을 인정하면서 문헌전승의 하나인『고승전』을 차용한 것이다.

2) 원광(圓光)

원광의 전승을 먼저 전해준 문헌은『속고승전』이다. 이를 보면 원광(圓光)의 일생이 '삼한(三韓)에서의 생장 → 진 장엄 민공(陳 莊嚴 旻公)의 제자로 입문 → 신사(信士)의 청으로 강설과 제자양성 → 양도의 배불책에 의한 시련 → 죽임의 위기극복 → 장안으로 귀환 → 신라 귀환 → 신라 내 활동 → 원안의 원광증언' 등 순차적으로 마디가 나타난다. 신라승이면서 중국에서 일어난 활약상, 사건들 위주로 짜여있음이 드러나며 정작 신라 내에서의 일은 미약하게 제시되고 있다. 다만 한 가지

之 肅旣惑其言 以僞太平七年遂毀滅佛法 分遣軍兵燒掠寺舍 統內僧尼悉令罷道 其有竄逸者 皆遣人追捕 得必梟斬 一境之內無復沙門 始唯閉絕幽深軍兵所不能至 至大平之末 始知肅化時將及 以元會之日忽杖錫到宮門 有司奏云 有一道人足白於面 從門而入 肅令依軍法屢斬不傷 遽以白肅 肅大怒 自以所佩劍斫之 體无餘異 唯劍所著處有痕如布線焉 時北園養虎于* 肅令以餧之 虎皆潛伏終不敢近 試以天師近檻 虎輒鳴吼 肅始知佛化尊高黃老所不能及 卽延始上殿頂禮足下 悔其愆失 始爲說法明辯因果 肅大生愧懼 遂感癲疾 崔寇二人次發惡病 肅以過由於彼 於是誅剪二家門族都盡 宣下國中興復正教 俄而肅卒 孫澓襲位 方大弘佛法盛迄于今 始後不知所終"

일화만은 예외로 보인다. 즉 제자인 원안(圓安)의 평을 통해 원광의 인물됨을 요약해주는 부분이 바로 그것이다.[4] 이는 따지고 보면 신라인들이 중국에 진출하여 전해준 신라 내 전승이 있었기에 가능했던 기록이라 할 것이다.

유학체험을 초점으로 삼을 경우, 원광의 일생은 유학 전(신라체류) → 유학 중(중국체류) → 유학 이후(신라체류) 등으로 삼 분절시켜 볼 수 있겠는데 『속고승전』에 오른 원광의 자취는 유학 시(중국체류 시)의 활동만을 전하는 데 그치고 있다. 거기다 찬자인 도선(道宣)이 국외자이다 보니 당연히 신라인으로서의 긍지와 목적의식에는 무관심한 태도를 보이며 신라에 비해 중국이야말로 불학의 근거지라는 점을 은근히 드러내고 있다는 점도 지적할 수 있다. 그런 점은 "마침내 일생을 그곳(陳)에서 마칠 생각을 하고 즉시 세상의 일을 끊고 성지를 유람하면서 생각을 세상 밖에 두고 속세를 버리려 하였다."[5]는 논평적 설명을 통해 엿볼 수 있다.

---

4) 道宣, 『續高僧傳』第13卷, 新羅皇隆寺釋圓光傳.
　"圓安이 일찍이 원광에 대해 다음과 같이 기록하였다. '신라의 왕이 병이 났는데 의원이 치료해도 낫지 않자 원광에게 궁에 들어오기를 청하여 別省에 있게 하였다. 밤이면 두 차례의 심오한 법을 강하고 계를 주어서 참회하도록 하면서 왕의 믿음이 두터워졌다. 한번은 초저녁에 왕이 원광의 머리를 보니 금빛이 찬란하고 햇무리 같은 형상이 몸을 따라서 이어졌다. 왕과 왕후 궁녀들도 같이 목격했다. 이로 말미암아 숭앙심이 높아져 병실에 머물도록 하니 오래지 않아 병이 깨끗이 나았다. 원광은 진한과 마한 안에서 바른 법을 널리 전하고 매년 2차례에 걸쳐 강론을 해 후학을 가르쳤으며 시주받은 것은 모두 절을 짓는 데 쓰게 하니 남은 것이라고는 옷가지와 식기뿐이었다.'(安嘗敍光云 本國王染患 醫治不捐 請光入宮 別省安置 夜別二時爲說深法 受戒懺悔 王大信奉 一時初夜 王見光首金色晃然 有象日輪 隨身而至 王后宮女共觀之 由是重發勝心 克留疾所 不久遂 差 光於卞韓馬韓之間 盛通正法 每歲再講 匠成後學 贖施之資竝充營寺 餘惟衣盋而已)"

5) 道宣, 『續高僧傳』第13卷, 新羅皇隆寺釋圓光傳.
　"遂有終焉之廬 於卽頓絶人事盤遊聖蹤 攝想靑霄緬謝終古"

이런 시각으로 찬술에 임했던 만큼 중국 승전에서 신라 내 행적이 미약하게 처리되는 것은 어쩔 수 없다 하겠으며 왜 『해동고승전』이 『수이전(殊異傳)』을 비중 있게 수용했는지를 헤아릴 만한 것이다. 원광의 생을 균질적으로 보여주기 위해서 『해동고승전』은 『속고승전』과 『수이전』을 합성하는 쪽을 택했다. 그로 말미암아 선행서사보다 서사량이 대폭 증가하는 결과를 가져오기도 했다.

『해동고승전』은 사실적 시각과 허구적 시각을 적절하게 반주하는 형식으로 원광의 일생을 전하려 했다. 가령 유학 전후의 정황을 퍽 상세히 전해주는 『수이전』의 특성을 간파하고 이를 적극 인용하고 있다. 원광이 고승의 상(像)을 갖추기 전 모습을 보면 토속 신격을 계도하기는커녕 그로부터 중국유학의 필요성을 깨닫고 조언을 좇아 입중(入中)하게 된다. 이때까지는 평범한 수행승의 테두리에 갇혀있는 것으로 보인다. 하지만 유학 이후에는 완벽한 불교적 인물로 재탄생하게 된다. 이는 전에 유학을 권했던 귀신이 귀국 후 다시 찾아와 죽기 전 수계를 의탁하는 것에서 볼 수 있다. 귀신은 성자적 위상을 갖춘 원광에게 수계 받은 것을 흡족하게 여기며 죽음을 맞았던 것이다.

『해동고승전』의 원광전은 국내·외 자료를 적당히 버무려 일생을 재구한 것처럼 보이지만 그렇게 볼 것만은 아니다. 사실적 정보에 치중하는 『속고승전』을 인용하기는 하지만 『수이전』 인용의 비중이 더 높다는 사실은 주목을 요한다.[6] 『해동고승전』은 원광을 초기 불교사를

---

6) 『海東高僧傳』에서 『續高僧傳』의 내용을 참고한 단락들을 들면 다음과 같다. 신사의 청으로 陳에서 설법을 강한 일, 楊都가 주도한 법난 때문에 위기에 봉착했다가 구사일생한 일, 신라왕의 청으로 귀국한 일, 제자인 圓安에 대해 언급한 일 등이 그것이다. 이중에서 서사성이 가장 강하게 나타나는 것이 楊都의 핍박에 이은 법난으로 위기에 처했다가 구사일생으로 살아난 사건이다. 『해동고승전』은 그 나머지 사건에 대해서는 결과적 설명을

대표하는 인물로 보고 그를 통해 이 땅의 불교사적 전통과 긍지를 표방한다는 명제를 수행했다고 볼 수 있다. 사실 중심적 요소가 강한『속고승전』보다 설화적 요소가 많은『수이전』을 보다 중시한 것은 이 땅의 전승에 대해 보다 큰 의미를 부여했음을 보여준다.

2.『삼국유사(三國遺事)』소재 불승의 전승

『삼국유사(三國遺事)』는 신라승(新羅僧) 중심으로 적지 않은 전승담을 수록하고 있다. 출현시기가 고려 말이다 보니 선행 자료를 바탕으로 하여 삼국 고승의 자취를 폭넓게 수습해 놓을 수 있었던 것으로 보인

달고 있을 뿐 상세한 내용을 보여주지 않는다. 양 자료는 한결같이 종결부위에 원광의 제자 원안에 대해 거론하고 있는데 내용에 있어서는 사뭇 다르다. 즉『續高僧傳』에서는 원안의 증언을 통해 원광의 성자적 면모를 확인시키고 있다면『海東高僧傳』에서는 아래와 같이 원안의 생을 전해주는 데 더 큰 의미를 두고 있다.

"圓安은 법사의 수제자로서 또한 신라 사람이다. 기지가 날카롭고 재능이 월등했으며 여러 가지를 알고자 하는 성품으로 그윽한 불법의 이치를 우러르고 사모하였다. 북으로 九都에 나아갔으며 또 西燕과 北魏에서 유람하다가 뒤에 唐의 서울에 들어가 풍속을 두루 통하고 모든 經과 論을 찾아 연구하여 대강을 깨우치고 세심한 데까지 환히 꿰뚫었으며 규범을 높이고 세속에 앞장서 본래부터 道로써 그 소문이 널리 퍼졌다. 特進 蕭瑀가 그 있을 곳을 청하여 藍田의 津梁寺를 짓고 四事를 공양하였다 하는데 죽은 곳은 알지 못한다.(高弟 圓安亦新羅人 機鋒穎銳性希歷覽仰慕幽永 遂北 趣 九都 東觀 不耐 又遊 西燕 北魏 後展帝京備通方俗尋諸經論跨轢大綱洞淸纖旨高軌 光塵以道素有聞特進 蕭 瑀 請住所造藍田津梁 寺供給四事不知所終)"

원안의 존재적 의미를 부각시킨 쪽은『해동고승전』이다.『續高僧傳』에서 원안은 스승인 원광의 존재적 의미를 증거 해주는 역할에 머물 뿐이다. 원안의 생에 대해서는 철저히 침묵하고 있는 데 비해『해동고승전』은 간략하지만 원안의 덕성을 두루 부각시킨다. 여기서『해동고승전』의 서사적 지향점을 다시 확인해 볼 수 있겠는데 가능한 다양한 불교인물의 자취를 수습하고 그들의 덕성을 찾아냄으로써 보다 완벽한 승사가 되길 꾀했다 하겠다.

다. 제 승려 가운데 중국자료와 『삼국유사』에 동시에 입전된 승려로는
담시(曇始), 원광(圓光), 자장(慈藏), 혜현(慧顯), 의상(義湘), 원효(元曉),
진표(眞表), 원측(圓測) 등을 꼽을 수가 있다. 여기서는 중국전승과 국내
전승으로 이분화 하여 이들 전승담이 갖는 특성을 살펴나가되 상대적
으로 후대까지 전승적 편폭이 넓은 것으로 보이는 담시, 원광, 자장,
의상, 원효, 진표의 전승 중심으로 살펴보고자 한다.

1) 담시(曇始)

담시는 고구려에 불교를 처음으로 알린 인물로 불교사적 의미가 각
별한 인물이지만 그 자취가 모호한 편이다. 그럼에도 각훈(覺訓)은 『해
동고승전』에서 『고승전』 기록을 이기하면서 고구려의 승려에 포함시
키고 있다. 그렇다면 일연(一然)의 경우는 어떠한가. 일연도 역시 담시
에 관한 한 가장 오래된 기록이라는 점을 외면하지 않고 혜교(慧皎)가
찬술한 담시전(曇始傳)을 눈여겨보고 있다. 하지만 그대로 이기하지는
않았다. 가령 백족화상(白足和尙)의 존재를 알지 못하고 있던 왕호(王胡)
라는 인물이 숙부 혼령의 인도로 지옥을 순례한 후 혼령에게서 백족의
소유자를 수소문해 그에게 봉사하라는 청을 듣게 된다. 그 말에 따라
왕호는 수소문 끝에 담시를 만나고 이후 지성으로 그를 받든다. 이는
『고승전』 소재 담시전에서 가장 설화성이 농후한 부분이라 할 수 있
다. 하지만 『삼국유사』에서는 바로 이 대목만 탈락시키고 있다. 설화
조차도 역사 재질로 보는 데 익숙했던 일연의 행동과 배치되는 편집에
해당된다.

그렇다면 일연은 왜 특정 부분만 소거한 것일까. 애초부터 담시란
인물에 대해 확신을 갖지 못했던 일연으로서는 담시의 행적 가운데서

도 전후 맥락으로 연관이 되지 않는 이 설화를 군이 개입시킬 필요가 없다고 여겼던 때문이 아니었던가 싶다. 일연이 담시에 관한 충분한 정보를 가지고 있지 못하기도 했겠으나 논리적 추론을 앞세워 담시가 모호한 존재임을 부정하지 못하고 있다. 곧 일연은 담시(曇始), 묵호자(墨胡子), 아도(阿道)를 각기 다른 인물로 보지 않고 한 사람으로 추측하고 있었다.[7] 이를 보면 기록으로 전해져온 문헌전승일지라도 일연은 무턱대고 역사적 사실로 수용하지 않았음이 드러난다. 이미 역사적으로 인정받는 문헌전승의 내용조차 다시 검토하여 역사/비역사적 요소를 발라내기도 하며 선뜻 판단이 서지 않을 때는 검토의 과제로 남겨놓는 쪽을 택한 것이 일연이었다.

2) 원광(圓光)

담시 이후 초기 불교사에서 가장 주목의 대상이 된 사람이 원광(圓光)이다. 『삼국유사』의 원광서학 조(圓光西學 條)는 『속고승전』, 『수이전』, 『삼국사기』, 『해동고승전』 등 다양한 문헌 속에서 원광의 자취를 선별하여 한 자리에 모아놓은 것이라 할 만하다. 이를 보면 원광은 삼국의 불교인물 가운데 누구보다도 전승의 편폭이 두꺼웠던 인물이라 하겠다. 전승 자료가 다양하다보니 원광을 바라보는 시각이 원천적으로 다르다는 점이 앞서 드러나는데 그만큼 문헌마다 새겨진 상(像)이 다르다. 『삼국사기』에 그려진 원광은 고승이라기보다는 유교적 이념에 충실한 군자의 전형으로 부각되어 있는 것처럼 보인다. 우선 그는 유술(儒術)과

---

7) 一然, 상게서 卷第3 興法, 阿道基羅.
　　"後不知所終議曰 曇始 以大元末到海東 義熙初還關中 則留此十餘年 何東史無文 始旣 恢詭不測之人 而與阿道 墨胡 難陁 年事相同三人中 疑一必其變諱也.

국방에 밝은 인물로 국가 안위를 걱정하다가 수나라에 걸사표를 올려 고구려를 견제하는 것은 물론 나아가 수가 멸망에서 벗어날 수 없도록 만들었다. 아울러 신라의 미래를 책임질 화랑들을 훈도, 계몽하는 데도 소홀히 하지 않았으니 귀산(貴山)과 추항(箒項)에게 평생의 좌우명으로 세속오계(世俗五戒)의 가르침을 내려주기도 한다.8) 고승임에도 『삼국사기』가 전하는 원광은 세사(世事)를 소홀히 하지 않는 현실 참여적 태도를 바탕에 두고 유교적 덕성을 표방하는 인물로 형상화되었다.

일연은 『해동고승전』의 원광전(圓光傳)도 아울러 참고하면서도 각훈의 찬술방식에 대해서는 비판적인 입장을 보였다. 『해동고승전』의 기사가 『속고승전』과 『수이전』을 적당히 합성한 것에 불과한데다 역사, 사실과 배치되는 부분이 있다는 점을 불만으로 여겼던 것이다. 『해동고승전』에서 일연의 비판을 가장 혹독하게 받는 부분이 바로 원광전이라 할 터인데 일연은 보양의 행적을 원광의 전기에 끼어 넣었던 『수이전』의 실수를 반복했다는 점을 들어 각훈의 찬술태도를 혹독하게 비판하고 있다.9)

---

8) 金富軾, 『三國史記』 卷45 列傳 5, 貴山傳.
　"貴山沙梁部人也 父武殷阿干 貴山少與部人箒項爲友 二人相謂曰 我等期與士君子遊 而不先正心修身 則恐不免於招辱 盍聞道於賢者之側乎 時圓光法師入隋遊學 還居加悉 寺 爲時人所尊禮 貴山等詣門摳衣進告曰 俗士顚蒙無所知識 願賜一言以爲終身之誡 法 師曰 佛戒有菩薩戒其別有十 若等爲人臣子恐不能堪 今有世俗五戒 一曰事君以忠 二曰 事親以孝 三曰交友以信 四曰臨戰無退 五曰殺生有擇 若等行之無 忽貴山等曰 他則旣受 命矣 所謂殺生有擇獨未曉也 師曰 六齋日春夏月不殺是擇時也 不殺使畜謂馬牛雞犬 不 殺細物 謂肉不足一臠是擇物也 如此 唯其所用不求多殺 此可謂世俗之善戒也 貴山等曰 自今已後 奉以周旋不敢失墜."

9) 一然, 상게서, 義解第五, 圓光西學.
　"然彼諸傳記皆無鵲岬璃目與雲門之事而鄕人 金陟明 謬以街巷之說潤文作 光師 傳濫 記雲門開山祖 寶壤師 之事迹合爲一傳後撰 海東僧傳 者承誤而錄之故時人多惑之因辨 於此不加減一字載二傳之文詳矣 陳 隋 之世 海東 人鮮有航海問道者設有猶未大振及 光

일연이 제공해준 자료만을 가지고도 우리는 원광(圓光)의 다양한 면모를 접하게 된다. 그에 대한 여러 형상과 해석은 전승을 대하는 시각들이 매우 다양했음을 말해준다. 곧 국내(殊異傳)/국외(『속고승전』), 유자(金富軾)/불자(道宣), 사실(三國史記)/허구(殊異傳) 등 이원적 대립항을 보일 정도로 원광의 상(像)은 여러 측면에서 부조되었다 할 만하다.

『삼국유사』는 원광을 어느 일방으로 성급하게 정의 내려서는 곤란하다는 점을 깨우쳐 주고 있는 듯하다. 일연(一然)은 원광의 생을 밝히는 데 있어 자의적 해석을 최대한 자제하고 있다. 여러 인용 자료를 섞어서 작성하는 것도 지양하고 각 자료를 통째로 소개하는 방식을 택하고 있다. 조금은 무책임하게 보일 수도 있는데, 고려 후기라는 시점에서 초기 신라불교사를 변증하기보다 전하는 사료들을 있는 그대로 적기해 주는 것이 후대를 위해 더 바람직한 일로 판단했던 것으로 보인다.

3) 자장(慈藏)

이제 『삼국유사』의 자장정률 조(慈藏定律 條)를 중심으로 자장의 전승을 살펴보기로 한다. 현전하는 자장전승 가운데 최고(最古)의 자료는 도선(道宣)이 지은 『속고승전』의 『자장전』이다. 『삼국유사』의 자장정률 조(慈藏定律 條)는 이 자료를 근거로 해서 지은 것이라 해도 지나치지 않는다. 자장전승(慈藏傳承)은 이후에도 이어져 최근까지 문헌은 물론 구비전승을 포함하여 7종의 자료가 확인된다.[10] 이들 자장전승들은

之後継踵西學者憧憧焉　光　乃啓途矣."
10) 채록시기에 따라 나열해 보이면 다음과 같다.
　　① 道宣, 『續高僧傳』 新羅慈藏傳.
　　② 一然, 상계서, 慈藏定律. 前後所將舍利. 臺山五萬眞身. 五臺山月精寺五類衆生.

애초부터 그 목적성을 달리하고 있는 것으로 보인다. 도선(道宣)이 찬(撰)한 『속고승전』의 신라자장전(新羅慈藏傳)과 『삼국유사』 자장정률 조(慈藏定律 條)는 자장의 일대기를 정연하게 보여준다는 점에서 온전한 설화를 지향했다기보다도 승사(僧史)의 목적을 앞세운 기록의 성격이 강하다. 자연히 설화의 전기적 수용에 대한 남다른 집착이 엿보인다. 알다시피, 전기(傳記)는 개인의 일생을 서사단위로 삼아 어느 한 군데로 치우침이 없이 전 생애를 균형 있게 보여줌으로써, 읽고 난 후 생의 종합적 재구를 가능하게 하는 데 목표가 두어지기 마련이다. 따라서 『속고승전』의 신라자장전(新羅慈藏傳)과 『삼국유사』 자장정률 조(慈藏定律 條)는 동일하게 자장을 입전하고 있음에도 내용적으로는 서로 다른 승상(僧像)이 투영되어 있다.

『속고승전』 소재 신라자장전(新羅慈藏傳)은 중국유학 기간에 초점이 맞춰져 사건 상황이 비교적 상세한 반면 『삼국유사』에서는 성장, 수행, 그리고 유학 후 전국 곳곳에 절과 탑을 세우는 불사과정을 특히 강조해 놓고 있다. 하지만 승려의 전기라 하더라도 자장전에서는 설화를 통한 생애의 부조화라는 전기화의 특성은 그대로 유지된다. 『삼국유사』의 동경흥륜사금당십성(東京興輪寺金堂十聖), 황룡사구층탑(皇龍寺

---

③ 翠巖 性愚, 『江原道太白山淨巖寺事蹟』, 1778.
④ 翠巖 性愚, 『水瑪瑙塔重修事蹟』, 1778.
⑤ 景雲以祉, 『水瑪瑙寶塔重修誌』, 1874.
⑥ 임석재 채록, 〈정암사〉, 정암사주지 제보, 1963.
⑦ 임석재 채록, 〈정암사〉, 유환성 제보, 1976.
⑧ 한국정신문화연구원, 영월읍설화 222, 〈갈래사 자장법사와 부처소내력〉, 엄기복 제보, 1983.
⑨ 한국정신문화연구원, 영월읍설화 223, 〈은탑 금탑이 물에서 노는 수만호탑〉, 엄기복 제보, 1983.

九層塔), 전후소장사리(前後所將舍利), 포천산오비구경덕왕대(布川山五比丘景德王代) 조(條) 등에 간헐적으로 자장의 전승이 산견되고 있으며 이는 대사의 일생담이 다양한 방향으로 폭넓게 전승되어 왔었음을 간접적으로 전해준다. 전승을 폭넓게 조합한 것이 자장정률 조(慈藏定律 條)라면 동경흥륜사금당십성(東京興輪寺金堂十聖), 황룡사구층탑(皇龍寺九層塔), 전후소장사리(前後所將舍利), 포천산오비구경덕왕대(布川山五比丘景德王代) 조(條)는 단일 모티브 중심의 파편화된 전승으로 채워졌다고 할 수 있다. 따라서 후자들은 자장정률 조(慈藏定律 條)처럼 체계적이지도, 통일적이지도 못하다.

『속고승전』, 『삼국유사』가 자장의 전기를 지향한 것은 분명하다. 그럼에도 이 두 가지 자료에 보이는 내용적 요소는 후대에 승전의 재화적 근거를 넘어 사지(寺志)의 찬술에서 유용한 대상으로 수용된다. 『강원도태백산정암사사적(江原道太白山淨巖寺事蹟)』은 대신에 자장 본기(本紀)를 바탕으로 자장의 일생을 종합해주려는 의도가 좀 더 반영된 경우이다. 그렇지만 『삼국유사』 소재 자장이야기가 일부 사찰연기적 요소를 간직하고 있기는 하지만 사찰연기설화로서는 불완전한 편이다. 4-5군데 언급되는 정암사 창건조차도 그 다음 전승의 원형적 재질로서의 의미 이상을 넘어서지 못하고 있다.

그런데 『삼국유사』와 『강원도태백산정암사사적』 사이에는 전승의 체계적 조명을 어렵게 하는 크나큰 서사적 거리가 놓여 있어, 추론을 곁들여 『강원도태백산정암사사적』에서 『수마노탑중수사적(水瑪瑙塔重修事蹟)』로 이행한 점을 유의 깊게 살펴야 할 것 같다. 『수마노탑중수사적』은 본격적으로 사적을 염두에 둔 기록으로 볼 수 있기 때문이다.

『강원도태백산정암사사적』이 찬술된 시기가 대체로 1778년 이전임을 감안한다면『강원도태백산정암사사적』역시 조선 후기에 일기 시작한 사지간행의 열기와 무관치 않은 결과물에 속한다. 신라 때 지어져 조선 후기까지 당우를 보전하던 정암사로서는 전래 사적을 바탕으로 하되, 새로운 역사를 보완할 필요성을 절감했을 터이다.[11] 즉 창주로서 자장의 업적을 여전히 비중 있게 다루는 이외에도 서서히 담론축을 정암사에 놓지 않을 수 없게 된 것이다. 설화적 배경으로 보면,『삼국유사』에 올라있는 정암사 관련 여러 각편을 바탕에 두고 구체적으로, 논리적으로 교직하여 서사성을 강화시켰고 말 그대로 사지의 뜻에 부합하도록 애썼다. 그 경우, 사찰을 이루는 불상, 당우, 범종, 종각, 탱화, 샘, 나무 등등 이들을 나열하는 목록 정도에 그쳐서는 곤란하고 대상에 대한 새 정보 혹은 흥미로운 화소를 벌충해야 한다는 과제를 안게 되었을 터이다.

정암사 설화에서 특히 주목되는 바는, 수마노탑에 관련된 이야기이다. 18세기 비교적 정연하게 정착된 정암사연기와 별도로『수마노탑중수지』가 간행될 수 있었던 데는 그때까지 온전히 남아있던『정암사사적』때문이었을 것이라는 생각을 해보게 된다.『강원도태백산정암사사적』은 중간에 재건된 탑의 내력을 전해주고 있는 데 비해,『수마노탑중수사적』에서는 정암사연기를 배경에 두고 수마노탑의 건립내

---

11) 寺志 찬술의 의미를 전대의 내용을 그대로 승계하여 후대에 전한다는 점에서 찾을 수도 있겠지만 다른 한편으로는 당대적 사실 기록에 초점을 맞추기도 한다. 大淸 同治 13년(1874) 景雲以祉가『水瑪瑙塔重修誌』의 말미에 붙여놓은 아래의 기사는 이를 잘 보여준다.
　"그 밖의 기이한 영이한 사적은 먼저 분들이 갖추어 기록하였으므로 중복하지 않고 대략 고금의 사적만을 기록하여 후세의 보고 듣는 이로 하여금 등불이 등불을 밝히듯이 무궁하게 전하기를 바란다.(其餘多少靈應之迹 已備前人之述 故不敢煩之 而略記 古今 所歷 因緣相感 以俟叔世見聞者之燃燈 百千而明無盡也)"

력을 보다 상세히 전해주고 있다. 『강원도태백산정암사사적』, 『수마
노탑중수사적』은 부분적으로 민중설화의 단편들을 편입시킨 것으로
보이나, 근본에 있어 공식적 기록으로서의 의무감이 설화성을 지나치
게 증폭시키는 것을 제한한 것으로 이해된다.

　신라 이래 현재까지 전승력을 지닌 설화를 찾기 쉽지 않은 상황에서
정암사 연기설화가 지닌 담론적 의미는 결코 작다고 하기 어려울 터인
데, 전승 형태도 자못 다단한 면이 있다. 대강은 초기 정암사 전승이
『속고승전』이나 『삼국유사』 자장정률 조(慈藏定律 條)에 기록되었으며
수마노탑의 조성 이후의 이야기까지 포함하여 18세기에 들어 한문으로
정착된 것으로 보인다. 이는 다시 구비설화 형성에 영향을 미치는 것으
로 계통적 윤곽이 드러난다. 이렇게 본다면, 정암사만을 다루다 수마노
탑이 축조되면서 따로 탑 건립과 관련한 이야기가 출현했고, 결국 정암
사와 수마노탑 중에서 서사대상을 어디에 둘 것이냐 혼란스러워지기도
했을 것이다. 물론 한편으로는 구비전승의 문헌적 기록화 때문에 설화
의 부분적 거세 현상도 초래되었을 터이다. 이는 『수마노탑지』에서 특
히 두드러지게 나타난다. 조선 후기에 이르러 문헌설화로 정착된 이후
에도 정암사 및 수마노탑 설화는 60~70년대까지 전승력을 유지했고,
이를 채록한 것이 임석재 채록본과 『구비문학대계』 소재 자장 정암사
전승들이다. 여기서는 이들 몇 가지 각편을 통해 전승의 구조, 주제정신
이 시대에 따라 여하히 변이되어 나가는가를 따져볼 셈이다.

　설화 성립의 기본적 전제로서 현상이 먼저이고 다음으로 그에 대한
이야기가 퍼지는 법이므로 정암사 설화 역시 창주인 자장의 활동 이후
부터 활발하게 퍼져 나갔을 것으로 생각된다. 정암사 창사를 증언하는
『속고승전』과 『삼국유사』 소재 자장 관련기사는 지금껏 남아있는 정암

사 기록 중 최고의 것이라고 해야 할 것이다. 특히『삼국유사』보다 훨씬
앞서 출현한『속고승전』은『삼국유사』의 자장정률 조(慈藏定律 條)의 기
록과 흡사한 데가 많아 일연이 자장의 전기를 쓰는 데 이를 참조한
것이 분명해 보인다.『속고승전』에서 유의할 것은 이역에서의 찬술임
이 믿어지지 않을 만큼 유학 이전의 사실들, 가령 탄생, 성장, 출가
등 일생을 재구할 만큼 상세하게 정보를 수습하고 있다는 것이다. 그러
나 정암사와 관련해서는 특별한 것이 없고 다만 아래에서 보는 것처럼
당에서 귀국한 후 전국 10여 곳에 사탑을 세웠다는 짤막한 기사에 그치
고 있어 아쉽다.

> "그는 또 다른 사탑 10여 곳을 조성하였는데 한 곳을 지을 때마다 온
> 나라가 함께 숭상하였다. 이에 자장은 곧 '만약 내가 지은 절에 영이 있다
> 면 기적이 나타날 것이다.' 라고 발원하자 모든 감응이 일어나 발우에 사
> 리가 나타났는데 대중들이 비경하여 보시하니 그 쌓이는 재보가 산더미
> 같았다."[12]

위의 기록 중 사탑 10여 곳 중의 하나가 정암사일 가능성은 높지만
확실히 단정하기 어렵다. 일연의 자장에 대한 관심은 어느 인물보다도
깊었음을 알 수 있다. 가령 동경흥륜사금당십성(東京興輪寺金堂十聖), 황
룡사구층탑(皇龍寺九層塔), 전후소장사리(前後所將舍利), 포천산오비구경
덕왕대(布川山五比丘景德王代) 등은 자장정률 조(慈藏定律 條)와 달리 이
땅에 전해지던 자장의 단편적 전승담을 적극적으로 수용한 것들로『속

---

12) 道宣,『續高僧傳』卷24, 唐新羅國大僧統釋慈藏.
　　"又別造寺塔十有餘所 每一興建 合國俱崇 藏乃發願曰 若所造有靈 希現異相 便感舍利
　　在諸巾鉢 大衆悲慶 積施如山"

고승전』이나 자장정률에서 놓치고 있던 자장의 전기적 사실을 보완해 주고 있는 것이다.

1. 법사는 정관 17년(643)에 강원도 오대산에 이르러 문수보살의 진신을 보려 했으나 3일 동안이나 날이 어둡고 그늘져서 보지 못 한 채 돌아갔다가 당시 원녕사에 살면서 비로소 문수보살을 뵈었다고 하였다. 뒤에 칡덩굴이 서려 있는 곳으로 갔으니 지금의 정암사가 그 곳이다. (이것도 역시 별전에 실려 있다.)[13]

2. 자장법사는 오대산에 처음 이르러 진신을 보려고 산기슭에 모옥을 짓고 살았으나 7일 동안이나 나타나지 않았다. 이때 묘향산으로 돌아가 정암사를 세웠다.[14]

3. 말년에 와서는 서울을 하직하고 강릉군에 수다사를 세우고 거기서 살았더니 북대에서 본 바와 같은 형상의 이상한 중이 다시 꿈에 나타나서 말했다. 10여 일 대송정에서 그대를 만날 것이다. 자장이 놀라 일어나서 일찍 송정에 가서 과연 문수보살이 감응하여 왔다. 법요를 물으니 대답하되, "태백산 갈번지에서 다시 만나자." 하고는 자취를 감추고 나타나지 않았다. … 자장이 태백산에 가서 찾는데 큰 구렁이가 나무 밑에 서려 있는 것을 보고 시자에게 말했다. "이것이 바로 이른바 갈번지이다." 이에 석남원(지금의 정암사)을 세우고 대성이 오기를 기다렸다.[15]

---

13) 一然, 상게서 卷3, 臺山五萬眞身.
  "師以貞觀十七年 來到此山 欲觀眞身 三日晦陰 不果而還 復住元寧寺 乃見文殊云 至 葛蟠處 今淨嵓寺是(亦載別傳)"
14) 一然, 상게서 卷3, 臺山月精寺五類聖衆.
  "慈藏法師初至五臺 欲觀眞身 於山麓結而住 七日不見 而到妙梵山 創淨巖寺"
15) 一然, 상게서 卷4, 慈藏定律.

1, 2, 3은 정암사를 짓게 되기까지의 내력을 담고 있는 각편들이다. 일연의 경우, 스스로 발굴, 정리한 것이기는 하나 다양한 전승을 한데 섞어놓은 탓에 내용이 체계가 없거나 중복된 부분도 없지 않다. 그렇다고 해도 세 각편 안에서 우리는 공통적 요소를 발견할 수 있다. 우선 당에서 귀국한 후 문수보살을 친견하고자 태백산에 들어왔다가 정암사를 짓게 되었다는 것이 세 각편의 핵심내용이 되고 있다. 사찰건립 이야기는 먼저 사지정점, 즉 절터를 찾는 데에서 시작된다. 명당잡기 화소는 사찰건립담의 서두에 나타난다. 1, 3에는 사찰 터 찾기와 연관된 삽화가 보인다. 1에서는 칡이 뻗어간 자리가 영험한 터로 검증된 반면, 3에서는 꿈속의 전언과 같이 "큰 구렁이가 서려 있는 나무 밑(蟒蟠結樹下)"이 결국 절터로 점지되었다는 것이다.

하지만 1과 3에서도 사찰연기설화로서의 전형은 잘 드러나지 않고 있다. 누가, 언제, 어디서, 어떻게, 왜, 지었는지에 대한 구체성이 결여되어 있는 데다 서사성을 운위하기에는 서사량마저 빈약하다. 물론 『속고승전』, 『삼국유사』의 채록을 지나 그 다음 시기에도 이 같은 정도의 서사성에 머물렀다고 보기는 어렵다. 이는 다음에 볼 18세기 채록된 『정암사사적』과 대비해 볼 때, 더욱 잘 드러나는 특징이다.

좋은 터의 발견이 창사 과정에서 빼놓을 수 없는 요소라면, 마찬가지로 사찰설화의 영험성을 확보하기 위해 창주를 고르되, 널리 알려지고 덕망이 높은 고승이 창주(創主)로 등장시키는 것이야말로 전형적 구성

"暮年謝辭京輦 於江陵郡(本溟州也)創水多寺居焉 復夢以僧 狀北臺所見 來告曰 明日 見汝於大松汀 驚悸而起 早行至松汀 果感文殊來格 諮詢法要 乃曰 重期於太白葛蟠地 遂隱不現(松汀至今不生荊棘 亦不樓鷹鸇之類云) 藏往太伯山尋之 見巨蟒蟠結樹下 謂侍者曰 此所謂葛蟠地 乃創石南院(今淨巖寺)以候聖衆"

에 속한다고 할 것이다. 정암사연기에서 자장은 중심인물로서 문헌과
구비전승 속에서 빼놓을 수 없는 기능적 존재가 되고 있다. 하지만 정
암사가 역사성을 띠면서, 그 사찰 자체의 전설을 필요로 하게 되었고
이 절을 증거하는 보다 구체적 담론을 필요로 하는 단계에 접어든다.
개산(開山)과 더불어 각양의 사찰연기가 담당층 혹은 시대에 따라 다양
하게 전승, 변이 되어왔음을 추론하기는 어려운 일이 아니다. 신라 시
기의 전설들과 무엇이 어떻게 달라지는지 구체적 거리감을 확인하기
위해 『삼국유사』의 기록과 비교할 겸, 『강원도태백산정암사사적』을
단락화 시켜 보면 다음과 같다.

> ① 태백산은 영동과 관동 사이에 있는 깊은 산으로 웅장하여 다른 산에
>   비할 바가 아니다.
> ② 태백산 서쪽의 옛 절 정암사는 자장율사가 세운 곳으로 청정하기
>   이를 데 없는 곳이라 하여 그렇게 이름 지었다.
> ③ 정암사에는 3탑이 유명했는데 자장율사가 모친에게 금탑, 은탑을
>   보여주기 위해 影池를 만들었다.
> ④ 세존이 열반에 드실 때에 문수보살에게 자장율사가 중국에 유학 오기
>   를 기다렸다가 그로 하여금 유명한 곳에 탑을 세우라고 말씀하셨다.

사실 정암사 전설의 창건 내력을 다른 것보다 상세히 전하는 편인
『삼국유사』조차도 사적에 값할 서사적 기록은 드문 편으로, 조선 후기
사적의 간행에 즈음해서는 서사성을 보다 충족시키는 담론을 채택할
가능성이 높아지게 된다. 사지란 공식적으로 승사를 표방해야하지만,
한편으로는 사찰의 신성화라는 과제를 감당하지 않을 수 없다는 점을
상기할 필요가 있다. 사실의 기록을 전면에 두고서도 적지 않은 사지가

설화적 담론을 부정하지 못하는 것은 이점과 무관치 않은 것이다.

①은 사지의 서두 기록으로서는 전형적인 것으로 정암사 창사에 따른 명분을 지기(地氣)와 관련지어 전개하고 있다는 점에서 흥미롭다. 잠시 설화적 기사를 유보하고 사찰의 공간적 조건을 현시하는 것으로 서두를 열든가, 사찰의 명칭과 함께 간단한 유래를 적시하는 것이 보통이므로 『정암사사적』 역시 그런 전례를 따르고 있는 셈이다. ②는 아직은 설화 담론이 끼어들기 전으로 ①과 마찬가지로 요약 사실을 언급하는 데 머물고 있다. ③은 정암사에서 가장 특이한 유적으로 꼽고 있는 수마노탑과 더불어 금탑, 은탑의 존재에 대해서, 그리고 자장이 모친을 위해 영지를 팠다는 등 색다른 화소가 삽입되어 있다. 『삼국유사』에는 없었던 내용으로 사중 혹은 민중들에게 비친 자장이란 고승이기 전에 모(母)에게 어떻게든 효도하고픈 한 아들의 처지를 넘어서지 못하고 있는 것으로 이해된다. 완연히 설화적 담론으로 방향을 전환시키려는 의도가 읽혀지는 부분이다.

④의 단계는 설화가 기록으로 정착하면서 후대에 형성된 설화적 정보를 더 보태는 부분이다. 이야기의 흐름상 창건의 계기가 어디서 왔는가를 반복함으로써 서사적 계기성을 훼손시키는 바 없지 않으나, 사찰의 영험성을 강조하고 싶은 열의가 서사적 논리를 부차적인 것으로 만들어 놓았다. 즉 석가모니가 열반에 들기 직전 문수보살에게 마지막 유언으로 장차 중국으로 유학 올 해동의 자장을 거론하며 그를 통해 해동의 유명한 산에 탑을 세우도록 교시했고, 그렇게 건립된 것 중의 하나가 정암사 수마노탑이었다. 사찰연기설화는, 거듭 강조하지만 불교적 영험력을 확보한다는 의미에서 고승인 자장과의 결연을 넘어 석가모니와의 인연담까지 개입시켜 영험성을 높여나가고 있는 것이다.

사실, 이 정도로 불연성을 강하게 드러내는 이야기도 드물 것이다. 『삼국유사』에서 자장정률(慈藏定律), 오대산월정사 오류성중(五臺山月精 寺 五類聖衆), 대산오만진신(臺山五萬眞身)에서는 단지 정암사 창건만을 단편적으로 확인시키는 것과 비교할 때, 정암사 중심의 설화는 일단 전승이 미미해지거니와, 부처의 유지에 따라 수마노탑이 건립되었다는 강력한 불연성이 탑의 역사를 한층 신비스럽게 부조해주고 있다. 사적 지는 무엇보다『삼국유사』자장정률의 기록을 거의 그대로 등재했다할 정도로 대동소이하다. 다만 화소의 선별, 서사적 핵심으로 보아 사적기 의 적합성에 기여하는 쪽의 수용이라고 말할 수 있겠다. 그런데 서두에 서 사적기로서의 전기적 논리성과 인과성을 중시한 변형태가 있어 아울 러 주목된다. 자장의 죽음과 관련된 자장정률 조(慈藏定律 條)의 마지막 부분이 특히 그러하다.

> "문인이 나가서 거사를 꾸짖어 쫓으니 거사가 다시 말했다. '돌아가리 라. 돌아가리라. 아상을 지닌 자가 어찌 나를 볼 수 있겠느냐.' 말을 마치 자 삼태기를 거꾸로 들고 터니 강아지가 변해서 사자보좌가 되고 그 위에 올라앉아서 빛을 내고는 가 버렸다. 자장이 듣고 그제야 위의를 갖추고 빛을 찾아 재빨리 남쪽 고개로 올라갔으나 이미 아득해서 따라가지 못하 고 드디어 몸을 던져 죽으니 화장하여 유골을 석혈 속에 모셨다."[16]

놀랍게도 승단(僧團)에서 큰 인물로 자리 매김한 자장이 아상을 떨치 지 못했음은 물론 관음친견의 뜻을 이루지 못하고 불의로 사고로 숨졌

---

16) 一然, 상게서 卷4, 慈藏定律.
　　"門人出訴 逐之居士曰 歸歟 歸歟 有我相者 焉得見我 乃倒簣拂之 狗變爲師子寶座 陞坐 放光而去 藏聞之 方具威儀 尋光而趨登南嶺 已杳然不及 遂殞身而卒 茶毘安骨於石穴中"

다는 점을 폭로하고 있다. 일단 구비전승의 것을 그대로 따랐는지는 모르나 고승적 형상 대신 끝내 해탈에 실패했음을 비극적 사건을 통해 형상화함으로써 고일한 자취를 힘써 수습하던 공식적 기록들과는 큰 거리감이 있는 게 사실이다. 하지만 자장의 죽음에 관련된 충격적 사 건에도 불구하고 자장에 대한 후대인들의 정서적 반응이 고승적 형상 으로 되돌아가고 있다는 생각을 하게 한다.

> "(자장은) 몸을 가리고 가면서 사자에게 말하기를 '내 몸을 이 방안에 그대로 두어라. 六月 후에 돌아오리라. 어떤 외도가 와서 불사르고자 하거 든 응하지 말고 기다려라.' 하였다. 한 달을 지나서 한 중이 와서 그것을 들고 크게 나무라면서 그 몸을 불살랐다. 얼마 후 공중에서 말하기를 '몸이 의지할 곳이 없으니 어찌하리오. 나의 유골을 암혈에 간직하여 두고 와서 참견하는 이로 하여금 손으로 만지면 다 같이 왕생하리라.' 하였다."[17]

설화가 현실의 굴절일 수 있다는 측면에서 자장의 말년에 불미스런 사건이 발생했을 개연성마저 부정할 수 없게끔 하는 극적인 기록이다. 진위 여부를 떠나 설화 채록자들에게 이 점은 적지 않은 부담으로 작용 했을 가능성도 배제하기 어렵다. 다시 말해 고승답지 않게 불의의 사 고로 숨진 자장을 이후 세대들은 어떻게 수용할 것인가, 색다른 의문 거리로 부상했으리라고 본다. 역사 인물일수록 그에 대한 호불의 평을 달기 마련이라면 자장도 긍정적 아니면 부정적 형상 중 어느 하나로 기울어지지 않을 수 없는 국면을 맞게 되는 바, 대체로 후대 설화는

---

17) 『江原道旌善郡太白山淨巖寺事蹟』.

　"舍身而去日 我身在室中 三月則還來矣 應有外道來 欲燒之 不從留待 未過一月 有僧大 責燒之 三月後空請日 無身可托己矣 柰何 吾之遺骨藏置巖穴 俾後參見手摩者 同願往生"

성스러운 상을 회복시키는 쪽으로 진행된 것 같다.

『정암사사적』에서 부처친견에 발분하던 그가 바로 앞에 나타난 문수보살을 간파하지 못하고 절벽에서 굴러 허망하게 죽었다는 것까지는 전승의 반복이라고 해도 계시적 유언을 상세하게 추가함으로써 자장은 위대한 고승의 면모로 다시 돌아갈 수가 있었다. 다시 말해 자장은 우선 임종 시에 정확한 예측으로 육신을 남기고 가지만 3개월 뒤에 다시 돌아올 것을 천명한다. 둘째, 외도가 와서 불사르려 해도 응하지 말라고 유언했다시피 그의 죽음 뒤에 실제 그 일이 발생하게 된다. 다만 제자들이 이를 제대로 지키지 못했을 따름이다. 그가 천성(天聲)을 통해 바위 사이에 유골을 봉안해 친견하러 온 자가 만지기만 하더라도 정토에 왕생한다는 점을 주지시킨 대로, 유언은 고승적 영험성을 재인식하게 하는 징표가 되고, 실제 입증됨으로써 전에 흠모하던 고승으로서의 상을 회복할 여지가 생기게 되었다.

사적기에서는 자장의 유골을 수습해 안치한 곳으로 정암사 조사전 남쪽 바위를 구체적으로 적시해놓았다. 게다가 자장의 유해를 안치한 두어 곳 있었는데, 그 하나가 정암사 조사전에서 오백 보를 내려간 길가에 자장이 만들어놓은 점석(占石)이라 했으며, 이곳에 지나는 이가 돌을 던져서 붙으면 좋은 징조요, 그렇지 아니하면 불길하다는 점까지 상세히 일러놓고 있다. 다른 한 곳은 위의 장소에서 서쪽으로 십리를 가면 나타나는 육송정으로, 율사가 심은 나무가 있다고 되어있다. 단편적 삽화를 통일성 없이 무잡하게 개재시키다가 사지에서 그것이 달라지는 것은 맨 마지막에 이르러서이다.

『삼국유사』에서의 기록과 큰 변별성을 갖는 부분은 칡을 통한 길지의 발견 대목이다. 자장이 태백산에 들어와 탑 세울 터를 열심히 찾았으나 종잡지 못하고 있을 때에 세 줄기 칡덩굴이 뻗어 나온 곳을 좇아 탑을 세우게 되었다는 내용이다. 『삼국유사』의 자장 전기(傳記)가 이야 기의 큰 축을 형성하면서도 사적에 오면 그 앞뒤로 사찰연기의 정체성 과 담론적 논리를 위해 단편적 화소들을 적지 않게 보완하고 있음을 알 수 있었거니와, 이로써 창주의 전기적(傳記的) 설화에서 사지적(寺志 的) 설화로의 변이가 점차 심화되기에 이르는 것이다.

수마노탑에 대해서는 정암사 연기설화에서 전혀 언급이 없었다. 그 럴 수밖에 없었던 것은 수마노탑이 양식상 고려 대에 건립된 것으로 보이며, 탑 설화 역시 정암사의 창건설화에 비해 훨씬 후에 등장한 때 문이다. 그 점에서 『속고승전』이나 『삼국유사』에 올라있는 아래와 같 은 기사도 신중하게 읽지 않으면 안 된다.

"(그는) 또한 별도로 십여 곳에 사탑을 세웠는데 하나를 건립할 때마다 나라 사람들이 합심해 숭앙하였다. 이에 자장은 '만약 내가 건립한 절에 영험 이 있다면 기적이 나타날 지어다.'라고 발원하자 문득 감응이 일어나 …"[18]

"대체로 자장이 세운 절과 탑이 10여 곳인데 세울 때마다 반드시 이상 스러운 상서가 있었기 때문에 그를 받드는 선남들이 거리를 메울 만큼 많아서 며칠이 안돼서 완성되었다."[19]

위에 언급된 10여 곳에 절과 탑은 수마노탑과는 상관없는 것으로 보아 마땅하다. 그러나 정암사 연기설화가 어느 때부턴가 전승력이 약

---

18) 道宣, 『續高僧傳』 卷24, 唐新羅國大僧統釋慈藏.
  "又別造寺塔十有餘所, 每一興建合國俱崇. 藏乃發願曰, 若所造有靈"
19) 一然, 상게서 卷4, 慈藏定律.
  "凡藏之締構寺塔 十有餘所 每一興造必有異祥 故浦塞供塡市 不日而成"

화되면서 수마노탑의 전설이 오히려 널리 입에 오르는 시기를 맞은 것 같다. 정암사와 수마노탑의 이야기적 경계가 확실한 것은 물론 아니다. 오히려 유전하던 정암사 설화가 탑의 명성을 확보하는 데 이바지하는 면이 없지 않았으므로, 절과 탑에 각각의 설화를 독립시켜 전승시킬 까닭이 없었을 것이다. 수마노탑의 명성과 영험함을 전하는 파생담은 '터 잡기 → 공사 진척 → 영험의 현시 → 절의 쇠퇴 → 중건' 등의 단계를 거치며 전개되거나 이 중 한 두 화소에 비중을 두어 이야기가 퍼져 나갔을 것이다. 수마노탑은 아니지만 자장이 당에서 귀국한 직후의 행적을 전하는 설화에서는 이런 계기적 구도가 훨씬 명확하게 드러난다. 자장이 그토록 여러 사찰의 건립에 주도적으로 참여할 수 있었던 것은 그가 귀국 시 당 황제로부터 받은 갖가지 불보(佛寶)의 인수자였다는 사실과 관련되어 있기도 하다. 설화 역시 이를 입증한다. "자장이 오대산에서 받아 가져온 사리 1백 알을 황룡사 탑 기둥 속과 통도사 계단과 또 대화사 탑에 나누어 모셨으니 이것은 못에 있는 용의 청에 따른 것이다."[20]라는 기록 등이 거듭해서 등장하는 것이다.

상기한 것처럼, 자장은 당에서 유학을 마치고 들어온 후 전국 곳곳에 여러 사탑을 건립하는 데 주도적인 역할을 담당한 것으로 되어있다. 그에게 사탑(寺塔) 건립을 간곡하게 청한 인물은 다름 아닌 용이었다. 우선 중국 체류 시 대화지 가에서 만난 신인의 청이 있었고 그 후에 만난 용왕은 "황룡사의 호법룡은 바로 나의 큰아들이요, 범왕(梵王)의 명령을 받아 그 절에 와서 보존하고 있으니 본국에 돌아가거든 절 안에 구층탑을 세우라."[21]고 건축의 규모까지 구체적으로 제시하였다. 수

---

20) 一然, 상게서 卷3, 皇龍寺九層塔.
　　"慈藏以五臺所授舍利百粒 安分安於柱中 竝通度寺戒壇 及大和寺塔 以副池龍之請"

마노탑의 건립기는 양식상 고려시기의 것으로 보는 것이 일반적이다.[22] 수마노탑 건립 후에는 필시 정암사지에 대한 이야기가 활발하게 따랐을 터인데 사지(寺志)에도 자장에 의한 탑 건립과 함께 그에 대한 영험담이 자연스럽게 끼어들었을 터이다. 특히 『삼국유사』에 단편적 기사를 윤색, 보완하여 보다 통일된 서사물로 갖추어 나가는 단계에서 우선 탑 건립을 석가모니의 유훈에 두고 있는 것이 주목을 끈다. 후에 자장이 당나라에 유학 올 것을 예견하고 문수보살을 시켜 자장이 영험 있는 신라의 명산에 탑을 세우도록 매개하고 있는 것이다. 아울러 유지를 받들어 북대(北臺) 운제사(雲際寺)에서 만난 범승(梵僧)은 당유학을 끝내고 돌아가는 자장에게 난해한 게송을 풀어주는가 하면 여러 불구(佛具)도 함께 전해주면서 "삼재가 이르지 못하는 곳에 이들을 나누어 봉안함으로써 나라를 복되게 하고 세상을 도우라. 그리고 태백산 갈반지에서 다시 만나자."[23]고 약속한다.

　여기까지는 『삼국유사』의 전개와 흡사하다 해도, 수마노탑의 건립과정에 대한 설명적 설화는 후대 파생된 것으로 본다. 다시 말해 정관 17년 자장의 귀국을 맞아 많은 불보(佛寶)를 신라에 보낸다는 풍문이 돌자 당승(唐僧)들이 이를 방해하고 나섰다. 하는 수 없이 자장은 계획을 바꾸어 은밀히 서해 길로 돌아오지 않을 수 없게 된다. 유학승이 서해를 통해 당나라를 출입하는 것은 비교적 현실을 반영하지만 설화

---

21) 一然, 상게서 卷3, 皇龍寺九層塔.
　"皇龍寺護法龍 是吾長子 受梵王之命 來護是寺 歸本國 成九層塔於寺中"
22) 강원도, 『강원도사찰지』, 1992, 140면.
23) 『江原道旌善郡太白山淨巖寺事蹟』.
　"並是世尊愼物可愼護之 師還煥本國 三災不到名勝處一一分藏 福國祐世再見鄕於太白三葛盤處"

에서는 이때의 용궁 초청 사건을 적극적으로 편입시켜 흥미와 함께 자장의 법력을 간접적으로 뒷받침해 준다. 즉 서해 용왕은 오히려 절호의 기회로 삼아 불사리 정골에 공양하고 자장에게 지단 목압침을 바쳤다. 익히 고승의 법력을 깨닫고 있던 수계의 용왕으로서는 이미 법력을 고일한 경지까지 높이고 고향으로 돌아가는 귀국승을 맞아들여 정중한 접대와 함께 설법을 청하며 불심이 용궁에 미만하길 기원했다고 볼 수 있다.[24] 그런데 자장이 서해로 귀국 중 용궁의 초대를 받는 일은 그만의 독특한 체험이라고 하기 어려운 것이다. 이는 유학 후 한결 성숙해진 법기를 입증하는 사건인 동시에 이계(異界)조차도 부처의 가르침을 펴나 갈구하고 있음을 상징하는 일종의 전형화된 모티브였다. 여하튼 고승이 잠시 머물다가 떠나는 장소답지 않게 용궁은 자장에게 극진한 정성을 아끼지 않는다. 그 중의 하나가 정암사에 수마노탑을 짓도록 해준 일이다. 용왕은 무수한 수마노 조각을 싣고 울진포에 정박한 후 신력으로 근처 산에 수마노를 감추어 놓고 불탑건립의 자재로 쓰도록 배려하기도 한다.[25]

사찰건립에 용왕이 왜 그토록 호의를 베푸는 지에 대해서는 황룡사 구층탑조를 훑어보면 이해가 수월할지 모르겠다. 중국 대화지에서 만난 용왕은 자장에게 목압침을 주면서 신라의 국태민안을 위해 황룡사를 세울 수 있도록 모든 것을 아끼지 않겠다는 약속을 한다. 그런데 원래 사적기에서 본 바와 같이, 석존의 사리를 정암사 수마노탑에 봉

---

24) 김승호, 「구법여행과 그 부대설화의 일고찰」, 『한국승전문학의 연구』, 민족사, 1992, 참조.

25) 『江原道旌善郡太白山淨巖寺事蹟』.
  "龍王 卽以瑪瑙無數片 載船到蔚珍浦 以龍王神力 將于此山"

안하고 이를 지키기 위해 적멸보궁의 건립을 청한 것이니 수마노탑에 대한 설화적 전개는 퍽 자연스러운 편이다. 자장정률 등 자장의 전기가 상대적으로 정연한 생애기록에 경사되었다면, 후대에는 탑 조성을 주목함으로써 또 다른 설화가 파생된 경우라고 할 것이다. 절과 탑 등 사찰을 이루는 부속물에 고승 설화가 부연되는 것도 따지고 보면, 이런 맥락에서 보아야 의미가 제대로 파악되리라고 생각한다.

　삼국시대의 유물과 그 설화, 고려시대 축조된 수마노탑과 그 부연설화는 서로 혼합되어 흘러오다가 수마노탑 중심의 파생담으로 나타났다면, 좀 상세히 과정을 유추해볼 필요가 있다. 『정암사사적』에는 이에 걸맞게 수마노탑의 건립이란 본디 석가의 유지에서 시작되었다는 범상치 않은 영험력으로 불연을 강조하고 있다. 부처의 유지로 탑 건립의 당위성을 확보한 이후에 또 하나 탑 건립을 실천행으로 보여주는 것이 귀국 시 서해 용왕과의 조우였음을 밝혔다. 특히 용왕의 큰 아들이 황룡사 수호룡이라고 밝힌 데서 알 수 있듯, 용궁은 신라를 불지(佛地)로 인식하고 그 땅의 흥법을 위해 모든 지원을 아끼지 않았던 것이다. 불승을 존숭하는 당대적 분위기에다 난만한 당의 불교문화를 적극적으로 수입하던 시기의 정황과 함께 서해 용왕과의 조우 및 그를 통한 고승의 이계 홍교의 원이 그렇게 설화에 굴절된 것으로 보인다. 조선 후기에 이르기까지 신라에서 발원한 설화는 전승을 멈추지 않았다. 하지만 사탑에 대한 공식적 역사를 정립해야 한다는 자각도 싹텄음이 틀림없다.[26] 수마노탑 사적의 찬술에 대한 동의는 물론 내용적으로도

---

26) 『水瑪瑙塔重修誌』.
　　"我東方數千里名山勝地 有塔廟焉 有寺利言 必皆有誌 誌者 誌其創修之緣 事功之實也
　　今太白山淨巖寺之有是誌也 亦以浩劫之相尋 曆數之無常 而水瑪寶塔 轉次修造之一端也

영지(影池), 자장의 효 등에 대한 새로운 모티브를 개입시켜 전 시대의 이야기와 달라진 모습을 보여주기도 한다.

그러나 『수마노탑사적기』는 『정암사사적』에 올라있는 사탑설화를 간략하게 인용하는 정도에 그칠 뿐 설화적 담론으로서의 확장 의지는 미약하다. 그에 비해 『정암사지』에는 서사성이 강한 수마노탑 설화가 개입되고 있다. 대체로 불교설화의 운반자를 사중으로 볼 수 있으나 정암사지의 탑 설화는 민중적 세계관에 의거한 전개였음을 강하게 암시하는 셈이다. 그것은 굳이 불교적 교리나 부처의 영험을 강조하지 않더라도 민중적 삶에서 느끼고 깨달은 바의 설화적 전개에 가까운 것이다. 불교적 사고라면 속세에서의 혈연은 가능한 접어놓아야 옳을 것이다. 하지만 여기서는 이미 고승이 된 자장이 훌륭한 탑을 어떻게든 속세에 있는 어머니에게 보여드리고 싶은 자식으로서의 갸륵한 심정을 절실하게 포착하고 있다. 곧, 수마노탑, 금탑, 은탑을 건립하고 난 후 모친께 보여드리려 했으나, 뜻대로 되지 않자 영지(影池)에 세 탑의 그림자를 비치게 하여 모친의 원을 풀어드렸다고 했다.[27] 불교적 방편이 아니라도 민중적 삶의 지혜나 가르침이 민담에 엇섞여 또 다른 각편으로 나타날 수 있다면, 여기서는 민중설화가 사찰연기설화에 영향을 더 크게 미친 것으로 여길 만하다. 수마노탑 이외 금탑, 은

(우리 東方 수천 리의 명산 勝地에 塔廟가 있고 사찰이 있는데 반드시 다 기록이 있으니 그 創修의 인연과 事功의 사실을 기록함이다. 이제 太白山 淨巖寺에 이 寺誌가 있는 것은 또한 오랜 연대의 변천이 무상한 데 수마보탑의 조성 중수의 일단을 기록함이다.)"

27) 『江原道太白山淨巖寺事蹟』.

"慈藏律師께서 친히 영지를 동구에 파두고 그 어머니로 하여금 그 못에 비추는 세 탑의 그림자를 구경하게 했다고 한다. 못 위에 삼지암이 있는데 옛적 못자리가 완연하였다. 이 어찌 다른 산과 같다고 하겠는가.(慈藏親鑿影池於洞口 使其母瞰三塔 故池上有三池菴 池堰完存 然則 豈可與他山同一語哉)"

탑에 따라 붙은 이야기도 같은 관점에서 살펴볼 수 있겠다.

"그 가운데 三寶塔이 있으니 一은 金塔이오, 二는 銀塔이오 三은 瑪瑙
塔이다. 마노탑은 지금까지 보존되고 있으나 금, 은 二塔은 나타나지 않
으니 산신령이 몰래 감춘 것인가. 복이 없는 자라 보기 어려운가. 산에
들어가 약을 캐는 자가 혹 본다고 하는데 두 번 찾을 수 없다고 하니 과연
신기한 것이로다."[28]

무엇 때문에 금탑, 은탑이 숨어버렸는지, 그리고 누구는 볼 수 있고
누구는 그렇지 못한지, 찬자는 의아스럽게 여기고 있다. 현실적으로는
원래부터 금탑, 은탑이 존재하지 않았으니 볼 수 없었던 것이 아닌가
하는 점부터 따질 일이지만, 그것은 설화적 발상이랄 수 없다. 설사
금탑, 은탑이 없었다 하더라도 그것이 이야기되고 있는 한, 나름의 담
론적 근거를 마련해야 것이 설화전승의 원리에 부합된다. 위 찬자는
막연한 의문으로 그친 데 비해, 이보다 훨씬 후대에 등장한 구비전승
들에서는 까닭을 다음과 같이 풀이하고 있다.

"자장대사는 태백산에 수마노탑을 세운 것이 아니고 금탑과 은탑도 세
웠다고 한다. 그런데 이 금탑과 은탑은 불교를 독실히 믿는 사람의 눈에
나 보이지 물욕이 있고 불교를 독실하게 믿지 않은 사람의 눈에는 보이지
않는다고 한다."(정선군 도연동면 고한리 정암사 김주지, 1963)[29]

---

28)『江原道太白山淨巖寺事蹟』.
　"於中有三寶塔 一金二銀三瑪瑙 瑪瑙于今守護者 金銀隱而不現無 乃山靈之秘藏歟 薄
　福者難見歟 入山採藥者或見 而再不訪 可謂靈奇也"
29) 임석재 편,『한국구전설화』강원도편, 평민사, 1989, 110면.

"금대봉에는 금탑이 있고 은대봉에는 은탑이 있다고 하는 데 물욕이
있는 사람은 이런 탑들은 못 본다고 합니다. 물욕이 없고 도심만 가진 사람
이 볼 수 있다는데, 옛날 우복당이란 사람이 노승과 다락에서 노는데 '저기
저것이 금탑이 아니냐?' 그러니까. 그 노승이 '당신은 욕심이 없는 고로
금탑이 보인다.'고 하고서는 노승이 백학이 돼서 하늘로 날아갔다는 그런
이야기가 전해 내려옵니다." (정선군 정선읍 봉양리 유환성, 1976)[30]

현전하는 수마노탑을 두고 사람에 따라 이를 보고 못 보고 하는 등
의 내용을 붙일 필요가 없을지라도 금탑, 은탑의 해명을 위해서는 어
떤 식으로든 설명적 담론이 요청되었을지 모른다. 누구나 볼 수 없고,
청정심을 가진 이에게만 현시된다는 점은 깨끗한 마음을 갖고 살라는
깨우침을 되새기게 하는 데 더없이 유효하다. 더군다나 불교설화인 바
에야 더욱 적절한 모티브이다. 심마니 중에도 금탑, 은탑을 본 이가
아주 드물었다는 것은 우리가 아직 가보지 못했을 뿐, 분명 어딘가에
는 금탑과 은탑이 존재한다는 점을 상기시켜 준다. 이미 사적기에서
본 바이지만, 자장이 세속에 있는 어머니를 잊지 못했을 뿐더러 아름
다운 탑을 어떻게든 보여드리고 싶은 나머지 영지를 파 소원을 성취시
켰다는 파생담까지 포괄한다면, 정암사 역사를 증언하고자 한 사중(寺
中)의 이야기가 점차 민중들의 바람과 가르침을 전하는 민담을 적극
수용하는 쪽으로 이행한 것으로 밝혀진다.

『정암사사적』이 정착되고 난 다음 위에서 언급한 바대로, 『수마노
탑중수사적』(1778)과 『수마노탑중수지』(1874)가 뒤늦게 찬술되었다.
이들은 전시대에 풍성하게 전승되던 탑설화와 달리 공식적 입장에서

연대기적으로 탑의 창수(創修)역사를 객관적으로 남긴다는 데 뜻을 둠으로써, 『정암사사적』이 보여준 설화성이나 서사성을 충족되지 못하는 한계를 노정하고 있다. 하지만 단편적이나마 『삼국유사』 이래 수마노탑의 전설에 어떤 유형이 있었으며 그것이 어떤 경로로 이어져 내려왔는지를 헤아리는 데 있어서는 주목할 대상이다. 다시 말해 『삼국유사』 이후 『정암사사적』과 근래 채록된 정암사 연기설화, 혹은 수마노탑 설화 사이의 막연한 시공의 폭을 좁혀줄 뿐더러 상호 비교적 접점을 확보해준다는 점에서 『수마노탑중수사적』 및 『수마노탑중수지』의 서사적 의미가 적지 않은 것이다.

　『삼국유사』, 『정암사사적』, 『수마노탑지』, 이 세 종류의 문헌설화는 신라 이래 정암사연기가 변이된 것으로 전승 흐름을 헤아리는데 유효한 대상에 속한다. 그렇지만 전승적 파생은 이것으로 그치지 않는다. 특히 이야기의 대상이 되었던 정암사와 수마노탑이 현전하고 있는 것으로 미루어 미래에까지 이야기의 윤색과 굴절이 거듭 이어질 것으로 여겨진다. 구비와 문헌을 아우르는 전승양상에서 『정암사사적기』는, 일면 『삼국유사』의 내용을 승계하는 선에서 더 나아가 사중(寺衆) 간 관심과 호기심을 환기하는 구비전승의 재질로 기능하는 단계를 맞게 된다. 임석재의 『한국구전설화』 중에 수록된 각편을 사적기와 비교할 때 눈에 띄게 민담적 요소가 강화되고 있음을 그 반증으로 삼을 수 있다. 구비설화 중 각편 하나[31]의 줄거리를 제시해본다.

---

31) 임석재 편, 상계서, 109~111면.

① 정암사와 수마노탑은 자장이 건립한 것으로 처음에 절터를 찾지 못하다가 칡덩굴이 뻗어나간 곳을 따라가 지금의 정암사 터에 자리를 잡았다. 그래서 葛來寺라고도 부른다.

② 탑의 재료가 되는 수마노는 서해 용왕이 울진포에다 부려다 놓았고 이를 불력으로 정암사로 옮겨 탑을 쌓았다.

③ 수마노탑 이외에도 자장은 금·은 탑을 세웠으나 어머니가 이를 볼 수가 없어 절 앞에 못을 파서 물에 비친 그림자를 보여드렸다.

④ 금탑과 은탑은 태백산 어디에 있지만 누구도 장소를 모르는데 혹 심마니 가운데 이를 본 사람일지라도 다음에 가면 탑이 없다고 한다.

⑤ 자장이 갈옷차림에 강아지든 삼태기를 쓴 걸인을 내쫓았으나 알고 보니 문수보살이었다. 뒤늦게 자장이 그를 좇아 달려갔으나 영영 볼 수가 없었다.

『삼국유사』가 자장의 전기적 사실에 퍽이나 주목하여 아상(我相)을 버리지 못하고, 그래서 각자가 되지 못했다는 충격적 결말을 전하고 있기는 하나 기본적으로는 고승으로서 자장이 남긴 자취를 한결같이 추적하고 있다 할 것이다. 사중들에 의해 다른 갈래로 전파된 정암사전설, 그리고 수마노탑에 이르기까지 『삼국유사』 소재 설화는 여전히 의미심장한 재질로 수용되는 것은 분명하다. 그러나 ③과 같이 자식으로서 모친에 대한 효를 강조하는 대목에서 본다면, 『삼국유사』에서의 전기(傳記) 중심 기록과 여러 면에서 대조가 된다. 각편에 따라서는 창주로서 자장의 자취가 퇴색될 가능성까지 배제할 수가 없다. 위 각편은 정암사 주지로부터 채록한 것으로, 앞서 남아있던 『정암사사적』의 내용을 그대로 반복하는 데 그치고 있다고 해도 과언이 아니다. 그러나 역시 앞의 문헌설화들이 전기라든가, 사적기로서의 서사지향과 구별되는 구비문학만의 특징적 요소들이 나타난다. 우선 정암사와 수마노탑의 건립시기, 선후관계, 창건주의 문제 등에 걸쳐 구체적 경계가 여기서는 무의미하거나 무시된 채 펼쳐진다는 것이다. 다만 전각과 탑의 건립에 있어 자장의 개입이 끈덕지게 따라붙는 것을 보면 이름 높은 고승의 개입이 사찰의 신성성을 높이는 데 도움되는 요소로 이해했다고 하겠다. 결국 '『삼국유사』→『강원도태백산정암사사적』→『수마노탑중수지』'로의 승계는 구비에서 문헌으로의 정착, 그리고 문헌에서 다시 구비로의 발화가 거듭해서 이어져 나갔음을 증거해주는 것이다. 정암사 탑과 관련지어 흥미로운 내용은 수마노탑 말고도 금탑과 은탑이 있다는 전제이다. 『삼국유사』에 없던 이 정보는 사적기에 맨 처음 올랐다가 다시 구비전승에서 수용된다. 그러나 후대 등장하는 구비의 각편들은 문헌이나 구비의 구분이 없을 뿐더러 자장의 전기나 절과 탑의 내력, 어느 하나에 초점을 맞춰 전개되지 않는다는 특징을 갖는다. 구비에서는 『삼국유사』의 것과 사적기의 내용은 물론, 통일성과 논리성을 초래한다는 점에 개의치 않고 단편적 삽화일지라도 거리낌 없이 수용해 나갔다. 정암사 설화 가운데 정선군에서 채록된 또 다른 각편32)도 위 설화와 담론적 범위에서는 크게 다를 바가 없다.

① 꿈에서 만난 한 스승이 자장에게 대송정에서 만나자고 하여 가보니 갈분지에서 다시 만나자고 한 뒤 사라졌다.
② 구렁이가 똬리를 틀고 있던 갈분지에 탑을 세우는데 자꾸 쓰러져 기도를 한 결과, 칡 세 가닥이 지금의 정암사 자리, 적멸보궁자리, 수마노탑 자리로 뻗어나기에 각각 그 자리에 절과 탑을 세웠다.
③ 서원장단이란 나무는 바람에도 쓰러지는 법이 없는데 자장대사의

---

32) 임석재 편, 상게서, 111~112면.

지팡이라고 하는가 하면 사명당이 짚었던 지팡이라고도 한다.

④ 늙은 거사가 자장 앞에 나타났으나 아상에 사로잡혀 그가 문수보살
    인 줄을 몰랐다가 뒤늦게 좇았으나 끝내 보지 못했다.

⑤ 금·은탑은 욕심 있는 이는 볼 수 없는 것으로, 우복당이 노승과 함
    께 놀다가 금탑을 보았다. 노승은 그를 칭찬한 뒤 백학이 되어 하늘
    로 날아갔다.

②는『삼국유사』에서 일부 소개되고 있으나 창건담에 한정되던 것
과 달리 탑 건립담으로 핵심이 바뀌고 있는 경우이다. 신성한 불사일
수록 공사 중 장애가 끼어들게 마련임은『삼국유사』의 여러 곳에서
확인되는 바,[33] 수마노탑도 세울 때마다 자꾸 쓰러지는 불운이 닥쳤
는데 자장 앞에 신이한 현상으로 해결책이 제시되어 바란 대로 불사를
매듭짓는다. 좀 더 자세히 말하면, 수마노탑을 세울 터를 알지 못해
애태우던 자장이 간절한 기도를 올렸고, 하룻밤 사이에 칡이 세 가닥
으로 그의 앞에 나타났다는 것이다. 당연히 상서로운 계시로 여겨, 칡
이 뻗어난 자리에 절과 탑을 세운 것이 지금의 정암사 적멸보궁 수마노
탑이라는 것이다. 이는 명칭연기를 해명하는 것이기도 하다. 이를테면

---

33) 예로 彌勒寺, 靈塔寺, 皇龍寺九層塔, 生義寺 등의 창사과정을 살펴보기로 하자. 미륵
    사의 경우, 왕비가 무왕으로부터 사찰 건립의 허락을 받았으나 막상 미륵삼존상이 출현
    한 못을 메울 방도가 없어 애를 태우고 있는 중이었는데 知命法師와 평소 교류하던 신이
    하룻밤 사이에 이를 메워주었다. 皇龍寺 구층탑 건립의 경우는, 석공 阿非知가 고국인
    백제의 멸망의 꿈을 꾼 뒤 작업의욕을 상실하고 있던 중에 갑자기 나타난 늙은 스님과
    한 장사가 기둥을 세워주고 사라진다. 金大城이 지은 石佛寺 창건 중에 일어난 사건도
    같은 類이다. 석불사에 안치할 석불을 조성하다가 실수로 거석을 세 동강내고 만 대성이
    상심하고 있을 때 홀연 천신이 나타나 전과 같이 만들어 놓고 자취를 감춘다. 이로써
    본다면, 창사과정의 장애제시 및 이에 대한 조력자의 출현 및 위기극복은 불교설화에서
    전형적 모티브로 수용되고 있음을 알 수 있다. (김승호,「성소만들기와 설화의 구조」,
    『한국승전문학의 연구』, 민족사, 1992, 236~237면.)

'갈래'란 "칡 갈(葛)자, 올래(來), 그래 갈래 치길 하룻밤에 그렇게 올라 갔다."[34]는 제보자의 말은 근방 사람들 누구나가 오래 전부터 들어왔던 내력이다. 정암사 대신 근방 사람들에게 귀에 익은 '갈래절'은 이처럼 터 잡기 과정에서의 절과 칡을 제재로 한 민간 어원담에 속한다. 적멸보궁과 관련된 흥미 있는 전설이 단편적이나마 널리 퍼졌음을 미루어 알 수 있게 하는 대목이다. 불골(佛骨)을 모셨기에 따로 불상을 모시지 않았을 뿐인데 민중들이 나름으로 궁리해 까닭을 덧붙여 나가는 것도 흥미롭다. 즉 부처 없이 적멸보궁 형태로 남아있는 것을 두고서도 부처를 부처소에 넣었기에 불상 없는 절이 되었다고 말하는가 하면[35] 또 다른 민족 신앙으로서 바위 사이 모셔진 자장의 두골에 대해서는 예부터 '거기 가서 그 두골을 만지고 나오면 아들을 낳는다.' 속신까지 퍼져 있었음을 확인하게 된다.[36]

전승이 거듭되면서 민중에게는 수마노란 말조차도 다르게 해석되곤 했는데, 『구비문학대계』에서의 '은탑, 금탑이 노는 수마노탑'이 그 한 예가 된다. 수마노가 무엇인가에 대해서는 "수만호라 하는데, 아마 늦을 만자일거야 … 그게 무슨 호자인지 내가 잘 몰라."[37]라고 하면서도

---

34) 한국정신문화연구원, 『구비문학대계』 2-8, 1986, 784면.
35) 한국정신문화연구원, 상게서 2-8, 784~785면.
　　"그 절에 가며는 그 절도 아주 큰절 갈래절이 큰 절인데 부처가 없어. 지금도. (조사자 : 왜요?) 부처 없는 데는 거 백에 없어요. 절치고 부처 없는데 있겠어. 거는 부처가 없어. 그런데 부처만 갖다 놓으면 그만 없어져. 부처는 없어지고 부처소(沼)란 데 또 있어, 거기서. (조사자 : 부처소?) 부처소. 그 전 그 처음 절터 잡은 거기서 조금 올라가서 그 개울가에 소가 이런 기 있었어. 지금은 다 맥히고 이랬으나, 소가 있었는데 부처만 절에 갖다놓으면 거 갖다 넣고, (조사자 : 누가 그렇게 거 갖다 넣아요.) 그래 누가 그랬는지 그거는 사람이 그래지 않았지. 안하고 부처만 갖다 놓으면 거 갖다 부처를 집어넣고."
36) 한국정신문화연구원, 상게서 2-8, 786면.
37) 한국정신문화연구원, 상게서 2-8, 786면.

수마노가 바다에서 나온 돌을 가지고 만든 탑이란 정도의 이해는 가지고 있다. 하지만 각편에는 역사적 인물로서 창건주인 자장이 잊히고 그저 어떤 중이 나이 많은 모친을 위해 못을 파고 그곳에 비친 금탑, 은탑, 수마노탑을 통해 대신 볼 수 있도록 했다고 전한다. 칡, 영지(影池)와 더불어 설화 담당층에게 정암사는 함백산보다 높은 곳에 위치하고 부처 없는 사찰로서 강하게 인지되고 있음도 확인할 수가 있다.[38] 임석재 채록 각편에는 두 개의 새로운 화소가 추가되어 있는데, 우선 서원장단에 대한 유래 및 해설과 우복당과 그 승에게 현시된 금탑이야기가 그것이다. 창주인 자장이나 사명대사가 짚었던 지팡이가 아직도 남아 있다는 것도 채록담에 끼어있다. 후자에서는 금탑의 출현 여부와 탐심의 유무를 대응시켜서 탑이란 단순히 구경거리가 아니라 부처의 가르침을 전하는 상징체로서 이해하고 있음을 보여주고 있다. 구비 설화에서는 터 잡기에서 유래한 갈래라는 명칭연기와 함께 석혈에 봉안된 자장의 유골에 대한 후인들의 신앙적 영험성을 전하고 있다. 이 때문에 창주로서 자장의 역사적 자취보다는 정암사에 결부된 흥미소의 하나로 자장의 기능이 탈바꿈한 경우로 보아도 무방하다. 『구비문학대계』 소재 각편 2는 다시 수마노탑이 중심을 차지한다. 원래 구비 1에서 자장의 모친이 금탑, 은탑을 있도록 하기 위해 못을 팠다고 증언하고 있으나 여기서는 어느 중과 그 모친으로, 사실에 대한 검증이 흐려

---

38) 한국정신문화연구원, 상게서 2-8, 786~787면.
　　"그런데 거기기 함백산인지 산 이름이 함백산인데, 산 이름이 함백산인데 산 이름이 함백산인데 태백산과 이기 마주서 있는데 … 칠미터가 태백산보다 높다는 산이 산이 묘하지요. 산능선이 거기 인제 갈래산, 갈래산인데 그 정암사라고. 근데 그 절이 없어. 참, 부처가 없어.(조사자 : 그 갈래사라고도 했었어요?) 갈래절이라고 이러지. (조사자 : 갈래절이라고)갈래절이라고 하는데, 이 절 이름은 정암사고."

지면서 민담적 속성을 띠게 되었다. 이외 근래 채록된 설화에 오면 물 위에 금탑, 은탑, 수마노탑이 노닐었다는 전언에 대한 회의적 시각이 나타나 설화 수용에 있어 변화된 시대상을 보여주기도 한다.[39]

임석재 채록분이나 『구비문학대계』 각편들을 통해 우리는 역사적 사실은 퇴색되고 시간이 흐를수록 흥미 중심의 이야기로 전승양상이 달라져 가고 있음을 확인하게 된다. 정암사 및 수마노탑에 부연된 구 비전승은 문헌전승을 그대로 답습하려는 수용의 측면이 있는가 하면 변이 내지는 또 다른 체험과 해석을 동원해 이를 부정하는 단계로까지 나가고 있음을 보는 것이다. 특히 부처소, 서원장단, 그리고 자장의 두골(頭骨)에 대한 신앙 등은 전승영역에서 크게 확장 내지 변이된 내 용들이라고 할 수 있겠다. 이는 전승담에 대한 불완전한 기억 못지않 게 후대인들의 당대적 관심과 흥미를 반영하는 쪽으로 이야기가 변이 되어 갔음을 시사해준다.

자장전승은 7세기 『속고승전』에 나타난 이래 『삼국유사』 자장정률 을 비롯한 4군데의 단편적 기사를 포함하여 근래까지 전승이 멈추지 않은 것으로 확인된 흔치 않은 경우이다. 『삼국유사』는 무엇보다 자장 의 생애를 수습한다는 의도와 목적성을 두고 초기 신라 불교를 정비하 는 등, 그의 활약상에 주목함으로써 이후 정암사연기의 후대전승에 결 정적 단초를 제공한 것으로 밝혀졌다. 『속고승전』에서 구체적으로 언 급하지 않았던 정암사 창건 유래, 즉 갈반지나 칡덩굴을 통한 터 점지

---

39) 한국정신문화연구원, 상게서 2-8, 787~788면.
　　"… 이제 들여다보면 은탑, 금탑, 수만호 탑이 그 물속에서 논다는 기라.(조사자 : 거기 서 논데요, 어유) 그래 그걸 보고 그 노인이 귀경하며 이래 했는데 수만호탑이 지금 이래 뵈키는데 은탑 금탑은 있긴 있다고 전설은 들었으나 뵈키질 않어…"

등의 흥미적 화소는 구비, 문헌설화 모두에 빠짐없이 수용되는 것으로 확인된 것이다.

『삼국유사』 자장정률 조(慈藏定律 條)에 자장의 생애와 부언되어 단편적으로 산견되는 정암사연기는 유구한 전승적 공간을 넘어 1778년 『강원도태백산정암사사적』으로 정리된다. 이 기록 역시『삼국유사』 내용이 기저를 이루나 '성소 만들기'라는 의지가 뚜렷하고, 특히 수마노탑을 빼놓을 수 없는 담론적 대상으로 삼고 있어 주목된다. 게다가 석가 열반시 정암사 창건을 유지로 남겼다는 점을 제시한 것도 사지의 영험력을 높이는 결정적 구실을 하는 것으로 보인다. 고려시기 축조된 수마노탑은 사적기에서 단편적 설화를 풍성하게 소개하고 있고 이것은 취암(翠巖), 성우(性愚)가 1778년 찬술한 『수마노탑중수사적』, 그리고 1874년 경운이지(景雲以祉)가 찬술한 『수마노탑중수지』를 통해 보다 상세하고도 객관적으로 기록된다.

하지만 위에서 살펴본 것처럼 5편의 문헌 설화는 모두 채록자가 승려의 신분인데다 홍교에 유난히 관심을 집중하고 있어 순수한 의미에서의 민중적 설화와는 적지 않은 거리를 남기고 있었다. 문헌설화가 그러하듯, 초기 문헌자료의 철저한 승계에다 이를 실증적으로 수용하려는 태도는 사적지와 탑중수지의 특징적 사실이다. 물론 민중 간에 떠돌고 있는 설화를 역으로 수용한 흔적도 적지 않은 것으로 보인다. 정암사 설화에 자장의 전기적 요소가 필요 이상으로 삽입된다든가, 죽음 직전의 부정적 형상에서 사후에는 신성한 상으로 이미지화 되고 있음도 같은 측면에서 볼 일이다. 아울러 수마노탑 전설의 강화에도 불구하고 사실적 기사만 단편적으로 나열하고 있는 수마노탑의 중수담에서는 설화를 부분적으로만 삽입하고 있을 뿐, 객관성을 강조하면서 사실적 기록에 집착하고 있다.

　60, 70년대 채록된 설화가 수마노탑 중심으로 치우쳤으나, 부연설화의 대부분은 정암사사적기를 축으로 하는 변이형에 해당한다고 해도 과언이 아니다. 다시 말해 창주로서 자장의 법력과 신통력, 수마노탑 건립에 관련된 영이성, 그리고 사람들의 탑 숭배 등을 전해주고 있으나 후대 구비전승에서는 문헌에서 추구하던 역사 전승의 의무감에서 벗어나 설화 담당층인 민중의 보편적 관심을 충족시키는 데 기여하는 화소를 적극 수용하였다. 그것은 불교 사찰 고승에 대한 구체적 증언으로부터 민중적 흥미에 편승한 민담으로의 이행을 뜻한다 하겠다. 따라서 구비 전승물 4편은 대체로 『삼국유사』와 『정암사사적』을 바탕으로 적당히 뭉뚱그린 것이지만, 민중설화로서의 특징 또한 적극적으로 수용함으로써 자장전기의 연대기적 나열에서 정암사 혹은 수마노탑을 중심으로 전개된다는 특징을 갖게 되었다. 여기서 우리는 여전히 자장을 설화의 주체로 인정하고 있는 것까지도 사탑의 영험성 혹은 유구성을 위한 의역사적(擬歷史的) 사실로 받아들인 결과임을 직시할 필요가 있을 것이다. 이에 따라 정암사, 수마노탑에 대해서 신성함이라는 효과가 발현될 수 있었음은 물론이다.

　아울러 구비전승이 문헌전승에 비해 훨씬 강화된 민담적 속성을 가지고 있음을 거론하지 않을 수가 없다. 민중에게 거창한 역사 사실의 상기도 중요하지만, 그들은 자신들의 관심과 세계관을 드러내기 적합한 각편을 창작, 혹은 수습하여 설화적 변형을 적극적으로 모색해 나간 것이라고 하겠다. 가령 임석재 채록분이나 『구비대계』에서 서해 용왕의 도움으로 수마노탑이 건립될 수 있었고 자장이 보통사람에게는 보이지 않는 금탑, 은탑을 어머니에게 보여드릴 셈으로 못을 팠다는 등의 삽입은 그 점에서 주목되는 것이다.

요약하자면 정암사 연기설화는 삼국시대 이래 최근까지 담당자, 기록 매체, 서사의식에 있어 적어도 세 가지 층위를 유지하면서 전승되어 왔다고 할 수가 있을 터이다. 지금 남아있는 문헌으로만 한정할 때, 처음 제시한 9가지의 설화들은 이런 층위적 잣대를 내세우면, 시기별 유형화 가 어느 정도 쉽게 이루어질 수 있다고 본다. 다시 말해 초기 불교에 이해가 깊은 승려로서 도선(道宣)이나 일연(一然)이 단지 정암사 설화를 파편적으로만 거론한 단계, 이를 바탕으로 삼아 『정암사사적』과 수마노 탑 중수 역사를 기록한 조선 후기의 문헌설화로의 정착 단계, 마지막으 로 정암사, 수마노탑의 구분 없이 사탑에 얽힌 흥미 화소를 폭넓게 수용 하면서 더불어 조선 후기 이후 민중들의 관심과 흥미 영역을 확대, 편입 하는 민중설화 단계로 그 담론적 계통성이 정리되는 것이다.

4) 의상(義湘)

이제 의상과 관련된 전승의 특성을 헤아려 볼 차례이다. 의상을 해동 화엄(海東華嚴)의 조종(祖宗)으로 칭해졌듯이 그에게는 누구보다 다양한 전승이 따랐던 것으로 짐작된다.[40] 현재 전하는 의상전승 가운데 가장 이른 시기의 자료는 『송고승전』 소재 당신라국의상전(唐新羅國義湘傳)이

---

40) 義湘이 신라 불교사에서 얼마나 비중 있는 승려였는지를 보여주는 좋은 사례가 최치원 撰 義湘傳이다. 신라 말 유교의 조종으로 일컬어지는 최치원이 자발적으로 의상의 전기 를 계획하고 입전한 점은 의상의 불교사적 위상이 남달랐음을 상징적으로 대변해준다 하겠다. 이는 뒤에 혁련정이 『균여전』을 찬술하는 데 있어 동기를 부여한 것으로 보인다. 赫連挺, 「大華嚴首坐圓通兩重大師均如傳幷序」.
  "㸑𣂑 (名庚切) 賀之十萬揭 復興於身篤 (天竺亦云身篤也) 職龍樹之由 濫觴乎扶桑 職 義相之由 祖洽乎聖朝 職首座之由 故瑞書院學士(唐職) 夷𧤙㩻濆(新羅職) 淸河公致遠 作相師傳 獨首座之行狀闕焉 一乘行者 惜之 子亦惜之"

다. 이에 보이는 의상의 중국 행적은 국내자료에서는 전혀 언급되지
않고 있다는 점에서 여타 고승들의 경우와 차이가 있다고 하겠다.

『송고승전』은 당나라 등주에 살던 선묘라는 처녀와 의상이 어떻게
만나게 되었는지부터 전한다.[41] 신라의 대표적 고승인 의상의 전기를
지향하는 데 목적을 둔 것이라고 보기에는 처음부터 내용 전개가 파격
적이다. 신라에서 덕망이 높은 승려가 중국에 도착하자마자 이국 처녀
가 그에게 일방적으로 매달렸다는 내용은 승전적 전개로서는 매우 낯
선 것이다. 처녀는 여기서 원방에서 찾아온 승의 구법길을 가로막는
기능을 담당하는 인물 설정일 뿐만 아니라 의상의 심지를 떠보기 위해
동원된 반동적 인물이라고 해도 과언이 아니다. 고승들의 이야기에 등
장하는 여인은 흔히 수행자를 허물어뜨리기 위한 통과의례적 기능에
해당되지만 어쨌든 의상으로서는 위기의 순간이 아닐 수 없었다.

하지만 의상은 여인의 접근에도 불구하고 전혀 흐트러짐이 없었다.
선묘는 돌과 같이 진중하게 자리한 의상의 마음을 돌릴 수 없음을 깨닫
자 스스로 애욕을 벗어던진다. 그리고 의상이 바라는 바를 좇아 "生生
世世에 스님에게 귀명하여 스님께서 대승을 공부하고 대사를 성취하
도록 여단월(女檀越)이 되어 스님의 공부에 필요한 모든 것을 제공해드
리겠노라(女調不見答 頓發道心 於前矢大願言 生生世世 歸命和尙 習學大乘 成就
大事 弟子必爲檀越 供給資緣)"며 일신을 의상을 위해 바치리라 다짐한다.

---

41) 贊寧, 『宋高僧傳』卷4, 唐新羅國義湘傳.
　　"總章二年 附商船 達登州岸 分衛到一信士家 見湘容色挺拔 留連門下旣久 有少女麗服
　　靚妝 名曰善妙 巧媚誨之 湘之心石 不可轉也.(총장 2년(699) 상선을 타고 등주의 해안에
　　이르렀다. 걸식을 하면서 어느 신도 집에 이르니 의상의 모습이 빼어난 것을 보고 그
　　집에 머물러 있게 했다. 아리따운 차림을 한 소녀가 있었는데 이름은 선묘라 했다. 교묘
　　한 눈짓으로 유혹을 해도 의상의 마음은 돌 같아 움직이지 않았다.)"

의상과 선묘 사이에는 이성 간의 충격적 사건이 드러나지 않았으나 애욕의 늪으로 떨어질 위험천만한 국면이 그에게 제시되었던 것만은 뚜렷하다. 그러나 의상이 그에게 부과된 통과의례라 함정을 아무렇지도 않은 듯 의연하게 극복하는 것은 물론 정염에 **빠져있던** 여인을 불법의 수호자로 탈바꿈 시키는 데까지 나아감으로써 세사를 초탈하고 각자의 지점에 도달했음을 보여준다.

의상에게 부과된 통과의례적 국면은 귀국 후에도 거듭 부여된다고 해야겠다. 그 하나가 낙산사 연기설화에 반영되고 있다. 귀국 후 명주 근방을 중심으로 낙산 해변가의 성굴에 관음(觀音)이 응현한다는 이야기가 돌고 있었던 모양이다. 그것은 필시 산이나 해변 모양새의 유사성을 경전 속의 설화와 대비했던 것으로 보이거니와 『화엄경』「입법계품」의 선재동자가 남방 포달락가산(布呾洛迦山)에 이르러 관자재보살을 친견하는 그 공간을 우리 땅으로 대체한 것으로 여길 수가 있다. 신라 당대의 현실 속에서 누가 대자대비(大慈大悲)한 관음보살을 친견하는 주인공이 될 수 있겠는가 하는 문제는 쉽사리 결론이 안 나지만 중론을 모은다면 필시 의상이 점지될 수밖에 없음을 이 설화는 잘 보여준다. 불보살의 친견은 아무나 누릴 수 없는 신성체험일 터인데 의상만큼 그 체험적 주체로 어울리는 사람이 없었다고 보는 것이다. 관음이 출현한다는 소문만 무성할 뿐 그를 누구도 친견한 적이 한 번도 없는 상황에서 의상은 자천타천으로 사람들의 궁금증을 풀어줄 장본인으로 지목되었던 것으로 보인다.

어쨌든 그는 낙산 성굴(聖窟)에 도착했다. 그는 우선 7일을 재계하고 이른 새벽에 작은 배를 타고 굴 안으로 들어간다. 이때에도 예외 없이 어둡고 풍랑이 심해 보통사람으로는 들어갈 엄두조차 낼 수 없는 형편이었으나 다행히 용과 천신이 시종해주는 덕에 굴 안으로 진입하는 데 성공한다. 이때 물결을 잠재워주고 험한 동굴의 좌대로 오를 수 있게 해준 것은 등주에서부터 그 뒤를 밝으며 위기 때마다 그를 지켜준 선묘용(善妙龍)이 아니었나 싶다.

낙산이성관음정취조 중에서 의상 관련 전승은 그리 길지 않으나 관음보살의 친견이 얼마나 지난하며, 이의 성취야말로 하늘로부터, 혹은 부처로부터의 특별한 가피가 없이는 낙산사의 창건이 이루어질 수 없었음을 일러준다. 그런데 여기서 흥미로운 사실 하나를 더불어 짚어보게 되는데 의상이 관음보살을 친견한 이후 원효도 관음굴을 찾아 관음친견의 원을 세우고 이곳을 찾았다는 사실이다. 하지만 그는 동굴 안으로 들어가는 것조차 실패하고 만다. 사실 그의 곁에는 바람과 물결의 험난함을 진정시켜줄 용의 보살핌도 없었고 하늘로부터의 천성(天聲)이나 여의보주(如意寶珠)를 내려주는 이적도 따르지 않았다. 그는 범부들이 그러했듯 동굴에 발을 들이지도 못한 채 허망하게 발걸음을 돌리지 않을 수 없었다.

관음친견을 놓고 왜 이같이 대조적인 상황이 펼쳐질까. 원래 원효와 의상 간에는 설화 속에서 절친한 도반(道伴), 나아가 형제지간으로까지 형상화되는 것에 비하면 원효에 대한 일방적인 패배를 조장하고 있다는 느낌도 없지 않다. 사람들이 관음보살이 상주하고 있다고 굳게 믿었던 관음굴은 인도 남방의 포달락가산에 다를 바 없고, 또한 그 공간을 배경으로 등장하는 수행자들은 화엄의 진리를 찾아 나선 선재동자의 행적과 중첩되는 바가 있다.

의상만이 성굴에 들어갔고 그만이 관음보살을 친견했다는 것은 여러 통과의례적 절차를 통과한 불교적 영웅의 탄생을 의미한다고 보아도 어색하지 않다. 이때 성굴은 역사적 공간임을 검증시켜주는 현실적 공간이면서 동시에 언중에게는 믿음을 굳혀주는 땅으로 바뀌게 된다. 물론 일연보다 50년 앞서 기록된 익장(益莊)의 기문(記文)에는 의상 역시 7일간의 재계에도 불구하고 친견에는 끝내 실패한 나머지 수중에 투신했으나 수호용의 가호로 얼굴을 보지 못하고 보살의 음성을 들었다고 하여 의상 친견 설화에도 여러 갈래가 있었음을 보여주고[42] 있다. 하지만 의상을 성자적 표본으로 처리했다는 점에서는 모두 동일하다.

이렇듯 범인으로서는 풀어내기가 힘든 여러 문제를 아무렇지도 않게 해결하는 모습에서 우리는 통과의례적 장애를 뛰어넘고는 높은 곳에 좌정해 있는 불교적 영웅으로서 의상을 발견하게 된다. 더구나 그가 쟁취한 승리는 이타적 범주에 해당되는 것들임을 주목할 필요가 있다. 다시 말해 그가 난관을 거친 뒤에 선묘는 청정한 호불적 수호용으로 다시 탄생할 수 있었으며 아직 관음성지로 온전하게 자리 잡지 못한 동해변 낙산이 남방의 포달락가산과 다름없이 영험한 공간으로 바뀌어졌던 것이다.

의상 전승에서 유학 체험은 매우 의미 있는 서사적 실마리를 제공해 주는 단위가 되고 있다. 유학으로 인해 발원한 설화는 두 가지 계열로 전승되어온 것을 알 수 있다. 선묘와의 인연담이 그 하나로, 이는 중국 내에서의 전승에 머물지 않고 귀국한 후 부석사와 낙산사 창건을 가능하게 하는 설화적 끈이 되고 있다. 또 다른 계열의 설화는 의상이 등주를 떠나 종남산에서 수행할 때 생긴 이야기들로, 이는 후에 왜병퇴치

---

42) 『新增東國輿地勝覽』 襄陽條.
　　"洛山寺之東數許 巨海邊有窟 其高可百尺 其大可容萬斛之舟 其下海濤常出入 爲不測
　　之壑 世稱觀音大師 所住處也 窟前距五十許步 海中有石上可鋪一席"

와 범어사(梵魚寺) 창건담으로 그 맥을 자연스럽게 이어간다.

후자의 대략을 짚어 본다면 동해의 왜병 10만 명이 병선을 거느리고 신라를 공격해 올 때 일어난 일이라고 했다. 느닷없이 밀어닥친 왜적으로 가장 노심초사한 이는 아무래도 신라의 왕이었다. 그런 중에 왕에게 현몽 하나가 있었다. 태백산에 머무르고 있는 의상 대사를 금정산 아래로 모셔다가 칠일칠야(七日七夜)에 걸쳐 화엄신중(華嚴神衆)을 독송하면 나라를 위기에서 벗어나게 할 수 있다는 것이었다.

신인은 의상을 범부가 아닌 금산보개여래(金山寶蓋如來)[43]의 제7후신으로 항상 일천 성중(聖衆), 일천 범중(凡衆), 일천 귀중(鬼衆)을 포함해 삼천 신중을 거느리고 다닐 뿐더러 화엄신중과 40법불, 그리고 제신 및 천왕들이 그 곁을 떠나지 않는 인물이므로 그를 특별히 모셔야 함을 상세하게 풀이해 주었다. 그동안 여러 고승들을 모셔다 국태민안의 독송을 거듭한 왕으로서는 반신반의했으나 워낙 풍전등화의 위기를 마주하고 있었으므로 신인의 말을 좇지 않을 수가 없었다.

의상을 중심으로 독송에 들어가니 얼마 후 제불, 천왕신중, 문수동자들이 각기 병기를 가지고 나타나 동해로 진격해 나가는 일이 눈앞에 펼쳐졌다. 신병들이 바람과 비를 불러일으키자 적들이 속수무책 바닷물로 떨어져 익사하는가 하면 숱한 왜선이 풍랑을 이기지 못하고 역시 바닷물 속으로 가라앉았다. 신병과 왜군은 애초부터 상대가 되지 못했으니 결전은 순식간에 천신병의 일방적 승리로 막을 내렸다.[44]

---

43) 羅麗시대 불자들 사이에서는 의상을 金山寶蓋如來로 보는 시각이 있었음을 아래 기사로 알 수 있다. "世傳云 義湘 是金山寶蓋如來後身也 若然則 必不妄傳斯語矣"(閔漬, 金剛山榆岾寺事蹟記)

44) 東溪, 『梵魚寺創建事蹟』.

이 범어사사적은 당 유학 시기의 그 단편적 신이담을 바탕에 두고 서사적 논리를 확장시켜 나간 예가 된다. 범어사의 신라 시기 설화는 전하는 것이 없고 조선 후기에 이르러서야 연기를 다시 작성하게 되었다는 불가피한 사정[45]이 도리어 당 유학 때의 설화와 그 연원이 닿도록 만든 것은 아닐까 하는 생각도 해 볼 수 있다. 그만큼 시간적 격차에도 불구하고 도선의 천병(天兵) 수호 설화와 범어사 연기 설화 사이에는 적지 않은 공통점이 있음이 드러난다. 어느 고찰이든 민중으로부터 발원한 설화가 있고 사중(寺衆)들이 기록해 놓은 사지(寺志) 등을 통해 문헌으로 전해지게 된다. 범어사의 경우는 구비, 문헌 모두 제대로 전해지지 못하다가 조선 후기에 와서야 작성되기에 이른다. 정작 창사의 기원은 아득하지만 그 유래가 잊힌 상황에서 사력(寺歷)을 마련해야 한다는 절박감이 창사담을 서둘러 마련하지 않을 수 없게 하였다. 이 경우 희미하게나마 전해지던 구비 전승물은 서사 구성에서 일차적 토대가 되었을 것이다. 여기에 찬술자의 자의성이 합쳐져 이른바 창사연기가 마련된다. 신성한 역사를 위해 가장 필요한 것은 누가 보아도 영험함을 확보해 줄 만한 창사의 주체를 내세우는 일이다. 창주(創主)로 의상을 앞세우는 것은 그러므로 아주 적절한 것이다. 범어사는 의상이 건립했음을 전제하는 한 절의 영험성은 저절로 확보되는 셈이었다.

범어사의 연기가 아니더라도 의상의 영험성은 이미 여러 이야기를 통해 증명되었다. 『삼국유사』에는 의상이 천병들의 엄호를 받았다는 일화가 말해주듯 의상의 위엄과 신성한 면모는 이미 확보되었다고 보거니와 그런 인물적 기능이 범어사 연기에서도 그대로 수용된 것이다.

---

45) 한국불교연구원, 『범어사』, 일지사, 1979, 36면.

기적 같은 일이 펼쳐지지 않고서야 기울어져가는 나라를 일으켜 세울
수 없는 절체절명의 국면을 제시한 후 누구도 아닌, 의상의 힘으로 천
병들을 불러와 왜구를 물리치고 나라를 지켰다는 것이 서사의 핵심이
다. 이는 불교가 내재한 호국적 성격을 잘 대변해주지만 결국 의상의
나라 사랑이 남달랐다는 점에 보다 높은 비중을 둔 설화이다.

　신라가 호국불교를 표방한 만큼 고승의 행적 중에 나라 지키기 이야
기가 곧잘 삽입된다고는 하나 의상처럼 호국적 면모가 전승 안에서
분명하게 돌출되는 예가 없다. 사중들이 일찍이 그를 금산보개여래(金
山寶蓋如來)로 부르기도 했으나 신라 당대 현실과 결부되어 그는 대표
적인 호국 인물로 형상화되기도 한 것이다.

5) 원효(元曉)

　『삼국유사』 이전에 벌써 중국에서 다양한 원효(元曉)전승 문헌들이
등장한다. 『화엄경탐현기(華嚴經探玄記)』, 『속화엄경소간정기(續華嚴經疏
刊定記)』, 『대방광불화엄경소(大方廣佛華嚴經疏)』, 『송고승전(宋高僧傳)』,
『임간록(林間錄)』, 『석씨몽구(釋氏蒙求)』, 『고승적요(高僧摘要)』, 『금강삼
매경통종기(金剛三昧經通宗記)』 등은 원효의 중국 내 전승을 말해준다.
중국문헌에 오른 인물들이 진·오·당(陳·吳·唐) 등 해외 체류 경험이
있었던 것과 달리 원효는 신라 밖에서 머문 적이 없다. 그럼에도 중국
내 전승이 다채롭게 확인되는 것은 학승으로서 그의 명성이 신라에
머물지 않고 동아시아 전역에 퍼졌음을 말해준다.[46]

---

46) 원효가 중국에 그 명성을 떨치게 된 것은 불기한 행동 때문이 아니라 누구도 따를
　　수 없는 학문적 깊이 때문이었다고 해야 할 것이다. 한 예로 그의 『금강삼매경소』는
　　신라에서 유통되었을 뿐만 아니라 중국에까지 전해져 불자들의 이목을 집중시켰음을

『송고승전』에서 전하는 원효의 생(生)은 불기함과 박학함, 두 가지로 요약된다. 불승이면서도 규율이나 격식에 얽매이지 않았던 처신 때문에 그는 불가 내에서조차 기피의 대상이 된다. 하지만 난제에 봉착하면 어쩔 수 없이 그에게 도움을 청하는 상황이 벌어진다. 왕궁에서 뇌근종으로 고생하는 왕비를 치료하기 위해 명의를 수소문하면서 원효는 새삼스럽게 주목을 받게 된다. 즉, 신라 내에서는 명의를 구할 수 없게 되자 사신들이 명의를 찾아 당(唐)으로 나선 길이었는데 용왕인 영해로부터 왕비를 치료하기 위해서는 원효 주관 하에 불경강론이 필요하다는 말을 듣게 되는 것이다. 그 대목을 잠깐 보자.

"용왕이 사신에게 '너희 나라 왕비는 靑帝의 셋째 딸이다. 우리 용궁에 예부터 『금강삼매경』이 있었는데, 이는 두 가지 二覺이 원만하게 통하고 菩薩行을 나타낸다. 이제 왕비의 병에 의탁하여 增上緣으로 삼아 이 경전을 부쳐서 신라에 출현시켜 유포시키고자 한다.'라 하였다. 이에 삼십 장 정도의 중첩된 흩어진 경전을 사자에게 주면서 또 말하기를, '이 경전이 바다를 건너가는 중에 마귀의 장난을 만날지도 모른다.'며 용왕이 칼로 사자의 장딴지를 찢어 그 안에 넣고 밀랍 종이로 막아 약을 바르니, 장단지가 전과 같이 되었다. 용왕이 말하기를, '大安성자로 하여금 차례를 매겨 꿰매게 하고, 원효법사를 청하여 주석을 지어 강론하게 하면, 왕비의 병은 틀림없이 나을 것이다. 雪山의 아가타 약의 효험도 이것보다 지나치지 않을 것이다.'라 하였다."[47]

다음 기사가 말해주고 있다. "神解한 성품에 있어서 보기만 하면 분명하지 아니함이 없었다. 疏에 廣略의 두 본이 있으니, 모두 본토에 유행하였다. 약본은 중국에 유입되어 뒤에 翻經三藏이 그것을 고쳐 論이라고 하였다.(其於解性 覽無不明矣 疏有廣略二本 俱行本土 略本流入中華 後有翻經三藏 改之爲論焉)"(贊寧, 『宋高僧傳』권4 義解, 唐新羅國黃龍寺元曉傳.)

47) 贊寧, 『宋高僧傳』卷4 義解, 唐新羅國黃龍寺元曉傳.

『송고승전』은 용궁이라는 이계를 배경으로 원효가 신라, 중국에서
도 그의 진면목을 모르고 있을 때 이를 환기시켰음을 보여준다. 신라
와 중국은 물론 이계인 용궁에서도 수많은 불승을 제치고 그를 지목하
여 주석을 짓게 하고 강설을 요청한 일로 볼 때 신라 교단에 그를 능가
하는 경전 해석자가 달리 없었음을 말해준다. 『송고승전』은 고승의 일
생을 정리한다는 명제에도 불구하고 이처럼 흥미소가 삽입된 두어 가
지 일화를 소개하는 것으로 원효의 생을 대신하고 있다.

이에 비한다면 『삼국유사』의 원효불기(元曉不羈)[48]는 생의 단면을

"龍王謂使者曰 汝國夫人 是青帝第三女也 我宮中先有金剛三昧經 乃二覺圓通 示菩薩
行也 今託仗夫人之病 爲增上緣 欲附此經 出彼國流布耳 於是將三十束紙 重沓散經 付授
使人 復曰 此經渡海中 恐罹魔事 王令持刀裂使人腨腸 而内于中 用蠟紙纏縢 以藥傅之
其腨如故 龍王言 可令大安聖者 銓次綴縫 請元曉法師 造疏講釋之 夫人疾愈無疑 假使雪
山阿伽陀藥力 亦不過是"

48) 一然, 상게서 卷第四, 義解第五, 元曉不羈.

"聖師元曉 俗姓薛氏 祖仍皮公 亦云赤大公 今赤大淵側 有仍皮公廟 父談捺乃末 初示生
于押梁郡南(今章山郡)佛地村北 栗谷娑羅樹下 村名佛地 或作發智村(俚云弗等乙村) 娑
羅樹者 諺云 師之家 本住此谷西南 母旣娠而月滿 適過此谷栗樹下 忽分産 而倉皇不能歸
家 且以夫衣掛樹 而寢處其中 因號樹曰娑羅樹 其樹之實 亦異於常 至今稱娑羅栗 古傳
昔有主寺者 給寺奴一人 一夕饌栗二枚 奴訟于官 吏怪之 取栗檢之 一枚盈一鉢 乃反自
判給一枚 故因名栗谷 師旣出家 捨其宅爲寺 名初開 樹之旁置寺 曰娑羅 師之行狀云 是
京師人 從祖考也 唐僧傳云 本下湘州之人 按麟德二年間 文武王割上州下州之地 置歃良
州 則下州乃今之昌寧郡也 押梁郡本下州之屬縣 上州則今尙州 亦作湘州也 佛地村今屬
慈仁縣 則乃押梁之所分開也 師生 小名誓幢 第名新幢(幢者, 俗云毛也) 初母夢流星入懷
因而有娠 及將産 有五色雲覆地 眞平王三十九年 大業十三年丁丑歲也 生而穎異 學不從
師 其遊方始末 弘通茂跡 具載唐傳與行狀 不可具載 唯鄕傳所記 有一二段異事 師嘗一日
風顚唱街云 誰許沒柯斧 我斫支天柱 人皆未喩 時太宗聞之曰 此師殆欲得貴婦産賢子之
謂爾 國有大賢 利莫大焉 時瑤石宮(今學院是也) 有寡公主 勅宮吏覓曉引入 宮吏奉勅將
求之 已自南山來過蚊川橋(沙川 俗云年(牟)川 又蚊川 又橋名楡橋也) 遇之 佯墮水中濕
衣袴 吏引師於宮 褫衣曬眼 因留宿焉 公主果有娠 生薛聰 聰生而睿敏 (博)通經史 新羅
十賢中一也 以方音通會華夷方俗物名 訓解六經文學 至今海東業明經者 傳受不絶 曉旣
失戒生聰 已後易俗服 自號小姓居士 偶得優人舞弄大瓠 其狀瑰奇 因其形製爲道具 以華
嚴經一切無㝵人 一道出生死 命名曰無㝵 仍作歌流于世 嘗持此 千村萬落 且歌且舞 化

다양하게 제시해 보임으로써 원효 일생의 전체를 밝히고자 했던 것으
로 판단된다. 서사 구성상 가계생지(家系生地), 생장이적(生長異蹟), 실
계생총(失戒生聰), 속강행화(俗講行化), 저술이적(著述異蹟), 서후기적(逝
後奇蹟), 찬송(讚頌) 등 7단계의 마디를 포함하고 있는 것이 원효불기(元
曉不羈)이다.[49] 일연에 따르면 원효불기는 국외자료를 배제하고 국내
자료인 향전(鄕傳)에서 취한 것들이다. 해외에서 퍼진 원효전승 가운데
널리 알려진 것을 든다면 『임간록』에 보이는 음해골수(飲骸骨水) 이야
기일 것이다.[50]

하지만 일연은 그 설화를 언급조차 하지 않았다. 제목이 시사하듯
일연은 애초부터 원효의 여러 상(像) 가운데 규범과 격식에서 벗어나
자유자재하게 행동하는 인물로 부각시켰다고 볼 수 있다. 하기야 원효
의 행적이 워낙 다채롭게 전개되고 있어 한 두 가지 전승으로 그 문제
적 인간으로서의 자취를 드러낼 수 없다고 보는 것이 옳을 것이다. 『삼

詠而歸 使桑樞甕牖獲猴之輩 皆識佛陀之號 咸作南無之稱 曉之化大矣哉 其生緣之村名
佛地 寺名初開 自稱元曉者 蓋初輝佛日之意爾 元曉亦是方言也 當時人 皆以鄕言稱之始
且(旦)也 曾住芬皇寺 纂華嚴疏 至第四十廻向品 終乃絶筆 又嘗因訟 分軀於百松 故皆謂
位階初地矣 亦因海龍之誘 承詔於路上 撰三昧經疏 置筆硯於牛之兩角工(上) 因謂之角
乘 亦表本始二覺之微旨也 大安法師排來而粘紙 亦知音唱和也 旣入寂 聰碎遺骸 塑眞容
安芬皇寺 以表敬慕終天之志 聰時旁禮 像忽廻顧 至今猶顧矣 曉嘗所居穴寺旁 有聰家之
墟云 讚曰 角乘初開三昧軸 舞壺終掛萬街風 月明瑤石春眠去 門掩芬皇顧影空(廻顧至)"
49) 사재동, 「元曉不羈의 문학적 연구」, 『불교계 서사문학의 연구』, 중앙문화사, 1996,
   524~525면.
50) 『林間錄』卷上.
   "唐僧元曉者 海東人 初航海而至 將訪道名山 獨行荒陂 夜宿塚間 渴甚引手掬水 宇穴
中得泉甘凉 黎明視之髑髏也 大惡之盡欲嘔去 忽猛省嘆曰 心生則種種法生 心滅則髑髏
不二 如來大師曰 三界唯心 豈欺我哉 遂不復求師 卽日還海東 疏華嚴經 大弘圓頓之敎
予讀其傳至此追念 晉樂廣酒盃蛇影之事 作偈曰 夜塚髑髏元是水 客盃弓影竟非蛇 簡中
無地容生滅 笑把遺編篆縷斜"

국유사』의 원효불기 만해도 그것만으로는 원효의 생을 갈무리하기가 힘들었던 듯 일연은 여러 곳에서 그를 다시 이야기하곤 한다. 부견인 (附見人)의 위치에 있기는 하지만 의상전교(義湘傳敎), 이혜동진(二惠同塵), 사복불언(蛇福不言) 조(條)에서 원효는 주인공 못지않게 강렬하고도 다양하게 여러 기능을 수행하는 인물로 나오고 있다.

원효는 중국체류나 유학 경험이 없었음에도 동아시아를 대표하는 학승으로 평가되어 왔다. 용왕이 원효를 주석 작업의 적임자로 추천한 것이나 유학의 노중(路中)에서 돈오(頓悟)의 체험을 얻고 곧바로 신라로 되돌아왔다는 이야기가 중국에 널리 퍼졌다. 국내 전승 안에서 원효는 민중 친화적 속성을 잃지 않았던 각자로 형상화된다. 권위와 계율에서 벗어나 진정한 의미의 깨우침이란 무엇인가를 강설 혹은 행동으로 시현하며 하층민과 뒤섞여 있기를 마다하지 않은 이가 원효였다.『삼국유사』소재 원효전승 중에는 이 같은 내용을 포함한 예화들이 적지 않은 것이다.

『삼국유사』소재 전승들에 보이는 원효·의상이 선험자적 이미지를 동반하는 것이 일반적이지만 모든 일화가 이에 속하는 것은 아니다. 한 예로 낙산이대성 관음정취조를 보기로 하자. 의상과 원효가 교단의 출중한 인물로 이미 그 명성이 높아졌을 즈음, 명주 근방을 중심으로 낙산 해변가의 성굴에 관음(觀音)이 응현한다는 이야기가 전해지고 있었던 모양이다. 그곳의 지형적 특성이 화엄경에서 묘사하고 있는 성소적 공간으로 이해될 수 있었던 것이라 보거니와『화엄경』「입법계품」의 선재동자가 남방 포달락가산(布呾洛迦山)에 이르러 관자재보살을 친견하는 그 공간이 우리 땅으로 바뀌어 나타나는 현상을 보게 된다.

대자대비한 관음보살을 친견하는 일은 고승의 진면목을 판가름하는 것이 될 수 있다고 사람들이 생각하면서 그 체험을 누가 달성하는가는 커다란 관심사였을 것이다. 그런데 원효와 의상을 빼고는 이런 난제를 풀만한 인물은 달리 떠올리기 어려웠던 것이 당시 상황이다. 어쨌든 관음친견의 원을 먼저 세운 이는 의상인 듯싶다. 사람들의 호기심에 편승해서가 아니라 자신의 기량을 가늠해보고자 하는 내적 욕구가 그를 낙산해변의 성굴(聖窟)로 발길을 인도했던 것으로 여겨진다.

그는 우선 7일을 재계하고 이른 새벽에 작은 배를 타고 굴 안으로 들어갔다. 이때에도 예외 없이 어둡고 풍랑이 심해 보통사람으로는 들어갈 엄두조차 낼 수 없는 형편이었으나 다행히 용과 천신이 시종해주는 덕에 굴 안으로 진입하는 데 성공한다. 추론컨대 이때 물결을 잠재워주고 험한 동굴의 좌대로 오를 수 있게 해준 것은 등주에서부터 그 뒤를 밝히며 위기 때마다 그를 지켜주는 선묘용(善妙龍)이 있었기에 가능한 일처럼 보인다.

의상이 친견에 성공한 이후 이번에는 원효가 곧이어 낙산 해변을 찾는다. 하지만 관음친견을 간절히 원했음에도 그의 바람은 실현되지 못했다. 그의 곁에는 험하게 일렁이는 물결을 진정시켜줄 조력자가 곁에 없었으며 하늘로부터의 천성(天聲)이나 여의보주(如意寶珠)를 내려주는 용(龍)도 나타나지 않는다. 그는 이제까지 사람들이 그러했듯 동굴에 발을 들이지도 못한 채 허망하게 발길을 돌릴 수밖에 없는 처지가 되고 만다.[51]

---

51) 一然, 상게서 塔像 第四, 洛山二大聖 觀音正趣調信.
 "昔 義湘法師 始自唐来還 聞大悲真身住此海邊崛内 故因名洛山 盖西域寶陁洛伽山此 云小白華 乃白衣大士真身住處故 借此名之 齋戒七日 浮座具晨水上龍天八部侍從 引入 崛内衆禮 空中出水精念珠一貫給之 湘領受而退 東海龍亦献如意寶珠一顆 師捧出 更齋 七日 乃見真容謂曰 於座上山頂雙竹湧生 當其地作殿宜矣 師聞之 出崛果有竹従地湧出

『삼국유사』를 읽다보면 관음친견이란 과제를 두고 의상과 원효 간에 왜 이 같은 차이가 발생한 것일까 의문이 앞서 들게 된다. 원래 원효와 의상이 나이차에도 불구하고 절친한 도반으로 그려지고 경우에 따라서는 형제지간으로까지 형상화되는 것이 설화적 실상이므로 의상을 추켜세우고 원효를 일종의 패배자로 형상화하고 있는 것이 쉽사리 납득되지 않는 것이다. 아무래도 이 대목은 전승자의 입장에서 이해해야 할 듯싶다. 즉, 고승의 영험 겨루기에서 의상이 원효를 제압했다는 식으로 전개된 것은 의상의 문도, 혹은 제자들 사이에서 전승된 이야기가 채록된 것과 무관치 않았을 것으로 본다. 적어도 낙산이대성 관음정취조신(洛山二大聖 觀音正趣調信)은 의상 추종자들에 의해 구축된 전승담으로 분류해도 무리가 없는 것으로 여겨진다.

고려 말에 이르면 낙산에서의 관음친견을 두고 여러 갈래의 이야기가 전승된다. 유형담 중에는 낙산이대성 관음정취조신(洛山二大聖 觀音正趣調信)과 차이를 보이는 것도 발견된다. 일연보다 50년 앞서 기록된 익장(益莊)의 기문(記文)에 따르면 의상 역시 7일간의 재계에도 불구하고 친견에는 끝내 실패한 나머지 수중에 투신한다. 다행스럽게도 그는 구제되었는데 보살의 얼굴을 보지 못하고 음성을 듣는 것만으로 만족해야 했다.[52] 경우에 따라서는 아예 고승이 배제된 경우도 있다.[53]

乃作金堂塑像 而安之 圓容麗質儼若天生 其竹還没 方知正是真身住也 因名其寺曰洛山 師以所受二珠 鎮安于聖殿而去 後有元曉法師繼踵而來 欲求瞻禮 初至於南郊水田中 有一白衣女人刈稲 師戲請其禾 女以稲荒戲荅之 又行至橋下 一女洗月水帛 師乞水 女酌其穢水献之 師覆弃之 更酌川水而飲之 時野中松上 有一青鳥呼曰 休醍蝴和尚 忽隱不現 其松下有一隻脱鞋 師既到寺 觀音座下又有前所脱鞋一隻 方知前所遇聖女 乃真身也 故時人謂之觀音松 師欲入聖崛 更覩真容 風浪大作 不得入而去"

52) 金德承, 『洛山寺事蹟』.
"高麗僧益莊記 襄州東北降仙驛之南里 有洛山 寺之東數里許巨海邊 有窟 其高可百尺

아무튼 원효는 승속(僧俗)을 아울러 존경의 대상으로 각인된 이야기가 많지만 경우에 따라서는 패배자로 형상화된 또 다른 전승이 존재했다는 사실을 『삼국유사』를 통해 확인할 수 있다.

6) 진표(眞表)

진표(眞表)는 경덕왕 때 활약한 고승으로 완산주(完山州) 만경현(萬頃縣)에서 태어나 점찰경(占察經)과 189개 간자를 이용한 점찰교법(占察敎法)을 마련하는 등 미륵신앙을 진작시키는 데 심혈을 기울인 인물이다.[54] 그가 마련한 점찰교법은 이후 영심(永深) 등 많은 제자에게 계승되었으니 당대 교단에서 차지했을 위상을 헤아리기 어렵지 않다. 그를 추종하는 제자, 신자, 호불자들 사이에서 그는 누구보다 신성함과 위대함을 지닌 인물로 받아들여졌으며 전승담을 통해 후대로 전해졌을 것이다. 『송고승전(宋高僧傳)』, 『발연수석기(鉢淵藪石記)』, 『삼국유사(三國遺事)』 등은 불가의 자료들로 불교 지식인들에 의해 기록되었으며 진표

其大可容萬斛之舟 海濤常出入 爲不測之壑 世稱觀音大士所住處也 窟前距五百十許步 海中有石上可鋪一席 出沒水面 昔新羅義湘法師 欲親覩聖容 乃於石上 展坐拜稽 精勤至二七日 尙未親覩便投身海中 東海王扶出石上 大聖卽於窟中 伸臂水晶念珠 曰我身未可親覩 但從窟上 行至雙竹湧出處 是吾頂上 於此可營一室 安排像設也 龍亦獻如意珠及玉 師受珠而來 有雙竹湧立 乃於其地創設 以龍所獻玉 造像安之 卽玆寺也 我太祖立國 春秋遣使設齋三日 以致敬焉 厥後書於甲令 以爲恒規 水晶念珠 及如意珠 藏於是寺 傳寶之 癸丑歲天兵亂入我疆 是州於雪嶽山 築城守禦 城陷 寺奴取水晶念珠及如意珠 埋於地 亡走上告于朝 兵退 遣人取之 藏於內殿 世傳有人到窟前 至誠拜稽 則靑鳥出現 明宗丁巳 瘐資諒爲兵馬使 至十月到窟前 焚點拜稽 有靑鳥唧花飛鳴 落花於幞頭上 世以爲稀有云云"

53) 『新增東國輿地勝覽』襄陽條.
    "洛山寺之東數許 巨海邊有窟 其高可百尺 其大可容萬斛之舟 其下海濤常出入 爲不測之壑 世稱觀音大師 所住處也 窟前距五十許步 海中有石上可鋪一席"

54) 고익진, 『한국고대불교사상사』, 동국대학교 출판부, 1989, 77면.

의 초기전승을 담고 있다. 문헌전승이라 해도 이들 또한 당시 구전되던 이야기에서 유입된 것임은 물론이다.

　진표의 초기전승부터 후기전승까지 총체적으로 살펴보고 계통을 세우는 것이 쉽지는 않다. 하지만 진표전승의 전승사적 특성을 살펴보기 위해서라도 전승 자료를 일단은 폭넓게 일별해 볼 필요가 있겠다. 문헌, 구전자료를 두루 포함하여 진표의 전승적 자료를 예시해보면 다음과 같다.

> 『宋高僧傳』, 眞表傳 / 『三國遺事』, 『楓嶽山鉢淵藪石記』/ 『三國遺事』, 眞表傳簡 / 『韓國佛教全書』9卷, 『雪潭集』/ 『東國李相國集』, 南行月日 / 『秋江集』5卷, 遊金剛山記 / 『河陰先生文集』7卷, 關東錄 下 / 『魯西先生遺稿續』3卷, 巴東紀行 / 『弘道先生遺稿』卷5, 東遊錄 / 『杞園集』卷20, 再遊金剛內外山記 / 『月谷集』卷10, 遊楓嶽日記 / 『性潭先生集』卷12, 東遊日記 / 『成齋集』, 金剛觀紋 / 『林下筆記』37卷, 蓬萊秘書 / 『金堤郡史』, 1978, 865면. / 『金堤市史』, 1995, 1598~1603면.

　삼국시대를 지나서도 진표는 여전히 전승의 대상으로 관심을 끌면서 다양한 신분 계층들에 의해 구전의 핵심 대상으로 자리를 잡았던 것으로 보인다. 승려, 민중층은 물론 반불적 의식이 몸에 배어 있는 유자까지도 진표전승의 한 담당층을 형성하고 있어 흥미롭다. 아득한 시공간을 넘어 진표전승이 유지할 수 있었던 까닭은 아무래도 그 삶 자체가 승속(僧俗) 각각의 관심과 호기심을 견인하는 측면을 내재하고 있었기 때문이 아니었을까 유추해보게 된다. 전승을 매개하는 집단의 기억 속에 특정 부분은 의도적으로 선택되고 의미 있는 것으로 규정되고 해석된 이야기로 남는다. 아울러 이야기는 삶의 문화, 습관, 본보기에 따라 그 결과가 달라질 뿐 아니라 설사 문화나 교육이 같더라도 그 일을 하게 된 동기, 목적에 따라 서로 다른 결과가 나온다. 말하자면 진표는 오랜 시공간을 거치면서도 다양한 계층, 신분들의 욕망, 세계관을 투영시키기에 적절한 대상으로 지목되어온 것을 알 수가 있는데 전승 담당층에 따른 전승담의 유형화를 통해 전승담의 특성을 보다 구체적으로 살필 수 있을 것으로 본다.

불가 내 진표의 전승을 가장 먼저 확인시켜주는 것은 998년 찬녕(贊寧)이 찬술한 『송고승전』 소재 당백제국금산사진표전(唐百濟國金山寺眞表傳)이다. 이는 처음부터 일대기를 지향하고 쓴 승전(僧傳)이다. 따라서 순수한 전승물로 보기가 어려울 수 있으나 그 내용 조건으로 보면 전승적 검토를 외면해서는 안 된다는 생각을 갖게 한다. 출가 동기를 전하는 서두부터가 세속 간의 전승이 유입된 것으로 보이기 때문이다.

이에 따르면 진표는 짐승 잡는 일로 생각 없이 살다가 뜻밖의 일을 경험하고서 삶의 행로가 바뀌게 된다. 어느 날 그는 사냥을 하러 나갔다가 잡은 개구리들을 버들가지에 꿰어 물 속에 놓아둔 채로 귀가한 일이 있었다. 그러나 그는 그 사실을 완전히 잊고 말았다. 그러다 다음해 근처를 지나다 개구리 우는 소리에 물가를 찾게 되었고 거기서 30마리의 개구리들이 몸이 꿰어진 채 울고 있음을 보고 충격을 받는다. 즉 진표의 출가는 이같이 미물들을 고통 속에 방치했던 사건에서 촉발되었다 할 수 있다.[55]

---

55) 贊寧, 『宋高僧傳』, 唐百濟國金山寺眞表傳釋眞表.
　　"百濟人也 家在金山世爲弋獵 表多蹻捷 弓矢最便 當開元中 逐獸之餘 憩於田畎間 折柳條貫蝦蟆成串 置於水中 擬爲食調 遂入山網捕 因逐鹿 由山北路歸家 全忘取貫蝦蟆歟 至明年春 獵次聞蟆鳴 就水 見去載所貫三十許蝦蟆猶活 表於時嘆惋 自責曰 苦哉 何爲口腹 令彼經年受苦 乃絶柳條 徐輕放縱 因發意出家"

위 기사는 불연적 근기(根機)를 앞세워 출가를 숙명으로 돌리는 대부분의 불승담과는 판이하다. 어떻게 보면 성자적(聖者的) 전기(傳記)를 외면하고 있는 내용 전개로 비추어질 정도이다. 다시 말해 이야기의 서두에서 굳이 사냥을 업으로 삼았다는 속가에서의 사정을 명백히 밝혀놓고 있는 것이다. 불교적 시각으로 볼 때 누구보다 악업을 많이 쌓았음을 강조하는 것이나 마찬가지이다. 일반적으로 승전들은 태어나고 자라는 과정에서의 불연적(佛緣的) 일화를 가능한 많이 동원하고 있다 할 수 있다. 그에 비한다면 위 이야기는 승전의 전기적 관행56)을 벗어나 있다. 그런데 바로 이런 점으로 말미암아 당백제국금산사진표전(唐百濟國金山寺眞表傳)의 전승적 성격, 즉 이 이야기가 애초에는 속가에서 유전되다가 사중의 의도에 따라 전기물로 탈바꿈한 것이었음이 밝혀진다.

『송고승전』이 불가적 시각이외 속가의 전승이 유입되었다고는 하나 이야기가 진행에 맞추어 여타 승전 찬술방식과 같이 주인공의 성스런 자취를 우선해서 수습하며 그것을 바탕으로 생을 구성해나가는 방향으로 돌아선다. 출가 이후의 행적은 불퇴전의 결심으로 성자적 단계에 오르는 과정이라고 해도 좋을 것이다.

금산사에서 계를 받은 후 진표는 미륵보살에게 계법을 전수받고자 발분하다가 뜻대로 되지 않자 전신을 내던지는 것으로 발원의 정도를 표시하게 된다. 그 행동은 보살마저 놀라게 만들었으니 미륵보살로부터 계법을 구하는 그 열의를 칭찬받은 것은 물론 삼법의(三法衣)와 발우, 그리고 첨대 등의 물건까지 하사받기에 이른다. 특히 미륵보살은

---

56) 김승호, 「불교적 영웅고」, 『한국문학연구』 12집, 1989, 329~354면.

108개의 첨대를 주면서 사람들이 계법을 구하려 하면 반드시 먼저 죄를 참회하고 나서 점을 치라 가르쳐준다.[57]

진표가 지장, 미륵보살을 친견한 일은 통과제의적 사건으로 규정할 만하다. 간절히 바라던 대로 보살을 친견한 후 진표는 장소를 옮기며 대중, 미물들을 구원하고 신불(信佛)의 세계로 인도하는 주체로서 흔들림 없이 자리 잡기 때문이다. 민중설화 속에 투영된 진표는 타자를 향하는 구원자로서의 면모에서 이탈하지 않는다. 그의 감화력은 사람들은 물론 용, 물고기, 호랑이 등 미물들에게까지 미친다. 미물들일지라도 그의 인도에 힘입어 불법의 세계를 증험하고 부처의 가르침을 생의 좌표로 살아가기로 약조하게 되는 것이다. 그의 신성적 자취는 사람의 이해를 훌쩍 넘어선다. 두 마리의 호랑이가 진표를 좌우에서 엄호하고 다녔다는 일화에서 드러나듯 그의 존재적 의미는 미물들에게도 깊게

---

57) 贊寧, 상게서, 唐百濟國金山寺眞表傳釋眞表.
　　"自思惟曰 我若堂下辭親室中割愛 難離欲海莫揭愚籠 由是逃入深山以刀截髮 苦到懺悔 擧身撲地志求戒法 誓願要期彌勒菩薩授我戒法也 夜倍日功 繞旋叩磕 心心無間念念翹勤 經於宵 詰旦見地藏菩薩手搖金錫梁爲表策發敎發戒緣作受前方便 感斯瑞應嘆喜遍身勇猛前 二日滿有大鬼現可怖相 而推表墜於岩下 身無所傷 匍匐就登石壇上 加復魔相未休 百端千緒 至第三日質明 有吉祥鳥鳴曰 菩薩來也 乃見白云若浸粉然 更無高下山川平滿成銀色世界 兜率天主逶迤自在 儀衛陸離 圍繞石壇 香風華雨 且非凡世之景物焉 爾時慈氏徐步而行 至於壇所 垂手摩表頂曰 善哉大丈夫 求戒如是 至於再至於三 蘇迷盧可手攘而卻 示心終不退 乃爲授法 表身心和悅 猶如三禪 意識與樂 根相應也 四萬二千福河常流 一切功德 尋發天眼焉 慈氏躬授三法衣 瓦鉢復賜名曰眞表 又於膝下出二物 非牙非玉 乃籤檢之制也 一題曰九者 一題曰八者 各二字 付度表云 若人求戒當先悔罪 罪福則持犯性也 更加一百八籤 籤上署百八煩惱名目 如來戒人 或九十日 或四十日 或三日 行懺苦到精進 期滿限終 將九八二籤參合百八者 佛前望空 而擲其籤 墮地外驗罪滅不滅之相若百八籤飛逗四畔 唯八九二籤卓然壇心而立者 卽得上上品戒焉 若衆籤雖遠 或一二來觸九八籤 拈觀是何煩惱名 抑令前人重覆懺悔已 正將重悔煩惱籤和九八者 擲其煩惱籤去者名中品戒焉 若衆籤埋覆九八者 則罪不滅 不得戒也 設加懺悔過九十日 得下品戒焉慈氏重告誨云 八者新熏也 九者本有焉"

각인된다.

『송고승전』에서 전해주는 진표의 행적은 '수렵 → 지장 미륵의 친견과 신표 수수 → 중생포교 및 구원 → 사찰건립' 등이 중심축을 이룬다. 이 중에서도 단연 주목되는 것이 앞서 본대로 재세담(在世談)이다. 승전의 서사시간은 대체로 출세간(出世間)에 몰리게 된다. 하지만『송고승전』에서는 그런 서사 관습을 벗어나 사냥꾼으로 살생을 밥 먹듯하던 과거의 일이 숨김없이 들추어지고 있다. 국내 문헌 전승에서는 소개되지 않는 이 이야기는 국내에서 폭넓게 전파되다 중국까지 흘러들어갔던 것으로 보인다.

대당(對唐)유학의 체험이 없었던 진표가 중국 승전인『송고승전』에 입전되었다는 점은 그의 전승적 영역이 한반도를 넘어 해외로까지 확장되었음을 말해준다. 당과 삼국 간의 불교 문화적 소통이 활발했던 당시 환경이 백제권에서 발원한 진표의 원형담이 신라권역으로, 그리고 다시 중국 내로 흘러 들어가도록 추동하였을 것이다. 국내전승과 비교할 때 중국 내 진표전승은 출가시기, 고향, 사승(師僧) 등 기본적 정보들마저 명확하지 않은 한계가 드러나기는 하지만 진표의 초기 전승적 면모를 확인시켜 준다는 점에서 그 의미가 적지 않다고 해야겠다.

『발연수석기』는 고려시대 진표의 전승을 엿볼 수 있는 앞선 자료이다. 영잠(瑩岑)이 진표의 유골이 흩어진 채로 방치되고 있음을 목도한 후 이를 안타깝게 여기고는 장골탑을 세우면서 쓴 것이다. 비문이 그렇듯 여기에는 진표의 전 생애가 기록되어 있다. 그 내용은 '가계 → 출가 → 구족계 → 불보살로부터의 계법(戒法) 수수 → 불가사의에서의 수행, 양성(兩聖)친견, 천안통(天眼通) 획득 → 간자 획득 → 중생교화 → 금산사 창건' 등이 계기적으로 기술되어 있는 것을 보게 된다. 구성으로 보면 거의 『송고승전』과 겹치지만 재세담만이 여기서는 빠져있어 눈길을 끈다. 가문, 출생, 성장, 출가 동기 등을 전하는 진표의 재세담(在世談)이 부주의로 누락된 것이라 보기보다는 생을 성스럽게 구조화하자는 의도를 앞세우게 마련인 승전적 특성에서 비롯된 것으로 보아야 할 것 같다.58)

영잠(瑩岑)의 『발연수석기』는 비명 형식의 글이므로 탄생에서부터 시멸까지의 일생을 서사시간으로 수용하는 것은 당연한 일이지만 그렇다고 전기적 기록으로서만 한정지을 필요는 없다. 세심하게 읽다보면 진표의 생은 몇 군데 장소를 축으로 짜여 있음이 드러난다. 공간이 시간 못지않게 중요한 서사지표가 되고 있음은 먼저 눈에 띄는 특징인 것이다. 가령 불사의방, 발연수, 금산수 등은 진표가 신성한 자질을 예비하거나 혹은 성현을 드러내는 장소로서의 의미를 지니게끔 공간과 불교적 인간으로서의 변모가 단계화되고 있다는 생각을 갖게 한다.

불사의방(不思議房)은 진표에게 통과의례적 의미가 강한 곳이다. 『송고승전』에 따르면 진표는 속세에서 악업을 짓다가 이곳을 찾아 새로운 인간으로 재탄생한다. 거기서 그는 망신(亡身)조차 개의치 않는 의지를 보인 끝에 미륵보살로부터 대장부라는 찬탄과 함께 견성의 인가를 얻게 되는 것이다. 불사의방은 지장·미륵보살을 친견하고 그들로부터 신물을 건네받음으로써 진표가 속적(俗的) 요소를 탈색하는 현장이다. 그곳에 머물면서 진표는 불보살에 버금가는 위력을 갖추고 성현의 주체로

---

58) 『鉢淵藪石記』, 『三國遺事』 등은 진표의 일생을 지향하고 있는 전기이면서도 출가이전의 상황에 대해서는 구체적인 설명이 없다. 같은 전기라 할지라도 『宋高僧傳』 소재 唐百濟眞表傳에서 진표의 출가 전 행적은 물론 출가 동기를 전승담을 끌어들여 흥미롭게 전하고 있는 것과 대조된다. 반면에 영잠이나 일연은 在俗時 이야기를 누락시킨 채 진표의 고일하고 성스런 자취만을 선별해서 나열하고 있는 것을 보게 된다.

탈바꿈한다. 발연수(鉢淵藪)와 금산수(金山藪)는 성자적 위치에 오른 진표가 본격적으로 대중은 물론 미물들까지 교화하고 구원하는 대표적인 성소로 등장한다.

『발연수석기(鉢淵藪石記)』는 『송고승전』, 『삼국유사』와 다르게 미륵보살이 건네 준 점찰경이나 간자에 대해 상대적으로 설명이 소략한 편이다. 하지만 국외 자료인 『송고승전』보다 더 많은 전기적 사실을 제공해야 한다는 열의만은 분명히 짚을 수 있다.[59] 진표 무덤 위의 소나무가 살고 죽기를 반복한 일, 사람들의 무관심 속에 방치되던 진표의 유골을 수습하여 장골탑을 건립한 일[60] 등 서사 주체로서 영잠의 체험적 증언이 보태져 또 다른 전승이 출현하고 있음은 주목할 만하다.

『삼국유사』 소재 진표간자(眞表簡子)의 서사지향점은 그에 앞서 등장한 『송고승전』이나 『발연수석기(鉢淵藪石記)』와 마찬가지로 진표의 생애를 숭고하게 그려내고 있는 전기물(傳記物)이다. 다른 문헌에 비해 출현이 늦었던 탓에 여러 전승을 포괄하여 전하고 있어 앞의 자료들보다 정보적 편폭이 넓어지고 있으며 일연 특유의 사실적 검증, 전승의 선별 안목이 발견되기도 한다. 한 예로 진표의 출생지를 두고 일연은 『발연수석기』를 따르지 않고 완산주(完山州) 만경현(萬頃縣) 두내산현(豆乃山縣) 혹은 나산현(那山縣)이라 했으며 부모의 이름을 각각 진내말

---

59) 『宋高僧傳』에서 불투명하게 처리된 사실들이 선명하게 보완된 것은 鉢淵藪石記가 지닌 장점의 하나이다. 일례로 진표의 고향을 全州 碧骨郡 都那山村 大井里, 출가시기를 12세, 具足 師僧을 順濟法師로 분명히 밝히고 있는 것이다.

60) 瑩岑, 『關東楓岳鉢淵藪石記』.
"師遷化時 登於寺東大巖上示滅 弟子等不動眞 而供養 至于骸骨散落 於是以土覆藏 乃爲幽宮 有靑松卽出 歲月久遠而枯 復生一樹 後更生一樹 其根一也 至今雙樹存焉 凡有致敬者 松下覓骨 或得或不得 子恐聖骨 滅 丁巳九月 特詣松下 拾骨盛筒 有三合許 於大上雙樹下 立言安骨焉"

(眞乃末), 길보낭(吉寶娘), 성을 정(井)이라 변증해내고 있다. 그리고 구족계를 받은 은사에 대해『발연수석기』에서 순제(順濟)스님이라 했던 것을 여기서는 숭제(崇濟)스님으로 정정하고 있다.[61]

진표가 양성(兩聖)으로부터 인가를 받는 대목에 비중을 두고 있는 것은 선행서사와 마찬가지이다. 속(俗)에서 성(聖)으로의 이행부위가 바로 그 사건임을 강조한 것이 틀림없겠는데 점찰, 간자와 관련해 상세한 설명을 부연하는가 하면 서사의 말미에서도 점찰경과 관련한 비평을 덧붙일 정도로 미륵신앙을 진작시킨 진표의 위업에 경외감을 보인다. 이와 함께 진표전간(眞表傳簡)은 진표의 성자적 자취에 주목하면서도 한편으로는 그가 차지했던 사회적 위상에 대해 주목하고 있다. 즉 그는 대중구원자를 넘어 경덕왕에게 보살계를 주는 등 상층과의 결연 또한 두터웠음을 밝힌다. 여기에 영심(永深)과의 일화를 포함, 8명의 제자와의 인연을 열거함으로써 그 법맥과 승단 내 위상이 객관적으로 드러나고 있다.[62]

고려시기 불가에서 출현한 위 3가지 문헌자료는 일상의 논리나 합리성을 넘어서는 세계를 보여주며 교리 상의 예외적 합법성을 추구하고 있다.[63] 출가, 청익, 교화 및 제도, 열반 등은 진표의 일대기를 이루는

---

61) 一然, 상게서 卷第4, 義解, 眞表傳簡.
"釋眞表 完山州(今全州牧)萬頃縣人(或作豆乃山縣 或作那山縣 今萬頃 古名豆乃山縣也 貫寧傳釋□之鄕里 云金山縣人 以寺名及縣名混之也) 父日眞乃末 母吉寶娘 姓井氏 年至十二歲 投金山寺崇濟法師講下 落彩請業"

62) 一然, 상게서 卷第4, 義解, 眞表傳簡.
"景德王聞之 迎入宮 受菩薩戒 租七萬七千石 椒庭列岳皆受戒品 施絹五百端 黃金五十兩 皆容受之 分施諸山 廣興佛事 其骨石今在鉢淵寺 卽爲海族演戒之地 得法之袖領 日永深寶宗信芳體珍海眞善釋忠等 皆爲山門祖 深則眞表簡子 住俗離山 爲克家子 作壇之法 與占察六輪稍異修 如山中所傳本規"

단순한 사건이 아니라 성자적 궤적을 엮어내는 구성단위가 되고 있다. 불보살에 의해 신성한 존재임을 인가받고 이후 대중과 미물을 교화, 구원하는 진표의 신성한 자취를 확인해주는 것이야말로 불가 내 전승 자들이 무엇보다 유념할 핵심적 사항으로 여겨진다.

불가(佛家)내 진표전승을 뒷받침하는 또 하나의 사례로 주목되는 것이 자우(自優, 1769~1830)가 남긴 『설담집(雪潭集)』 소재 〈몽행록(夢行錄)〉이다. 자우가 용집(龍集) 계미년(癸未年, 1823) 백제, 호남권의 산과 사찰을 두루 편람한 끝에 남긴 기록이다. 유산기(遊山記)임에도 이 자료가 주목되는 이유는 노정의 기록에 그치지 않고 사중, 민중들 사이에 전해지던 19세기 진표전승을 삽입해 놓았기 때문이다.

이에 따르면 진표는 부풍(扶風) 대정촌(大井村) 출신으로 사냥을 하면서 살던 가난한 총각이었다. 어느 날 큰 자라 한 마리를 잡아 부엌에 두고부터 아침마다 진수성찬이 차려지는 일이 벌어진다. 곧 자라가 색시로 변해 그리 해놓은 것을 알아챈 진표가 여인에게 청혼 끝에 부부가 된다. 행복하게 살던 중 자라각시가 출산을 빌미로 진표에게 자리를 비켜줄 것을 청하게 된다. 하지만 진표가 출산 현장을 몰래 지켜본 바람에 그때 낳은 7용자(龍子)는 모두 죽고 자라각시는 홀연히 사라지고 만다.[64] 〈몽행록〉의 자라각시 이야기는 우렁각시 민담과 전반부가 일

<hr>

63) 카트린뢰게 알더 저·이문기 옮김, 『민담, 그 이론과 해석』, 유로, 2009, 66면.

64) 「雪潭集」 卷下(『韓國佛敎全書』 9卷, 746면).

　　"眞表律師 扶風大井村人也 在家無産 以釣爲事 一日終不釣一魚 暮得巨鼈 還無人買 懸廚飢臥 朝看滿盤珍饌在側 因進食之 明朝亦然 心怪之 潛窺得一美姬 從鼈出 雖乏薑 脩 與結縭星期因成好 烟交霧壓 雨濃風撓 居化大廈 烏革翬飛 宛然官廨 僮僕成隊 駿驄 列廐 榮富赫然 詩書不閑 以射爲業 一夕姬言 我已當産 小避出云 恠其伉儷 間間忌權依 從夜潛還縱觀 果誕七子 鱗角崢嶸 洗浴於雲霧中 姬知窺 呼入七龍子 見已立死 姬不憤 其甚剝 夜撤飛去 唯餘空墟 眞似사女 已歸宵漢去 獸郞猶在火邊 栖其地 俗猶傳七龍墓

치한다.[65] 진표에게 기적같이 다가온 행복이 지속되지 못한 것으로 처리된 것은 금기 위반 모티브를 토대로 하는 우렁각시류의 이야기 중에서도 비극형을 차용한 때문일 것이다.

우렁각시 이야기의 총각이나 진표는 한결같이 금기를 위반하여 비극에 빠진다. 우렁각시에서 금기 모티브를 삽입한 까닭은 도덕·윤리적 필요, 혹은 사회 보편적 가치의 실현이라는 측면에서 해석하여 금기 위반 시에는 그에 상응하는 대가가 따른다는 점을 보여준 것으로 풀이해왔다.[66]

하지만 진표전승의 경우는 그 뒤의 부언담으로 보아 도덕·윤리적 차원에서 삽입된 금기 모티브가 아니다. 즉, 고(苦)에서 벗어날 길이 없는 민중의 현실을 드러낸 것으로 보는 게 타당하다고 본다. 진표는 자라각시와의 결혼이 행복을 영원히 담보해주는 것으로 알았을지 모른다. 하지만 그것은 금기의 위반과 함께 사라지는 행복이었다. 아내의 정체를 확인하고픈 욕구를 억제하지 못하고 출산 현장을 엿본 탓에 원래 하층민의 처지로 되돌아가고 만 것이다. 〈몽행록〉의 자라각시 이야기는 하층민에게 현실이란 얼마나 고통스러우며 그것을 벗어나기 역시 쉬운 일이 아니라는 사실을 선명하게 보여준다고 할 수 있다. 〈몽

從此落托 唯持弓矢 射禽獸爲業 一日射廢 踵鮮血入佛宇 像乃帶矢也 大驚悔 却弓矢 山有却弓矢爲名地 因剃染 結社修禪 終得大惺悟"

65) 우렁각시의 기본형은 '기점—상봉—밥상—처녀의 변신—금기제시—결혼—결말' 등 7개의 단락소로 구성된다. (배도식, 「우렁각시 설화의 구조와 의미」, 『동남어문논집』 23집, 2007, 40면.) 진표 전승에서는 결혼 이후에 금기제시, 결혼파탄이 이어져 기본형과 차이가 있지만 금기를 위반해 비극적 결말을 맞는다는 비극형 우렁각시 이야기와 전반부가 유사하게 처리되고 있다.

66) 박완호, 「우렁각시를 통한 한중 양국 문화의 보편성과 특수성 고찰」, 『중국인문과학』 40집, 2008, 521면.

행록〉은 속가에서 전해지던 우렁각시 이야기가 자라각시 이야기로 어떻게 변이되어갔는지를 가늠해보게 하면서 동시에 불가에서 해석하는 삶의 의미를 되새기게 한다. 특히 〈몽행록〉은 자라각시와 진표를 통해 인간사의 고통과 허무감을 드러내는 데 초점이 있다고 할 수 있다. 이는 자라각시이야기의 종결부에 눈을 돌리면 이해할 수 있다. 대단원에 이르면 자라각시와 헤어진 후에도 사냥을 업으로 삼던 진표가 부처의 응신을 통해 그 동안 지은 악업이 얼마나 큰지를 깨닫는다. 그리고 출가를 단행한다. 포괄적 시각으로 보면 자라각시 이야기나 부처의 사슴 응신담은 진표의 출가 동기를 전하기 위해 불교설화 중의 한 예화가 삽입되고 있는 것으로 나타난다.[67]

〈몽행록〉은 동시에 우리가 어떻게 살아가야 할지를 생각하게 한다. 진표는 범인 가운데 무작위로 선택된 인간이라고 해도 좋다. 그는 우렁각시 이야기에 나오는 총각과 다를 바 없는 인간이라고 할 수 있다. 〈몽행록〉에서는 그를 내세워 미미한 한 인간이 고해의 세계를 뒤로 하고 구도의 길에 들어서기까지의 과정을 빼놓지 않고 포착해 놓았다. 속세에서의 비극적 상황, 사건을 체험한 진표가 궁극의 길을 모색하다가 출가를 모색하게 된다는 이 이야기는 일반적인 민담으로 취급하기보다는 불가의 민담으로 구별 짓는 것이 도리어 타당하리라는 생각을

---

67) 사냥꾼이 살생을 참회하고 불가에 귀의하는 전개는 불교설화에서 어렵지 않게 만날 수 있다. 한 예로 閔漬가 찬한 「寶蓋山石臺記」를 들어본다.
　"古記云 昔有獵士順碩等二人 射一金猪則所射之穴 鮮血點地 而從歡喜峰而去 獵士追至 望其所止之處則不見金猪 但見石像 在泉源中 而頭而已出 其身尙隱 左肩中有所射之箭 故 二人大驚 卽拔其箭而欲出其體 則體不動如泰山 二人愕然 俱立誓云 大聖旣而哀憐我等 爲欲度脫 現此神變 若明日出坐泉邊之上 我等當出家修道 已而退 翌日來見之像出坐于石上 二人卽出家于唐開元八年庚申 率其徒三百餘人 刱是蘭若 二人於林下 累石爲臺 當坐臺上精進故 因名石臺"(閔漬, 「寶蓋山石臺記」)

해본다.

불가(佛家)에서는 아무래도 전승담을 통해 불교적 인간의 전형을 마련하는 데 고심하게 된다. 일생 단위 중에서도 불교적 덕성에 부합되는 서사 부위만을 선별하여 진표의 생을 구성하려는 것도 그 때문이다. 추종해야 할 상을 전제로 한 이야기이다 보니 진표는 자연히 성현(聖顯)의 주체로서 부각된다. 진표전승이 폭넓고 다채롭게 전개될 수 있었던 것은 진표를 잊지 않는 다양한 신분, 계층, 욕망의 전승자들이 시대를 넘어 존재했기 때문이었다. 그들은 진표의 역사를 재구하기보다는 그를 매개로 하여 자신들의 입장, 환경, 욕망 등을 대응시키고 나아가 이를 기억의 대상으로 남기려 했던 것을 알 수 있다.

해외 불교인물 전승의 문학사적 의의

　이제까지 주로 한국에서 불교가 수용된 이후 신라 말까지 활약한 불교 인물의 전승담의 범위, 시대적 분포, 서사 미학적·역사적 가치를 살펴보는 자리를 가졌다. 불교인물 전승이 하나의 서사영역으로 주목받지 못한 까닭은 그간 연구적 시각이 지나치게 역사적 장르 중심으로 전개된 탓도 적지 않다. 가령 향가, 게송, 불경설화 등의 영역으로 구분지어 접근한 사례는 많았으나 문헌과 구비를 포함하는 불승관련 이야기를 별도로 획정하여 살펴보려는 접근은 없었다는 것이다. 하지만 불교인물의 전승담을 하나의 영역으로 구별 지어 볼 때 문학적 실상이 도리어 잘 포착된다는 점을 밝힐 수 있었다.

　불교의 한반도 유입은 단순히 종교적 사건으로만 볼 수 없다. 여기서 주목하고자 했던 것이 불교와 문학의 관계였던 바, 특히 불교문화의 유통과 더불어 파생된 불교인물의 전승담이 지닌 의미와 가치를 파악해보고자 했던 것이다. 삼국의 승려들을 중심으로 불교 인물들의 자취는 불서가 앞서 출현한 중국에서 폭넓게 전파, 수습되었으며 일부 승려담은 일본 쪽의 불서에 채록되었음에도 이에 대한 문학적 조명이 이루어지 못한 채로 외면당하고 있었던 것이다. 하지만 그것이 지닌 의미는 작은 것이 아니었다.

　우선 해외 불교인물의 전승으로 말미암아 가려져 있던 고대 문학사를 일부를 복원할 수 있음을 확인했다. 그동안 초기 문학사를 점검하고 복원하는 데 있어『삼국사기』,『삼국유사』만큼 존재감을 자랑하던 것은 없다고 해도 과언이 아니다. 그러나 그것이 가진 한계는 덮을 수 없었다. 이 두 자료는 고려시기에 출현한 것으로 삼국이나 통일신라시기의 문학적 실상을 담보해주기에는 한계가 뚜렷하다. 나려(羅麗)시대의 문학적 자료가 빈곤한 탓에 그에 수록된 작품을 이른바 원형적 자료로 수용하려는 태도는 이런 점에서 문제를 안고 있다.

　이에 필자가 주목한 것이 해외 문헌들이었던 것이다. 해외 문헌 가운데 가장 주목되는 것은 역시 중국의 불서들이었다. 중국과 일본 쪽의 불서에 오른 불교인물의 전승들은 국내 어느 자료에서도 쉽게 찾을 수 없는 것이었다. 이들이 지닌 가장 큰 장점이라면 채록시기가 비교적 분명히 밝혀져 있어 불교인물담의 형성과 전파 상황의 추적을 가능케 한다는 것이다. 그것은 고대시기 전승의 출현과 그 후대적 계통성을 마련해주며 불투명하게 처리된 초기 서사문학사의 윤곽을 한층 선명하게 비추어 줄 수 있다.

　둘째, 불교인물 전승은 불교서사의 가치와 위상을 마련하는 데 핵심적 근거가 되었다. 인간의 정신과 사유를 기반으로 하는 언어구조물로서 문학은 종교, 철학이란 바탕 위에 구축되기 마련이다. 우리나라의 경우, 유교와 불교가 끼친 영향은 다른 어떤 것보다 강력했다. 유교는 현실적이고 실제적 삶의 지침으로 작용해 일상생활을 지배한 반면 불교는 현실 속 고뇌와 불안을 넘어서 열반의 세계에 이를 수 있다는 희망을 주었다. 따라서 불교는 이야기가 갖는 힘을 일찍부터 주목하고 이를 교법 설파의 수단으로 활용하는 데 적극적이었다. 다시 말해 불

교적 감화력을 추동하는 데 있어 석가의 전생담, 일화는 물론이고 고
승들의 일생담과 성불담, 신불자들의 영험적 체험담은 시대를 넘어 다
음 세대로 이어졌던 것이다. 해외 문헌에서 발견되는 불승들의 전승도
그런 서사적 방편화의 하나에 속하는 것이었다. 하지만 그것이 갖는
의미는 좀 특별한 부분이 있었다. 이른바 전승영역이 국내로 한정되지
않고 동아시아적 범위로 확장되었다는 것, 그리고 어떤 불교 전승보다
도 앞서 채록되어 지금까지 전한다는 사실이다. 이런 두 가지 특징으
로 말미암아 해외 불교인물의 전승은 초기 서사문학사의 구도를 점검
하는 핵심적 대상이 될 수 있었던 것이다.

그간 나말여초(羅末麗初) 전기문학의 출현을 두고 사회·역사적 맥락
에서 풀어내려는 시도가 있었다. 신분적 모순과 대립 양상이 노골화되
고 도회가 번창했으며 한문학적 식견이 높은 지식인들이 출현한 것
등을 들어 나말여초기 전기소설의 등장을 시대 환경적 조건에서 타진
한 시각이 주목을 받았다.[1] 하지만 삼국시대 고려 초까지 위력을 발휘
한 불교 문학의 존재적 의미를 외면한 것은 아쉬운 점이었다. 기 논의
에서 살핀 대로 불교인물의 전승은 당(唐)의 전기(傳奇)나 지괴(志怪)와
또 다른 측면에서 우리 전기문학의 발아에 매개적 기능을 담당한 것으
로 나타나고 있다. 불교인물 전승은 현실적 공간과 시간관으로 통어되
지 않는 천상, 용궁, 염부, 지옥 등 이계와 이인들을 거리낌 없이 이야
기의 제재로 받아들이고 있었다. 환상과 상상을 앞세운 형상화 속에서
불승들은 불교적 영험으로 세상을 교화하고 치유하는 영웅적 면모를
드러내는 일도 흔했다.

---

1) 임형택, 「나말여초의 전기문학」, 『한국문학사의 시각』, 창작과 비평사, 1984, 23~24면.

불교인물의 전승담은 6세기부터 활발히 유통되어 국내는 물론 밖으로는 중국, 일본에서도 널리 전파되고 있었음이 밝혀진 것이다. 뿐만 아니라 고려 이래로 전기문학에도 불교인물 전승과 혹사한 모티브, 주제, 내용 등이 빈번히 포착되고 있어 그것이 끼친 후대적 영향력은 결코 과소평가해서는 안 되는 것으로 드러났다.

셋째, 국가와 민족적 정체성을 되새기게 하는 계기를 제공해주었다는 것이다. 해외 불서에 수록된 인물들은 고구려, 백제, 신라의 불승이 대부분이다. 해외 불교인물 전승은 우리 선조의 이야기이지만 타자에 의해 선별되고 엮어진 특이한 조건 위에서 구축된 이야기로 국가·민족 간의 관계성과 타자성 문제를 앞서 확인시켜주고 있음이 드러난다. 불승들은 해외진출 체험 속에서 자신을 타자화하거나 자기 연민에 빠지는 경우는 찾아볼 수 없다. 도리어 그들은 조국을 잊지 않으며 국위를 선양하기 위해 노력한다. 또한 다수의 외국인에 맞서서 자기 정체성을 지키기 위해 혼신의 힘을 다하는 모습을 보여주기도 한다. 이런 점에서 해외 불교인물 전승은 불가의 담론이면서 동시에 민족주체성을 담보하고 있는 서사였다고 말할 수 있다고 하겠다.

✽ 별첨자료 ✾

※ 논의 대상으로 삼은 것을 포함, 나려(羅麗)시대 불교인물의 전승담을 수록하고 있는 중국 쪽 자료 가운데 대표적인 예를 선별하여 그 원문을 제시한다.

高僧傳(慧皎, 519)

○ 法度

釋法度, 黃龍人. 少出家, 遊學北土備綜衆經, 而專以苦節成務. ……
度有弟子僧朗, 繼踵先師復綱山寺. 朗本遼東人, 爲性廣學思力該普. 凡厥
經律皆能講說, 華嚴・三論最所命家. 今上深見器重. 勅諸義士受業于山.

〈卷第八 義解 五〉

○ 杯度

杯度者, 不知姓名, 常乘木杯度水, 因而爲目. …… 時吳郡民朱靈期,
使高驪還值風, 舶飄經九日, 至一洲邊. 洲上有山, 山甚高大. 入山採薪,
見有人路, 靈期乃將數人隨路告乞, 行十餘里, 聞磬聲香烟, 於是共稱佛
禮拜. 須臾見一寺甚光麗, 多是七寶莊嚴, 見有十餘僧, 皆是石人不動不
搖. 乃共禮拜還反, 行步少許, 聞唱導聲. 還往更看, 猶是石人. 靈期等相
謂, 此是聖僧, 吾等罪人不能得見. 因共竭誠懺悔, 更往乃見, 眞人爲期等

設食. 食味是菜而香美不同世. 食竟共叩頭禮拜乞速還至鄉.

〈卷第十 神異 下〉

○ 曇始

釋曇始, 關中人, 自出家以後多有異跡. 晉孝武 大元之末, 齎經律數十部, 往遼東宣化. 顯授三乘立以歸戒, 蓋高句驪聞道之始也.

〈卷第十 神異 下〉

○ 曇超

釋曇超, 姓張, 清河人. 形長八尺, 容止可觀. 蔬食布衣, 一中而已. 初止上都 龍華寺, 元嘉末, 南遊始興, 遍觀山水. 獨宿樹下, 虎兒不傷. 大明中還都, 至齊太祖卽位, 被勅往遼東弘讚禪道, 停彼二年大行法化, 建元末還京.

〈卷第十一〉

續高僧傳(道宣, 645)

○ 圓光(圓安)

釋圓光傳, 俗姓朴, 本住三韓, 卞韓 · 馬韓 · 辰韓. 光卽辰韓 新羅人也. 家世海東祖習綿遠, 而神器恢廓愛染篇章, 挍獵玄儒討讎子史, 文華騰翥於韓服, 博瞻猶愧於中原, 遂割略親朋發憤溟渤. 年二十五, 乘舶造于金陵, 有陳之世號稱文國, 故得諮考先疑詢猷了義. 初聽莊嚴旻公弟子講, 素霑世典謂理窮神, 及聞釋宗反同腐芥, 虛尋名教實懼生涯. 乃上啓陳主請歸道法, 有勅許焉. 旣爰初落采卽稟具戒, 遊歷講肆具盡嘉謀, 領牒微言不謝光景, 故得成實 · 涅槃薀括心府. 三藏數論偏所披尋, 末又投吳之虎丘山. 念定相沿無忘覺觀, 息心之衆雲結林泉, 並以綜涉四含功流八定明善易擬筒直難虧, 深副夙心遂有終焉之慮. 於卽頓絶人事盤遊聖蹤, 攝想靑霄緬謝終古. 時有信士宅居山下, 請光出講固辭不許, 苦事邀延, 遂從其志. 創通成論末講般若. 皆思解俊徹嘉問飛移, 兼糅以絢采織綜詞義, 聽者欣欣會其心府, 從此因循舊章開化成任. 每法輪一動, 輒傾注江湖, 雖是異域通傳, 而沐道頓除嫌郤. 故名望橫流播于嶺表, 披榛負槖而至者相接如鱗. 會隋后御宇威加南國, 曆窮其數軍入楊都, 遂被亂兵將加刑戮. 有大主將望見寺塔火燒, 走赴救之了無火狀, 但見光在塔前被縛將殺, 既怪其異卽解而放之. 斯臨危達感如此也. 光學通吳·越, 便欲觀化周·秦. 開皇九年(589) 來遊帝宇, 值佛法初會攝論肇興, 奉佩文言振績徽緒, 又馳慧解宣譽京皐, 勤業既成道東須繼. 本國遠聞上啓頻請, 有敕厚加勞問放歸桑梓. 光往還累紀老幼相欣, 新羅王金氏, 面申虔敬仰若聖人. 光性在虛閑, 情多汎愛, 言常含笑慍結不形, 而牋表啓書往還國命, 並出自胸襟, 一隅傾奉皆委以治方. 詢之道化, 事異錦衣請同觀國, 乘機敷訓垂範于今. 年齒既高乘輿入內, 衣服藥食並王手自營不許佐助, 用希專福, 其感敬爲此類也. 將終之前, 王親執慰, 囑累遺法, 兼濟民斯爲說. 徵祥被于海曲, 以彼建福五十八年, 少覺不念, 經于七日, 遺誡淸切, 端坐終于所住皇隆寺中, 春秋九十有九, 卽唐 貞觀四年(630) 也. 當終之時, 寺東北虛中, 音樂滿空, 異香充院, 道俗悲慶知其靈感. 遂葬于郊外, 國給羽儀, 葬具同於王禮. 後有俗人兒胎死者, 彼土諺云, 當於有福人墓埋之, 種胤不絶, 乃私瘞於墳側, 當日震此胎屍擲于塋外由此不懷, 敬者率崇仰焉. 有弟子圓安, 神志機穎性希歷覽, 慕仰幽求遂北趣九都, 東觀不耐又西燕·魏, 後展帝京備通方俗, 尋諸經論跨轢大綱, 洞淸織旨晚歸心學, 高軌光塵. 初住京寺, 以道素有聞, 特進蕭瑀, 奏請住於藍田所造津梁寺, 四事供給無替六時矣. 安嘗敘光云, 本國王染患, 醫治不損, 請光入宮, 別省安置. 夜別二時爲說深法, 受戒懺悔, 王大信奉. 一時初夜, 王見光首, 金色晃然有象, 日輪隨身而至. 王后宮女同共覩之, 由是重發勝心, 克留疾所, 不久遂差. 光於卞韓·馬韓之間, 盛通正法, 每歲再講匠成後學, 嚫施之資並充營寺, 餘惟衣盂而已.

〈卷第十三 義解篇 九〉

○ 智越(波若)

釋智越, 姓鄭氏, 南陽人也. …… 台山又有沙門波若者, 俗姓高句麗人
也. 陳世歸國, 在金陵聽講, 深解義味. 開皇倂陳, 遊方學業, 十六[六十]
入天台北而智者求授禪法, 其人利根上智, 即有所證, 謂曰, 汝於此有緣,
宜須閑居靜處成備妙行. 今天台山最高峰, 名爲華頂, 去寺將六七十里,
是吾昔頭陀之所. 彼山祇是大乘根性, 汝可往彼學道進行, 必有深益, 不
須愁慮衣食. 其即遵旨, 以開皇十八年(598) 往彼山所, 曉夜行道不敢睡
臥, 影不出山十有六載. 大業九年(613) 二月, 忽然自下, 初到佛壟上寺,
淨人見三白衣擔衣鉢從, 須臾不見, 至於國淸下寺. 仍密向善友同意云,
波若自知壽命將盡非久, 今故出與大衆別耳. 不盈數日, 無疾端坐, 正念
而卒于國淸, 春秋五十有二. 送龕山所, 出寺大門迴輿示別, 眼即便開至
山仍閉. 是時也莫問官私道俗, 咸皆歎仰, 俱發道心, 外覩靈瑞若此, 餘則
山中神異人所不見, 固難詳矣.

〈卷第十七 習禪篇 二〉

○ 慈藏(圓勝)

釋慈藏, 姓金氏, 新羅國人. 其先三韓之後也. 中古之時, 辰韓・馬韓・
卞韓, 率其部屬, 各有魁長. 案梁貢職圖, 其新羅國, 魏曰斯盧, 宋曰新羅,
本東夷 辰韓之國矣. 藏父名武林, 官至蘇判異 以本王族, 比唐一品 旣嚮
高位. 籌議攸歸, 而絕無後嗣, 幽憂每積, 素仰佛理乃求加護, 廣請大捨祈
心佛法. 并造千部觀音, 希生一息, 後若成長, 願發道心, 度諸生類, 冥祥
顯應, 夢星墜入懷, 因即有娠, 以四月八日誕, 載良晨, 道俗衒慶希有瑞也.
年過小學, 神叡澄蘭獨拔恒心, 而於世數史籍, 略皆周覽, 情意漠漠, 無心
染趣. 會二親俱喪, 轉厭世華, 深體無常, 終歸空寂, 乃捐捨妻子第宅田
園. 隨須便給行悲敬業, 子爾隻身, 投於林壑, 麤服草屬用卒餘報, 遂登陥
陳獨靜行禪, 不避虎兕當思難施. 時或弊睡心行將微, 遂居小室, 周障棘
刺露身直坐. 動便刺肉, 懸髮在梁, 用袪昏漠, 修白骨觀 轉向明利, 而冥行

顯被物望所歸, 位當宰相. 頻徵不就, 王大怒, 敕往山所, 將加手刃. 藏曰,
吾寧持戒, 一日而死, 不願一生, 破戒而生. 使者見之, 不敢加刃, 以事上
聞. 王愧服焉, 放令出家, 任修道業, 卽又深隱, 外絕來往. 糧粒固窮, 以死
爲命. 便感異鳥, 各銜諸果, 就手送與, 鳥於藏手, 就而共食. 時至必爾, 初
無乖候, 斯行感玄徵, 罕有聯者, 而常懷感感慈哀含識, 作何方便令免生
死, 遂於眠寐見二丈夫曰, 卿在幽隱欲爲何利. 藏曰, 惟爲利益衆生. 乃授
藏五戒訖曰, 可將此五戒利益衆生. 又告藏曰, 吾從忉利天來, 故授汝戒,
因騰空滅. 於是出山, 一月之間, 國中士女咸受五戒. 又深惟曰, 生在邊壤
佛法未弘, 自非目驗無由承奉, 乃啓本王西觀大化. 以貞觀十二年(638),
將領門人僧實等十有餘人, 東辭至京, 蒙敕慰撫. 勝光別院厚禮殊供, 人
物繁擁財事旣積. 便來外盜, 賊者將取心戰自驚, 返來露過, 便授其戒. 有
患生盲, 詣藏陳懺後還得眼, 由斯祥應, 從受戒者日有千計, 性樂栖靜, 啓
敕入山, 於終南 雲際寺東懸崿之上, 架室居焉, 旦夕人神歸戒又集. 時染
少疹, 見受戒神爲摩所苦, 尋卽除愈. 往還三夏常在此山. 將事東蕃. 辭下
雲際. 見大鬼神其衆無數, 帶甲持仗云, 將此金輿迎取慈藏, 復見大神與
之共鬪拒不許迎, 藏聞臭氣塞谷蓬勃, 卽就繩床, 通告訣別. 其一弟子又
被鬼打蹔死乃蘇, 藏卽捨諸衣財, 行僧德施, 又聞香氣遍滿身心. 神語藏
曰, 今者不死, 八十餘矣, 旣而入京, 蒙敕慰問, 賜絹二百匹, 用充衣服. 貞
觀十七年(643), 本國請還, 啓敕蒙許, 引藏入宮, 賜納一領雜綵五百段, 東
宮賜二百段. 仍於弘福寺爲國設大齋, 大德法集, 幷度八人, 又敕太常九
部供養. 藏以本朝經像彫落未全. 遂得藏經一部幷諸妙像幡花蓋具堪爲福
利者, 齎還本國. 旣達鄉壤, 傾國來迎, 一代佛法於斯興顯. 王以藏景仰大
國, 弘持正敎, 非夫綱理, 無以肅淸乃敕藏爲大國統. 住王芬寺, 寺卽王之
所造. 又別築精院. 別度十人恒充給侍, 又請入宮. 一夏講攝大乘論, 晚又
於皇龍寺講菩薩戒本, 七日七夜天降甘露, 雲霧奄藹覆所講堂, 四部興嗟
聲望彌遠, 及散席日, 從受戒者其量雲從, 因之革厲一室而九. 藏屬斯嘉
運, 勇銳由來, 所有衣資並充檀捨, 惟事頭陀, 蘭若綜業, 正以靑丘佛法東

漸百齡. 至於住持修奉蓋闕, 乃與諸宰伯祥評紀正, 時王臣上下, 僉議攸歸, 一切佛法須有規猷, 並委僧統藏令僧尼五部各增舊習, 更置綱管, 監察維持, 半月說戒依律懺除. 春冬總試令知持犯, 又置巡使, 遍歷諸寺誡勵說法, 嚴飾佛像營理衆業, 鎭以爲常, 據斯以言, 護法菩薩卽斯人矣. 又別造寺塔十有餘所, 每一興建合國俱崇. 藏乃發願曰, 若所造有靈, 希現異相. 便感舍利在諸巾鉢, 大衆悲慶積施如山, 便爲受戒, 行善遂廣. 又以習俗服章中華有革, 藏惟歸崇正朔義豈貳心, 以事商量擧國咸遂, 通改邊服一准唐儀, 所以每年朝集位在上蕃, 任官遊踐並同華夏. 據事以量通古難例, 撰諸經戒疏十餘卷. 出觀行法一卷, 盛流彼國. 有沙門圓勝者, 本族辰韓淸愼僧也, 以貞觀初年, 來儀京輦遍陶法肆, 聞持鏡曉志存定攝, 護法爲心, 與藏齊襟秉維城塹. 及同返國大敵行途講開律部, 惟其光肇自昔東蕃有來西學, 經術雖聞無行戒檢, 緣搆旣重. 今則三學備焉, 是知通法護法代有斯人, 中濁邊淸於斯驗矣.

〈卷第二十四 護法 下〉

○ 慧顯

釋慧顯, 伯濟國人也. 少出家, 苦心精專, 以誦法華爲業. 祈福請願, 所遂者多, 聞講三論便從聽受, 法一染神彌增其緒. 初住本國北部修德寺有衆則講無便淸誦, 四遠聞風造山誼接. 便往南方達㡩山, 山極深險重陳巖固, 縱有往展登陟艱危. 顯靜坐其中, 專業如故, 遂終于彼. 同學輿屍置石窟中, 虎噉身骨並盡, 惟餘髏舌存焉, 經于三周其舌彌紅赤, 柔軟勝常, 過後方變紫鞭如石, 道俗怪而敬焉, 俱緘閉于石塔, 時年五十有八, 卽貞觀之初年也.

〈卷第二十八 讀誦篇 第八〉

宋高僧傳(贊寧, 988)

○ 圓測(薄塵·靈辯)

釋圓測者, 未詳氏族也. 自幼明敏, 慧解縱橫. 三藏奘師爲慈恩 基師, 講新翻唯識論, 測賂守門者隱聽, 歸則緝綴義章. 將欲罷講, 測於西明寺鳴鐘召衆, 稱講唯識, 基慊其有奪人之心, 遂讓測講訓. 奘講瑜伽還同前盜聽受之, 而亦不後基也. 詒高宗之末, 天后之初, 應義解之選入譯經館, 衆皆推挹. 及翻大乘顯識等經, 測充證義與薄塵·靈辯·嘉尚攸方其駕. 所著唯識疏鈔, 詳解經論, 天下分行焉.

〈卷第四 義解篇 第二之一〉

○ 順璟

釋順璟者, 浪郡人也. 本土之氏族, 東夷之家系, 故難詳練. 其重譯學聲敎, 蓋出天然, 況乎因明之學奘師精硏付受, 華僧尚未多達. 璟之克通, 非其宿殖之力, 自何而至於是歟. 傳得奘師眞唯識量, 乃立決定相違不定量. 於乾封年中, 因使臣入貢附至, 于時奘師長往向及二年. 其量云, 眞故極成色定離眼識自許初三攝, 眼所不攝故猶如眼根, 良以三藏隱密周防, 非大智不明. 璟爲宗云, 不離於眼識自許初三攝, 眼所不攝故猶如眼識也, 如此善成他義. 時大乘基覽此作, 便見璟所不知, 雖然終仰邊僧識見如此. 故歎之曰, 新羅 順璟法師者, 聲振唐 蕃學包大小, 業崇迦葉, 唯執行於杜多, 心務薄拘, 恒馳聲於少欲, 旣而蘊藝西夏. 傳照東夷, 名道日新緇素欽揖. 雖彼龍象不少, 海外時稱獨步. 於此量作決定相違基師念, 遠國之人有玆利慧搪突奘師, 暗中機發善成三藏之義. 惜哉. 璟在本國稍多著述, 亦有傳來中原者, 其所宗法相 大乘了義敎也. 見華嚴經中, 始從發心, 便成佛已, 乃生謗毀不信. 或云, 當啓手足, 命弟子輩, 扶掖下地, 地則徐裂, 璟身俄墜, 時現生身陷地獄焉. 于今有坑, 廣袤丈餘, 實坎窞然號順璟捺落迦也.

系曰, 曲士不可以語道者束其教也. 是故好白者以黑爲汚, 好黑者以白爲汚焉. 璟怒心尤重, 猛利業增, 如射箭頃墮在地獄, 列高僧品次起穢以自臭耶. 通曰, 難信之法易速謗誚, 謗誚豈唯一人乎. 俾令衆所知識者直陷三塗, 乃知順璟眞顯教菩薩也, 況乎趙盾爲法受惡. 菩薩乃爲法亡身, 斯何足怪. 君不見尼犍外道一一謗佛, 而獨使提婆生陷. 後於法華會上, 受記作佛, 靜言思之.

〈卷第四 義解篇 第二之一〉

○ 義湘

釋義湘, 俗姓朴, 雞林府人也. 生且英奇, 長而出離. 逍遙入道, 性分天然. 年臨弱冠, 聞唐土教宗鼎盛, 與元曉法師, 同志西遊. 行至本國海門唐州界, 計求巨艦, 將越滄波. 倐於中塗, 遭其苦雨, 遂依道旁, 土龕間隱身. 所以避飄濕焉, 迨乎明旦相視, 乃古墳骸骨旁也. 天猶霢霂, 地且泥塗, 尺寸難前, 逗留不進. 又寄埏甓之中, 夜之未央俄有鬼物爲怪. 曉公歎曰, 前之寓宿, 謂土龕而且安, 此夜留宵託鬼鄕而多崇, 則知心生故種種法生, 心滅故, 龕墳不二. 又三界唯心, 萬法唯識. 心外無法, 胡用別求. 我不入唐. 卻攜囊返國, 湘乃隻影孤征誓死無退. 以總章二年(669) 附商船達登州岸, 分衛到一信士家, 見湘容色挺拔, 留連門下旣久. 有少女麗服靚粧, 名曰善妙. 巧媚誨之, 湘之心石不可轉也. 女調不見答, 頓發道心, 於前矢大願言, 生生世世, 歸命和尙, 習學大乘, 成就大事. 弟子必爲檀越, 供給資緣. 湘乃徑趨長安 終南山 智儼三藏所, 綜習華嚴經, 時康藏國師, 爲同學也. 所謂知微知章, 有倫有要, 德甁云滿, 藏海嬉遊. 乃議迴程, 傳法開誘, 復至文登舊檀越家, 謝其數稔供施, 便慕商船, 遂巡解纜. 其女善妙, 預爲湘辦集, 法服幷諸什器, 可盈篋笥. 運臨海岸, 湘船已遠. 其女呪之曰, 我本實心, 供養法師. 願是衣篋, 跳入前船. 言訖投篋于駭浪, 有頃疾風吹之若鴻毛耳, 遙望徑跳入船矣. 其女復誓之, 我願是身, 化爲大龍, 扶翼舳艫, 到國傳法. 於是攘袂, 投身于海. 將知願力難屈, 至

誠感神, 果然伸形, 夭矯或躍, 蜿蜒其舟底, 寧達于彼岸. 湘入國之後, 遍
歷山川, 於駒塵 百濟風馬牛不相及地, 曰此中地靈山秀, 眞轉法輪之所,
無何權宗異部聚徒可半千衆矣. 湘默作是念, 大華嚴敎, 非福善之地, 不
可興焉. 時善妙龍恒隨作護, 潛知此念, 乃現大神變於虛空中, 化成巨石.
縱廣一里蓋于伽藍之頂, 作將墮不墮之狀, 群僧驚駭, 罔知攸趣, 四面奔
散. 湘遂入寺中, 敷闡斯經, 冬陽夏陰, 不召自至者多矣. 國王欽重, 以田
莊奴僕施之. 湘言於王曰, 我法平等, 高下共均, 貴賤同揆. 涅槃經八不
淨財, 何莊田之有, 何奴僕之爲. 貧道以法界爲家, 以盂耕待稔, 法身慧
命, 藉此而生矣. 湘講樹開花談叢結果, 登堂覩奧者, 則智通・表訓・梵
體・道身等數人, 皆啄巨轂飛出迦留羅鳥焉. 湘貴如說行, 講宣之外, 精
勤修練, 莊嚴刹海靡憚暄涼, 又常行義淨洗穢法, 不用巾帨, 立期乾燥而
止. 持三法衣瓶鉢之餘, 曾無他物, 凡弟子請益不敢造次, 伺其怡寂, 而後
啓發. 湘乃隨疑解滯, 必無滓核, 自是已來, 雲遊不定, 稱可我心, 卓錫而
居. 學侶蜂屯, 或執筆書紳, 懷鉛札葉, 抄如結集, 錄似載言. 如是義門,
隨弟子爲目, 如云道身章是也, 或以處爲名如云錐穴問答等 數章. 疏皆
明華嚴, 性海毘盧遮那無邊契經義例也. 湘終于本國, 塔亦存焉. 號海東
華嚴初祖也.

〈卷第四 義解篇 第二之一〉

○ 元曉(大安)

　釋元曉, 姓薛氏. 東海 湘州人也. 丱髫之年, 惠然入法. 隨師稟業, 遊
處無恒, 勇擊義圍, 雄橫文陣, 仡仡然桓桓然, 進無前卻, 蓋三學之淹通,
彼土謂爲萬人之敵. 精義入神, 爲若此也. 嘗與湘法師入唐, 慕奘三藏・
慈恩之門, 厥緣旣差, 息心遊往, 無何發言狂悖, 示跡乖疎. 同居士入, 酒
肆倡家. 若誌公持金刀鐵錫, 或製疏以講雜華, 或撫琴以樂祠宇. 或閭閻
寓宿, 或山水坐禪, 任意隨機, 都無定檢. 時國王置百座仁王經大會, 遍搜
碩德. 本州以名望擧進之, 諸德惡其爲人, 譖王不納, 居無何. 王之夫人,

腦嬰癰腫, 醫工絶驗, 王及王子・臣屬, 禱請山川・靈祠, 無所不至. 有巫
覡言曰, 苟遣人往, 他國求藥, 是疾方瘳, 王乃發使, 泛海入唐, 募其醫術.
溟漲之中, 忽見一翁, 由波濤躍出登舟, 邀使人入海, 覩宮殿嚴麗. 見龍
王, 王名鈐海. 謂使者曰, 汝國夫人, 是靑帝第三女也. 我宮中先有金剛
三昧經, 乃二覺圓通示菩薩行也. 今託仗夫人之病爲增上緣, 欲附此經出,
彼國流布耳. 於是將三十來紙, 重沓散經, 付授使人. 復曰, 此經渡海中,
恐罹魔事, 王令持刀裂使人, 腨腸而內于中, 用蠟紙纏縢以藥傅之, 其腨
如故. 龍王言, 可令大安聖者, 銓次綴縫, 請元曉法師, 造疏講釋之, 夫人
疾愈無疑. 假使雪山 阿伽陀藥力, 亦不過是. 龍王送出海面, 遂登舟歸
國, 時王聞而歡喜. 乃先召大安聖者黏次焉, 大安者不測之人也. 形服特
異, 恒在市廛, 擊銅鉢唱, 言大安 大安之聲, 故號之也. 王命安, 安云, 但
將經來不願入王宮閾. 安得經排來成八品, 皆合佛意. 安曰, 速將付元曉
講, 餘人則否. 曉受斯經, 正在本生湘州也. 謂使人曰, 此經以本始二覺
爲宗, 爲我備角乘將案几. 在兩角之間, 置其筆硯, 始終於牛車造疏成五
卷. 王請剋日於黃龍寺敷演, 時有薄徒竊盜新疏. 以事白王, 延于三日,
重錄成三卷, 號爲略疏. 泊乎王・臣・道・俗, 雲擁法堂, 曉乃宣吐有儀
解紛可則, 稱揚彈指聲沸于空. 曉復昌言曰, 昔日採百椽時, 雖不預會, 今
朝橫一棟處, 唯我獨能. 時諸名德, 俯顔慚色, 伏膺懺悔焉. 初曉示跡, 無
恒化人不定, 或擲盤而救衆, 或噀水而撲焚, 或數處現形, 或六方告滅, 亦
盃渡・誌公之倫歟. 其於解性覽無不明矣. 疏有廣略二本, 俱行本土, 略
本流入中華. 後有翻經三藏, 改之爲論焉.

系曰. 海龍之宮, 自何而有經本耶. 通曰, 經云, 龍王宮殿中, 有七寶
塔, 諸佛所說, 諸深義別, 有七寶篋滿中盛之. 謂十二因緣, 總持三昧等,
良以此經, 合行世間, 復顯大安・曉公神異, 乃使夫人之疾, 爲起敎之大
端者也.

〈卷第四 義解篇 第二之一〉

○ 眞表

釋眞表者, 百濟人也. 家在金山, 世爲弋獵, 表多蹻捷, 弓矢最便. 當開元中, 逐獸之餘, 憩於田畝, 間折柳條貫蝦蟆, 成串置於水中, 擬爲食調. 遂入山網捕, 因逐鹿由山, 北路歸家, 全忘取貫蟆歟. 至明年春, 獵次聞蟆鳴, 就水見去, 載所貫三十許蝦蟆猶活. 表於時歎惋, 自責曰, 苦哉, 何爲口腹, 令彼經年受苦. 乃絶柳條, 徐輕放縱, 因發意出家. 自思惟曰, 我若堂下辭, 親室中割愛, 難離慾海, 莫揭愚籠. 由是逃入深山, 以刀截髮, 苦到懺悔, 擧身撲地, 志求戒法, 誓願要期彌勒菩薩, 授我戒法也. 夜倍日功, 遶旋叩搕, 心心無間, 念念翹勤. 經於七宵, 詰旦見地藏菩薩, 手搖金錫爲表策發教發戒, 緣作受前方便. 感斯瑞應, 歡喜遍身, 勇猛過前, 二七日滿, 有大鬼現可怖相, 而推表墜於巖下, 身無所傷. 匍匐就登石壇上, 加復魔相未休, 百端千緒. 至第三七日質明, 有吉祥鳥鳴曰, 菩薩來也, 乃見白雲, 若浸粉然, 更無高下, 山川平滿, 成銀色世界. 兜率天主, 逶迤自在, 儀衛陸離, 圍遶石壇, 香風華雨, 且非凡世之景物焉. 爾時慈氏, 徐步而行, 至於壇所, 垂手摩表頂曰, 善哉大丈夫, 求戒如是, 至於再至於三. 蘇迷盧可, 手攘而卻, 爾心終不退, 乃爲授法. 表身心和悅, 猶如三禪, 意識與樂, 根相應也, 四萬二千福河常流, 一切功德, 尋發天眼焉. 慈氏躬授三法衣瓦鉢, 復賜名曰眞表. 又於膝下出二物, 非牙非玉乃籤檢之制也, 一題曰九者, 一題曰八者, 各二字. 付度表云, 若人求戒, 當先悔罪, 罪福則持犯性也. 更加一百八籤, 籤上署百八煩惱名目. 如來戒人, 或九十日, 或四十日, 或三七日, 行懺苦到精進, 期滿限終, 將九八二籤參, 合百八者, 佛前望空, 而擲其籤, 墮地以驗, 罪減不滅之相. 若百八籤, 飛逗四畔, 唯八九二籤卓然壇心而立者, 卽得上上品戒焉. 若衆籤雖遠, 或一二來, 觸九八籤, 拈觀是何煩惱名. 抑令前人重覆懺悔已. 正將重悔煩惱, 籤和九八者, 擲其煩惱籤, 去者名中品戒焉. 若衆籤埋, 覆九八者, 則罪不滅, 不得戒也. 設加懺悔過九十日得下品戒焉. 慈氏重告誨云, 八者新熏也, 九者本有焉, 囑累已天仗旣迴山川雲霽. 於是持天衣執天鉢, 猶如五夏比丘. 徇

道下山, 草木爲其低垂覆路, 殊無溪谷, 高下之別. 飛禽鷙獸, 馴伏步前,
又聞空中唱告村落聚邑, 言菩薩出山來, 何不迎接. 時則人民男女布髮掩
泥者, 脫衣覆路者, 甋罌甋瓺承足者, 華絪美褥塡坑者, 表咸曲副人情一
一迪踐. 有女子提半端白甋覆於途中. 表似驚忙之色, 迴避別行, 女子怪
其不平等. 表曰, 吾非無慈不均也, 適觀甋縷間皆是孫子, 吾慮傷生避其
誤犯耳. 原其女子本屠家, 販買得此布也. 自爾常有二虎, 左右隨行. 表語
之曰, 吾不入郊郭, 汝可導引, 至可修行處, 則乃緩步, 而行三十來里, 就
一山坡蹲跪於前. 時則挂錫樹枝, 敷草端坐, 四望信士, 不勸自來, 同造伽
藍, 號金山寺焉. 後人求戒, 年年懺, 罪者絶多, 今影堂中, 道具存焉.

　系曰, 表公革心變行, 一日千里, 果得慈氏, 爲授戒法, 此五十受中何
受邪. 通曰, 近上法見, 諦自誓也, 發天眼通, 是證初二果也, 非諦理現觀
而何. 專據石壇, 與多子塔前, 自誓同也. 或曰, 所授籤檢, 以驗罪滅之相,
諸聖敎無文, 莫同諸天傳授, 或魔鬼所爲不可爲後法乎. 通曰, 若彰善癉
惡利益不殊, 彌勒天主, 是天傳授, 非魔必矣. 諸聖敎中有懺罪求徵祥證
其罪滅不滅. 然其佛滅度, 彌勒降閻浮說瑜伽, 豈可不爲後世法耶. 十誦
律云, 雖非佛制諸方爲淸淨者不得不行也.

〈卷第十四 明律篇 第四之一〉

○ 玄光

　釋玄光者, 海東熊州人也. 少而穎悟, 頓厭俗塵, 決求名師, 專修梵行.
迨夫成長, 願越滄溟, 求中土禪法. 於是觀光陳國利往衡山, 見思大和尙
開物成化, 神解相參. 思師察其所由, 密授法華 安樂行門, 光利若神錐無
堅不犯, 新猶劫貝有染皆鮮, 稟而奉行, 勤而罔忒, 俄證法華三昧, 請求印
可, 思爲證之. 汝之所證, 眞實不虛, 善護念之, 令法增長. 汝還本土施設
善權, 好負螟蛉皆成蜾蠃. 光禮而垂泣, 自爾返錫江南. 屬本國舟艦, 附
載離岸, 時則綵雲亂目雅樂沸空, 絳節霓旌, 傳呼而至, 空中聲云. 天帝召
海東 玄光禪師. 光拱手避讓, 唯見靑衣前導. 少選入宮城, 且非人間官

府. 羽衛之設也, 無非鱗介, 參雜鬼神. 或曰, 今日天帝, 降龍王宮, 請師 說親證法門, 吾曹水府, 蒙師利益. 旣登寶殿, 次陟高臺, 如問而談, 略經 七日, 然後王躬送別. 其船泛洋不進, 光復登船, 船人謂經半日而已. 光 歸熊州 翁山, 卓錫結茅, 乃成梵刹, 同聲相應得法者螘戶爰開, 樂小迴心 慕羶者蟺連候至. 其如升堂受剞者一人, 入火光三昧一人, 入水光三昧二 人. 互得其二種法門, 從發者彰三昧名耳. 其諸門生, 譬如衆鳥, 附須彌 山, 皆同一色也. 光末之滅, 罔知攸往. 南嶽祖構影堂, 內圖二十八人, 光 居一焉. 天台 國淸寺祖堂亦然.

系曰, 夫約佛滅後, 驗入道之人, 以敎理行果, 四法明之, 則無逃隱矣. 去聖彌近者, 修行成果位證也, 去聖稍遙者, 學敎易見理親也, 其更綿邈 者, 學敎不精見理非諦. 夫一念不生, 前後際斷, 斯頓心成佛也, 理佛具 足, 行布施行, 曾未嘗述行佛, 具體而微. 東夏自六祖已來, 多談禪理, 少 談禪行焉, 非南能不說行, 且令見道如救頭然. 之故南岳 思師切在兼修 乘戒俱急. 是以學者, 驗諸行果, 其如入火光三昧者. 處胎經中, 以禪定 攝意, 入火界三昧, 刹土洞然, 愚夫謂是遭焚, 若入水界三昧, 愚夫見謂爲 水投物于中. 菩薩心如虛空不覺觸嬈者, 此非二乘所能究盡也. 斯乃急於 行果焉, 無令口說, 而身意不修, 何由助道耶.

〈卷第十八 感通篇 第六之一〉

○ 無相(智詵禪師)

釋無相, 本新羅國人也. 是彼土王第三子, 於本國正朔年月生. 於群南 寺落髮登戒, 以開元十六年(728), 泛東溟至于中國到京. 玄宗召見隷於禪 定寺, 後入蜀 資中謁智詵禪師. 有處寂者, 異人也, 則天曾召入宮, 賜磨納 九條衣, 事必懸知, 且無差跌. 相未至之前, 寂曰, 外來之賓, 明當見矣, 汝 曹宜洒掃以待, 間一日果至, 寂公與號曰無相. 中夜授與摩納衣, 如是入深 溪谷, 巖下坐禪, 有黑犢二交角盤礴於座下, 近身甚急毛手入其袖, 其冷如 冰捫摸至腹, 相殊不傾動, 每入定多是五日爲度. 忽雪深有二猛獸來, 相自

洗拭裸臥其前, 願以身施其食, 二獸從頭至足嗅匝而去. 往往夜間坐床下
掬虎鬚毛, 旣而山居稍久衣破髮長, 獵者疑是異獸將射之復止. 後來入城
市, 晝在冢間夜坐樹下, 眞行杜多之行也, 人漸見重, 爲構精舍於亂墓前.
長史章仇兼瓊來禮謁之. 屬明皇違難入蜀, 迎相入內殿供禮之. 時成都縣
令楊翌, 疑其妖惑, 乃帖追至, 命徒二十餘人曳之, 徒近相身, 一皆戰慄, 心
神俱失. 頃之大風卒起, 沙石飛颺, 直入廳事, 飄簾卷幕. 楊翌叩頭拜伏,
踹而不敢語, 懺畢風止, 奉送舊所. 由是遂勸檀越造淨衆・大慈・菩提・
寧國等寺, 外邑蘭若鐘塔不可悉數. 先居淨衆本院, 後號松溪是歟. 相至成
都也, 忽有一力士稱捨力伐柴, 供僧廚用. 相之弟本國新爲王矣, 懼其卻
迴, 其位危殆, 將遣刺客來屠之, 相已冥知矣. 忽日供柴賢者, 暫來謂之曰,
今夜有客曰灼然, 又曰, 莫傷佛子, 至夜薪者, 持刀挾席, 坐禪座之側, 逡巡
覺壁上似有物下. 遂躍起以刀一揮, 巨胡身首, 分於地矣. 後門素有巨坑,
乃曳去瘞之, 復以土拌滅其跡而去. 質明相令召伐柴者謝之, 已不見矣. 嘗
指其浮圖前柏曰, 此樹與塔齊寺當毀矣, 至會昌廢毀, 樹正與塔等. 又言,
寺前二小池, 左羹右飯, 齋施時少則令淘浚之, 果來供設, 其神異多此類
也. 以至德元年(756) 建午月十九日, 無疾示滅, 春秋七十七. 臨終或問之
曰, 何人可繼住持乎. 乃索筆書百數字, 皆隱不可知. 諧而叶韻, 記莂八九
十年事, 驗無差失. 先是武宗廢教, 成都止留大慈一寺, 淨衆例從除毀, 其
寺巨鐘, 乃移入大慈矣. 洎乎宣宗, 中興釋氏, 其鐘卻還淨衆, 以其鐘大隔
江, 計功兩日方到, 明日方欲爲齋辰, 去迎取已時已至, 推挽之勢, 直若飛
焉, 咸怪神速非人力之所致也. 原其相之舍利, 分塑眞形, 爾日面皆流汗,
上足李僧以巾旋拭, 有染指者, 其汗頗鹹, 乃知相之神力, 自曳鐘也. 變異
如此, 一何偉哉. 後號東海大師塔焉, 乾元三年資州刺史韓汯撰碑, 至開成
中李商隱作梓州四證堂碑, 推相爲一證也.

〈卷第十九 感通篇 第六之二〉

○ 地藏

釋地藏, 姓金氏, 新羅國王之支屬也. 慈心而貌惡, 穎悟天然, 七尺成軀, 頂聳奇骨, 特高才力, 可敵十夫. 嘗自誨曰, 六籍寰中, 三清術內, 唯第一義, 與方寸合. 于時落髮, 涉海捨舟而徒, 振錫觀方, 邂逅至池陽, 睹九子山焉, 心甚樂之. 乃逕造其峰, 得谷中之地, 面陽而寬平, 其土黑壤, 其泉滑甘, 巖棲澗汲, 趣爾度日. 藏嘗爲毒螫, 端坐無念, 俄有美婦人, 作禮饋藥云, 小兒無知願出泉以補過, 言訖不見. 視坐左右間潏淯然, 時謂爲九子山神爲湧泉資用也. 其山天寶中李白遊此, 號爲九華焉. 俗傳山神婦女也, 其峰多冒雲霧罕曾露頂歟. 藏素願持四大部經, 遂下山至南陵, 有信士爲繕寫, 得以歸山. 至德年初有諸葛節, 率村父自麓登高, 深極無人, 雲日鮮明, 居唯藏孤, 然閉目石室, 其房有折足鼎, 鼎中白土和少米烹而食之. 郡老驚歎曰, 和尙如斯苦行, 我曹山下列居之咎耳, 相與同構禪宇, 不累載而成大伽藍. 建中初張公嚴典是邦, 仰藏之高風因移舊額, 奏置寺焉. 本國聞之率以渡海相尋, 其徒且多無以資歲, 藏乃發石得土, 其色青白不磏如麵而供衆食, 其衆請法以資神, 不以食而養命. 南方號爲枯槁衆, 莫不宗仰. 龍潭之側有白墡硎, 取之無盡. 以貞元十九年(803) 夏, 忽召衆告別, 罔知攸往. 但聞山鳴石隕扣鐘嘶嗄, 如趺而滅, 春秋九十九. 其屍坐於函中, 洎三稔開將入塔, 顏貌如生, 擧昇之動骨節, 若撼金鎖焉. 乃立小浮圖于南臺, 是藏宴坐之地也. 時徵士右拾遺費冠卿序事存焉. 大中中僧應物亦紀其德哉.

〈卷第二十 感通篇 第六之三〉

○ 無漏

釋無漏, 姓金氏, 新羅國王第三子也. 本土以其地居嫡長將立儲副, 而漏幼慕延陵之讓, 故願爲釋迦法王子耳. 遂挑附海艦達于華土, 欲遊五竺禮佛八塔. 旣渡沙漠涉于闐, 已西至蔥嶺之墟入大伽藍, 其中比丘皆不測之僧也. 問漏攸往之意, 未有奇節, 而詣天竺. 僧曰, 舊記無名未可輒去,

此有毒龍池可往教化, 如其有驗方利涉也. 漏依請登池岸, 唯見一胡床,
乃據而坐. 至夜將艾, 霆雷交作, 其怪物吐氣, 蓬勃種種變現眩曜無恒, 漏
瞑目不搖, 譬如建木挺拔, 豈微風可能傾動邪, 持久乃有巨蛇驤首于膝上,
漏悲憫之極爲受三歸而去. 復作老人形來致謝曰, 蒙師度脫義無久居, 吾
三日後捨鱗介苦依, 得生勝處, 此去南有磐石, 是弟子捨形之所, 亦望閑
預相尋遺骸可矣. 後見長偉而夭矯僵于石上歟. 寺僧咸默許之, 又曰, 必
須願往天竺者, 此有觀音聖像, 禱無虛應可祈告之, 得吉祥兆可去勿疑.
漏乃立于像前入於禪定, 如是度四十九日, 身嬰虛腫略無傾倚. 旋有鼠兒
猶彈丸許, 咋左脛潰, 黃色薄膿可累斗而愈, 漏限滿獲應. 群僧語之曰, 觀
師化緣合在唐土, 心存化物所利滋多, 足倦遊方空加聞見不可强化, 師所
知乎. 漏意其賢聖之言必無唐發. 如是却迴, 臨行謂漏曰, 逢蘭卽住, 所還
之路山名賀蘭. 乃馮前記遂入其中, 得白草谷結茅栖止. 無何安 史兵亂兩
京版蕩, 玄宗幸蜀, 肅宗訓兵靈武. 帝屢夢有金色人念寶勝佛於御前. 翌日
以夢中事問左右, 或對曰, 有沙門行迹不群居于北山, 兼恒誦此佛號. 肅宗
乃宣徵不起 命朔方副元帥中書令郭子儀親往諭之, 漏乃爰來. 帝視之曰,
眞夢中人也. 迨乎羯虜盪平翠華旋復, 置之內寺供養. 諒乎猴輕金鎖鳥厭
雕籠, 累上表章願還舊隱, 帝心眷重答詔遲留, 未遂歸山, 俄云示滅焉. 一
日忽於內門右閫之上化成雙足, 形不及地者數尺, 閽吏上奏, 帝乘步輦親
臨其所, 得遺表乞歸葬舊隱山之下, 卽時依可, 葬務官供, 乃宣御門扇置
之設冪, 遣中使監. 護鹵簿送導. 先是漏行化多由懷遠縣, 因置廨署. 謂之
下院, 喪至此神座不可輒擧, 衆議移入構別堂宇安之. 則上元三年也(762).
至今眞體端然曾無變壞, 所臥中禁戶扇, 乃當時之現瑞者存焉.

〈卷第二十一 感通篇 第六之四〉

○ 道育

　釋道育, 新羅國人也. 本國姓氏未所詳練. 自唐 景福壬子歲(892) 來遊
于天台. 遲迴而挂錫於平田寺衆堂中. 慈愛接物, 然終不捨島夷. 言音恒

持一鉢受食. 食訖略經行. 而常坐脇不著席. 日中灑掃殿廊料理常住得殘
羨之食, 雖色惡氣變收貯于器, 齋時自食與僧供漚浴煎茶. 遇薪木中蠢蠢
乃置之遠地, 護生偏切, 所服皆大布納, 其重難荷. 每至夏首秋末, 日昳乃
裸露胸背脛腨云, 飼蚊蚋虻蛭雜色蟲, 螫齰至於血流于地, 如是行之四十
餘載, 未嘗少廢. 凡對晤賓客, 止云伊伊二字, 殊不通華語, 然其會認人意
且無差脫, 頂髮垂白眉亦尨焉. 身出紺赤色舍利, 有如珠顆, 人或求之隨
意皆獲. 至晋 天福三年(938) 戊戌歲十月十日, 終于僧堂中, 揣其年八十
餘耳. 寺僧舁上山後焚之. 灰中得舍利不可勝數, 或有得巨骨者. 後唐 淸
泰二年(935) 曾遊石梁. 迴與育同宿堂內, 時春煦, 亦燒榾柮柴以自熏灼.
口中唠唠通夜不輟, 或云, 凡供養羅漢大齋日, 育則不食. 人或見迎羅漢,
時問何不去殿內受供, 口云伊伊去, 或云飼蟲. 時見群虎嗅之盤桓而去矣.

〈卷二十三 遺身篇 第七〉

○ 元表

釋元表, 本三韓人也, 天寶中來遊華土, 仍往西域瞻禮聖跡. 遇心王菩
薩指示支提山靈府, 遂負華嚴經八十卷, 尋訪霍童禮天冠菩薩, 至支提石
室而宅焉. 先是此山不容人居. 居之必多霆震猛獸毒蟲, 不然鬼魅惑亂於
人, 曾有未得道僧輒居一宿, 爲山神驅斥, 明旦止見身投山下數里間. 表
齋經棲泊澗飮木食, 後不知出處之蹤矣. 于時屬會昌搜毀. 表將經, 以華
櫚木函盛深藏石室中. 殆宣宗 大中元年(847) 丙寅. 保福 慧評禪師素聞
往事, 躬率信士迎出甘露 都尉院. 其紙墨如新繕寫. 今貯在福州 僧寺焉.

〈卷第三十 雜科聲德篇 第十之二〉

大唐西域求法高僧傳(義淨, 691)

○ 阿離耶跋摩

阿難耶跋摩者, 新羅人也. 以貞觀年中, 出長安之廣脇 王城小山名.

追求正教, 親禮聖蹤, 住那爛陀寺. 多閑律論, 抄寫衆經, 痛矣歸心, 所期
不契. 出雞貴之東境, 沒龍泉之西裔, 卽於此寺無常, 年七十餘矣. 雞貴
者, 梵云, 矩矩吒瑿[醫]說羅, 矩矩吒是雞, 瑿說羅是貴, 則高麗國也, 相傳
云, 彼國敬雞神而取尊, 故戴翎羽而表飾矣. 那爛陀有池, 名曰龍泉, 西方
喚高麗, 爲矩矩吒瑿說羅也.

〈卷上〉

○ 慧業

　慧業法師者, 新羅人也. 在貞觀年中, 往遊西域. 住菩提寺, 觀禮聖蹤,
於那爛陀久而聽讀. (義) 淨因檢唐本, 忽見梁論, 下記云, 在佛齒木樹下,
新羅僧慧業寫記, 訪問寺僧, 云終於此, 年將六十餘矣. 所寫梵本, 並在那
爛陀寺.

〈卷上〉

○ 玄太

　玄太法師者, 新羅人也. 梵名 薩婆愼若提婆 唐云一切智天. 永徽年內,
取吐蕃道, 經泥波羅, 到中印度. 禮菩提樹, 詳檢經論, 旋躍東土行, 至土
谷渾, 逢道希師, 覆相引致, 還向大覺寺, 後歸唐國, 莫知所終矣.

〈卷上〉

○ 玄恪

　玄恪法師者, 新羅人也. 與玄照法師, 貞觀年中, 相隨而至大覺(寺), 旣
伸禮敬. 遇疾而亡, 年過不惑之期耳.

〈卷上〉

○ 法師二人

　復有新羅僧二人, 莫知其諱. 發自長安, 遠之南海, 汎舶至室利佛逝

國·西婆魯師國, 遇疾俱亡.

〈卷上〉

○ 慧輪

慧輪師者, 新羅人也. 梵名 般若跋摩 唐云慧甲. 自本國出家, 翹心聖迹, 汎舶而陵閩越, 涉步而屆長安. 奉勅隨玄照師, 西行以充侍者, 旣之西國, 遍禮聖蹤. 居菴摩羅跋國在信者寺, 住經十載. 近住次東邊北方覩貨羅僧寺, 元是覩貨羅人爲本國僧所造. 其寺巨富貲[資]産豊饒, 供養飡設餘莫加也. 寺名健陀羅山茶. 慧輪住此, 旣善梵言, 薄閑俱舍, 來日尙在年向四十矣. 其北方僧來者, 皆住此寺爲主人耳.

〈卷上〉

○ 哲禪師弟子二人

僧哲弟子 玄遊者, 高麗國人也. 隨師於師子國出家, 因住彼矣

〈卷下〉

新修科分六學僧傳(曇噩, 1366)

○ 玄光

陳玄光, 新羅國熊州人. 少則精進梵行, 逮壯乃涉溟漲. 學禪法於中土, 見衡山 (慧)思大和尙, 證法花三昧. 旣蒙記莂, 因辭歸闡化鄉里. 方附舶挑柂離岸, 忽有神人, 持絳節自虛空下, 傳呼云, 天帝駕幸龍宮, 召海東玄光禪師, 說親證法門, 俄而靑衣導前, 鱗介衛後, 登殿陞座, 隨問談演七日, 而焂覺身在舟中, 蓋舟泛漾不進, 纔經半日耳, 其異類景晷之促如此. 久之卓錫其國之翁山, 而氣求聲應之士踵至, 道陶德冶. 得善火光三昧者一人, 善水光三昧者二人, 則其餘門生, 可例知矣.

〈卷第三 慧學 傳宗科〉

○ 波若

隋沙門波若, 高句麗人也. 陳氏有國日, 遊學金陵, 逮隋而來儀京輦.
開皇十六年, 入天台(山)依止智者, 然而諸根聰利, 遽有證入. 智者嘗謂
之曰, 汝於此地有緣, 華頂吾昔頭陀所在, 自非大乘根器, 不可往. 汝宜就
以成備妙行, 凡所須衣食, 不足憂慮也. 開皇十八年, 始杖錫孤涉, 以履踐
所訓. 至大業九年, 則閱十六寒暑矣, 而形影俱泯, 不接塵世. 其年二月,
忽自以壽命將盡, 詣國清(寺). 後數日, 果於寺以無疾坐逝, 春秋五十二.
及闍維, 龕將出門, 其屍則回, 以內向而開目焉. 蓋示別也, 已而復外尙,
而閉目如故, 見者異之.

〈卷第三 慧學 傳宗科〉

○ 慈藏

唐慈藏, 新羅國王諸公子也, 金氏, 父武林. 官爲蘇判異, 貴如中朝一
品. 然素諳佛理, 而未有嗣息, 乃造觀音經千部, 因致祈禱意. 且曰苟有
所出, 將使續慧命, 而度生類, 非敢冀以亢家門顯祖宗也. 旣而其母夢星
入懷, 以娠及其娩, 適與先佛同月日, 識者以爲瑞. 性聰敏, 入小學卽能徧
覽, 稍長益習空寂法, 而世俗念無所蔕芥, 會幷喪二親, 尋麻衣草屨, 遁居
林壑. 構小室, 周樹荊棘, 坐則懸髮梁上, 小困則頓撼鉤刺, 輒至醒寤, 所
修白骨觀, 日以明利, 而無復昏散二障矣. 俄而王以其次當紹位, 屢徵不
爲起, 復遣使謂曰, 能起則已, 否將造山手刃之. 藏曰, 吾寧持戒死, 無或
犯戒生. 王聞而媿服焉, 遂命薙落受具. 久之屛絶往來, 粮粒空乏, 時有
異鳥, 銜果饋獻, 亦就藏掌共食, 每候日中以爲常, 然尤媿於無以利物. 嘗
夢偉丈夫二人語曰, 卿欲何爲. 藏曰, 惟欲利衆生耳. 丈夫以五戒法授之
曰, 是可以利衆生者. 且曰, 吾以愍汝故, 自忉利天來. 語訖而覺, 於是藏
出山僅一月, 士女之獲授五戒者, 徧國中. 貞觀十二年(638), 偕弟子僧實
等十餘人, 至京師, 詔住勝光別院, 共施豊縟, 而或有以其充物動忮心者,
夜闖其戶, 則驚悸莫敢前, 且從藏悔罪受戒而去. 當是時, 雖生盲者, 見藏

則復覩, 以故遠近趨附, 日千計. 上以其地非藏所堪處, 詔徙終南山 雲際寺, 別居巉崿之上, 以避喧坌. 而鬼神多就受戒, 嘗患痎疹, 見受戒神, 爲之摩撫而愈. 如是閱三夏, 一日有大神, 擁衆無數, 皆帶甲持仗, 扶金轝而前曰, 迎慈藏, 復有大神, 力拒不許迎, 頃之臭氣蓬勃, 一弟子暴卒, 久而穌. 藏卽就繩牀, 召衆訣別, 悉出諸衣物, 行僧德施法, 忽覺香氣, 通暢內外. 是夕夢, 有神報藏曰, 自今而後, 壽可八十餘也, 十七年(643), 其王上表朝廷, 乞 藏 還本國, 詔可. 藏始下山, 詔慰問賜帛二百疋, 用充衣服費, 及詔入內, 賜衲伽梨一領, 雜綵五百段, 東宮亦致二百段, 仍於弘福寺, 會諸大德設齋, 作太常九部樂. 度僧八人, 以榮其歸, 藏又請經一藏, 并像設供儀等. 於是其王以藏爲大國統, 住王芬寺, 築院度人, 以示優渥. 夏入王宮, 講大乘論, 又講菩薩戒本於皇龍寺, 凡七晝夜, 祥雲瑞霧覆所講之堂, 甘露降于林木, 海東戒法之興, 於斯爲盛. 藏以海東夷俗, 必一釐正, 以彷佛華夏. 故儒林梵苑, 至今可觀, 皆是藏之遺志焉.

又圓勝者, 辰韓人也, 貞觀初, 西遊中國法肆, 晚與藏東返云.

〈卷第四 慧學 傳宗科〉

○ 義湘

唐義湘, 新羅國 鷄林府人也. 年弱冠, 稔聞中國敎法之盛, 乃與同志元曉法師, 負笈而西. 旣邊海岸, 曰唐州者, 而雨甚塗潦, 蘆葦彌望, 行無所歸. 夜得小夷燥地宿焉, 且視古墓也, 骸骨髐然, 顧之不能無懼意, 遂徙陶穴中, 鬼物嘯撼終夕. 曉公嘆曰, 疇昔之安爲吾無所見也. 見則懼而致不若焉. 豈非經所謂心生則種種法生, 心滅則種種法滅歟. 且三界惟心, 萬法惟識, 心外無法, 胡用別求, 卽謝湘而歸. 總章三年, 湘獨抵登州, 分衛遇富家女子曰善妙者. 以湘年壯色麗, 欲諧匹偶, 湘堅拒弗答. 善妙因復矢言曰, 生生世世 獲爲檀越, 供給和尙, 又爲弟子, 習學大乘, 成就大事. 湘依長安 終南山 智儼三藏, 硏究華嚴, 未幾遂返本國揚化, 道經善妙家. 將附商舶, 卽解纜, 而善妙悉出諸衣服什器, 素所備物, 追餞之, 而身造海

岸, 則船已遠矣. 於是善妙復矢曰, 如我實有供養心者, 則此篋笥, 當躍入
船中. 有頃風飄浪擊, 盡輸載無少遺餘. 善妙乃復矢之曰, 我願此身化爲
大龍, 挾持和尙, 傳度彼國, 因自投身濤波中, 俄頭角峥嶸, 鱗甲晃耀, 雲
霧冥晦, 而梔牙帆腹. 尤覺便利於他日, 若其蜿蜒夭矯, 時或見之. 旣濟
仍徧相攸處, 然脫有可者, 久爲異宗所據. 湘獨念以爲大華嚴敎, 誠宜於
有福地興之, 舍爾其奚之耶. 時善妙龍知其念, 遽以神力, 於虛空中現巨
石, 縱廣一里, 正覆於異宗所居之上, 勢且隕者, 群僧懼其壓, 奔駭不敢
留. 湘卽居之, 鬱爲大叢社. 幷辭國王所施莊田奴僕等, 湘弘導勤懇, 脩
練精苦, 弟子智通・表訓・道身・梵體等, 嗣著述章疏. 皆明性海義例,
海東號湘 華嚴初祖, 竟終于本國.

〈卷第四 慧學 傳宗科〉

○ 地藏

唐地藏, 姓金氏, 新羅國王族子也. 中慈恕而外嚴厲, 軀幹頎然, 力可
敵十夫 每歎曰, 六籍之道, 三淸之術, 又何可與第一義諦, 同日語哉. 乃
落髮, 涉海西遊華夏, 至池陽, 愛九子山, 而卜居之. 至德初, 檀越諸葛節
偶登絶頂, 觀覽形勝, 見藏獨坐巖穴, 殊可念, 閱其有, 僅一鼎已折足. 問
安所食, 則曰, 日以米少許, 和白土作糜而已. 節大駭, 亟拜曰, 和尙苦行
如此, 我曹不知則罪深矣. 於是徧告近遠, 相率以施, 不累歲而成梵宇焉.
建中初, 郡守張嚴, 仍爲奏化城(寺)額, 而四方慕道之士踵至, 先是藏嘗爲
蛇所螫, 毒發莫之療. 俄一美婦人, 饋良劑, 且敬禮於前曰, 小兒無知, 觸
忤禪師, 願勿責也. 然山中素缺美飮, 懼非他日畜衆之地, 當出泉庭中, 幸
久住, 以蒙福祐, 頃之果得佳泉. 貞元十九年(803) 夏示寂, 閱三年, 樹塔
以葬, 右拾遺費冠卿, 製文勒碑.

〈卷第六 傳宗科〉

○ 靈照

晋靈照, 高麗人, 入中國, 得心法於雪峯. 不憚寒暑, 服勤衆務, 叢林畏敬之, 稱照布納, 始住婺之齊雲山. 次遷越之鏡淸院, 又遷杭之報慈寺. 照在齊雲時, 上堂良久, 忽擧手視其衆曰, 乞取些子, 乞取些子. 僧問, 靈山會上法法相傳, 未審齊雲將何分付. 答不可爲汝荒却齊雲也. 在鏡淸時, 僧問, 向上一路, 千聖不傳, 未審什麼人傳得. 答千聖也疑我. 問莫便是傳否. 答晋帝斬嵇康, 在報慈時. 僧問, 菩提樹下度衆生, 如何是菩提樹. 答大似苦練樹. 問爲什麼似苦練樹. 答素非良馬, 何勞鞭影. 後吳越忠獻王, 迎金華 傅 翕大士靈骨道具, 於元帥府供養, 仍造龍華寺, 樹塔以寘之, 命付住持, 終遷塔大慈山.

〈卷第八 傳宗科〉

○ 道育

晋道育, 新羅國人. 唐 景福壬子歲(892), 始泛海來中國, 遊天台, 掛錫平田寺, 三衣一盂, 常坐不臥. 至於掃除廊廡・料理器皿・采薪汲水, 無所不爲. 然尤護生, 以致其慈憫, 裸露以待螫噆, 如是四十載, 未嘗少替. 天福三年(938) 十月十日, 終於寺之僧堂中, 年可八十餘, 闍維獲舍利莫計.

〈卷第二十 忍辱學 持志〉

○ 圓測

周圓測, 幼明敏, 講新翻唯識論, 旣得時譽, 後講新瑜伽論, 尤得其指. 蓋二論譯畢, 奘公私爲其弟子基師弘闡, 使專其美, 而測輒闚竊, 以先發之而破其情計, 然能以法爲樂如此. 天后初, 詔入譯經舘, 充證義員, 出大乘顯識等經.

〈卷第二十三 精進學 義解科〉

○ 圓光

　唐圓光, 俗姓朴氏, 辰韓 新羅人. 家世業儒, 年二十五, 杭溟渤北造金陵, 以究其學, 有陳之世, 號稱文章極盛. 故得時從縉紳先生之流, 考正經史, 會莊嚴旻公弟子講. 一聽染神, 回視孔教若粃糠. 然乃奏乞入道詔許之. 落髮稟具之後, 遊歷橫肆, 硏成實・涅槃惟謹. 晩脩定業於吳之虎丘山, 禪侶雲臻, 遂有終焉之志. 或居山下請一出弘演, 辭不可勉, 爲開導四衆, 愜心自爾, 名譽益振海陬領表, 負㯷相逐. 隋氏奄有天下, 兵入揚都, 光被虜將加刑戮. 主將遙見火及塔寺, 就視之, 則光縛置塔下, 初無火也. 異而釋其縛. 開皇九年(589), 來京師, 因擧唱攝論, 衆盈座席, 俄而其國之王金氏頻上表, 願於歸本國, 詔慰勞遣之. 旣至老幼, 欣快如佛下生, 衣服藥食, 並其後宮至營, 不使佐助, 欲以專福也, 入內得乘輿侍以弟子. 貞觀四年(630) 疾經七日端坐, 終于所住皇隆寺, 壽九十有九. 喪給羽儀以王禮, 葬於郊外, 弟子圓安, 嗣其徽猷, 徧攬之餘, 復戾止京寺, 特進蕭瑀, 奏請住其所, 造藍田之津梁寺, 其述光平生尤詳云.

〈卷第二十五 精進學 感通科〉

○ 慧顯

　唐慧顯, 百濟國人. 少誦法華, 講三論, 皆精詣有師法. 住其國之北部修德寺, 或講或誦, 無常時, 四遠聞風而至. 顯厭其喧擾, 而遷於南方之達挐山. 深險夐僻, 終歲無來人, 顯因得以專業其中. 及卒時, 年五十八, 於是同學昇屍, 置石窟中以待, 豺虎已而噉之, 骨肉並盡, 惟餘髑髏與舌在爾. 逮更三寒暑, 而舌色愈鮮赤柔頓, 不變壞. 後忽紫硬如石, 衆共建塔, 緘瘞之, 當今之貞觀初也.

〈卷第二十八 定學 證悟科〉

○ 元曉

　唐元曉, 新羅國 湘州 薛氏子也. 丱年入道, 隨師遊學無常處. 時三藏玄奘公, 化王中原, 偕友將造之, 事見湘法師傳. 因緣旣忤, 踪跡逐乖, 任性逍遙, 一無定止, 會王置百座, 召名德講仁王經. 本州以宿碩聞, 或以其行汙謗不納, 居無何, 夫人病腦癰, 醫禱皆莫效. 卜曰, 宜致神劑赤縣地. 於是遣使西度, 海冥漲中, 忽見人邀至龍君所, 宮殿嚴麗, 徒從莊蕭, 蓋非世間耳目所及. 君自稱鈐海, 謂使曰, 汝夫人靑帝第三女也, 其於佛法尤有願力. 金剛三昧經者, 乃二覺圓通, 示菩薩行也. 我嘗得之, 而未易流通, 今以夫人之病, 而發機焉, 則豈惟夫人利益而已. 因持刀裂其腨腸, 入散經三十許紙, 其內外用臘紙纒藤, 而傅以他藥. 且曰, 恐所歷有魔事, 故爲此耳. 又曰, 可請大安聖者詮次綴緝, 元曉法師造疏講釋, 如是則雖雪山 阿伽陀藥不過也. 大安者, 形服素詭異, 每擊銅盋井市中, 唱大安 大安, 王至是亟召安. 安曰, 但將經來, 卽以義理, 鳌爲八品而去. 然終不肯見王. 曉得經, 卽疏之牛車上, 成五卷. 且設几案筆硯於牛兩角間曰, 本始二覺, 此經指也. 姑以表之耳. 尋剋日於黃龍寺開闡, 浮薄者忌其能, 竊之以逃. 王命限三日, 更出略疏三卷, 以急療治. 曉宣吐雍容, 辯抗敏銳, 稱揚彈指聲沸于空, 其曰, 昔日採百椽時, 雖不預會, 今朝橫一棟處, 惟我獨能, 所以譏曩者之譜焉. 衆有慚色, 後不知所終.

〈卷第二十八 定學 證悟科〉

○ 眞表

唐眞表, 百濟國人. 世弋獵, 表尤蹻捷善射. 開元中, 逐獸於野, 倦憩壟畎間, 見蝦蟆多甚. 獨念曰, 此不可以羹乎, 因取柳條貫三十許, 置水深處, 復逐獸從別道歸, 忘取所貫. 明年春, 仍以獵至其處, 聞蝦蟆聲, 就視之, 所貫皆喎喚自若. 表大媿責曰, 吾以口腹爲物累如此, 罪豈可免哉. 卽拔所佩刀削髮, 遁逃入山懺悔. 且誓願面奉彌勒菩薩授比丘戒, 日夜遶旋扣頭流血, 心無間斷. 如是經于七日七夜, 且見地藏菩薩手持金錫, 先爲策發受戒, 方便頓覺, 歡喜徧身, 倍加精進. 二七日忽有大鬼, 現可怖相, 推表墜于重巖之底, 而身無所傷. 旁峙石壇, 匍匐遂登其上, 魔撓紛然弗顧.

三七日稍曙, 聞鳥音云, 菩薩來也. 四際白雲若浸粉然, 山川平滿, 無有高下, 成銀色世界, 兜率天主威儀自在, 與諸侍衛圍繞石壇, 爾時慈氏徐至壇所, 手摩表頂曰, 善哉大丈夫, 求戒如是, 蘇迷盧山, 猶可攘却. 爾心堅固, 不可退墮, 讚嘆撫摩. 至于再三, 而後授法, 表則身心和悅, 非世間之樂, 所能比也. 尋獲天眼, 洞見無礙. 慈氏躬授三衣瓦鉢, 且爲作眞表名. 俄於膝下, 出二籤, 其一署九, 其一署八. 視其籤, 非牙非玉, 然竟不知何物所爲者. 以付表曰, 異日人有從爾求戒, 爾當先使其人悔罪, 罪福者, 持犯所自. 悔罪之法, 或以九十日, 或以四十日, 或以三七日, 爲一期. 期滿而欲知罪滅不滅之相, 則益爲一百八籤. 上署百八煩惱名目, 用前二籤以合之, 望空而擲. 若百八籤飛散四畔, 獨八九二籤卓立壇心者, 是得上上品戒相也. 若百八籤中, 僅一二籤, 與九八二籤交觸, 第看交觸之籤, 是何煩惱, 則知此等煩惱未盡, 而其人宜令重加悔罪可也. 然後又以前所交觸之籤, 合八九二籤, 擲空中, 其籤不至交觸, 而遠去者, 名中品戒相也. 若百八籤, 終於擁蔽八九籤者, 其罪不滅, 爲不得戒. 設能志誠悔罪, 踰九十日, 復作前法, 而不擁蔽者, 得下品戒. 且云, 八者新薰也, 九者本習也, 已而隱, 華蔆香炮, 山川寂廖. 於是表著衣持盆, 爲大比丘, 念欲下山利益衆生. 而草木垂靡, 溪谷坦夷, 祥禽瑞獸, 翔舞馴伏前後, 又空中唱言, 菩薩出山來, 何不迎接. 是故聚落人民, 布髮脫衣者相望, 氈罽裀褥被路, 表皆踐踏之, 以副其意. 有女子以白氈半端展而俟, 輒驚避他往. 女子怪其不平而問之, 則曰, 吾非無意也, 適覩氈縷間皆猻子, 吾恐傷生, 故避之耳. 蓋女子本屠家, 致氈之由可知. 居常二虎侍左右, 表語之曰, 吾玆不入郊郭, 如他有可修行地. 汝導以往. 乃行三十里, 踞一山坡而止, 表則掛錫樹枝, 敷草而坐. 信士四至, 焂成伽藍, 號金山寺, 今影堂道具猶存.

〈卷第二十八 定學 證悟科〉

○ 無漏

唐無漏, 姓金氏, 新羅國王子也. 幼慕延陵之節, 竟讓儲貳, 而委質釋

迦法中. 既附艦西遊華夏, 尋度流沙, 陟葱嶺, 將盡禮天竺勝跡, 會異比丘
語之曰：子於舊記未嘗有名, 而輒欲往其亡乃不可乎！因使敎化毒龍, 以
進其堅忍, 禱祈觀音, 以篤其智願, 而漏或爲龍授三歸依戒. 或於像前, 住
禪定者四十九日. 然比丘猶以爲子之緣, 特於唐士尤稔, 乃反結庵於賀蘭
山之白茅谷. 安・史之亂, 肅宗治兵靈武, 屢夢金色人前唱寶勝如來名號.
詢之群臣, 擧以漏對, 卽徵聘不爲起. 後命朔方副元帥・中書令郭子儀, 躬
至諭旨, 始奉詔, 逮陛謁. 上瞪視曰, 此誠夢中所見者, 留之內道場供養.
寇平, 百官扈蹕歸京師, 漏上表乞還山, 上優答不允. 上元三年, 忽化去,
現雙足形於內道場門之右闑上, 度去地可數尺許. 吏白狀, 上御步輦過之,
得遺表其所閟之, 其言指, 槩求歸葬故山而已. 詔可遺中使監護鹵簿導送,
且置廨宇於懷遠縣, 蓋漏平生所由往來也. 喪輿至此, 堅不可擧, 於是別
構堂以奉安之, 體貌至今無變壞, 其堂內門闑, 卽內道場之門闑也. 然當
時所現雙足之跡猶存云.

〈卷第二十八 定學 證悟科〉

○ 元表

　唐元表, 高麗人. 天寶中, 西遊中國, 且將往天竺巡禮聖跡, 遇心王菩
薩, 語以支提山, 卽天冠菩薩所住處. 於是頂戴華嚴經八十卷, 南造閩 越
而居是山. 異日是山猛獸・毒虫・鬼魅充斥, 非人所居地, 嘗有僧宿, 且
見其身乃在山麓十數里外, 蓋神明擲置之也. 屬會昌廢敎, 表以花欄木,
函其經, 而藏之石室. 大中初, 保福 慧評禪師知之, 乃率諸信士, 迎出於甘
露 都尉院, 其紙墨如新云.

〈卷第二十八 定學 證悟科〉

○ 無相

　唐無相, 新羅國王之子也. 開元十六年(728), 汎海舶東至京師, 既廷對,
詔隷禪定寺. 後入蜀之資中, 謁智詵禪師, 有契悟. 先見異僧處寂, 知其

來厚遇之. 且授以則天所賜磨衲九條衣, 囑之曰, 幸毋相忘. 因遁居溪谷
間, 每燕坐輒五日. 始出定, 偶一夕有二黑犢, 交角跪牀下, 稍復移近, 忽
覺一手毛而甚冷. 自相袖入捫摸至腹, 又嘗大雪昉霽, 二虎餓劇外來, 相
爲循撫, 躶臥其前以待啖, 虎則徧嗅首足而去. 久之髮長衣弊, 獵者疑其
非人類, 將射而復輟. 天寶末, 以故舊, 見上皇行在所, 成都縣令揚翌以爲
妖, 命吏逮, 吏之至者, 皆戰慄莫能前. 大風卒起, 沙石穿簾幕, 飄擲聽事,
翌懼扣頭悔罪. 乃已檀越四合, 於是淨衆・大慈・菩提・寧國等伽藍作矣,
而獨常居淨衆後院云, 尋鑿寺前地爲小池二, 曰左羹右飯也, 缺資費則淘
浚之. 以來供施屢驗, 樹浮圖門外, 尤峻拔, 植稱柏其下曰, 柏齊浮圖寺當
毁. 會昌之變始信, 或有以樵爨願役寺中, 而不取傭直者, 然亦不識其何
自而至也. 蓋相之出家而入中國也, 諸兄亦喪逝隨盡, 國人乃立其弟, 其
弟常恐相歸以廢已, 使客至成都, 狙刺相, 一夕樵爨者得而殺之, 竟遁去.
相聞而歎曰, 仇對有在, 於我乎何累焉. 至德元年五月十九日, 無疾而終,
春秋七十七, 塔號東海大師. 乾元間, 刺史韓汯撰碑.

〈卷第三十 定學 禪化科〉

神僧傳(미상, 1417)

○ 玄光

釋玄光者, 海東 熊州人也. 少而穎悟, 往衡山見思大和尙, 後返錫江
南, 屬本國舟艦, 附載離岸. 時綵雲亂目, 雅樂沸空, 絳節霓旌, 傳呼空中
聲云, 天帝召海東 玄光禪師. 光拱手避讓, 唯見靑衣前導. 少選入宮城,
且非人間官府. 羽衛之設也, 無非鱗介, 參雜鬼神. 或曰, 今日天帝降龍
王宮, 請師說親證法門. 吾曹水府, 蒙師利益, 旣登寶殿, 次陟高臺. 如問
而談, 略經七日, 然後王躬送別. 其船泛洋不進, 光復登船, 船人謂經半日
而已. 光歸熊州 翁山, 卓錫結茅, 乃成梵刹, 厥後罔知攸往.

〈卷第五〉

○ 金師

僧金師, 新羅人, 居睢陽. 謂錄事參軍房琬云, 太守裵寬當改, 琬問何時, 曰明日午勅書必至, 當與公相見於郡西南角. 琬專候之, 午前有驛使, 兩封牒到, 不是琬以爲謬也. 至午又一驛使, 送牒來云, 裵公改爲安陸別駕, 房遽命駕迎僧, 身又自去, 果於郡西南角相遇裵, 召問僧云, 官雖改, 其服不改, 然公甥姪, 各當分散, 及後勅至, 除別駕紫紱猶存. 甥姪之徒, 各分散矣.

〈卷第六〉

○ 眞表

眞表者, 百濟人也, 家在金山. 世事戈獵, 後入深山, 以刀截髮, 苦到懺悔, 擧身撲地, 志求戒法. 誓願要期, 彌勒菩薩授我戒法也. 夜倍日功, 繞旋叩榴, 心心無間, 念念翹勤. 經于七宵詰旦, 見地藏菩薩手搖金錫, 爲表東發敎發戒, 緣作受前方便, 感斯瑞應, 勇猛過前. 二七日滿, 有大鬼, 現可怖相, 而推表墜于巖下. 身無所傷, 匍匐[匍匐]就登石壇上, 加復魔相未休, 百端千緒. 至第三七日質明, 有吉祥鳥鳴曰, 菩薩來也, 乃見白雲若浸粉然, 更無高下, 山川平滿, 成銀色世界, 兜率天主透迤自在, 儀衛陸離, 圍繞石壇, 香風花雨, 一時交集. 須臾慈氏徐步而行, 至于壇所, 垂手摩表頂曰, 善哉大丈夫. 求戒如是. 至于再至于三, 蘇迷盧可手攘而却, 爾心終不退, 乃爲授法. 表身心和悅, 猶如三禪, 意識與樂根相應也. 四萬二千福河, 常流一切功德, 尋發天眼焉. 慈氏躬授三法衣瓦鉢, 復賜名曰眞表. 又於膝下出二物, 非牙非玉, 乃籤檢之制也. 一題曰九者, 一題曰八者, 各二字, 付度表云, 若人求戒, 當先悔罪. 罪福則持犯性也, 更加一百八籤, 籤上署百八煩惱名目. 如來戒人, 或九十日, 或四十日, 或三七日, 行懺苦到精進, 期滿限終, 將九八二籤, 參合百八者, 佛前望空而擲其籤, 墮地以驗其罪減不減之相. 若百八籤, 飛逗四畔, 唯八九二籤, 卓然壇心而立者, 卽得上上品戒焉. 若衆籤雖遠, 或一二來觸九八籤, 拈觀是何煩惱名, 抑令人重覆懺悔已. 正將重悔煩惱籤, 和九八者擲其煩惱籤, 去者名中品戒焉.

若衆籤埋覆九八者, 則罪不減不得戒也, 設加懺悔, 過九十日, 得下品戒. 大慈氏重告誨云, 八者新熏也, 九者本有也. 囑累已, 大仗旣迴, 山川雲霽, 於是持天衣執天鉢, 猶如五夏比丘, 徇道下山, 草木爲其低垂覆路, 殊無溪谷高下之別, 飛禽鷙獸, 馴伏步前, 又聞空中唱告村落聚邑言, 菩薩出山來, 何不迎接. 時則人民男女, 布髮掩泥者, 脫衣覆路者, 氈㲨氍毹承足者, 花絪美褥塡坑者, 表咸曲副人情一一迪踐. 有女子提半端白氎, 覆于途中, 表似驚忙之色, 迴避別行. 女子怪其不平等, 表曰, 吾非無慈不均也, 適觀氎間, 皆是猻子. 吾慮傷生, 避其誤犯耳. 原其女子本屠家, 販買得此布也. 自爾常有二虎, 左右隨行, 表語之曰, 吾不入郛郭, 汝可導引, 至可修行處, 則乃緩步而行. 三十來里, 就一山坡蹲跽于前, 時則掛錫樹枝, 敷草端坐, 四望信士, 不勸自來. 同造伽藍, 號金山寺焉.

〈卷第七〉

○ 無相

釋無相, 新羅國人也, 是彼土王第三子. 玄宗召見, 隷於禪定寺, 號無相, 遂入深溪谷巖下坐禪. 有黑犢二交角, 盤礴於座下, 近身甚急, 毛手入其袖, 其冷如氷. 捫摸至腹, 相殊不傾動. 每入定, 多是五日爲度. 忽雪深, 有二猛獸來, 相自洗拭, 裸臥其前, 願以身施其食. 二獸從頭至足, 嗅匝而去. 往往夜間坐床下, 搦虎鬚毛, 旣而山居稍久, 衣破髮長, 獵者疑是異獸, 將射之復止. 復構精舍於亂墓間, 成都縣令楊翌, 疑其幻惑, 乃追至, 命徒二十餘人曳之, 徒近相身, 一皆戰慄, 心神俱失. 頃之大風卒起, 沙石飛颺, 直入廳事, 飄簾捲幕, 楊翌叩頭拜伏喘不敢語, 懺畢風止, 奉送舊所. 相至成都也, 忽有一力士, 稱捨力伐柴, 供僧廚用, 相之弟, 本國新爲王矣, 懼其却迴, 其國危殆, 將遣刺客, 來屠之, 相已冥知矣. 忽曰, 供柴賢者, 暫來謂之曰, 今夜有客曰灼然, 又曰, 莫傷佛子. 至夜, 薪者持刀挾席坐禪座之側, 逡巡覺壁上, 似有物下, 遂躍起揮刀, 巨胡身首, 分於地矣. 後門素有巨坑, 乃曳去瘞之, 復以土抖滅其跡而去. 質明相令召伐柴

者謝之, 已不見矣. 嘗嘗指其浮圖前栢曰, 此樹與塔齊, 塔當毀矣. 至會
昌廢毀正與塔齊, 又言, 寺前二小池, 左羹右飯, 齋施時, 少則令淘浚之.
果來供設, 其神異多此類也. 以至德元年卒, 壽七十七.

〈卷第七〉

○ 地藏

釋地藏, 俗姓金氏, 新羅國王之支屬也. 心慈而貌惡, 穎悟天然. 于時
落髮出家, 涉海徒行, 振錫觀方, 至池陽, 覩九子山, 心甚樂之, 乃徑造其
峯而居焉. 藏嘗爲毒螫 晉拭, 端坐無念. 俄有美婦人, 作禮饋藥云, 小兒
無知, 願出泉以補過. 言訖不見, 視坐左右間, 沛然流衍. 時謂爲九子山
神, 爲湧泉資用也. 至德年初, 有諸葛節, 率村父, 自麓登高, 深極無人,
唯藏孤然, 閉目石室, 其房有折足鼎, 鼎中白土和少米, 烹而食之. 群老驚
嘆曰, 和尙如斯苦行, 我曹山下, 列居之咎耳. 相與同構禪宇, 不累載而成
大伽藍. 本國聞之, 率以渡海相尋, 其徒且多, 無以資歲. 藏乃發石得土,
其色淸白, 不磣 初甚切 如麪, 而共衆食. 其衆請法以資神, 不以食而養
命. 南方號爲枯槁衆, 莫不宗仰, 龍潭之側, 有白墡 時闌切 硎, 取之無盡.
一日忽召衆告別, 罔知攸往, 但聞山塢石隕扣鍾嘶嗄 所訝切, 跏趺而滅,
年九十九, 其屍坐于函中. 洎三稔, 開將入塔, 顏貌如生, 擧昇之際, 骨節
若撼金鎖焉.

〈卷第八〉

○ 無漏

釋無漏, 姓金氏, 新羅國王之次子也. 少附海艦, 達于中華, 欲遊五竺,
禮佛八塔. 旣渡沙漠, 涉于闐已西, 至葱嶺, 入大伽藍, 其中比丘, 皆不測
之僧也. 問漏攸往之意, 未有奇節, 而詣天竺. 僧曰, 舊記無名, 未可輒去.
此有毒龍池, 可往敎化. 如其有驗, 方利涉也. 漏依請, 登池岸, 唯見一胡
床, 乃據而坐. 至夜將艾雷電交作, 其怪物吐氣, 蓬勃種種變現, 眩曜無

恒. 漏瞑目不搖動, 久之乃有巨蛇, 驤首于膝上, 漏悲閔之極, 爲受三歸而
去. 復作老人形, 來致謝曰, 蒙師度脫, 義無久居, 吾三日後, 捨鱗介苦,
依得生勝處, 此去南有盤石, 是弟子捨形之所, 亦望間預相, 尋遺骸可矣.
漏默許之, 又曰, 必須願往天竺者, 此有觀音聖像, 禱無虛應, 可祈告之,
得吉祥兆, 可去勿疑. 漏乃立於像前, 入於禪定, 如是度四十九日, 身嬰虛
腫, 略無傾倚. 旋有鼠兒, 猶彈丸許, 咋左脛潰, 黃色薄膿, 可累斗而愈.
漏限滿獲應, 群僧語之曰, 觀師化緣, 合在唐土. 心存化物, 所利滋多, 足
倦遊方, 空加聞見, 不可强化, 師所知乎. 漏意其賢聖之言, 必無唐發, 如
是却迴. 臨行謂漏曰, 逢蘭卽住, 所還之路, 山名蘭, 乃馬前記, 遂入其中,
得白草谷, 結茅栖止. 無何安・史兵亂, 肅宗訓兵靈武, 屢夢有金色人, 念
寶勝佛於御前. 翼日以夢中事, 問左右, 或對曰, 有沙門, 行迹不群, 居于
此山, 恒誦此佛號. 召至, 帝視之曰, 眞夢中人也, 及旋置之, 內寺供養.
累上表章, 願還舊隱, 帝心眷重, 未遂歸山, 俄云示滅焉. 一日忽於內門右
闍之上, 化成雙足, 形不及地者數尺. 閽吏上奏, 帝乘步輦, 親臨其所, 得
遺表乞歸, 葬舊隱山之下. 卽時依可, 遣中使監護送導, 先是漏行化, 多由
懷遠縣. 因置廨署, 謂之下院. 喪至此神座, 不可輒擧, 衆議移入, 構別堂
宇安之, 至今眞體端然, 曾無變壞.

〈卷第八〉

弘贊法華傳(慧詳, 706 이후)

○ 緣光

釋緣光, 新羅人也, 其先, 三韓之後也. 按梁員職圖云, 其新羅國, 魏曰
斯盧, 宋曰新羅, 本東夷 辰韓之國矣. 光世家名族, 宿敦淸信, 早遇良緣,
幻歸緇服. 精修念慧, 識量過人, 經目必記, 遊心必悟. 但以生居邊壤, 正
敎未融. 以隋 仁壽年間, 來至吳, 會正達智者, 敷弘妙典, 先伏膺朝夕, 行
解雙密, 數年之中, 欻然大悟. 智者卽令就講妙法華經, 俊郎之徒, 莫不神

伏. 後於天台別院, 增修妙觀, 忽見數人, 云天帝請講, 光默而許之. 於是,
奄然氣絶, 經于旬日, 顔色如常, 還歸本識. 旣而器業成就, 將歸舊國, 與
數十人, 同乘大舶. 至海中, 船忽不行, 見一人乘馬凌波來, 至船首云, 海
神請師暫到宮中講說. 光曰, 貧道此身, 誓當利物, 船及餘伴, 未委如何.
彼云, 人並同行, 船亦勿慮. 於是, 擧衆同下, 行數步, 但見通衢平直, 香
花遍道, 海神將百侍從, 迎入宮中, 珠璧焜煌, 映奪心目. 因爲講法花經一
遍, 大施珍寶, 還送上船. 光達至本鄕, 每弘玆典, 法門大啓, 實有功焉.
加以自少誦持, 日餘一遍, 迄於報盡, 此業無虧. 年垂八十, 終於所住, 闍
維旣畢, 髏舌獨存, 一國見聞, 咸歎希有. 光有妹二人, 早懷淸信, 收之供
養, 數聞髏舌自誦法花, 妹有不識法花字處, 問之皆道.

有新羅僧連義, 年方八十, 弊衣一食, 精苦超倫, 與余同止, 因說此事,
錄之云爾.

〈卷第三 講解 第三 〉

○ 慧顯

釋慧顯, 伯濟國人也. 少出家, 苦心精專, 以誦法華(經)爲業. 祈福請
願, 所遂者多, 聞講三論, 便從聽受法, 一染神彌增其緖. 初住本國北部修
德寺, 有衆卽講, 無便淸誦, 四遠聞風, 造山誼接. 便往南方達拏山, 山極
深嶮, 重巖崇固, 縱有往展, 登陟艱危. 顯靜坐其中, 專業如故, 遂終于彼.
同學與屍, 置石窟中, 虎噉身骨並盡, 唯餘髏舌存焉. 經于三周, 其舌彌紅
赤, 柔軟勝常, 過後方變紫, 鞕如石, 道俗怪而敬焉, 緘于石塔. 時年五十
有八, 卽貞觀之初年也.

〈卷第八 誦持 第六之三〉

○ 新羅國沙彌

新羅國, 有金果毅, 生一男子, 從小出家. 樂讀法華經, 至第二卷, 誤燒
一字, 年十八, 忽從夭喪. 還生別處金果毅家, 又得出家, 卽偏愛讀法華

經, 至第二卷, 每於一字, 隨問隨忘. 夢有人云, 小師前生, 向其鄉某金果毅家生, 亦得出家, 在彼生時, 讀誦法華, 誤燒一字, 是以今生隨得忘. 彼舊經現存, 往彼自看. 此小師, 依夢向彼尋覓, 果得其家. 借問投宿, 前生父母, 依俙欲識. 尋訪舊經, 乃見第二, 實燒一字. 小師及前父母, 悲喜交幷, 二家遂爲親好, 彼此無二. 當卽言及州縣, 州縣奏聞, 擧國傳詠, 于今不息, 卽貞觀時也.

〈卷第九 轉讀 第七〉

○ 劉老

儀鳳年, 汝州 梁縣北, 有梁村 劉氏男, 失名. 先因從征東討高麗, 沒爲奴, 於遼海東岸牧馬. 因而寢睡, 屢夢有一僧, 喚令入海. 共海歸家, 若此非一, 劉氏子自惟, 漂落與死莫殊, 頻感斯夢. 逐投身海浦, 於水中, 抱得菊草一束. 隨波漂流, 浮渡西, 至于岸上, 行餘一里. 思念, 此草能濟吾身命, 劫迴取草, 解束曝之, 乃於其中, 得法花經第六卷, 遂持還家. 其父劉老 先緣子沒蕃, 遂爲造法花經一部, 書寫淸淨. 每事嚴潔, 及見子到, 相持悲慶, 怪問所由, 劉氏子, 具說前事. 父子遂共於精舍中, 開視經函, 乃欠第六 一卷. 驗其子於海中得者, 果是其父爲子所造之經, 部軸具足.

〈卷第十 書寫 第八〉

○ 吳氏

郎將吳氏, 忘名. 東征高麗, 破馬邑城, 焚燒屋宇, 延及寺舍, 城外望見, 煙雲直上, 中有一物, 如白帶, 高飛入雲, 須臾飄墮城東草中. 郎將吳君, 走馬往視之, 見黃書展在地上. 就而觀之, 乃是法花經第七卷也. 於是, 將至營中, 夜安幕上, 忽逢暴雨, 明旦收之, 一無霑濕.

〈卷第十 書寫 第八〉

法華傳記(僧詳, 714 이후)

○ 緣光

釋緣光, 是智者門人. 誦法華經爲業, 感天帝下迎龍宮請講. 滅後舌色
如紅蓮華而已.

〈卷第三 諷誦勝利 第八之一〉

○ 慧顯

釋慧顯, 百濟國人也. 少出家, 苦心精專, 以誦法華爲業. 祈福請願, 所
遂者多, 聞講三論, 便從聽受法, 一染神彌增其緒. 初住本國北部修德寺,
有衆則講, 無便淸誦, 四遠聞風, 造山謐接. 便往南方達挐山, 山極深險,
重陳巖固, 縱有往展, 登陟艱危. 顯靜坐其中, 專業如故, 遂終于彼. 同學
輿屍, 置石窟中, 虎噉身骨並盡, 唯餘髏舌存焉. 經于三周, 其舌彌紅赤,
柔軟勝常, 過後方變紫鞭如石. 道俗怪而敬焉, 俱緘閉于石塔. 時年五十
有八, 卽貞觀之初年也.

〈卷第四 諷誦勝利 第八之二〉

○ 發正

百濟沙門釋發正, 梁天監中, 負笈西渡, 尋師學道, 頗解義趣, 亦修精
進. 在梁三十餘年, 不能頓忘桑梓, 歸本土. 發正自道聞他說越州界山有
道場, 稱曰觀音. 有觀音堵室, 故往視之, 樓椽爛盡, 而堵牆獨存之, 尙有
二道人, 相要契入山, 一人欲誦華嚴經, 一人欲誦法華經, 各據一谷, 策作
堵室. 其誦華嚴者, 期月可畢. 心疑其伴, 得幾就往候之, 曾無一卷. 其人
語曰, 期已將盡, 糧食欲絕, 宜及至期竟之. 若不能念誦一部, 正可誦觀世
音經也. 便還其室. 於是此人, 心自悲痛, 宿因鈍根. 乃至心讀誦, 晝夜匪
懈, 誚得略半. 後數日, 其人復來者爲此人以實告之. 其人語曰, 我已誦
華嚴矣, 奈何如此觀世音之初, 況逕兩三日而不諳乎. 我若捨汝而去, 則

負所要, 若待汝, 竟精食欲盡, 旣於三日不竟, 理不得相待耳. 將以明復來者矣, 子其免云. 此人至到悲痛倍前, 至心誦念, 纔得竟畢. 明旦其人復來者語曰, 如此觀世音之初, 尙不能誦, 無可奈何. 我時捨汝而去也. 此人跪曰, 昨暮纔得竟耳. 於是其人大喜, 欲以相試, 乃坐床誦之, 三十卷經, 一無遺落. 次復此人上床誦之, 始得發聲, 卽於空中, 雨種種華香, 華溢堵室, 香聞遍谷, 氣氳滿天, 不可勝計. 於是誦華嚴者, 卽下地叩頭, 頭面流血, 懺悔謝過. 事畢欲別去, 此人止曰, 常有一老翁饋我食, 子可少待與. 久久不來, 相到與者. 此人欲汲水, 如向老翁擔食參休於草下. 此人怪而問曰, 我伴適來, 望得共食, 有何事竄伏不饋. 翁答, 彼人者, 輕我若此, 豈忍見乎. 於是始知是觀世音菩薩, 卽五體投地, 禮拜甚至. 須臾仰視, 便失所在. 此人所縣堵牆, 至今猶存哉, 發正親所見焉.

〈卷第六 諷誦勝利 第八之四〉

觀世音應驗記(傅亮·張演·陸杲, 미상)

○ 發正

有沙門發正者, 百濟人也. 梁天監中, 負笈西渡, 尋師學道. 頗解義趣, 亦明精進. 在梁三十餘年, 不能頓忘桑梓, 還歸本土. 發正自道, 聞他說越州界山有觀世音堵室, 故往觀之. 欀椽爛盡, 而堵牆獨存云. 尙有二道人, 相要入山. 一人欲誦花嚴經, 一人誦法花經. 各據一谷, 築作堵室. 其誦花嚴者, 期內可畢. 心疑其伴得幾, 就往候之, 曾無一卷. 其人其語曰, 期已將盡, 糧食欹絶, 置及期至竟之. 若不能令誦一部, 正可誦觀世音經也. 便還其室. 於是, 此人心自悲痛, 宿因鈍根. 乃至心誦讀, 晝夜匪懈, 諳得略半. 後數日, 其人復來省焉, 此人以實告之. 其人語曰, 我已誦華嚴矣. 奈何如此觀世音之物, 況逗兩三日而不諳乎. 我若捨汝而去, 則負所要. 若待汝, 竟粮食欲盡, 旣於三日不竟, 理不得相待耳. 將以明復來省矣, 其勉之. 此人至到悲痛倍前, 至心誦念, 纔得竟畢. 明旦, 其人復來省. 語曰, 如此觀世音之初, 省不能誦, 無可奈何, 我將捨汝而去也. 此人跪曰, 昨暮纔得竟了. 於是其人大喜, 欲以相試. 乃坐床誦之, 四十卷經, 一無遺落. 次復, 此人上床誦之, 始得發聲, 卽於空中, 雨種種花香. 花溢堵室, 香聞遍谷, 氣氳滿天, 不可勝計. 於是, 誦花嚴者, 卽下地叩頭, 頭面流血, 懺悔謝過. 事畢, 欲別去. 此人止曰, 常有一老翁, 餉我食, 子可少待. 而久久不來, 於別而去. 此人欲汲水如井向, 老翁擔食, 番伏於草下. 此人怪而問曰, 我伴適來, 望得共食, 有何事異, 竄伏不餉. 翁答, 彼人者輕我若此, 豈忍見乎. 於是始知, 是觀世音菩薩, 卽四[五] 體投地, 禮拜甚至. 須臾仰視, 便失所在. 此人所睹堵牆, 至今猶存, 沙門發正親所見焉. 右一條, 普門品云, 六十二億恒河菩薩名字, 乃至一時禮拜觀世音正等無異. 卽是隔海之事, 加後聞見淺薄如斯, 感應實非窺見所迷. 但呆乙, 後葉好事之人, 廢或繼之, 自不是力. 謹著篇二條, 續之篇末.

釋門自鏡錄(懷信, 698-704)

○ 分恚貪鄙錄 五, 唐新羅國興輪寺僧變作蛇身事

新羅國大興輪寺第一老僧, 厥名道安. 自小出家, 卽住玆寺. 又薄解經論, 爲少長所宗, 然於飯食, 偏好揀擇. 一味乖心, 杖楚交至, 朝夕汲汲, 略無寧舍. 衆雖患之, 莫能救止, 後因抱疾, 更劇由來, 罵詈瞋打, 揮擲器物, 內外親隣, 不敢覘視. 經數日, 遂變作蛇身, 長百餘尺, 號吼出房, 徑赴林野. 道俗見聞, 莫不傷心, 而誡矣.

彼又有一尼, 性亦多瞋, 死後數日現形. 告師云, 生惡處作毒蛇身, 居在城南, 泣涕辭去. 後果於城南數里有一蛇, 頭大如斗, 身長三丈, 行則宛轉, 逢人必逐, 遇之多死, 希有免者, 人畜往來, 深以爲誡矣.

〈卷上〉

○ 懈慢不勤錄 七, 新羅國禪師割肉酬施主事

　隋末新羅國有一禪師, 失其名, 景行精著多. 在一檀越家, 偏受供養, 往來不絶, 可向十年. 檀越信力堅深, 家途豊渥, 朝夕四事, 身心俱盡. 禪師年老, 致終依法埋殯, 不盈數日, 其家園中, 枯木忽生軟菌. 家人採以爲羞, 味同於肉, 大小歡慶, 日日取之, 遍木隨生, 給用無盡. 歲月稍久, 親隣咸悉, 後西隣一人, 踰垣夜竊, 以刀割取. 忽聞木作人聲云, 誰割我肉, 我不負君. 其人驚問, 汝是誰耶. 答曰, 我是往某禪師, 緣我道行輕微, 受主人重心供養. 業不能消, 來此償債, 君能爲我乞物還主人, 吾卽得解脫. 隣人先憶識之, 故怪歡嗚呼. 卽告主人, 主人聞此, 崩號殞絶對木懺悔, 謝愆誓相免放. 隣人爲乞一百碩米, 來與主人, 於是園中不復生也. 有新羅僧達義, 年將八十, 貞誠懇到託迹此山, 余敬其德, 時給衣藥, 義對余悲泣, 具述此由云, 餘來亦割肉還師也.

〈卷上〉

○ 續補, 新羅順璟生陷地獄事

　釋順璟者, 浪郡人也. 本上之氏族, 東夷之家系, 故難詳練, 其重譯學聲敎, 蓋出天然況乎. 因明之學, (玄)奘師精研付受, 華僧尚未多達. 璟之克通, 非其宿殖之力, 自何而至於是歟. 於乾封年中, 因使臣入貢附至, 時大乘(窺)基歎曰, 新羅 順璟法師者, 聲振唐蕃, 學包大小, 業崇迦葉, 唯執行於杜多, 心務薄拘恒馳聲於少欲云云. 惜哉, 璟在本國, 稍多著述, 亦有傳來中原者, 其所宗法相大乘了義敎也. 見華嚴經中, 始從發心便成佛已, 乃生謗毁不信. 或云, 當啓手足命弟子輩, 扶掖下地, 地則徐裂, 璟身俄墜, 時言生身陷地獄焉, 于今有坑廣袤丈餘, 實坎窅然. 號順璟捺落迦也 宋僧傳.

〈卷下〉

林間錄(覺範慧洪, 1107)

○ 元曉

唐僧元曉者, 海東人. 初航海而至, 將訪道於名山, 獨行荒陂, 夜宿塚間渴甚, 引手掬于穴中, 得泉甘涼. 黎明視之髑髏也, 大惡之, 盡欲嘔去, 忽猛省. 大歎曰, 心生則種種法生, 心滅則髑髏不二. 如來大師曰, 三界唯心, 豈欺我哉, 遂不復求師, 卽日還海東. 疏華嚴經, 大弘圓頓之敎. 予讀其傳至此, 追念晉 樂廣, 酒盃蛇影之事. 作偈曰, 夜塚髑髏元是水, 客盃弓影竟非蛇. 箇中無地容生滅, 笑把遺編篆縷斜.

〈卷上〉

○ 義天

東京 覺嚴寺, 有誠法師, 講華嚴經, 歷昔最久, 學者依以揚聲. 其爲人純至, 少緣飾, 高行遠識, 近世講人, 莫有居其右者. 元祐初, 高麗僧統航海至, 上表乞傳持賢首宗敎, 歸本國流通, 奉聖旨下兩街, 擧可以授法者, 有司以師爲宜. 上表辭免曰, 臣雖刻意講學, 識趣淺陋, 特以年運已往, 妄爲學者所推. 今異國名僧航海問道, 宜得高識博聞者爲之. 師竊見杭州 慧因院僧淨源, 精練敎乘, 旁通外學, 擧以自代, 實允公議. 奉聖旨依所乞, 敕差朝奉郎楊傑舘伴, 至錢塘受法.

〈卷上〉

○ 元曉.

金剛三昧經, 乃二覺圓通, 示菩薩行也. 初元曉造疏, 悟其以本始二覺爲宗. 故坐牛車, 置几案於兩角之間, 據以草文. 圓覺經, 以皆證圓覺, 無時無性爲宗. 故經首敍文, 不標時處, 及考其翻譯之代, 史復不書. 曉公設事表法, 圓覺冥合佛意, 其自覺心靈之影像乎.

〈卷上〉

指月錄(瞿汝稷, 1601)

○ 高麗觀音

昔高麗國來錢塘, 刻觀音聖像. 及舁上船, 竟不能動, 因請入明州 開元寺供養. 後有設問, 無刹不現身, 聖像爲甚麼不去高麗國. 長慶 稜代云, 現身雖普, 覩相生偏, 法眼別云, 識得觀音未.

〈卷之七〉

○ 元曉

唐僧元曉者, 海東人. 初航海而至, 將訪道於名山, 獨行荒陂, 夜宿塚間渴甚, 引手掬於穴中, 得泉甘涼. 黎明視之髑髏也, 大惡之, 盡欲嘔去, 忽猛省. 大嘆曰, 心生則種種法生, 心滅則髑髏不二. 如來大師曰, 三界唯心, 豈欺我哉. 遂不復求師, 還海東, 疏華嚴經.

林間錄曰, 玄沙備禪師, 薪於山中. 旁僧呼曰, 和尙看虎. 玄沙見虎顧僧曰, 是爾靈潤法師山行, 野燒迅飛而來, 同遊者皆避之. 潤安步如常曰, 心外無火, 火實是心, 謂火可逃, 無由免火, 火至而滅. 嚴陽尊者, 單丁住山, 蛇虎就手而食. 歸宗常公刈草, 見蛇芟之. 傍僧曰, 久聞歸宗, 今日乃見一麤行沙門. 常曰, 爾麤我麤耶, 吾聞親近般若, 有四種驗心, 謂就理, 就事, 入就, 出就. 事理之外, 宗門又有四藏鋒之用, 親近以自治, 藏鋒之用以治物.

〈卷之七〉

○ 大茅

新羅大茅和尙, 上堂, 欲識諸佛師, 向無明心內識取. 欲識常住不凋性, 向萬物遷變處識取.

〈卷之十一〉

高僧摘要(徐昌治, 1654)

○ 眞表

釋眞表, 百濟人, 家在金山. 世爲戈獵, 表多趫捷, 弓矢最便. 當開元中, 逐獸之餘, 憩於田畎間, 折柳條貫. 蝦蟆成串, 置於水中, 擬爲食調, 遂入山網捕, 因逐鹿, 由山北路歸家, 忘取貫蟆. 至明年春, 獵次聞蟆鳴, 就水見去年所貫, 三十許蝦蟆猶活, 表於時嘆惋. 自責曰, 苦哉, 何爲口服, 令彼經年受苦. 乃絶柳條, 徐輕放縱, 因發意出家. 自惟曰, 我堂下辭親, 室中割愛, 難離慾海, 由是逃入深山. 以刀截髮, 苦到懺悔, 擧身撲地, 志求戒法. 心心無間, 念念翹勤, 經於七宵, 詰旦見地藏菩薩. 手搖金錫, 爲表策發, 教戒緣, 受方便, 感瑞應. 因勇猛過前, 二七日滿, 有大鬼現可怖相, 推表墜于巖下, 身無所傷. 至第三七日質明, 有吉祥鳥鳴曰, 菩薩來也, 乃見白雲若浸粉然. 更無高下山川平滿, 成銀色世界, 兜率天主逶迤自在, 儀衛陸離, 圍遶石壇, 香風華雨. 爾時慈氏徐步而行, 至于壇所, 垂手摩表頂曰, 善哉大丈夫, 求戒如是, 至於再至于三, 蘇迷盧可手攘而却爾, 心終不退, 乃爲授法. 表身心和悅, 猶如三禪, 意識與樂根相應. 慈氏躬授三法衣瓦鉢, 復賜名曰眞表. 又於膝下出二物, 乃籤檢之制, 一題曰九者, 一題曰八者, 各二字付度. 表云, 若人求戒, 當先悔罪, 更加一百八籤, 籤上署百八煩惱名目. 如來戒人, 或九十日, 或四十日, 或三七日, 行籤苦到, 精進期滿限終, 將九八二籤, 參合百八者, 佛前望空而擲, 其籤墮地以驗罪滅不滅. 若百八籤, 飛逗四畔, 唯八九二籤, 卓然壇心而立者, 卽得上上品戒. 若衆籤雖遠, 或一二來觸九八籤, 拈觀是何煩惱名. 抑令前人重覆懺悔已, 正將重悔煩惱籤, 和九八者擲, 其煩惱籤去者, 名中品戒. 若衆籤埋覆九八者, 則罪不滅, 不得戒也. 設加懺悔, 過九十日, 得下品戒焉. 慈氏重告誨云, 八者新熏也, 九者本有焉. 囑累已, 天仗旣廻, 山川雲霽, 於是持天衣執天鉢. 猶如五夏比丘, 狗道下山. 聞空中唱言, 菩薩出山, 時則人民男女布髮掩泥, 脫衣覆路, 氈罽氍毹承足. 表咸曲副人情, 一一迪踐, 有女子提半端白氎, 覆于途中, 表驚亡廻避別行, 女子怪其不平等. 表曰, 適觀氎覆間皆是猻子, 吾慮傷生, 避其惧犯耳. 原其女子本屠家, 販買得此布也. 自爾常有二虎, 左右隨行三十來里, 就一山坡, 蹲跪于前, 時則挂錫樹枝, 敷草端坐. 四望信士不勸自來, 同造伽藍, 號金山寺, 後人求戒, 年年懺罪者絶多.

〈卷第二〉

○ 圓光

釋圓光, 姓朴, 本住三韓, 秦韓·辰韓·馬韓, 光卽辰韓 新羅人也. 家世海東, 而神器恢廓, 校獵玄儒, 討讎子史. 年二十五, 乘舶造于金陵, 及聞釋宗, 乃上啓陳主, 請歸道法, 有勅許焉. 旣爰落髮, 卽稟具戒. 遊歷講肆, 得成實·涅槃, 蘊括心府, 三藏數論, 徧所披尋. 末又投吳之虎丘山, 息心之衆, 雲結林泉. 並綜涉四含, 功流八定, 深副夙心, 遂有終焉之慮, 於卽頓絶人事, 槃遊聖蹤. 時有信士, 宅居山下, 請光出講, 創通成論, 未講般若, 皆思解俊徹, 聽者欣欣會其心府. 名望橫流, 播于嶺表, 披榛負橐而至者, 相接如鱗. 會隋后御宸, 威加南國, 遂被亂兵, 將加刑戮. 有大主將, 望見寺塔火燒, 走赴救之, 了無火狀. 佃[但] 見光在塔前, 被縛將殺, 旣怪其異, 卽解而放之. 光學通吳越, 使欲觀化周·秦. 開皇九年, 來遊帝宇, 値佛法初會, 攝論肇興. 奉佩大言, 振續徽緒. 本國遠聞, 上啓頻請, 有勅厚加勞問, 放歸桑梓. 光往還累紀, 老幼相欣. 新羅王金氏, 面申虔敬, 仰若聖人. 光年齒旣高, 乘輿入內, 衣服藥食. 並王后自營, 不許佐助, 用希專福. 將終之前, 王親執慰, 囑累遺法, 兼濟民斯, 爲說徵祥. 被于海曲, 以彼建福五十八年. 少覺不愈, 經于七日, 遺誡清切, 端坐終于所住皇隆寺中, 春秋九十有九.

〈第卷三〉

○ 慈藏

釋慈藏, 姓金, 新羅國人. 其先三韓之後, 東方辰韓國也. 藏父名武林,
官至蘇判異 北[比] 唐一品 享高位, 而無後嗣, 幽憂每積. 素仰佛理, 乃
求加護, 廣請大捨, 祈心佛法, 并造千部觀音, 希生一息. 後若成長, 願發
道心, 度諸生類, 冥祥顯應. 夢星墜入懷, 因卽有娠, 以四月八日誕. 年過
小學, 神睿澄簡, 世數史籍, 略皆周覽. 會二親俱喪, 轉厭世華, 深體無常,
終歸空寂. 乃捐捨妻子, 第宅田園, 隨須便給. 子爾隻身, 投于林壑, 麤服
草屬, 獨靜行禪. 時或燮睡, 遂居小室, 周障棘刺, 露身直坐, 動便刺肉,
懸髮在梁, 用祛昏漠, 物望所歸. 位當宰相, 頻徵不就. 王大怒, 勅住山所
將加手刃. 藏曰, 吾寧持戒一日而死, 不願一生破戒而生. 使者懼之, 不
敢加刃, 以事上聞, 王愧服焉. 放令出家, 任修道業, 卽又深隱, 外絶來往.
糧粒固窮, 以死爲命, 便感異鳥, 各啣諸果, 就手迖與, 鳥于藏手, 就而共
食. 時至必爾, 初無乖候, 常懷戚戚, 慈哀含識. 作何方便, 令免生死, 遂
于眠寐, 見二丈夫曰, 卿在幽隱, 欲爲何利. 藏曰, 唯爲利益衆生. 乃授藏
五戒訖曰, 可將此五戒, 利益衆生. 藏于是出山, 一月之間, 國中士女, 咸
受五戒. 又深唯曰, 生在邊壤, 佛法未弘, 自非目驗, 無由承奉. 乃啓本王,
西觀大化. 以貞觀十二年, 領門人僧實等十有餘人, 東辭至京, 蒙勅慰撫
勝光別院. 厚禮殊供, 人物繁擁, 財事旣積, 賊者將取, 心顫自驚, 反來露
過, 便受其戒, 有患生盲, 詣藏陳懺, 後還得眼. 由斯祥應, 從受戒者, 日
有千計. 性樂棲靜, 啓勅入山, 於終南 雲際寺東懸嶠之上, 架室居焉. 旦
夕人神歸戒, 往還三夏, 常在此山, 將事東蕃, 辭下雲際, 見大鬼神其衆無
數, 帶甲持仗云, 將此金轝, 迎取慈藏, 復見大神與之共鬪, 拒不許迎. 神
語藏曰, 今者不死八十餘矣, 旣而入京, 蒙勅慰問, 賜絹二百疋, 用充衣
服. 貞觀十七年, 本國請還, 啓勅蒙許. 引藏入宮, 賜衲一領, 雜綵五百段,
東宮賜二百段, 仍于弘福寺爲國設大齋, 大德法集幷度八人. 又勅太常九
部供養, 藏以本朝經像, 凋落未全, 遂得藏經一部, 幷諸妙像, 旛花蓋具,
堪爲福利者, 賫還本國. 旣達鄕壤, 傾國來迎, 一代佛法于斯興顯. 王以

藏景仰大國, 弘持正教, 非夫綱理, 無以肅淸, 乃勅藏爲大國統, 住王芬
寺. 又別築精院, 別度十人, 恒充給侍, 請入宮一夏, 講大乘論. 晚又于皇
龍寺, 講菩薩戒本七日七夜, 天降甘露, 雲霧雹靄, 覆所講堂, 四部興嗟.
聲望彌遠, 藏屬斯嘉運, 所有衣資, 竝充檀捨, 唯事頭陀. 蘭若綜業, 正以
靑丘佛法, 東漸百齡, 乃與諸宰, 詳評紀正. 一切佛法, 須有規猷, 竝委僧
統. 藏令僧尼五部, 各增舊習, 更置綱管監察維持. 半月說戒, 依律懺除,
春冬總試, 令知持犯. 又置巡使, 遍歷諸寺, 誡勵說法, 嚴飾佛像, 管理衆
業, 鎭以爲常. 又別造寺塔, 十有餘所. 藏乃發願曰, 若所造有靈, 希現異
相, 便感舍利, 在諸巾鉢, 大衆悲慶, 積施如山. 便爲受戒, 行善遂廣. 又
以習俗服章, 華中外革, 藏唯歸崇正朔, 擧國咸遵, 通改邊服, 一准唐儀.

〈第卷三〉

○ 義湘

釋義湘, 俗姓朴, 雞林府人. 生且英奇, 長而出離, 逍遙入道. 年臨弱
冠, 聞唐土敎宗鼎盛, 與元曉法師同志西遊. 行至本國海門唐州界, 計求
巨艦, 將越滄波, 倐于中途遭其苦雨, 遂依道旁土龕間隱身, 以避飄濕迨
乎. 明旦, 相視乃古墳骸骨旁也, 天猶霶霖, 地且泥塗, 尺寸難前, 逗留不
進, 又寄埏甓之中. 夜之未央, 俄有鬼物爲怪, 曉公歎曰, 前之寓宿, 謂土
龕而且安, 此夜留宵, 託鬼鄕而多祟. 則知心生故種種法生, 心滅故龕墳
不二. 又三界唯心, 萬法唯識, 心外無法. 胡用別求, 我不入唐, 却携囊返
國. 湘乃隻影孤征, 誓死無退. 以總章二年, 附商船達登州, 分衛到一信
士家. 見湘容色挺拔, 留連門下, 旣久, 有少女麗服艶粧, 名曰善妙. 巧媚
誨之, 湘之心石, 不可轉也. 女調不見答, 頓發道心, 於前矢大願言, 生生
世世歸命和尙, 習學大乘, 成就大事, 弟子必爲檀越供給資緣. 湘乃徑趨
長安 終南山, 智儼三藏所, 綜習華嚴經, 時康藏國師爲同學也. 乃議廻程,
傳法開誘, 復至文登舊檀越家, 謝其數稔供施. 便募商船, 遂巡解纜. 其
女善妙, 預爲湘辦集法服幷諸什器, 可盈篋笥, 運臨海岸. 湘船已遠, 其女

呪之曰, 我本實心供養法師, 願是衣篋, 跳入前船. 言訖, 投篋于駭浪, 有頃疾風吹之, 遙望徑跳入船矣. 其女復誓之, 我願自身化爲大龍, 扶翼舳艫, 到國傳法. 于是攘袂投身于海, 果然身形夭矯, 或躍蜿蜒, 其舟底寧達于彼岸. 湘入國之後, 徧歷山川, 於駒麗·百濟, 地靈山秀, 眞轉法輪之所, 無何權宗異部, 聚徒可半千衆矣. 湘默作是念, 大華嚴敎, 非福善之地, 不可興焉. 時善妙龍, 恒隨作護, 潛知此念, 乃現大神變, 於虛空中, 化成巨石, 縱廣一里, 蓋于伽藍之頂, 作將墮不墮之狀. 羣僧驚駭, 罔知攸趣, 四面奔散. 湘遂入寺中, 敷闡斯經, 冬陽夏陰, 不召自至者多. 國王欽重, 講樹開花, 談叢結果, 登堂覩奧者, 則智通·表訓·梵體·道身等數人, 皆啄巨㲉飛出迦留羅鳥焉, 凡弟子請益, 隨疑解滯, 必無滓核. 自是已來, 雲遊不定, 卓錫而居, 學似蜂屯, 執筆懷鉛, 抄如結集錄, 載言如是義門, 隨弟子爲口, 如云道身章是也, 或以處爲名, 如云錐穴問答等數章疏, 皆明華嚴性海, 毘盧遮那無邊契經義例也. 湘終於本國, 塔亦存焉, 號海東 華嚴初祖也.

〈第卷四〉

○ 元曉

釋元曉, 姓薛, 東海 湘州人. 三學淹通, 彼土謂爲萬人之敵, 時國王置百座仁王經大會, 徧搜碩德, 本州以名望擧進之, 王不納, 居無何. 王之夫人, 腦嬰癰腫, 醫工絕驗, 王及王子臣屬, 禱請山川靈祠, 無所不至. 有巫覡言曰, 苟遣人往他國求藥, 是疾瘳. 王乃發使泛海入唐, 募其醫術, 溟漲之中, 忽見一翁, 由波濤躍出登舟. 邀使人入海, 覩宮殿嚴麗, 見龍王, 王名鈐海. 謂使者曰, 汝國夫人, 是靑帝第三女也. 我宮中先有金剛三昧經, 乃二覺圓通, 示菩薩行也. 今託仗夫人之病, 爲增上緣, 欲附此經, 出彼國流布耳. 於是將三十來紙, 重沓散經, 付授使人. 復曰, 此經渡海中, 恐罹魔事, 王令持刀裂使人腨腸, 而內于中, 用蠟紙纏縢, 以藥傅之, 其腨如故. 龍王言, 可令元曉法師造疏講釋之, 夫人疾愈無疑. 龍王送出海面,

遂登舟歸國, 時王聞而歡喜, 乃召元曉, 造疏成五卷. 王請剋日於黃龍寺
敷演, 號爲略疏, 曉乃宣吐有儀, 解紛可則, 稱揚彈指, 聲沸于空. 疏有廣
略二本, 俱行本土, 略本流中華, 後有翻經三藏, 改之爲論焉.

〈第卷四〉

참고문헌

『扶桑略記』(新訂增補 日本國史大系 第12卷).

『佛敎用語辭典』, 경인문화사, 1999.

『佛法傳來次第』(日本佛敎全書 第111冊).

『佛說觀佛三昧經』卷第7, 觀四威儀品 第6之餘(大正新修大藏經 제15권 경집부2).

『三論祖師傳集』(日本佛敎全書 第111冊).

『僧綱補任抄出』(日本佛敎全書 第111冊).

『神僧傳』(大正新修大藏經, 第50卷).

『新增東國輿地勝覽』, 第26卷, 慶尙道 密陽都護府.

『阿育王山寺志』上 (中國佛寺志叢刊 89, 江蘇廣陵古籍刻印社).

『歷代法寶記』(大正新修大藏經, 第51卷).

『日本書紀』(日本古典文學大系, 岩波서점, 1978).

『洪川縣東孔雀山水墮寺事蹟』.

『興福寺緣起』(日本佛敎全書 第119冊).

覺訓, 『海東高僧傳』.

江原道, 『강원도향교서원사찰지』, 강원출판사, 1992.

高辨, 『華嚴祖師繪傳』(일본京都 高山寺 소장).

郭子章, 『阿育王寺志』上 (中國佛寺志叢刊, Vol.89).

金富軾, 『三國史記』卷4, 新羅本紀4, 眞平王.

金相鉉 외, 『낙산사』, 사찰문화연구원, 1998.

曇噩, 『新修科分六學僧傳』(卍續藏, 第2編 乙).

道宣, 『續高僧傳』(大正新修大藏經, 第50卷).

道原, 『景德傳燈錄』(大正新修大藏經, 第51卷).

東溪, 『梵魚寺創建事蹟』.

閔漬, 「金剛山楡岾寺事蹟記」.

密陽文化院, 『密陽誌』, 1987.

法顯, 『高僧法顯傳』.

寶林, 「萬魚寺棟樑寶林奏」.

師鍊, 『元亨釋書』(日本佛敎全書 第101冊).

徐昌治, 『高僧摘要』(卍續藏 第2編 乙).

釋子非濁, 『三寶感應要略錄』(大正新修大藏經, 第51卷).

僧詳, 『法華傳記』(大正新修大藏經, 第51卷).

永祥, 『佛敎文學對中國小說的影響』, 불광산종무위원회(臺灣), 1998.

永祐, 『帝王編年記』(新訂增補 日本國史大系 第12卷).

柳伯儒, 「天竺山佛影寺記」.

陸杲, 『觀世音應驗記』.

凝然, 『三國佛法傳通緣起』(日本佛敎全書 第101冊).

義淨, 『大唐西域求法高僧傳』.

義天, 『圓宗文類』.

李孤山·박설산, 『명산고찰을 찾아서』 下, 운주사, 1982.

李昇勳, 『문화상징사전』, 푸른사상, 2009.

李荇 외, 『新增東國輿地勝覽』.

一然, 『三國遺事』.

慈運, 『善光寺緣起』(日本佛敎全書 第120冊).

『雜譬喩經』 卷4.

靜·筠, 『祖堂集』(海印寺소장 영인본).

志磬, 『佛祖統紀』(大正新修大藏經, 49卷).

贊寧, 『宋高僧傳』.

『淸凉山志』 卷3, 중국불사사지휘간 29, 明文書局印行(臺灣), 1980.

崔致遠, 『四山碑銘』, 朗慧和尙白月葆光塔碑銘.

翠巖性愚, 『太白山淨巖寺事跡』.

한국불교연구원, 『범어사』, 일지사, 1979.

한국정신문화원, 『한국구비문학대계』, 1980.

玄益大師, 『兜率山大懺寺故事』.

玄奘, 『大唐西域記』 卷第2, 濫波國, 那揭羅曷國 健馱邏國.

慧皎, 『高僧傳』(大正新修大藏經, 第51卷).

慧詳, 『弘贊法華傳』(大正新修大藏經, 第51卷).

『洪川縣東孔雀山水墮寺事蹟』.

華亭念常, 『佛祖歷代通載』(大正新修大藏經, 第49卷).

懷信, 『釋門自鏡錄』(大正新修大藏經, 第51卷).

경일남, 『고전소설의 창작기법 연구』, 아세아문화사, 2007.

고미네 가즈아키 저·이시준 옮김, 『일본 설화문학의 세계』, 도서출판 소화, 2009.

고병익, 「삼국사기에 있어서 역사서술」, 『한국의 역사인식』 상, 창작과 비평사, 1988.

고석훈, 「진표·진묵문학의 특질과 전승양상」, 동국대학교 석사학위논문, 2001.

고운기, 「일연의 시세계 인식과 시문학 연구」, 연세대학교 박사학위논문, 1994.

고익진, 『한국고대불교사상사』, 동국대학교 출판부, 1989.

_____, 「삼국유사찬술고」, 『한국불교사연구』 38, 1982.

권덕영, 「遣唐使의 왕복행로」, 『고대한중외교사』, 일조각, 1997.

권상로, 『조선문학사』, 1949.

김건곤 편역, 『이야기, 소설, 노벨』, 예문서원, 2001.

김남윤, 「진표의 전기 자료성격 검토」, 『국사관논총』 78, 국사편찬위원회, 1997.

김문경, 「羅唐항로와 의상, 의천의 唐宋길」, 『불교춘추』 14호, 1999.

김병곤, 「신라하대 구법승의 행적과 실상」, 『불교연구』 24집, 한국불교연구원, 2006.

김상현, 「고려후기의 역사인식」, 『한국사학사의 연구』, 한국사연구회 편, 1985.

_____, 「삼국유사에 나타난 일연의 불교사학」, 『한국사연구』, 1978.

김승호, 「구법여행과 그 부대설화의 일고찰」, 『한국승전문학의 연구』, 1992.

_____, 「불교적 영웅고」, 『한국문학연구』 12집, 1989, 329~354면.

_____, 「사찰연기설화의 소설적 조명」, 『고소설연구』 13집, 한국고소설학회, 2002.

_____, 「원효전승에서 도반의 서사적 의미」, 『대장경세계』, 동국역경원, 1999.

김승호, 『삼국유사 서사담론 연구』, 월인, 2013.

_____, 『한국 사찰연기설화의 연구』, 동국대학교 출판부, 2006.

김 양·김보민, 『지장보살김교각법사』, 연변대학 출판부, 1988.

김열규·신동욱 편, 『삼국유사의 문예적 연구』, 새문사, 1981.

김영수, 『삼국유사와 문화코드』, 일지사, 2009.

김영태, 「삼국유사의 체재와 그 성격」, 『동국대학교논문집』 13, 1974.

_____, 「점찰법회와 진표의 교법사상」, 『신라불교연구』, 민족문화사, 1990.

김운학, 「일본에 미친 의상선묘설화」, 『불교학보』 제13집, 동국대학교 불교문화
연구소, 1976.

_____, 『불교문학의 이론』, 일지사, 1981.

김윤곤, 『고려대장경의 새로운 이해』, 불교시대사, 2002.

김종철, 「고려전기소설의 발생과 그 행방에 대한 재론」, 『어문연구』 26집, 1995.

김진영, 『불교담론과 고전서사』, 보고사, 2012.

김태영, 「三國遺事에 보이는 일연의 역사인식에 대하여」, 『한국의 역사인식』 상,
창작과 비평사, 1990.

김태준, 『조선소설사』, 학예사, 1933.

김현룡, 『한중소설설화 비교연구』, 일지사, 1976.

김홍철, 「한국사룡설화 연구」, 성균관대학교 박사학위논문, 1990.

김화경, 『한국설화의 연구』, 영남대학교 출판부, 1987.

唐阿美, 「新羅入唐求法僧에 관한 연구」, 동국대학교 대학원 석사논문, 1994.

뒤프레 저·권수경 옮김, 『종교에서의 상징과 신화』, 서광사, 1996.

로저 파울러 저·김정신 옮김, 『언어학과 소설』, 문학과 지성사, 1985.

뢰보느와 저·유정선 옮김, 『징표, 상징, 신화』, 탐구당, 1984.

멀치아 엘리아데 저·이동하 옮김, 『성과 속』, 학민사, 1988.

_____·이은봉 옮김, 『신화와 현실』, 성균관대학교 출판부, 1985.

_____·심재중 옮김, 『영원회귀의 신화』, 이학사, 2009.

민영규, 「선묘와 의상대사」, 《사상계》 6월호, 1953.

박광연, 「진표의 점찰 법회와 미륵신앙」, 『한국사상사학』 26, 한국사상사학회,
2006.

박병동, 『불경전래 설화의 소설적 변모 양상』, 역락, 2003.

박일용, 「조선후기 애정소설의 서술시각과 서사세계」, 서울대학교 박사논문, 1988.

박진태 외, 『삼국유사의 종합적 연구』, 박이정, 2002.

박희병, 「한국고전소설의 발생 및 발전단계를 둘러싼 몇몇 문제에 대하여」, 『관악어문연구』 17, 1992.

배도식, 「우렁각시 설화의 구조와 의미」, 『동남어문논집』 23집, 2007.

변인석 외, 『중국 명산 사찰과 해동승려』, 주류성, 한국사학회, 2001.

블라디미르 프로프 저·박전열 옮김, 『구비문학과 현실』, 교문사, 1990.

사재동, 「왕랑반혼전의 실상」, 『불교계 국문소설의 연구』, 중앙문화사, 1994.

_____, 「국문소설의 형성, 전개」, 『한국문학유통사의 연구』 2, 중앙인문사, 1999.

서수생, 「海印寺寺刊藏經板研究」, 『海印寺誌』, 1992.

서철원, 「진표 전기의 설화적 화소와 聖者의 형상」, 『시민인문학』 16호, 2009.

소인호, 『고소설사의 전개와 서사문학』, 아세아문화사, 2007.

손진태, 『한국민족설화의 연구』, 을유문화사, 1947.

스티브스 톰슨 저·윤승준·최광식 옮김, 『설화학원론』, 계명문화사, 1992.

신해진, 『조선중기 몽유록의 연구』, 박이정, 1998.

呂聖九, 「신라 중대의 입당구법승 연구」, 국민대학교 박사논문, 1997.

오구마에이지 저·조현설 옮김, 『일본 단일설화의 기원』, 소명출판, 2006.

월터 옹 저·이기우·임명진 옮김, 『구술문화와 문자문화』, 문예출판사, 1995.

월리스 마틴 저·김문현 옮김, 『소설이론의 역사』, 현대소설, 1991.

윤태현, 「의상이야기의 전승양상」, 김태준·김승호 엮음, 『우리역사인물전승』, 집문당, 1994.

이강옥 외, 『일연과 삼국유사』, 신서원, 2007.

이검국·최 환, 『신라수이전 편교와 역주』, 영남대학교 출판부, 1998.

이고산·박설산, 『명산고찰을 찾아서』 하, 운주사, 1982.

이기영, 『종교사화』, 한국불교연구원, 1978.

이동근·김종국, 「경산지방설화의 전승안」, 『경산지방의 설화문학연구』, 중문출판사, 2005.

이두현, 「선묘와 광청아기설화」, 『연암현평효박사화갑기념논총』, 1987.

이미즈노 고겐 저·이미령 옮김, 『경전의 성립과 전개』, 시공사, 1996.

이상호, 「삼국유사해제」, 『삼국유사』, 까치, 1999.

이우성·강만길 편, 『한국의 역사인식』 상, 창작과 비평사, 1976.

이재창, 『불교경전의 이해』, 경학사, 1998.

인권환, 「고소설의 사상」, 『한국고전소설론』, 새문사, 1990.

임형택, 「나말여초의 전기문학」, 『한국문학사의 시각』, 창작과 비평사, 1984.

章輝玉, 「觀佛三昧經」, 『불교 경전의 이해』, 불교신문사 편, 1997.

前野直彬 저·김양수 외 옮김, 『중국소설사의 이해』, 학고방, 1998.

定方晟 저·동봉 옮김, 『불교의 우주관』, 관음출판사, 1993.

정범진, 『당대소설연구』, 성균관대학교 출판부, 1982.

정천구, 「삼국유사와 중세 불교전기 문학의 비교연구」, 서울대학교 박사논문,
        2000.

정학성, 「전기소설의 문제」, 『한국문학연구입문』, 지식산업사, 1982.

제럴드 프린스 저·이기우 외 옮김, 『서사학사전』, 민지사, 1992.

조동일, 『인물전설의 의미와 기능』, 영남대학교 출판부, 1979.

조희웅, 『설화학강요』, 새문사, 1989.

주네트 외 저·석경징 외 옮김, 『현대서술이론의 흐름』, 솔, 1997.

주재우, 「조선족 우렁각시 설화의 변이양상과 의미」, 『어문논집』 50집, 중앙어문
        학회, 2012.

지준모, 「전기소설의 효시는 신라에 있다」, 『영남어문학』 2, 영남어문학회, 1975.

차하순, 「역사의 문학성」, 『역사와 문학』, 서강대학교 인문과학연구소, 1981.

타무라 엔쵸 저·노성환 옮김, 『고대한국과 일본불교』, 울산대학교 출판부, 1996.

최재석, 『고대한일불교관계사』, 일지사, 1998.

카트린 퓌게알더 저·이문기 옮김, 『민담, 그 이론과 해석』, 유로, 2009.

하인리히 침머 외 저·이숙종 옮김, 『인도의 신화와 예술』, 대원사, 1995.

황패강, 『신라불교설화연구』, 일지사, 1975.

D. M. 라스무센 저·장석만 옮김, 『상징과 해석』, 서광사, 1991.

V. Y. 프로프 저·최애리 옮김, 『민담의 역사적 기원』, 문학과 지성사, 1990.

찾아보기

저자약력 및 논저

김승호 金承鎬

약력

충남 홍성 출생.
동국대학교 국문과 동 대학원 졸업.
전) 동악어문학회장, 한국불교문화학회장, 국어국문학회 이사.
현) 동국대학교 국어교육과 교수.

저서

『한국승전문학의 연구』(민족사), 『한국서사문학사론』(국학자료원),
『고전의 문학교육적 이해』(이회), 『한국사찰연기설화의 연구』(동국대 출판부),
『敬一의 삶과 문학세계의 이해』(역락), 『삼국유사 서사담론 연구』(월인) 등.

논문

「古記 소재 불교 설화의 성격과 의미」, 「삼국유사에 보이는 시간관과 과거구성」,
「중세 金石文소재 불교설화의 통시적 연구」, 「변강쇠가에 나타난 反烈女담론 성향」,
「雁帝本紀 연구」, 「姑婦奇譚 연구」 등 80 여 편.

중세 불교인물의 해외 전승

2015년 6월 26일 초판 1쇄 펴냄

지은이 김승호
펴낸이 김흥국
펴낸곳 도서출판 보고사

책임편집 이순민
표지디자인 이준기

등록 1990년 12월 13일 제6-0429호
주소 서울특별시 성북구 보문동7가 11번지 2층
전화 922-5120~1(편집), 922-2246(영업)
팩스 922-6990
메일 kanapub3@naver.com
http://www.bogosabooks.co.kr

ISBN 979-11-5516-364-1 93810
ⓒ 김승호, 2015

정가 18,000원

이 도서의 국립중앙도서관 출판예정도서목록(CIP)은 서지정보유통지원시스템 홈페이지
(http://seoji.nl.go.kr)와 국가자료공동목록시스템(http://www.nl.go.kr/kolisnet)에
서 이용하실 수 있습니다.(CIP제어번호 : CIP2015014627)